기망하다

기망하다

진진필 장편 소설

SCARLET ROMANCE STORY

contents

1장

새로 온 찬모

옛날. 그러나 그리 멀진 않았던 옛날.

"사장님, 증말루 바쁘셔유?"

똑똑, 서재 문을 또 두드리는 예산댁을 보며, 시혁은 하는 수 없이 시간을 내 주기로 했다. 서재 안도 부유함이 넘치긴 마찬가지였다. 사방을 둘러싼 열 벌의 맞춤 책장들, 각종 해외 서적들을 포함한 삼천여 권의 책, 드넓은 통창으론 텃밭이 아기자기했다.

"하아, 이런 식으로 갑자기 그만두시면 무척 곤란합니다."

검은 듯 말끔한 시혁의 인상이 찌푸려졌다. 검붉은 마호가니 책상 위론 신형 독일제 타자기, 만년필, 그리고 갖가지 서류 파일들이 빽빽하지만 말끔히 정돈되어 있었다. 다섯 종류의 서울일간지와 경제지들이 접혀 있는 맨 위로 '통행금지 해제하니 환락의 밤거리, 이대로 좋은가'의 타이틀이 비쳤다.

"어쩐대유. 갸가 딸내미를 낳았으니. 내내 따듯이 돌보아 주신

은공을 이렇게 갚으니 송구스럽구먼유."

손주를 돌보겠다며 그만두어야겠단다. 예산댁은 더 이상 입이 떨어지지 않는지 고개를 푹 수그렸다.

"그래도 쓸 만할 거여유. 이름은 정민수라 해유."

아는 사람을 소개하겠다고 데려다 놓기까지 했다. 차라리 따님의 생활비를 대 줘라, 돈을 올려 주겠다, 달래 봤지만 모두 거절했다. 예산댁은 기어이 나갈 작정이다.

"후우, 내가 사람 안 써 봤습니까."

"저만한 애도 없을 거여유. 영후각(暎嗅閣)서 찬모로 있던 이, 그이 외동이래유."

영후각은 몇 년 전 문을 닫은 고급 기생집으로, 예산댁도 거기서 음식을 배웠다. 예산댁을 만나기 전까지, 시혁은 찬모와 잡역부를 꼭 일곱 번 갈아 치웠다. 마지막으로 붙들어 봤다.

"따님한테 따로 아이를 돌볼 사람을 붙이면 안 되겠습니까?"

푸근한 가슴, 퉁퉁한 살집의 예산댁은 고집스러운 입을 앙다물었다.

"어찌 핏줄을 넘의 손에 맡긴대유."

예상했던 답에 마음이 끈끈했다. 가족같이 지내도 가족은 아니다. 5년 가까이 정성을 쏟은 밥을 너무 많이 얻어먹었다.

"알겠습니다. 그동안 고생하셨습니다."

책상 서랍에서 노란 봉투를 꺼내 내밀었다. 한사코 거절했지만 시혁은 불어 터진 두툼한 손을 잡아 봉투를 쥐여 주었다.

"그동안 제 마음, 편하게 해 주신 값입니다."

말처럼 마음을 돈으로 살 수 있다면 오히려 편할 테다. 먼지 쌓이듯 한 올 한 올 쌓인 정이 손쉽게 툭, 털어지진 않았다.

예산댁이 고개를 숙이고 나가자, 시혁은 수화기를 들어 김 비서에게 "면접 보고, 알아서 결정해요." 지시했다. 그러나 다시 똑똑, 서재 문을 노크하는 소리에 고개를 들었다.

"알아서 하라는데도?"

김 비서였다. 눈빛이 자신 없었고, 입매엔 곤란함이 어렸다.

"그게⋯⋯."

"뭐가 문제입니까?"

그가 요구한 찬모의 조건은 간단했다. 정직할 것, 입이 무거울 것.

"직접 결정하시는 게, 그게 좋겠습니다."

음식의 맛 같은 것은 포기한 지 오래였다.

"알았어요. 퇴근해요."

결정의 책임을 면해 주자, 김 비서는 기쁜 듯 방을 나갔다. 시혁은 기어이 몸을 일으켜야 했다.

음식이 하도 형편없어 찬모를 갈아 치운 것은 초반 두어 번쯤이었다. 최고급 식당이라면서 바깥 음식들은 왜 다 이럴까, 하며 살던 이유를 서른이 다 되어 알았다. 아버지, 권갑수의 찬모들이 최고였기 때문이었다.

찬모의 음식 솜씨를 포기한 뒤론 더 큰 재앙이 이어졌다. 운이 연달아 나빴던가. 재료비를 아껴 빼돌리는 사람도 만났고, 주방에서 벌레가 나는 것을 당연히 생각하는 사람도 경험했고, 그의 사생활을 잘 봐 뒀다가 여기저기 떠벌리던 사람도 해고했다. 게다가⋯⋯!

회사에서처럼 집을 썰렁한 분위기로 만들지 않으리라는 의지가 슬슬 사그라질 때쯤 다행히 예산댁을 만났고, 5년을 가족같이 평화롭게 살았다.

"후우."

이젠 과거의 경험 따윈 되풀이하지 않을 테다.

그러고 보니 새로 온 찬모에 대해서는 변변히 알아 놓지도 못했다. 영후각 찬모의 외동이라면, 예산댁 스승의 딸이 되는가. 시혁은 거실로 들어섰다.

실내가 온통 어두웠다. 연회를 열어도 될 넓은, 그리고 텅 빈 거실, 한쪽의 대형 TV, 그리고 실내를 십분의 일도 채우지 못하는 12인용 진녹색 소파. 그 끄트머리에 작은 체구의 여자가 오도카니 앉아 있었다.

시혁은 그녀를 지나쳐 창가의 진녹색 벨벳 커튼을 열어젖혔다. 한껏 갇혀 있던 햇빛이 와르르 쏟아졌다. 여자의 모습이 제대로 들어왔다. 눈도 마주쳤다. 그러나 벌떡 일어나 인사하기는커녕 빤히 올려다본다.

"하아!"

기가 찼다. 시간을 좀 더 줬지만 인사를 먼저 할 생각은 없어 보였다. 더욱이 한 발 한 발 다가설수록 '영후각 출신'이란 실낱 같은 기대는 툭 끊겼다.

"부엌일은 해 보았습니까."

물론 예의상 물었다. 많이 봐 주어야 스물둘? 스물셋? 저 나이에 찬모 일을 해 봤자 얼마나 했을까.

그러나 그녀는 입도 벙긋하지 않고 까딱, 고갯짓으로 답했다. 시혁은 저도 모르게 '하하' 웃음을 흘렸다. 그리고 그 건방진 얼굴을 제대로 들여다보았다. 조소였으나마 입가에 맺힌 웃음기가 말끔히 걷혔다.

여자는 숨 막히게 고왔다. 우유를 쏟아부은 것 같은 피부, 선명하고 동그란 눈, 홍채가 비치도록 시린 다살색의 눈동자. 도도하게 뻗은 날렵한 콧날, 오목조목 앙증맞은 콧방울, 아랫입술만큼이나 도톰한 윗입술.

여자가 눈을 깜빡이자 가느다란 쌍꺼풀의 라인이 짙은 속눈썹의 수풀로 숨었다. 숱 많은 그 끝에 눈물이라도 한 방울 매달면 웬만한 사내의 가슴쯤 녹여 없애는 건 식은 죽 먹기일 것이다.

"야아, 이거, 가관이군!"

말간 얼굴엔 화장기조차 없었다. 빈정거림이 여과 없이 입 밖을 뚫고 나왔다. 그녀의 옷차림은, 정말이지, 가관이었다.

정강이까지 오는 푸른색 체크무늬 주름치마에 흰 양말을 접어 신었다. 가만히 있어도 땀이 송골송골 배어 나오는 더운 날씨였다. 다 늘어진 긴팔의 흰 티셔츠는 그렇다 치고, 목에 감고 있는 스카프까지.

"하하하, 하하하, 하하하하하."

설정을 하더라도 웬만해야지. 어설프기보다는 노골적이었다.

그래, 딱 저런 계집이 있었다. 청소를 하던 잡역부였는데 책상의 서류를 훔치고 전화를 엿들었다. 다행히 거짓 정보를 흘려 역으로 이용할 기회를 만들어 주긴 했지만. 그래도 그 계집은 어수룩하게라도 생겼었다.

가난을 노골적으로 드러낸 어리고 아름다운 여자라. 동정심을 끌어내려는가, 베갯머리송사를 할 것인가, 기대가 되다 못해 목구멍에 울컥, 분노가 치밀었다.

'영후각서 찬모로 있던 이, 그이 외동이래유.'

예산댁을 의심치는 않았다. 그런 줄로 알았을 것이다.

"그 나이에, 그 얼굴로…… 남의 집 식모 일을 했었다?"

작정하고 침실로 뛰어들려는 여자에게 예의를 차릴 필요는 없다. 콘셉트가 도도함인가. 여자는 여전히 입을 꼭 닫은 채 두 손을 맞잡고 있었다.

시혁은 잔잔히 떨고 있는 그 손을 흘깃 바라보았다. 손이 참 고왔다. 남의 집 부엌일을 해 왔다고는 볼 수 없을 정도로.

"좋아, 집안일 중 할 줄 아는 게 뭐야? 청소기, 세탁기 돌리는 거? 남이 다 해 놓은 음식, 가져다 차려 놓고 숟가락이나 올리는 거? 예산댁이 뭐라 하고 갔는지 모르겠지만 그쪽 손에 밥이나 한 끼 얻어먹을 수 있을지 모르겠군!"

눈을 내리깐 여자는 여전히 도도하게 말이 없었다. 빽빽한 속눈썹의 짙은 음영 아래로 발그레한 색기가 조르륵 흘렀다.

"왜 보란 듯이 이런 차림으로 왔지? 차라리 어느 룸살롱 호스티스인 척 꾸미고 매달리지. 그랬으면 못 이기는 척 넘어가 주기라도 했을 텐데. 너, 누가 보냈어? 영신? 진영? 어디야? 어디에서 너 보냈어? 계속 그따위로 입 안 열래?"

제풀에 화가 치밀어 언성을 높였다. 드디어 고집스럽게 닫혀 있던 도톰한 입술이 열린다. 그러나 말 대신 긴 한숨 소리가 새었다.

"하아……."

시혁의 가슴이 철렁, 낭떠러지로 굴러떨어졌다. 아름다운 얼굴이 너무나 흉하게 일그러졌다.

"하아, 하아……. 이, 이, 이, 일을 시, 시, 시, 시키지, 않으, 않으시려면, 고, 고, 고, 고이 보내시면 그만입니다!"

간신히 쥐어짜듯 몇 마디를 토했다. 여자의 오른손은 부리나케 옆에 있는 가방을 쥐었고, 인손은 쇼파이 팔걸이를 짚고 기우뚱, 힘겹게 일어섰다. 절름, 절름, 절름, 절름, 그녀가 걸어 나갔다. 절름, 절름, 춤을 추듯 리드미컬해서 허리부터 엉덩이, 다리가 둥그렇게 휘었다 펴지기를 반복했다. 절름, 절름, 절름, 절름, 아주 바쁘게 걸었다.

시혁은 얼어붙은 채 그녀를 뚫어지도록 바라보았다. 저건, 저건…… 그래, 거짓이다. 거짓으로 연기를 하는 거다. 비록 진짜처럼 자연스럽더라도 그래도 가짜다. 어디에서 데려온 배우 지망생이다.

'드르륵' 그리고 곧 '탕!' 현관문이 닫히자, 시혁은 채광창의 커튼을 젖히고 조용히 내다보았다. 평지는 그럭저럭 잘 흉내 냈지만 계단 연기는 쉽지 않을 것이었다.

그러나 그녀는 툭, 툭, 툭, 계단을 엇갈려 내려가지 못했다. 대신 석축의 끄트머리를 잡고 대롱대롱 위태롭게 매달려 내려갔다. 검은 가방은 벌써 흙 범벅이었고, 얼굴은 새빨갛게 물들었다.

그래, 참 덥기도 하겠지. 치렁치렁한 긴 치마, 후줄근한 긴팔 티셔츠, 그 가련한 스카프까지! 놀라운 연기력에 화가 더 치밀었다.

이 정도라면 확인을 해 주는 게 예의다. 알아내야 했다. 누구의 사주를 받았는지, 어떤 사주를 받았는지.

시혁은 재빠르게 현관을 나서 단숨에 계단을 탁, 탁, 탁, 뛰어 내려갔다. 여자는 정원을 반도 지나치지 못하고 있었다. 시혁은 여자의 어깨를 거칠게 잡아챘다.

"참, 치밀하게도 준비해 왔군."

원망 어린 다갈색 눈동자가 시혁의 가슴을 쿡 찔렀다. 색기 어린 눈빛이 도발을 품었다. 시혁은 차갑게 웃으며 여자의 어깨를 비틀어 쥐었다. 그런 눈빛으로 배우를 하지 그랬어.

여자는 어깨를 털었으나 반항쯤은 가볍게 무시했다. 억지로 목을 잡아 비틀고 스카프를 강제로 끌어 내렸다. 궁금했다. 이렇게 더운 날씨에, 이렇게 눈에 띄는 스카프 안에 무엇을 준비해 온 건가.

"하아, 아무리 빤하더라도, 너무 노골적이야! 안 그래?"

하얗고 가느다란 목덜미 오른쪽에는 어린아이의 손바닥만 한 거즈가 단정히 붙어 있었다. 상처를 가리자고 눈에 띄도록 스카프를 두르셨다? 상처투성이의 여자, 동정심을 이끄는 극단! 시혁은 바르작거리는 여자의 목을 강제로 그러쥐었다.

"으으으⋯⋯."

땀에 불은 거즈가 쉽게 떨어졌다. 그러나 그 안엔 상처 분장도 그려져 있었다. 마치 화상 자국같이, 붉게 흉이 진 것같이. 시혁은 바들바들 떠는 여자의 눈을 잔인하게 바라보았다.

"아주 치밀하군! 아주 최악이야!"

그렁그렁 매달렸던 눈물이 주르륵 떨어졌다. 안됐지만 시혁은 여자의 눈물에 약하지 않았다. 그동안 침실로 뛰어들었던 수많은 여자들은 하나같이, 빠짐없이, 마지막엔 눈물을 무기로 삼았었다.

"이따위 장난에 내가, 속아 넘어갈 거라 생각했나?"

시혁은 망설임 없이 여자의 상처 분장을 엄지손가락으로 세게 문질러 지워 주었다.

"꺄악!"

외마디의 날카로운 비명이 그의 귀를 베었다.

"제길⋯⋯."

깜짝 놀라 거머쥐었던 손을 삽시간에 풀었다. 무언가 새하얀 목에서 몽글몽글 배어 나왔다. 신선한 붉은 피였다!

"하아!"

약한 새살이 밀려나서 벌겋게 벗겨졌다. 다친 지 얼마 안 되는 상처였다.

"아아앗……."

여자의 얼굴이 고통으로 일그러졌다.

시혁은 등줄기가 저릿했다. 소년 시절, 혼쭐이 날 만큼 큰 잘못을 저질렀던 기분이었다. 천천히 엄지손가락을 내려다보았다. 상처의 피고름이 주르륵 흘러내렸다.

그녀는 황급히 눈물을 팔뚝으로 쓰윽 닦았다. 그리고 그의 손에 들린 스카프를 휙 빼앗아 들고 망설임 없이 뒤돌아섰다. 절름, 절름, 아까보다 더 다급하게 절름거리며 대문을 향했다.

틀렸다! 내가 틀렸다!

시혁은 정신을 가다듬었다. 이런 식으로는 보낼 수 없었다. 황급히 뒤따라 그녀의 팔뚝을 잡았다.

"아악!"

여자의 비명이 자지러졌다. 시혁은 화들짝 놀라 그녀의 팔에서 손을 뗐다. 티셔츠 안으로 붕대의 선명한 감촉이 느껴졌다. 아, 여자의 상처를 또 건드렸다.

화가 난 여자가 씩씩거리며 돌아섰다. 시혁은 인정해야 했다. 처음부터 끝까지, 정말 말도 안 되게 무례하고 형편없이 굴었다.

"미안해, 미안합니다. 다른 목적으로 속이고 들어온 사람인 줄 알고……."

그녀의 손에 꼭 쥐어진 나달나달한 검은 가방이 눈에 뜨였다. 시혁은 그것을 톡 빼앗아 성큼성큼 계단을 뛰어올랐다.

"저, 저, 저, 저, 저어기이……."

다행이었다. 걸음만큼이나 그녀는 말도 참 느렸다.

시혁은 부엌 앞까지 와서도 한참을 안절부절못했다. 예산댁이 쓰던 빈방이 눈에 들어와 그녀의 가방을 툭 던져 넣었다. 한참 후에야 '드르르륵' 현관문이 열리고 힘겹게 층진 현관을 오르는 소리가 들렸다. 그녀가 절룩이며 바삐 걸어 들어왔다. 얼굴엔 폭발할 정도로 화가 가득했다.

"나, 일…… 나, 일, 안 하…… 안 하겠습……."

그녀가 비장하게 소리를 토하는 동안 시혁은 황급히 주머니를 뒤졌다. 지갑이 잡혀 반갑게 꺼내 열었더니 겨우 오만 원이 있었다. 제길! 몽땅 빼 들고 빠르게 말했다.

"당신이 쓸 방, 저기고 보다시피 여긴 당신이 쓸 부엌, 그리고……."

잠시간의 실랑이가 벌어졌다. 바르작거리며 받지 않으려는 작은 손에, 시혁은 악력을 아끼지 않고 꼭 쥐여 주었다. 시혁은 여자가 반대의 말을 토할 새를 주지 않았다. 빠르게 소리쳤다.

"홍 기사, 홍 기사! 차 대기시켜요!"

여자와 시선이 또 얽혔다. 원망 어린 다갈색의 눈동자가 시혁의 가슴을 쿡 다시 찔렀다.

"미안합니다."

도발을 품은 그 눈빛이 매번 꽤나 아프다. 시혁은 아릿한 통증 속에서도 정신없이 바라보았다. 도톰한 윗입술의 반지르르한 윤기가 그를 유혹하듯 비현실의 경계로 끌어당겼다. 그러면서도,

"아!"

무언가가 그의 가슴을 세차게 밀어 냈다. 시혁은 간신히 정신을 차렸다. 여자는 꼭 붙들린 주먹을 놓아 달라 강력히 항의하고 있었다.

"미안, 미안합니다."

황급히 손을 풀었다. 도대체 여자의 손은 왜 여태 꼭 쥐고 있었던 걸까.

"병원부터 다녀와요."

다급히 우물거렸다. 잘 들렸는지는 알 수 없었다.

가끔씩 지나는 이들은 대문의 틈새로 안을 엿보며 감탄했다.

"와! 이 집 정원 끝내준다!"

5년째 정원을 가꾸는 손 씨의 솜씨였다.

사실, 집 내부는 더 완벽했다. 이태리에서 공수된 흰색 대리석과 흰색 몰딩, 백색의 최고급 내장재들이 안정된 통일감을 주었다. 바닥은 모두 밝은색의 목재를 썼다. 값비싼 나이테의 물결들이 바닥을 지탱하며 계단이 되고, 손잡이가 되어 2층까지 이어졌다.

사실, 시혁이 가장 돈을 많이 쓴 건, 공교롭게도 '빈 공간'이었다. 댄스파티를 벌여도 좋을 만큼, 거실을 아주 드넓은 공간으로 만들었다.

모든 기둥을 벽 속에 숨기고, 모든 방문은 시원스럽게 양쪽으로 열게 하고, 정원이 온전히 보이도록 투명한 통창을 뚫고, 높은 천장에선 자연광이 쏟아지게 했다. 설계의 의도는 분명 '눈부실 만큼 집 안이 밝게 빛나도록 하기'였다.

그러고서 온 집 안을 짙은 녹색의 벨벳 커튼으로 둘렀다. 햇빛은 한 줄기도 들어오지 못하도록 주방의 접이식 문도 모두 닫아 잠갔다. 백색의 아름다운 주방도 거의 폐쇄하고 일부만 썼다. 가구가 특히 이상했는데, 휑뎅그렁하게 넓은 공간에 꼭 필요한 가구들만 있었고, 그때그때 사들인 것처럼 디자인이 들쭉날쭉했다.

"누가 커튼을 마음대로 열라고……."

식당에 쏟아지는 밝은 햇살에 시혁은 불만을 뱉다 입을 닫았다. 부엌의 사람이 바뀌었던 사실이 잊을 수 없이 또렷했다.

얇은 벽 하나를 사이에 두고 주방에서 달그락거리는 소리가 나른히 들려왔다. 바람 한 점이 기분 좋게 날아들었다. 시혁은 12인용 식탁 끝에 차려진 1인용 밥상을 한참 들여다보다, 밥을 먹기 시작했다.

시혁은 밥상에, 아니 음식에 물리고 질린 사람이었다. 한 달에 두 번 있는 신제품 시식회에서 매번 직원들을 긴장시키는 것 때문만은 아니다. 그것은 업무고, 가장 잘 팔릴 양질의 식품을 만드는 시스템을 개발하게 하는 것이다.

문제는 숨을 쉬는 것처럼 만나는 각계각층의 사람들이었다. 일 년 열두 달, 스케줄은 빽빽하고 만나야 할 사람들은 많다.

만남은 식사를 동반한다. 점심을 두 번 먹는 건 자주 있는 일이고, 바쁠 땐 세 번까지도 먹는다. 밥상이 가운데 놓이면 전투가 시작된다. 이해와 이권과 욕망을 놓고 서로를 총질한다.

따라서 가짓수만 많은, 보기에만 그럴듯한, 화려하게 치장된 상을 보면 자연스럽게 식욕이 떨어지며 피로가 몰렸다. 밖에서 먹는 밥이 질렸고, 시간이 허락되는 한 집으로 돌아왔다. 그러면 예산댁이 푸근한 밥상을 차려 놓고 기다렸다.

'어째, 오늘은 맛이 좀 있슈?'

웬만하긴 해도 최고의 찬모는 아니었던 예산댁이 은근 기대하는

눈빛으로 물으면 시혁도,

'인사만 하는 게 낫겠죠? 아님, 정확히 말할까요?'

농을 했다. 그러면 예산댁은 질색하며 손사래 쳤다.

'음마, 인사만 하고 말어유!'
'맛있습니다.'
'쳇! 오늘은 우거지에서 잡비린내 안 나는규? 사장님이 아니
고 아주 사냥개여유!'

잔소리하며 내주는 구수한 숭늉이 맛 좋고 편했다.
그렇게 흡족한 찬모였던 예산댁을 내보내고, 시혁은 참 흥미로
운 찬모를 만났다.
도라지, 고사리, 시금치의 삼색 나물, 감자전, 된장찌개, 조기와 산
적, 어느 곳에서나 수백 수천 번은 보았던 아주 흔한 상차림이었다.
하지만 아주 달랐다. 예산댁이 담가 두고 간 나박김치와 배추김
치까지 올린 상을 마주하니 이곳이 영후각인가 싶었다. 찬을 접시
에 담은 솜씨만 보더라도 상 차린 이의 품성을 알 만했다. 그녀는
매우 단정하고 정갈하며, 단호하여 군더더기가 없었다.
보들보들한 감자전이 입 안에서 가볍게 바스러졌다. 감자만의
순결한 향긋함, 콩기름의 콩 비린내와 느끼함을 말끔히 누른 알맞
은 조화, 홍고추와 청고추의 고명이 칼끝에서 핀 꽃 같았다.
역사 속으로 사라진 영후각의 음식이 그의 밥상 위에 재현되었
다. 심심한 간, 최소한의 양념, 설탕 고춧가루 참기름으로 뒤범벅

되지 않은, 원재료가 가진 최상의 맛과 향을 올렸다. 그러면서도 아리고 비리고 텁텁하고 누린 것들을 말끔하게 잡는다. 화장 벗은 얼굴로도 최상의 아름다움을 나타내는 자태다.

솜씨도 솜씨지만 정성이 기막혔다. 숯불을 피워 찬찬히 구운 조기와 산적이 입에 딱 맞았다. 비린내 제거는 물론 최상의 풍미를 올렸다. 달큼한 양념간장이 타지 않게 얇게 구운 산적도 두말할 나위 없었다. 맛있었다. 임금의 수라상 부럽지 않았다.

한 젓가락 두 젓가락 입에 넣다 보니 배가 불러 왔다. 무엇이든 배가 차면 손을 놓음에도 오늘은 식탐을 부리는 어린애가 되었다. 당황스러웠다.

민수. 이름이 민수라 하였다, 정민수. 여자답지 않은 이름이었다. 조금 더 고운 이름이 어울렸을 것 같지만. 그녀가 영후각 찬모의 딸이라는 말은 허언이 아니었다.

지금은 그 자리마저 사라졌지만 영후각은 최고의 기생집으로 당대 내로라하는 국회의원, 장관, 최고위 경영자들이 드나들던 곳이다. 큰 부엌의 찬모가 되기 위한 과정은 매우 까다롭다.

허드렛일부터 시작해 갖은 썰기, 포 뜨기, 다듬기 등 칼질을 하게 되는 것만도 몇 년은 걸린다. 그리고 섞박지부터 시작해 갖은 김치 종류며, 장국, 찌개, 무침, 조림, 볶음, 장을 담그는 일까지…… 이 외에도 국수 말이, 찜, 떡, 다식 등에도 능통해야 한다. 부엌의 위생 및 정리까지 맡는 책임자인 셈이다.

불편한 몸으로 남의집살이를 하는 처지가 된 그녀의 사연은 미루어 두더라도 그녀의 음식 솜씨만큼은 정직했다.

머리가 아파 왔다. 서재로 들어가 일을 시작해야 하는데 거실 소파에 눌러앉아 멀거니 잡생각에 시간을 소비했다. 그의 잔잔한 일상 속에 툭, 던져진 그의 원직에 위배되는 여사 때문이었나.

'달그락' 하는 찻잔 소리와 함께 베이비 로션의 향이 훅 끼쳐 왔다. 싸구려 로션의 향이었으나 그녀의 체취가 더해져 이색적인 달콤함으로 변질되었다. 과일과 더운 차 한 잔, 간단한 후식을 차려 줬다. 그러면서도 시선이 얽히는 걸 노골적으로 피한다. 아까부터 마치 없는 사람을 시중들듯 했다.

시혁도 함께 모른 체하려 애쓰다 결국 그녀를 눈에 담고 말았다. 우유를 쏟은 듯한 피부, 아랫입술만큼 부푼 윗입술, 오똑한 코, 부드러운 갈색 눈동자. 시혁을 담지 않은 눈망울은 저토록 선하고 맑았다.

시혁은 외면당한 시선을 거뒀다. 그녀의 목엔 스카프 대신 짧고 얇은 손수건이 둘러져 있었다. 미안함이라고 하긴 좀 부족한 불편함이 그를 날카롭게 찔렀다.

"상처는 좀 어떻습니까."

애써 피하던 갈색의 눈동자가 잠깐 그를 담았다. 아마도 실수였던 듯, 곧 도망치듯 아래로 내리깔렸음에도 그는 확인하였다. 도발을 품은 눈빛에 어린 원망, 그래, 저것. 이미 경험했음에도 가슴이 철렁였다.

그러나 도도한 입술은 다시 열릴 생각이 없어 보였다. 고개를 까딱, 하며 괜찮다는 표시만을 짧게 했다. 열없이 앞에 놓인 찻잔에 입을 댔다.

그녀는 빈 쟁반을 들고 돌아섰다. 안 보는 척 고개를 돌리면서도 어쩔 수 없이 그 모습을 좇았다. 절룩, 절룩, 여전히 조금씩 둥글게 허리를 움직이며 걷고 있지만 처음처럼 그렇게 심하진 않다.

아무 일 없이 천천히 그녀의 템포대로 움직이면 그럭저럭 괜찮았다. 하지만 무언가를 삶고 있었던지, 물이 '푸르르' 넘치는 소리에 다급해진 뒤로는 커다란 원을 그리며 다리를 저는 기색이 역력했다. 흔들흔들 그녀의 기다란 주름치마가 걸음걸이와 함께 리듬을 만들어 냈다. 낭창한 허리선이 기막히다.

마음이 어지러웠다. 안개가 낀 것 같았다. 이성은 차일피일 미루지 말고 빨리 내보내라 명령했다. 몸이 불편한 것은 상관없었다. 문제는 너무나 어린 여자였고, 게다가 아주 아름답기까지 하다는 것이었다.

"도대체 나이가 몇이랍니까?"

월요일 아침, 일정 보고 뒤 난감한 표정으로 자리를 뜨지 못하는 김 비서에게 물었다.

"스물일곱이랍니다."

다행인지 보이는 것보다는 꽤 많았지만 그렇다고 집에 놓아둘 만큼은 아니다. 서른넷의 총각, 시혁이 홀로 거주하는 공간이었다. 새파랗게 젊은 여자를 찬모로 들이는 것은 말이 안 되었다.

"배꽃여자고등학교를 중퇴?"

김 비서는 정민수에 관한 간단한 신상을 시혁에게 보고했다.

"네, 2학년에 중퇴한 것으로 확인했습니다."

"공부를 꽤 잘했나 보군."

최고의 명문 여고를 1년 남기고 중퇴할 일이 무엇일까.

"어머니, 정명희 씨는 영후각이 문을 닫을 때까지 약 18년간 찬모로 일했고, 위암으로 투병하다 작년 말에 작고했다고 합니다."

"병원비 때문에 형편이 어려워지기라도 한 건가?"

"그래서 알아보았는데, 현재 정민수 씨의 재정 상태가 썩 좋지 않습니다. 생전에 큰 빚을 져서 정명희 씨 앞으로 된 약간의 재산은 모두 가압류 과정을 거치고 있고, 성민수 씨는 꽤 많은 빚을 물려받았습니다."

큰 빚이 있거나 극심한 생활고에 시달리는 사람은 집안에 고용하지 않는 것이 원칙이다.

"어쨌든 안 될 것 같습니다."

돈 될 정보들이 많은 시혁 주변에서 유혹에 쉽게 휘둘릴 수 있기 때문이다. 다른 찬모를 구하라는 지시가 빨리 떨어지지 않자, 김 비서는 시혁의 안색을 살폈다.

"예산댁의 보조로 가끔씩 오던 청주댁은 어떠신가요?"

정민수를 그대로 두는 것은 안 될 일이다. 게다가 아주 불편할 것이었다. 그에게 집이란 권력과 이권을 다투는 전투를 치른 뒤 밤을 보내는 휴식처였다. 휴식처를, 그만의 공간을, 행동을 단정히 해야 하는 가시방석으로 만드는 건 바보짓이다.

'턱 밑에 송곳을 꽂아 놓고 편키를 바라라.'

아버지라면 망설임 없이 그를 비웃었을 것이다.

"수고했어요."

그럼에도 불구하고 이대로 돌려보내고 싶지 않았다.

"일단 좀 둬 보지."

돌아보지 않으면 그만, 도발을 품은 그 눈빛에 미혹되지 않으면 그만.

모든 것이 스스로 할 탓이다. 그녀가 불쌍해서라기보다는, 그저 그녀가 차려 주는 밥상에 홀딱 반해서였다.

2장
불편한 그녀

그녀에게 관심을 기울이지 않으려던 시혁의 노력은 슬슬 한계에 부딪혔다. 그녀가 거슬리기 때문이었다. 물론 딱히 꼬집어 야단칠 일은 없다. 예산댁의 부재로 엉망이 될 줄 알았던 생활은 아주 평화롭게, 오히려 더 만족스럽게 유지되었다.

하지만 그는 예전처럼 일에만 신경을 집중하지 못했다. 지그시 미루어 두려 한 호기심이 풍선처럼 불룩 부풀어 올라, 저도 모르게 그녀를 찾았다.

언제나 정갈한 상차림, 새콤한 초무침이 입맛을 당겼다. 하지만 오늘따라 음식이 잘 들어가지 않았다. 12인용 식탁의 한쪽 끝을 차지하는 1인분의 음식과 늘 익숙하던 적막이 새삼 불편했다. 민수는 무엇도 더 청할 것 없이 완벽히 차려 놓았다. 그리고 그를 피해 달아났다.

언제부터인지 기억이 없는 걸로 보아 아마도 처음부터였던 것 같다. 그녀가 들어온 지 열흘째인가, 시혁은 여태 말도 한 마디 섞어 보지 못했다. 시혁 쪽에서 다가오는 그녀를 딱 한 번, 막은 일이 있기는 했다.

처음 퇴근해서 돌아왔을 때였다. 아마도 웃옷과 가방을 받아 주려 했던 것 같은데, 오랜만에 취하도록 술을 마신 상태였다. 실수라도 할까 싶어 비틀거리며 손을 들어 막았었는데, 그걸로 그런 건가. 그 뒤였다. 그녀조차 그를 피했다.

곰곰 생각하니 부아가 치민다. 내 집에서 일하는 사람 머리꼭지를 구경할 수가 없다. 아침엔 바빠 돌아볼 겨를이 없다 치고, 저녁엔 취기가 있으니 서로 내외한다 치고, 하지만 주말까지, 어쩌다 집에 쉬러 들어와 저녁을 먹는 오늘 같은 날조차 사람을 피해 도망치는 것은 너무하다.

식사가 준비되면 그녀는 늘 서재의 문을 '똑똑' 노크하고 도망쳤다. 곧바로 나와 봤자 이미 바람처럼 사라진 뒤다. 항상 집 안에 있으면서 그와 가장 멀리 떨어진 곳을 찾아 피해 다녔다.

식사 중인 주인을 홀로 버려두고 자리를 비우다니! 이건 찬모로서의 예의가 아니다.

시혁은 울컥 화가 치밀어 그녀를 부르기 위해 목청을 돋우려다가 곧 눈앞에 대령되어 있는 숭늉을 발견하곤 다시 후우, 숨을 내쉬었다. 숭늉이 그를 비웃듯 김을 모락모락 뿜었다. 시혁은 찬물을 들이켰다.

"민수 씨!"

결국 민수를 불러들였다. 2층 계단 위로 모퉁이를 돌아 사라지려던 민수가 그의 부름에 붙들렸다. 한 손으론 난간을 짚고 다른 손으로는 걸레통을 쥐고 있었다. 청소를 하려는 모양인가. 그러고 보니 1층의 마루며, 나무로 된 손잡이 같은 것들, 가구들이 죄다 반들반들 윤이 났다.

느릴 땐 느리면서도 손은 무척 빨랐다. 예산댁의 빈자리를 메우다 못해 월등하다는 사실을 시혁은 애써 모른 체했다. 그 말간 얼굴을 보면,

'집안일 중 할 줄 아는 게 뭐야? 그쪽 손에 밥이나 한 끼 얻어먹을 수 있을지 모르겠군!'

아무렇게나 뱉었던 말이 생각나 얼굴이 화끈 달아올랐다. 민수는 느린 걸음으로 그의 곁에 다가왔다. 그리고 의뭉스럽게 슬그머니 고개를 돌려 그의 얼굴을 외면했다.

더운 날씨에도 정강이까지 오는 또 다른 촌스러운 치마, 긴팔의 셔츠, 여전히 감겨 있는 목의 흰 손수건. 아무리 촌스러운 옷들로 무장하듯 휘감았다고 해서 낭창한 허리선을 감추지는 못한다.

"그렇게 윤이 나도록 온 집 안을 닦을 필요는 없습니다."

애초에 하려던 말을 깜빡 잊고 말았다. 이것도 분명 그녀를 위해 꺼낸 말이었으나 왠지 말투가 거칠게 튀었다. 시혁은 목청을 흠, 가다듬고 흐트러진 무언가를 추슬렀다.

"자주 쓰지 않는 곳의 청소는 따로 사람이 오잖습니까."

예산댁은 시혁이 쓰는 곳들을 청소하고 간단한 세탁도 맡아 주고 있었다. 사실 찬모에게 이런 일을 시키는 것은 옳지 않다. 시혁도 청소와 세탁을 하는 잡역부를 따로 두었었다. 하지만 문제의 스파이 사건을 함께 겪은 예산댁이 먼저 나서 주었다.

'식구도 꼴랑 하나뿐인데, 뭐 할 일이 많이 있겠슈?'

'내 아버지는 사람을 열둘도 더 씁니다.'

'하하, 그래서 어르신은 진지도 더 많이 잡순대유? 그류, 사장님은 집에서 진지도 잘 안 잡수니, 그냥 지가 다 하고 말쥬.'

그래서 월급을 올려 인사치레를 하고 예산댁을 의지했다. 하지만 민수는 민수다. 부엌일 이외에는 못하겠다고 나선대도 할 수 없었고, 사실 그게 옳았다.

"일이 너무 많지 않겠습니까? 괜찮습니까?"

민수는 고개를 돌린 채 까딱, 최소한의 표시만을 간단히 했다. 눈을 마주치는 것도, 말을 섞는 것도 거부당한 느낌, 그 묘한 불쾌감이 신경을 슬쩍 긁으며 그를 자극했다.

"과일 좀 부탁합니다."

시혁은 애초에 꺼내려 했던 말을 기억해 냈다. 그리고 눈을 떼지 않고 그녀를 관찰했다. 민수는 다시 고개만을 까딱, 하고 그와 시선조차 얽지 않았다. 돌아서는 그녀는 절름, 절름, 아까처럼 불편함을 감추는 느린 걸음이 아니라, 절룩, 절룩, 그와 함께 있는 것이 불편하다는 듯 빠른 걸음으로 그를 피해 나갔다. 하!

알싸하게 쓴 물이 올라왔다.

원래 식후에 과일을 먹지 않는 시혁은 일에 집중하지 못하고 과일을 기다렸다. 예쁘게 깎아 먹기 좋게 자른 참외를 담은 접시를 쟁반에 받치고 민수가 다가왔다. 이틀 전에 맛보았던 것으로 달콤하고 향긋했다. 식재료만큼이나 과일을 고르는 솜씨도 탁월했다.

그러나 '달그락' 접시가 책상 위에 놓이는 것과 동시에 시혁은,

"수박은 없습니까?"

그녀의 입술을 열기 위해 사력을 다하는 자신을 어쩌지 못했다. 그러나 '구해 놓지 못했다'는 간단한 대답은 들을 수 없었다. 그녀는 시선을 또 피한 채 고개를 까딱, 하고선 곧 철도 되지 않은 수박을 잘도 구해 가져다주었다.

때 이른 수박은 어쩔 수 없이 싱거웠다. 그래도 억지로 청해 받은 것이라 꿀꺽꿀꺽 먹었다. 체면상 남기지도 못했다. 결국 출장 갈 채비를 위해 몸을 일으켜 드레스룸으로 들어섰을 때 그의 감정은 들끓듯 요동쳤다.

"민수 씨, 민수 씨!"

시혁은 다시 민수를 불러들였다. 그녀는 부엌을 정리하다 말고 다시 불려 왔다. 조금쯤 짜증이 날 법도 한데, 표정을 감춘 채 눈을 내리깔았다. 그녀의 긴 속눈썹이 탐스러운 볼 아래 짙은 그늘을 만들었다. 그는 아무렇지 않은 척 숨을 들이마시며 말을 걸었다.

"가방 좀 싸 주십시오. 이틀 동안 일본으로 출장을 갑니다."

시혁의 입가에 슬그머니 장난기 어린 미소가 묻었다. 이번엔 질문을 피할 수 없을 테지. 난감한 듯 그녀도 다른 때처럼 재빠르지 않았다. 하지만 그뿐이다.

민수는 묵묵히 짐을 싸기 시작했다. 묻지도 않고 흰색의 정장용 셔츠 두 벌과 짧은 소매 셔츠 두 벌, 여름용 진남색 양복 웃옷을 빼 들었다.

이틀 출장에 네 벌의 셔츠를 챙기는 그녀. 일본은 날씨가 후덥지근해서 셔츠 소비가 많다. 비즈니스용으로 짧은 소매 셔츠를 입는 것은 실례이다. 긴소매에 양복 웃옷까지 갖추어 입는 것이 예의지만 그런 것들을 어떻게 알고 있는지, 아니면 그저 아무렇게나 가방을 싸는 것인지.

결국 그녀의 입은 열리지 않았다. 시혁은 문득 장난을 치고 있는 스스로가 계면쩍어졌다.

무슨 상관이란 말인가, 젊은 찬모 따위가 무시를 하든 외면을 하든 경멸을 하든. 앙다문 턱에 힘이 실려 그대로 몸을 돌렸다.

그러곤 서재로 돌아가 함께 가져갈 서류를 챙기기 시작했고, 그 중 하나를 빼 들어 읽어 내려갔다. 민수의 존재에 신경을 썼던 사실을 까맣게 잊고 일에 빠져들었을 무렵, '똑, 똑' 갑자기 들리는 노크 소리에 시혁은 고개를 들었다. 그녀의 손에는 가방이 들려 있었다.

얼굴을 마주치기 질색하는 그녀를 위해 "놓고 가요." 먼저 고개를 돌려 주었다. 그리고 다시 일에 빠져들려는데, '후우' 그녀가 숨을 길게 골랐다.

그녀의 얼굴을 얼결에 마주 봤다. 우유를 쏟은 것 같은 피부, 시리도록 맑은 눈동자, 빽빽한 속눈썹, 도톰한 윗입술.

그 알싸함에 심장이 얼어붙었다. 그리고 곧 와장창 부서지는 날카로운 고통을 느꼈다. 그녀의 얼굴이 괴로움에 몸부림치듯 흉하게, 너무나 흉하게 일그러졌다. 시혁은 인상을 함께 찌푸리며 그녀에게서 눈을 떼지 못했다.

'모오……' 하고 그녀는 말을 길게 뺐다.

"모오……오자란 게 이, 있을 겁니다."

그녀의 도톰한 입술은 그렇게 열흘 만에 다시 열렸다. 그때는 깨닫지 못했으나 그 가느다란 목소리마저 청아하고 고왔다.

시혁은 갑자기 스스로에게 분노가 치밀었다. 도대체 무슨 장난질을 치고 있었던 것인지. 짧고도 날카로운 격통이 가슴을 후벼 팠지만,

"알았어요."

오히려 차갑게 외면하는 것으로 그녀의 노력에 보답했다.

신경이 곤두서 일이 손에 잡히지 않았다. 공부하기 싫어하는 책상머리의 학생처럼 째깍째깍, 시계 초침 소리마저 거슬렸다. 탁, 소리가 나도록 펜을 책상 위로 던지고 몸을 일으켰다.

흰 대리석으로 둘러쳐진 거실은 거무죽죽하고, 사방이 쥐 죽은 듯 고요했다. 시혁은 갑작스레 가슴이 끓어 충동적으로 거실의 벨벳 커튼을 왈칵 열어젖혔다. 해가 벌겋게 기울어 온 집 안에 붉은 물이 들었다.

시혁은 통창의 끄트머리를 열어젖히고 오랜만에 마당으로 나섰다. 손 씨가 마당에서 부스럭부스럭 무언가를 하고 있었다. 회양목으로 낸 좁은 디딤돌을 따라 그에게 다가갔다. 아름드리 소나무로 둘러싸인 울타리가 새로워 보였고, 벌레가 나네, 어쩌네 툴툴대면서도 정성 들여 키워 낸 여름 사과와 새빨간 앵두가 보기 좋았다.

"아이고, 웬일로 바람을 쐬러 다 나오셨소."

손 씨는 마른 가지와 마당을 쓸고 난 낙엽을 태우고 있었다. 나무 타는 냄새가 구수했다.

"해가 서쪽에서 뜨겠네?"

일흔을 넘긴 노인은 바싹 마른 체구였다. 시혁은 멋쩍게 웃으며 잔디에 놓인 흰색 티 테이블 의자를 하나 빼어 그의 곁에 앉았다. 볕에 그을려 조글조글한 손 씨의 얼굴엔 장난기 어린 웃음이 가득했다. 시혁은 궁금하던 것을 물었다.

"손 씨, 손 씨는 전에 아버지 모시고 영후각 가 본 일 있지?"

"왜, 젊어서는 나도 사장님 모시고 다니지 않았소."

손 씨는 아버지, 권갑수의 눈 밖에 난 사람이었다. 시혁이 독립할 때 손 씨도 당연한 듯 그를 따라나섰다. 손 씨는 장성한 손자를 바라보듯 자랑스러운 눈빛으로 그를 향해 웃어 보였다.

"거기, 찬모하던 사람도 알아?"

손 씨는 불쏘시개로 쓰던 나뭇가지마저 불 속에 탁탁 털어 넣고 시혁의 옆 의자를 끌어다 앉았다. 어렸던 도련님은 무서운 아버지의 눈길을 피해 그의 등 뒤에서 놀았지만, 이제는 노구를 의탁하며 여생을 기댈 의지처가 되었다. 반가운 마음 반, 안쓰러운 마음 반으로 대답했다.

"알지요. 그 사람한테 곁다리로 상도 몇 번 받아먹었소. 마음도 곱지만 하늘에서 내려온 선녀맹크로 이쁘지 않았소? 어찌나 고운지 난 첨에 거기 기생인 줄 알았소."

"기생처럼 생겼는데 찬모를 했다고?"

의외의 사실에 놀라 되묻자, 손 씨는 씁쓰레하게 웃었다.

"에, 에. 기생은 못 하요. 그이가 절름발이에 말더듬이거든. 어, 어?"

손 씨는 갑자기 생각에 잠기는 듯 이상한 소리를 내며 말을 잇지 못했다.

"왜?"

시혁이 묻자, 손 씨는 인상을 쓰며 무언가를 골똘히 생각했다.

"그러고 보니 새로 온 색시가 누구를 닮았는데, 닮았는데 했는데, 그이를 쏙 뺐구먼!"

"그래?"

"아아, 다리를 좀 전다 싶을 때 알아볼 것을……. 아, 똑같소. 맞소, 똑 닮았소. 맞지요? 영후각 찬모 딸 맞지요?"

손 씨는 손뼉까지 치며 시혁에게 되물었다. 시혁은 고개를 슬쩍 끄덕였다. 손 씨는 무릎을 탁, 치며 인상을 썼다.

"에구야, 어째 그런 것까지 쏙 뺐을까? 그럼, 새로 온 색시도 말더듬이오?"

시혁은 잠시 머뭇거리다 고개를 끄덕였다. 손 씨는 안타까운 표정을 지었다.

"어째, 입을 꼭 다물고 안 연다 했더니, 나는 새침해 그런 줄로만 알았지. 에휴, 그 곱던 얼굴이나 닮고 말 것이지. 발써부터 남의 집 부엌살이를 하는 걸 보니 몹쓸 놈의 팔자까지 판을 박았나 보네."

120년이 되었다는 닭 요릿집도, 3대째 내려오는 전통을 자랑하는 덴푸라 우동도 입맛에 맞지 않았다. 자신만만하고 호기롭게 굴었어도 막판의 팽팽한 줄다리기 속에선 긴장을 늦출 수 없기 마련이다.

도쿄 뒷거리를 감싸는 비릿한 간장의 이취가 기름내와 함께 코끝에서 가시지 않아 돌아오는 비행기에서도 시혁은 속이 불편했다. 아름다운 스튜어디스가 상냥한 웃음으로 간장에 절인 튀긴 닭을 권했다. 시혁은 가볍게 웃으며 손바닥을 들어 거절했다. 그러나 좁은 기내는 어느새 간장 기름내로 가득 찼다.

보글보글 뚝배기에 끓인 김치찌개가 간절했다. 아니, 시원한 멸치육수에 호박나물과 무친 김치를 얹어 맛을 낸 김치국수 한 그릇 후루룩 들이켜면 이 울렁임이 싹 가실 것 같았다. 매콤한 멸치육수에 떠다니던 실같이 가느다란 계란 고명을 젓가락으로 건져 입 안에 넣던 보드라운 감촉이, 그 국물의 맛이 혀끝에 맴돌았다.

시혁은 얼마 전에 맛보았던 그 김치국수로 저녁을 준비하라는 전화를 넣어 놓을까, 하다가 왠지 체면이 서지 않아 집으로 가는 발길을 재촉했다.

여름의 5시가 깜깜하였다. 시혁은 현관의 문을 열고 어둑한 집 안에 발을 들였다. 불빛 한 점 새어 나오지 않는다. 부엌은 비어 있고 집 안은 써늘했다. 오슬오슬 팔에 한기가 돌았다. 장마가 오기엔 좀 이른 때, 그러나 하늘은 곧 쏟아질 것처럼 어두컴컴했다.

불을 켜며 서재로 들어서던 시혁은 벌어진 광경에 잠시 멈칫했다. 걸레들과 걸레통, 닦다 만 물건들이 바닥에 흐트러져 있었다. 청소를 하다 말고 어디를 갔을까. 민수 씨, 부르려다가 입을 다물었다.

책상 위에 서류들을 대강 분류해 놓았다. 김 비서에게 정리를 부탁할 일본에서 챙겨 온 각종 자료들, 계약서 원본, 그리고 오늘 잠들기 전에 검토할 파일들. 우선 툭툭, 던져두고 기내용 캐리어를 정리하기 위해 다시 드레스룸으로 향했다.

천천히 짐을 정리한 뒤에도, 느릿느릿 샤워를 마친 뒤에도 똑똑, 하고 그를 부르러 들어오는 민수의 기척은 없다. 서로 다정한 편은 아니었으나 집에 들어와도 반기는 이 하나 없으니 얄궂은 허전함이 온몸을 감쌌다. 시혁은 젖은 머리를 수건으로 툭툭 털어 버리고 부엌을 향하려 몸을 돌렸다.

그러나 무언가 머리를 당기는 기분이 든다. 부엌 대신 서재로 향했다. 그리고 얼어붙은 채 침을 꼴깍 삼켰다. 아까와 달리 방 안이 말끔했다. 흩뿌려 놓듯 대강 분류한 파일들까지 깨끗이 정돈되어 있다. 책상에 손을 댄 적은 없었는데! 괜스레 등줄기가 서늘하다.

시혁은 인상을 찌푸리며 아까처럼 다시 서류를 펼쳐 놓았다. 순간, 파일 하나가 비는 것을 깨달았다. 계약서를 작성하기 직전 협의한 내용을 기록한 세목들이다!

짜증이 치밀어 올라 문밖으로 소리쳤다.

"민수 씨! 민수 씨!"

아직 오픈해서는 안 되는 것들이다. 보안을 위해 계약서와 함께 들고 다녔다. 없어진 서류뭉치는 아무리 찾아도 보이지 않는다. 순간, 별의별 생각이 쏟아졌다. 어디로 빼돌리려고, 그것을 훔쳐보려고 숨었던 건가!

"하아!"

그리고 두어 걸음 걷는데 무언가 발에 밟혔다. 파일 하나가 발아래 흉하게 접혀 있었다. 찢어지진 않았으나 의자에 짓이겨졌다. 곧 폐기해야 할 것임에도 시혁은 짜증스레 그것을 집어 들어 구겨진 것을 잡아 폈다. 철렁, 했던 가슴이 다시 제 속도로 뛰기 시작했다.

시혁은 몸을 일으켰다. 눈앞에 기척도 없이 민수가 서 있다. 눈을 동그랗게 뜬 채 그녀의 눈도 구겨진 서류를 향했다. 그녀의 아름다운 얼굴을 보니 갑자기 열이 오른다. 아무 말 않고 넘어가려 "되었습니다." 하려다가 마음을 바꿨다. 표정을 차게 얼렸다.

"앞으론 책상 위, 절대로 손대지 마십시오!"

그녀는 고개를 까닥, 한 번 끄덕이고는 기운 없이 돌아섰다. 제 딴에도 무어가 잘못된 줄 알고 좀 놀란 모양이었다. 시혁은 그런 모습에 괜스레 열이 더 올랐다. 그녀가 평소보다 조금 더 다리를 절며 사라진다. 바삐 나가려는 것이다. 시혁은 순간 화가 지받쳐 문제의 파일을 탁, 하고 책상 위에 거칠게 내려놓았다.

뭐에라도 홀렸던 걸까.

그제야 글자들이 눈에 들어왔다. 종이 안엔 일식 한자와 가나가 빼곡했다. 읽었을 리도 없지만 읽었더라도 이해하지 못할 내용이다. 알고서 그런 것이 아닌데.

기운이 죽 빠지며 허기조차 사라졌다. 애먼 사람을 의심했다는 자책도 밀려왔다. 찬물이라도 들이켜고 싶다. 민수 씨, 부르려다가 미안한 마음에 직접 부엌을 향해 움직였다.

흐린 해가 저물었는지 어둑했던 마루는 그새 깜깜해져 있었다. 시혁은 마루의 조명을 켜기 위해 스위치를 찾았다.

"아⋯⋯."

그러나 안방에서 새어 나오는 빛에 머리털이 곤두섰다.

몇 걸음 걷다가 우당탕, 발치에 있는 무언가를 걷어차고, 카펫에 발이 걸려 넘어질 뻔했다. 무릎을 바닥에 찧었지만 아픈 줄도 모르고 일어나 다시 달렸다.

안방이! 안방의 문이 활짝 열려 있었다! 안방을 통해 흘러나오는 밝은 빛줄기가 어두운 거실 밖으로 길게 늘어져 있었다!

방 안에 들어서자마자 살구색 드레스를 입고 자신의 팔짱을 낀 서라의 웃는 얼굴이 시혁을 반겼다. 벽에 걸린 작은 액자를 보자마자 얼어붙은 혓바닥은 소리를 내지르지도 못했다. 꼭꼭 욱여넣었던, 흔적조차도 떠올리기 싫은 기억의 단편들이 팝콘처럼 튀겨졌다.

'킹사이즈가 좋아. 나는 넓은 게 좋단 말이야.'

살아 있던 서라의 웃음소리가 '후후후후' 귀를 찢었다. 함께 벌이던 실랑이가 귀를 어지럽혔다.

'조그만 게 꼭 큰 거 찾아. 침대는 좁을수록 좋은 거 몰라?'

말다툼까지 벌인 뒤 양보하기로 한 킹사이즈의 침대, 한 번에 합의한 협탁, 너무 비싸서 싫다는 걸 억지로 들이밀었던 이태리제 스탠드, 지나치게 과하다는 반대에도 침대를 볼모로 얻어 낸 벽면 전체를 차지하는 갈색 장롱, 그를 위해 화장하는 모습을 보고 싶었던 먼지 쌓인 빈 화장대. 비닐 커버도, 상표조차 그대로였다.

'커버, 지금 뜯을까?'
'몰라! 으이그!'

첫날밤을 치를 궁리에 달떴던 그 설렘.
색을 알아볼 수 없을 정도의 두터운 먼지가 5년 세월의 단절을 비웃었다. 정원 밖에서조차 비치지 않도록 꼼꼼히 쳐 둔 녹색 벨벳 커튼이 뜯겨 침대 위에 널브러져 있었다. 빈 장롱의 서랍을 꺼내 걸레질을 하고 있는 민수의 뒷모습에 시혁은 눈에서 불이 튀듯 격노하여 소리쳤다.
"여기…… 여기, 어떻게 들어왔습니까?"
걸레질에 열심이던 민수가 소스라치며 뒤를 돌아보았다.
"말해요, 여기 어떻게 들어왔는지!"
그녀의 얼굴이 또 흉하게 찌그러졌지만 그걸 참을 만큼 지금 그는 여유 있지 않았다. 그는 폭우가 쏟아지듯 바삐 다그쳤다.

"안방은 드나들지 않는다는 말, 예산댁에게서 듣지 못했나? 아니, 그 말을 듣지 못했더라도 잠겨 있었을 텐데, 어떻게 열고 들어왔어?"

"열, 열, 열려, 열려, 열려서, 열, 열……."

민수가 허둥거리며 말을 뱉었다.

"거짓말하지 마, 이 방은 항상 잠겨 있어! 손 씨! 손 씨!"

시혁은 뜯겨진 커튼이 달렸던 유리문을 열고 마당을 향해 소리쳤다. 바깥채와 얼마 떨어지지 않은 위치였다. 손 씨가 시혁의 고함을 듣고 깜짝 놀라 부리나케 달려왔다.

"안방 문, 이 여자한테 열어 줬어?"

"아, 아니, 아니오."

손 씨는 청소가 되다 만 안방의 광경을 보고 눈이 휘둥그레져, 말까지 더듬으며 손사래를 쳤다.

"그럴 리가 있소. 나는 안채에 들어오지도 않았소."

손 씨는 억울한 표정을 지었다. 시혁은 다시 민수를 향해 소리쳤다.

"열어 준 사람도 없는데, 문도 따고 드나들 줄 아나? 이 방은 몇 년간 열린 일이 한 번도 없어. 어떻게 따고 들어왔어? 누가 여기를 청소하라고 시켰어?"

갑자기 너무도 무섭게 화를 내는 시혁 앞에서 민수의 볼은 빨갛게 물들었다. 놀란 표정으로 손에 든 걸레를 어쩌지 못하고 양손에 꼭 쥐고 고개만 저었다. 그가 다그칠수록 그녀의 입은 더욱 열리지 못했다.

"하아……."

시혁의 입에서 한숨이 터져 나왔다. 그를 감히 한 번 바라다보지도 못하고 달싹이기만 하던 그녀의 입술이 힘겹게 열렸다.

"보, 보니 너, 너무, 드, 드, 드, 드러워서……."

그녀의 말대로 방 안에 먼지는 충분했다. 뜯겨진 커튼이 올라앉다가 밀려난 침대의 비닐 커버 위에도, 그녀의 발자국에 맨살이 조금씩 드러난 방바닥에도, 장롱 손잡이에도, 닦다 만 장롱 서랍 안에도 먼지는 그득했다. 새카만 걸레들이 땟국을 담은 대야 속에 수북했다.

"후우, 좋아. 내내 잠겨 있던 방문이 오늘 갑자기 열렸다고 칩시다. 이젠 알았을 테니, 다시는 이 방에 얼씬거릴 생각도 마요. 나와!"

시혁은 가까스로 정신을 가다듬으며 그녀에게 소리쳤다. 지은 지 5년이 넘어가는 집, 아직 그리 낡지 않았을 손잡이. 그녀의 주장대로 문이 스스로 열렸을 리는 없다. 하지만 시혁은 더 이상 생각이라는 것을 할 수 없었다. 어서 빨리 이 방문을 닫아 버리고 싶었다.

민수가 떨리는 손으로 서랍장을 제자리에 끼워 넣으려고 할 때 시혁은 참지 못하고 온몸으로 소리쳤다.

"빨리 나오지 못해?"

결국 그녀는 소스라치며 걸레를 떨어뜨리고 허리로 둥글게 원을 그리며 황급히 나갔다. 흘러나오는 눈물을 손등으로 닦으며 숨을 몰아대면서도 급히 절룩, 절룩, 절룩, 왼쪽 다리를 끌고 나갔다. 불똥은 애먼 손 씨에게도 튀었다.

"왜 여태까지 안방 출입 말라는 얘기를……."

말을 더 잇지 못하고 쓰러지듯 벽에 기대어 숨을 헐떡이는 시혁을 보고, 손 씨는 민수처럼 말을 더듬으며 변명을 했다.

"아, 색시, 새, 색시가 너무 새침해 말을 못 붙였소."

지끈거리는 두통에 시혁이 관자놀이를 누르며 주저앉자, 손 씨는 그를 일으켜 세웠다.

"잠글 테요, 이제 다시는 열어 놓지 않을 테니, 방에 들어가 잠깐 누으시오. 잠글 테요. 내가 빨리 잠가 부리겠소."

감정의 밑바닥까지 치닫고 난 여파는 적지 않았다. 시혁은 다시 어제처럼 생생해져 버린 기억을 암막을 치듯 가리고 일에 집중하려 했지만 도저히 일거리가 손에 잡히지 않았다. 출장 때문에 벌여 놓은 것들, 출장 뒤로 미루어 놓은 것들이 산더미인데 단 한 장도 읽어 넘길 수가 없었다.

이 종잇조각들은 이제 더 이상 듣지 않는 약, 오늘만큼은 더 센 약물이 필요했다. 시혁은 거실로 나와 장식장을 열었다. 마시던 코냑을 꺼냈다.

민수를 부르고 싶지도, 마주치고 싶지도 않았다. 손에 잡히는 대로 물컵 하나를 꺼내 들고 부엌을 빠져나왔다. 아직 잠들지 않았는지 부엌에 딸린 민수의 방에서 불빛이 새어 나왔다.

시혁은 인상을 쓰고 고개를 돌렸다. 거실로 나와 술을 가득 따랐다. 넓은 거실, 자신만 덩그러니 앉아 있는 빈 소파가 숨이 막혔다. 독한 것이 목과 식도를 타 넘어가는 고통에 쾌감이 느껴진다. 가슴이 타는 것 같다. 아주 활활 타 버려 모조리 없어졌으면 좋겠다.

'탁' 하는 소리와 함께 부엌에 조명등이 켜졌다. 민수가 부스럭거리는 소리가 들렸다. 안주를 내올 모양이었다. 그만두라고 할까

하다가 그마저도 싫어 내버려 두었다.

잠시 뒤 평소처럼 느리게 조금씩 다리를 절며 민수가 다가왔다. '달그락' 소반에 받친 무언가를 내려놓았다. 정갈하게 깎은 과일이었다. 시혁은 한숨을 쉬며 고개를 돌리고 다시 코냑 한 컵을 들이켰다. 정신을 잃고 취하기 위해서는 빠른 시간 안에 많은 양의 알코올이 필요했다.

"여어어기……."

민수의 맑은 목소리가 울렸다. 그녀가 여유를 가지고 말할 때는 저렇게 말을 길게 뺀다, 더듬는 것을 본능적으로 감추기 위해.

그녀의 일그러지는 얼굴을 보고 싶지 않아 시혁은 고개를 돌렸다. 하지만 다시 '딸그락' 하는 금속성의 소리에 고개가 되돌아왔다. 테이블 위에 놓인 것은 열쇠 꾸러미였다.

"차아아안장에, 이이있길래에, 여, 여어얼어 봤더니, 열려서……."

"하!" 하고 시혁은 코웃음을 쳤다. 말할 시간을 주지 않고 다그친 것을 뒤늦게 깨달았다. '열려서' 뒤에 올 말을 듣지 않았고, 한꺼번에 많은 질문을 쏟아부었다. 그녀는 마지막 물음인 "누가 여기를 청소하라고 시켰어?"에만 답했고, 답은 '보니, 너무 더러워서' 였다.

그녀의 시선은 차마 그를 마주하지 못하고 비껴 있었다. 다갈색 눈동자에 본연의 선한 빛이 배어 나왔다. 발갛게 부은 눈에선 그 짧은 동안에도 방울방울 눈물이 흘러나와 숱 많은 속눈썹을 함빡 적셨다. 민수는 훌쩍이며 서둘러 긴 소매 끝으로 뺨을 훔쳤다. 그리고 허리를 깊이 굽혀 사죄했다.

"자아알못, 했습니다."

순간 다시 울컥 화가 치밀어 올랐다. 티 나지 않게 한 다리를 조금 뻗은 채로 불편하게 허리를 굽히고 사죄하는 모습, 삼단 같은 갈색의 머리칼이 그녀의 고개와 함께 스르륵 아래로 쏠렸다가 한참 만에 제자리를 찾았다. 도발을 품으며 그를 쏘아보던 눈망울에는 의미를 알 수 없는 슬픔이 가득 들어차 있었다. 한쪽 가슴이 불쏘시개로 후비는 것처럼 쿡, 아프다.

시혁은 그녀가 건넨 열쇠 꾸러미를 다시 들어 내밀었다. 같은 일을 다시 벌일 것 같지는 않다. 아니, 아무런 생각도 하고 싶지 않아 고개를 숙였다. 반도 비우지 못한 술병과 술이 가득 채워진 컵이 아무렇게나 놓여 있다.

먼지 그득한 방을 청소했다고 난리를 피우고 있는 자신, 큰 잘못을 했다고 눈물을 쏟으며 허리 굽혀 사죄하는 그녀. 뭐라고, 안방 문을 열어 청소한 것쯤, 그게 뭐가 대수라고! 갑자기 이 모든 것이 우스꽝스러웠다.

"가서 자요."

시혁은 술이 가득 담긴 컵을 내버려 두고 그의 침실로 향했다.

3장
휴일의 손님

　다음 날 점심 무렵 민수는 평소보다 손을 더 재게 놀렸다. 근처 백화점을 다녀오느라 시간이 늦어진 탓이었다. 정원사, 손 씨는 손님이 온다고 일러 주며 갖가지 양과일을 있는 대로 사다 놓으라 조언했다. 조리대의 한쪽에는 파인애플, 바나나, 오렌지 등 평소에 오르지 않던 값비싸고 진귀한 수입 과일이 즐비했다.

　"에에, 간만에 여그루 온다 허니, 흐흐흠!"

　손 씨는 민수에게 꼬치꼬치 떠들어 댔다. 명목은 시혁에게 한소리를 듣지 않게 하기 위함이라지만 젊고 고운 색시와 상대하는 기쁨이 쏠쏠한지, 새카맣고 조글조글한 얼굴에는 특유의 천진한 웃음이 가득했다. 손 씨는 예산댁에게 들었던 정보를 뜨문뜨문 생각나는 대로 일렀다.

　"국수를 좋아한다우."

　민수는 김치와 밀가루를 꺼냈다. 김치 칼국수의 재료였다.

"아니, 아니! 양과일을 좋아하는 이가, 김치 끓인 거를 좋아하것소?"

간이 식탁 의자를 하나 차지하고 등 뒤에 붙어 앉아 잔소리도 해 주었다. 희고 고운 얼굴이 노인을 향하자, 손 씨는 괜스레 가슴을 쓸어내렸다. 늙은 것이 주책이라 스스로를 책망하면서도 민수의 색기 어린 도톰한 입술이 열리기를 문득 바랐다. 토끼같이 귀여운 민수의 눈이 동그래지며 의문의 표정을 짓다가 어렵게 손 씨에게도 첫마디를 뱉었다.

"메에에밀 국수, 이일본시익으로 하는, 메에밀 국수는……."

목소리마저 너무 고왔다. 손 씨는 만면에 웃음을 지으며 고개를 끄덕였다.

"그게 낫것소."

그녀의 동그란 눈이 반달을 그리며 배시시 웃자, 손 씨도 팔딱거리는 가슴을 주체하지 못하고 해죽해죽 따라 웃었다. 한 마디라도 더 붙이고 싶어 궁리하다가 그동안 가슴에 묻어 두었던 말을 슬그머니 꺼냈다.

"영후각 찬모 딸이라더니 왜요리도 잘하는구먼."

민수의 손이 멈추며 노인을 돌아보았다. 눈이 동그래지며 연갈색 눈동자가 밝게 빛났다. 손 씨는 괜히 뿌듯해 말을 하기 힘들어하는 그녀를 위해 먼저 입을 열어 주었다.

"젊어서 나으리, 아! 지금 사장님 아버님 말이오. 아, 나으리를 모시다 내가 색시 어머니에게 곁다리 상을 좀 얻어먹었소. 그때 메밀국수도 한 번 먹어 봤는데 왜식 요릿집보다도 맛이 좋았지."

민수의 칼질이 타타탁, 시작된 뒤에도 손 씨는 재재거리며 그녀의 어머니 얘기를 했다. 그녀가 참 고왔다는 둥, 그래서 처음엔 거

기 기생인 줄 알았다는 둥, 그녀가 웃을 땐 젊은 시절 가슴이 주책
없이 뛰기도 했었다는 둥, 그래도 마음씨가 더 비단결 같았다는 둥.

그러다 문득 민수의 손이 느려지는 것을 느끼곤 떠듬거리며 말
을 돌렸다.

"어머니는, 어, 어머닌 안녕하시오?"

그녀는 침통한 표정으로 고개를 숙이며 가로저었다.

"어얼마 전에⋯⋯."

"에구야."

손 씨는 괜한 것을 물었다 싶어 씁쓰레해졌다. 괜스레 아는 척
얘기를 꺼내 예쁜 색시의 눈에서 눈물이 후드득 떨어지는 꼴을 구
경하고 말았다.

"기운 내소. 좋은 데로 갔을 거요."

하고도 몸 둘 곳 없던 그는 "그럼 욕보소." 도망치듯 뒤채로 나
설 수밖에 없었다.

민수가 재게 손을 놀린 보람도 없이 12시에 오신다던 손님은 2시
까지도 도착하지 않았다. 일요일이라도 길게 늦잠을 자지 않는 시
혁은 7시에 아침을 먹었기에 밥때를 넘겨도 한참을 넘겼다.

민수는 올려놓은 국수물이 졸아들어 더 붓기를 반복하다, 결국
손 씨와 홍 기사, 김 비서의 식사를 먼저 내었다. 설거지를 마치고
도 졸아든 국수물을 한 번 더 부었을 때 마침내 벨 소리가 요란하
게 울렸다.

"나가요."

하고 길게 소리치며 손 씨가 대문을 열어 주고는 손님을 안내하
기까지 했다.

"왔소, 왔소."

하는 손 씨의 부름에 민수는 인사를 하기 위해 천천히 현관으로 나섰다.

현관문 밖에서 여자의 또각거리는 구두 굽 소리 뒤로, '달그락' 신을 벗는 소리와 함께 "오빠!" 하는 낭랑한 목소리가 집 안을 울렸다. 하지만 그 차림새는 눈살이 찌푸려졌다.

붉은색, 노란색, 검은색이 눈이 아프도록 어지러운 기하학적 무늬의 원피스, 번쩍이는 다이아몬드 목걸이와 귀걸이, 번들거리는 붉은색의 악어가죽 핸드백, 그 조합이 세련되기보다 무언가 싸구려 태가 났다. 그것이 가난한 노동자의 5년 벌이를 모조리 쏟을 만큼의 돈이 들었더라도 말이다.

민수는 그녀의 귀엽고 예쁘장한 얼굴을 보곤 한동안 얼어붙었다. 그녀는 흑백텔레비전 속에 갇힌 것 같은 이 저택에 기묘한 컬러를 불어넣었다. 시혁은 만면에 몽환적일 정도로 환한 웃음을 가득 짓고, 서재에서 나와 현관으로 급히 향했다.

"그러게, 내가 나간다니까."

약속 시간보다 두 시간 이상 늦은 그녀를 시혁은 열렬히 환영했다.

"차 보내 줬는데, 뭐."

"차 오래 타는 거 싫어하잖아."

그녀는 시혁만을 바라보며 뾰로통하게 대답했다. 뭐에 홀린 듯 지나칠 정도로 그녀에게 집중하는 시혁, 그리고 그밖에는 사람이 없는 듯 하는 그녀의 태도 때문에 손 씨도, 민수도 그녀의 말을 듣고 서 있을 수밖에 없었다.

"응. 차 오래 타는 거 토할 거 같아. 이딴 노친네들만 사는 동네, 산꼭대기에 올라앉은 집, 확 팔아 치우고 나 있는 데로 빨리 오라니까. 아, 도심이라 답답하다는 말은 그만해. 만날 방 안에 틀어박혀 일이나 하는 주제에 어디면 어때?"

유나는 그 차림새처럼 현란하고 어지럽도록 말이 빨랐다. 민수는 결국 인사할 기회를 놓쳐 버렸다. 그답지 않게 한참 뒤에야 눈치챈 시혁이 뒤늦게 민수를 소개했다.

"유나야, 여기는 민수 씨. 예산댁 그만두었다고 했지?"

민수는 꾸벅, 깊숙이 허리 굽혀 인사했지만 유나는 건성으로도 쳐다보지 않았다. 시혁은 조금도 알아채지 못한 채 유나에게만 집중했다.

"배고프지? 점심 먹자."

식당으로 가는 동안에도 유나는 쉼 없이 불만을 쏟았다. 유나의 말이 빠른 것은 불만이 많아 할 말이 많기 때문일지도 몰랐다.

"야, 다시 봐도 칙칙해. 확 다 바꿔 버려야지. 말로는 나온다고 하면서도 내가 집으로 오니까 반갑지? 가자는 식당마다 깨작깨작, 불편해서 오빠, 너 데리고 다니기 싫어."

그녀의 말투나 태도는 그의 신경을 전혀 긁지 않았다. 그녀에게만 집중하면서도 오히려 홀로 딴 세상에 가 있는 것처럼, 그리고 그런 관심을 받는 유나도 개의치 않고 자신의 독설을 계속했다.

"예산댁 그만둔다고 신경이 날카롭더니 생각보다 얼굴이 말짱하네. 난 또 그새 말라비틀어져 있을 줄 알았지. 새로 온 식모한테는 밥 얻어먹을 만해?"

손 씨는 유나의 말버릇에 뜨악해 "어떻게 제 아랫사람 대하듯!" 하며 눈을 크게 뜨다가 씁쓰레하게 입맛을 다셨다. 그도 시혁의 표정이 모처럼 핀 것을 알아차린 탓이었다. 대신 민수에게 소곤거리며 이르는 것으로 화풀이했다.

"저치가 버르장머리가 좀 없응께, 그냥 꾹 참고 비위나 맞추는 척하소. 면상 하나 믿고 까부는데, 지금은 저래도 사장님이 정신을 곧 차릴 게요. 혼인을 한답시고 멋대로 저그 하지만, 내가 보기에는 오래 못 가오. 아암, 내가 칠십을 살았는데 그것 하나 볼 눈이 없겠소?"

묻지도 않은 것을 다다다다, 저주를 퍼붓듯 소곤거리고 나섰다. 민수는 손 씨의 노여운 마음을 풀어 주기 위해 엷은 미소로 답을 대신하며 현관을 갈무리했다. 유나는 신을 벗을 때 발을 털어 내버리는 습관이 있는 것 같았다. 아무렇게나 흩어져 있는 붉은색 에나멜 구두 두 짝을 얌전하게 모아 바르게 돌려놓았다.

식당에서는 수저가 부딪치는 작은 소음들이 끼어들 새도 없이 유나의 수다가 빠르게 이어졌다. 시혁이 만족스러운 표정으로 식사를 마칠 때까지 그녀는 말을 멈추지 않았다. 입에 음식을 머금을 틈도 없어 보였다.

"아버지가 한번 만나고 싶대. 해를 넘겨 만나도록 인사도 한 번 안 하는 거, 너무하지 않아? 이러다 상견례 날짜 잡고서야 인사할래? 선거 때도 그래, 사람 시켜 돈 가방만 비쭉 보내면 내 체면이 뭐가 돼? 아! 우리 아버지도 짜증 나, 완전히 미쳤나 봐? 돈을 여태까지 얼마나 퍼 쓴 거야? 민정당 공천받고도 미끄러지더니, 아직도 미련 못 버렸어."

유나는 젓가락 한 짝을 들어 깨작깨작 장난을 치고 있었다. 툭툭, 잔 따귀를 맞듯 얻어맞던 정갈한 모양의 타래가 결국 허물어지자, 이번엔 국물을 휘저으며 물살을 만들었다. 동그란 모양의 파 조각들이 힘없이 떠밀려 다녔다.

"결국 오빠한테 돈 받아 오라는 소리. 내가 앵벌이도 아니고, 아우! 오빠, 너 만나는 거 안 뒤로는 아주 신이 나셨어. 몇 번을 말해야 해? 집 나오고 싶다고. 엄마, 아버지랑 사는 거 지겹단 말이야. 잔소리하는 거 대꾸하기도 지친다고!"

꿈을 꾸듯 그녀를 잔잔한 미소로 바라보던 시혁은 뒤늦게 입을 열었다.

"방배동 빌라, 마음에 안 들어?"

"누가 집 해 달래? 나도 내 명의 아파트 있어. 월세 내보내고 들어가면 돼. 그렇게 집 나오고 싶대? 결혼식 언제 하냐고!"

그러나 시혁은 미소를 잃지 않고 어린애 대하듯 그녀를 달랬다.

"알아. 밥 먹고 얘기해. 배 안 고파?"

"11시 넘어 일어나서 아침 먹고 왔더니 배불러."

게으른 것을 질색하는 시혁의 눈썹이 슬며시 위로 치켜졌다.

"그럼 이깟 약속 시간 지킨다고, 자다 말고 일어나서 굶고까지 왔어야 만족해?"

유나는 지지 않고 짜증을 부렸다. 하지만,

"아니, 잘했어."

믿기지 않을 대답과 함께 온화한 미소가 다시 퍼졌다. 그러나 예쁜 얼굴의 유나는 미간의 주름이 펴질 새도 없이 그를 몰아쳤다.

"말 돌리지 마. 안 속아. 왜 결혼 얘기만 나오면 딴소리야? 내가 니 장난감 인형이니? 옷 사 주고, 보석 사 주고, 구두 사 주고 멋대로 입혀 데리고 다니면서 노는 데만 쓰면 그만이야?"

그의 표정이 일그러졌다.

"그러지 마."

순간, 꿈을 꾸듯 나른하고 즐거워 보이던 그의 표정이 산산조각났다. 그의 얼굴이 어느새 딱딱한 무표정으로 되돌아와 있었다. 유나는 손에 든 젓가락 한 짝을 '탁' 소리를 내며 식탁에 집어 던졌다. 대치하듯 서로를 바라보는 몇 초가 계속되었다.

"나 기다리는 동안 뭐 했어?"

그러나 식탁 아래로 시혁의 다리를 툭, 걷어차며 생글생글 웃는 그녀 때문에 정적은 삽시간에 깨졌다. 그녀가 '후후' 웃음을 머금으며 시원한 앞니를 보이자, 그의 굳은 표정도 다시 온화해졌다. 그의 기분을 푸는 것은 그녀만의 특별한 재주인 것 같았다.

"뻔하지."

"뒤져서 검사한다?"

그가 다시 흰 이를 드러내며 기분 좋게 웃었다.

"일하는 거 쳐다보는 거 재미없다며. 그런 정신없는 옷은 도대체 어디서 났니? 나가자. 다른 거 사 줄게."

"싫어, 내 취향이니까 참견하지 마!"

그녀는 깔깔거리며 아무렇게나 의자를 밀치고 식당을 나섰다. 다시 밝아진 시혁도 유나를 따라 서재로 들어갔다. 유나는 주방을 향해 소리쳤다.

"아줌마, 여기 주스 한 잔 줘!"

민수는 그릇장을 뒤져 가장 예쁜 유리컵을 찾았다. 투명한 유리에 과일들이 떠다니는 것처럼 무늬가 앙증맞았다. 믹서로 오렌지를 갈아 주스를 두 잔 만들고, 바나나와 파인애플을 접시에 썰어 놓았다. 시혁을 위해서는 포도를 준비했다. 그리고 쏟아질세라 조심조심 걸어갔다.

서재 쪽에서 '까르르' 유나의 웃음소리가 새어 나왔다. 삼분의 일쯤 열려 있는 문틈 사이로 책상이 보였다. 그 책상 위에는 서류가, 그 서류들 위에는 유나의 엉덩이가 있었다. 시혁은 그녀와 실랑이 중이었다.

"그럼 못써. 내려와."

"싫어, 내 맘대로야."

"이러려고 여기로 오자고 했지? 나 골려 먹는 게 재미있어? 다 구겨지잖아. 중요한 것들이야."

다른 사람인 것 같은, 마치 때 묻지 않은 소년 같은 그의 목소리는 한껏 행복하고 들떠 있었다.

"너한테나 중요하지 나한텐 종잇조각이야. 원하면 빼앗아 보시든가."

'하하하', '깔깔깔' 남녀의 웃음소리가 어우러졌다. 바퀴 달린 오피스 의자에 앉은 시혁이 책상 위에 올라앉은 유나의 발에 희롱 당하고 있었다. 그녀는 맨발이었다. 허벅지까지 스커트 자락을 걷어 올리고 흰 다리로 의자의 팔걸이를 조종하며 그의 중심을 발가락으로 희롱하려 들었다.

"장난이 지나쳐."

시혁은 웃음을 멈추고 그녀의 다리를 붙잡아 스커트 자락을 끌어 내렸다.

"싫어!"

스커트를 끌어 올려 허벅지를 보여 주려는 그녀와 스커트 자락을 잡아 내리는 그의 이상한 싸움이 묘한 열기를 자아냈다.

"키스하면."

유나의 등이 구부러졌다.

"키스하면 시키는 대로 할게, 할래?"

그의 모습이 보이지 않았고, 목소리도 들리지 않았다. 유나의 독촉이 유혹적으로 울렸다.

"빨리 키스해."

잠시의 정적이 이어졌다. 그러자 유혹의 음성이 가시고 장난기 어린 목소리가 울렸다.

"안 할래? 정말 안 해? 좋아, 어차피 써먹지도 못하는 거 망가 뜨려 놓지, 뭐."

그가 포로로 잡은 그녀의 흰 발 하나가 다시 빠져나와 공격을 시 도했다. "그만!" 하는 그의 단호한 목소리에도 아랑곳없이, '깔깔깔' 그녀의 웃음과 함께 쏟아진 다른 장난이 그를 들쑤신 모양이었다. 항복한 것인지 '하하' 하는 그의 웃음소리도 뒤늦게 흘러나왔다.

민수는 과일과 주스 내는 것을 포기하고 돌아섰다. 기척을 내지 않으려 숨죽이며 조용히 멀어지는데, "들어와요!" 하는 시혁의 목 소리가 방 밖으로 울렸다. 그가 그녀를 먼저 발견했다.

유나는 울컥 짜증이 나 '후우!' 한숨을 내쉬며 붉게 상기된 얼굴 로 뒤를 휙 돌아보았다. 막 키스하려던 순간이었다. 시혁은 유나에게 서 손을 빼내고 그녀에게서 떨어져 나왔다. 민수는 당황한 얼굴로 쟁 반을 받치고 있었다. 유나의 시선이 처음으로 그녀의 얼굴을 향했다.

"누구야?"

민수의 얼굴을 처음 본 그녀의 미간이 찌푸려졌다. 가슴이 철렁하 도록 아름다운 얼굴, 색기 어린 도톰한 윗입술, 도발을 품은 갈색 눈 동자, 숱이 풍성한 갈색 속눈썹. 시혁은 조금 황당한 어조로 답했다.

"아까 들어올 때 인사했잖아. 식당에서도 봤을 텐데?"

"내가 일하는 것들 면상을 일일이 기억해야 해? 아까 그 새로 왔다는 식모?"

유나는 짜증 어린 목소리로 답했다.

"그래."

시혁의 얼굴이 순간 붉게 확 달아올랐다. 유나의 물음 때문이기도 했지만, 시혁의 시선은 유나의 엉덩이 아래 엉망으로 구겨진 서류에 가 있었다.

'앞으론 책상 위, 절대로 손대지 마십시오!'

날 선 음성으로 소리치던 자신의 목소리와 바쁘게 절룩이며 방을 빠져나가던 민수의 잔영이 그를 괴롭혔다. 민수의 다갈색 맑은 눈도 책상 위, 그의 서류를 향해 있었다. 시혁은 민망함으로 뱃속이 조였다.

"어서 내려와, 주스 마셔."

시혁은 유나를 부드럽게 다독이며 책상 위에서 내려오게 했다. 유나는 짜증스럽게 책상에서 미끄러지듯 내려왔다. 그의 서류철에서 종이 하나가 찌익, 찢어져 그녀의 엉덩이와 함께 미끄러졌다. 순간 시혁의 얼굴이 일그러졌으나 종이를 집어 들며 아무렇지 않게 그녀를 향해 다시 미소 지었다.

그러나 그녀는 그런 그를 향해 고개를 홱 돌리고 민수에게 눈을 모로 치떴다.

"나, 오렌지 질렸어. 키위 주스 줘."

시혁은 예쁘게 깎인 양과일들과 오렌지 주스 두 잔을 바라보았다. 그는 제철 과일을 즐기므로 평소엔 집에 들여놓을 일 없는 것들이었다. 시혁은 부드러운 목소리로 유나를 다독였다.

"오늘만, 오늘만 마셔. 내일 키위 한 박스 집으로 보내 줄게."

"싫어!"

유나의 예쁜 얼굴이 일그러지며 바로 짜증을 냈다.

"키위 없어? 키위 주스 만들어 오라니까 뭐하고 섰어?"

민수의 고운 얼굴도 함께 일그러졌다.

"인상 써? 짜증 나? 너, 나한테 감히! 감히 나한테 짜증 내니?"

유나는 성급하게 신경질을 냈다. 하지만 민수가 입을 열기 위한 과정이라는 걸 시혁은 알고 있었다.

"사, 사, 사아장님이, 알레, 알레르기가 있어서……."

시혁은 털 달린 과일에 알레르기가 있었다. 적어도 음식에 관한 한은 예산댁이 꼼꼼히 일러 준 모양이었다. 복숭아를 먹지 못하는 것을 말하는 듯, 민수는 시혁을 위해 키위도 골라 오지 않았다.

"그래, 오늘만 이거 마셔. 너 온다고 일부러 아침부터 백화점까지 가서 장 보고 만든 거니까……."

그러나 민수를 두둔하는 시혁의 말은 오히려 유나를 자극했다. 유나의 목소리는 칼처럼 날카로웠다.

"그래서? 귀찮아? 싫어? 빨리 다시 가서 사다라도 만들어 와야 할 것 아니야?"

짜증스럽게 대꾸하는 유나를 향한 시혁의 미간에 주름이 잡혔다. 민수는 급하게 머리를 조아렸다.

"그음방, 그음방……."

왼쪽 다리를 끌며 급하게 허리로 둥근 반원을 그리곤 씰룩, 씰룩, 바쁘게 나갔다. 시혁은 가슴이 조여 저도 모르게 '후우' 숨을 내뿜었다. 그리고 그것은 유나의 화를 잔뜩 돋웠다.

민수는 서둘러 마당을 나섰다. 현관을 지나 석축을 붙들고 계단을 내려온 뒤 디딤돌을 밟으며 바삐 정원을 가로질렀다. 민수가 급히 대문을 나서는 것을 보고 손 씨가 소리쳤다.

"무어 급한 일이 있소?"

민수는 눈을 동그랗게 뜨고 말했다.

"키, 키, 키, 키, 키이위이……."

손 씨는 인상을 찌푸리며 자전거를 꺼내 왔다.

"그러게 내가 양과일을 종류별로 다 사 오라고 하지 않았소? 해 필 홍 씨도 김 비서와 사장님 심부름을 나가고 없으니. 에그, 예산 댁도 한 번 이 짓을 하고 나서 그치가 온다고만 하면 먹지도 않는 양과일을 종류별로 사 왔다오."

정류장까지가 멀어서 그렇지 백화점은 버스 세 정류장 거리였다. 손 씨가 자전거를 태워 주었기에 민수는 다행히 크게 애쓰지 않고 백화점에 다녀올 수 있었다. 하지만 더운 뙤약볕에 서둘러 움직이느라 손 씨는 등판이 다 젖고, 민수의 이마에는 땀이 송골송골 어렸다.

민수는 아까보다 더 재게 손을 놀렸다. 껍질을 한 개 까서 잘라 조금 맛본 뒤 그 시고 영글지 않은 맛에 인상을 찌푸렸다. 결국 꿀 단지에서 꿀을 꺼내 작은 종지에 따로 담은 뒤 나머지의 껍질을 깎기 시작했다. 미끄덩거리는 작은 과실을 손바닥에서 굴리며 바쁘게 깎다가, '아!' 날카로운 비명을 뱉었다.

속살을 거의 드러낸 마지막 조각이 말썽을 부렸다. 민수는 핏물이 떨어질세라 서둘러 껍질을 도려내며 믹서에 집어넣었다. 그리고 수돗물을 따라 핏물을 씻어 냈다. 한쪽 눈가에 툭, 멋대로 흘러 버린 눈물을 쓱 닦고는 차게 표정을 얼리며 일을 계속했다.

퇴짜 맞은 잔 대신 새 잔을 꺼냈다. 허리가 두 번 꺾여 올라가는 민무늬 수제 유리잔이었다. 주스 한 잔과 꿀이 든 종지를 쟁반에 올리고 쏟을세라 다시 서재로 향했다. 좀 전까지 깔깔거리는 웃

음소리가 문밖까지 흘러나오던 서재에서, 지금은 고성이 오갔다.

"옷 단정히 추슬러. 대낮부터 이러지 마!"

그의 목소리가 단호했다. 그녀의 비명이 '꺄악!' 히스테릭하게 울렸다.

"차라리 그럼 나 유학 가게 놔두지 왜 간단 사람 못 가게 붙들고 이렇게 홀대해?"

"독립하고 싶다니까 우선 마련해 준 거야. 아버지께도 우리 얘기 말씀드렸어. 결혼 준비, 하나씩 진행하고 있잖아. 뭐가 그렇게 급해?"

"몰라 물어? 너 목석이니? 나 안지 않는 이유가 뭔데? 내가 모를 줄 알고? 아직도 그 이서라라는 여자 생각하지? 결혼하기로 하고서 아직도 그 여잘 못 잊으면 어쩌라는 거야? 난 오빠한테 여자도 아니니? 단지 비슷하게 생겨서 곁에 두는 것뿐인 거야? 그런 거야?"

"아니야!"

"그럼 나 안아 봐. 다른 건 다 해 주면서 왜 안지는 못해? 꽃처럼 옆에 두고 그 여자인 척 착각하며 옆에 놔두고 싶은 거 아냐!"

"나도 사람이야. 시간을 좀 줘!"

"1년이나 줬음 줄 만큼 줬어!"

두 사람의 목소리가 점점 커져 가기에 민수는 주스 잔을 들일 기회를 또다시 놓쳤다. 서재의 문은 아까보다도 더 활짝 열려 있었다. 민수는 자리를 피하기 위해 재빨리 몸을 돌렸다.

"민수 씨, 들어와요!"

그러나 오히려 기다리기라도 한 듯 그녀를 찾아낸 시혁이 손짓하며 불러들였다.

"주스 마시고 흥분 가라앉혀."

유나의 눈썹이 매섭게 올라갔다. 그리고 그 불똥은 민수에게 튀었다.

"넌 정신도 모자라? 이 마당에 주스 잔을 들고 구경을 하고 섰어야 했어?"

끝 간 데 없는 유나의 짜증은 이제 민수를 향해 활활 타오르기 시작했다.

"미이이안합니다."

민수는 주스 잔을 내려놓지도 못하고 고개를 조아렸다. 하지만 만만한 화풀이 대상을 찾은 유나는 지금부터 시작이었다.

"도대체 아까부터 생각이 있는 거야, 없는……."

끝도 없이 쏘아 댈 그녀의 말을 시혁이 막았다.

"너 위해 이 더운 여름에 두 번씩이나 장을 봐서 만들어 왔어. 아무리 네 시중들어 주는 사람이라고 해도 그런 식으로 대하는 거 아냐. 그만큼 했으면 그만둬!"

높아진 언성, 질책하는 말들, 상상도 할 수 없었던 시혁의 말투에, 유나의 목소리가 부들부들 떨렸다. 시혁은 지금까지 한 번도, 그녀에게 이런 푸대접을 한 적이 없었다.

"오빠, 너, 미쳤니? 지금 누구 편을 드니?"

"편을 드는 게 아니잖아."

다행히 그의 음성이 곧 누그러졌다. 그러나 유나는 그의 눈빛이 제자리로 돌아가지 않았다는 것을 알아챘다. 유나의 마음속에 슬그머니 불안이 일었다. 그리고 그 불안은 거품이 일듯 커져 그녀를 집어삼켰다.

이 모든 것의 원흉은 민수였다. 유나는 민수에게 다가가 손가락으로 툭툭 찌르고 쳐 대면서 날카로운 목소리로 소리쳤다.

"너, 이 집에 왜 들어왔어? 이 남자 꼬이러 들어온 거 맞지? 그 상판으로 요리랍시고 배워 이 남자 침실로 비비적거리러 들어온 거 아냐?"

"그만 좀 해!"

시혁의 목소리가 아까보다도 더 높아졌다. 맞아, 이 색스러운 계집애 때문이야. 유나는 히스테릭한 목소리로 비꼬았다.

"어어? 아까부터 이 계집애만 엮이면 계속 역성드네? 왜, 오빠. 이 계집애한테 마음 있어?"

"후우……."

곧바로 그의 변명과 사과가 쏟아질 줄 알았다. 그러나 그는 한숨을 토하며 한 번도 보인 적 없던 표정으로 그녀를 모르는 사람 바라보듯 했다. 유나는 앞으로 한발 더 나아갈 수밖에 없었다.

"그런 거니? 나, 나가 줄까? 두 사람 잘해 볼래?"

"유나야!"

"왜? '서라야' 하고 부르지? 왜 이름까지 서라라고 부르면 절절한 옛사랑, 그 계집애가 다시 살아 돌아올 것 같아?"

"야!"

시혁의 목소리가 처음으로 이성을 잃은 듯 날카롭게 울렸다.

"거봐, 그 서라라는 이름만 꺼내면 이렇게 예민해지는 거 봐."

유나는 바퀴 의자를 '쾅' 소리가 나게 벽으로 밀어붙이고 자리에서 일어났다. 그녀는 번들거리는 붉은 악어백을 집어 들고 소리 지르며 방을 나섰다.

"그래 끝내, 끝내고 말아!"

시혁의 미간이 찌푸려졌다. 고통에 전 그의 표정이 일그러지며 눈빛이 흔들렸다. 시혁은 몇 걸음 걷지 않은 유나의 팔목을 반사적으로 잡았다.

"그러지 마, 내가 잘못했어."

마치 구걸하듯 용서를 빌었다. 민수는 믿기지 않는 표정으로 시혁을 바라보았다.

"유나야, 미안해. 그렇게 가지 마."

유나의 예쁜 입술이 만족스럽게 입꼬리를 올렸다. 투명한 립글로스가 뱀처럼 번들거렸다. 의기양양하게 민수를 바라보며, 거봐라는 듯 '흥!' 하고 성질을 누그러뜨렸다. 민수는 고개를 숙여 사과하듯 인사하고 몸을 돌렸다. 그녀의 쟁반 위에는 아직 키위 주스가 놓여 있었다.

"거기!"

그녀는 열을 내느라 목이 말랐는지 민수가 받쳐 든 키위 주스를 빼앗듯 집어 들어 한 번에 죽 들이켰다. 그러나 빈 잔을 내려놓고 잠시 후 콜록거렸다.

"콜록, 콜록. 콜록, 콜록. 이 계집애 좀 봐, 콜록, 콜록. 너 일부러 키위 주스 털 안 깎고 갈아 왔지?"

"아, 아니, 아, 아니……."

열없이 서 있던 민수는 난데없는 누명에 바쁘게 손사래를 쳤다.

"까, 까, 까, 까악깠……."

얼굴을 흉하게 일그러뜨리며 바쁘게 말을 맺으려는 그녀를 본 시혁이 그만두라 손짓했다.

"알아요. 고생 많았습니다. 들어가 쉬어요."

　이렇게까지 된 건 확실히 자신답지 않은 행동임을 시혁은 잘 알고 있었다. 유나는 외동딸로 유복하게 자랐고, 그래서 구김살이 없었고, 처음부터 버릇이 좀 없었던 것이 사실이다. 하지만 문득 정신을 차려 보니 이런 지경에까지 와 있었다.

　유나가 서라가 아님을 모르지 않았다. 그럼에도 그저 숨 쉬며 살아 있어 주는 것만으로도 너무나 고마웠다. 아픈 곳 없이 자유롭게 돌아다니고, 말하고, 웃어 주기까지 하니 바랄 게 없었다. 투정 부리는 것쯤, 버릇이 없는 것쯤, 그런 것쯤은 깃털보다도 가벼웠다.

　유나에겐 모든 걸 누리게 해 주고 싶었다. 서라에겐 아주 조금도 해 주지 못했던 것들. 최고급 식당에서 음식을 먹여 주고, 좋은 옷을 사 주고, 화려한 구두, 값비싼 액세서리를 질리고 물릴 정도로 마음껏 사치하게 해 주는 것.

59

하대가 아닌, 세상에서 가장 귀한 대접을 받게 해 주는 것. 싫은 것은 싫다고 당당히 말할 수 있게, 미운 사람, 불편한 사람은 눈앞에서 치워지게, 아니, 그들에겐 막말조차 마음껏 내뱉을 수 있게, 오만하리만치 모든 걸 누리게 해 주고 싶었다. 그래서 그렇게 할 수 있게 해 주었다.

그 결과 유나는 끝 간 데 없이 험해져 갔고, 결국 아무도 손쓸 수 없게 되었다.

그녀를 길들이지 못한 것도 너의 책임이라 한다면 할 말 없다. 하지만 유나가 화를 내면 심장이 낭떠러지로 굴러떨어졌다. 도저히 맞받아치며 화를 내거나 나무랄 수 없었다. 서라는 울음을 터뜨리며 소리치곤 집을 뛰쳐나간 뒤 피투성이의 주검이 되어 돌아왔다. 교통사고였다.

'오빠, 우리 그만 끝내!'

그것은 그녀의 유언이 되었다. 울부짖는 시혁에게 모르는 사람들이 서라를 확인하지 못하게 말렸다.

시혁은 억지로 서라를 덮은 피투성이 천을 거뒀다. 머릿속에 들었던 것들이 붉은 핏물과 함께 머리카락에 엉겼다. 부자연스럽게 꺾인 목은 몸통 위에 어설프게 자리 잡고 있었다. "오빠, 우리 그만 끝내!"와 서라의 충격적인 마지막은 시혁에게 그렇게 하나처럼 뭉뚱그려진 것이었다.

유나와는 도저히 싸울 수가 없었다. 유나의 기분을 상하게 한 채 돌려보내면 다시 그 무서운 사고가 되풀이될 것 같은 끈질긴 불안이 그를 괴롭혔다.

하지만 시혁은 유나를 바래다주는 길에 결국 또 싸우게 되었다.

조급하고 쉽게 성을 내며 모든 걸 마음대로 하지 않으면 못 견디 하는 그녀를 이해하려 애썼다. 그가 느린 만큼 그녀는 다급했다. 어스름이 깔리는 그녀의 집 앞, 차 안에서 시혁은 용기를 내어 여전히 쉽지 않은 키스를 시도하려 했다. 그러나 유나는 고개를 홱, 돌리고 짜증을 냈다.

"왜 그래, 화가 덜 풀렸어?"

그녀를 토닥이려 따뜻하게 말했을 때 유나는 인상을 찌푸릴 만한 대답으로 되받아쳤다.

"그 절름발이가 갈아 준 키위 주스 털이 목에 걸려 키스하고 싶지 않아."

그것을 빌미로 결국 크게 다퉜다. 말버릇을 고치라고 야단쳤고, 떠올리고 싶지 않은 폭언으로 되돌려 받았다. 끝내자는 말을 하면 마음대로 할 수 있단 걸 안 뒤론 자꾸 그를 휘두르는 수단으로 이용했다. 시혁은 유나를 향해 언성을 애써 가라앉혔다.

"빈말 아니야. 끝내자는 말, 더 이상 하지 마."

그러나 유나는 고함을 내지르며 차 문을 열고 내렸다.

"됐고. 이젠 진짜로 끝내! 다시는 연락 같은 거 하지 마!"

시혁은 더 이상 그녀를 막지 않았다. 유나는 보란 듯 벨을 누르고 대문을 '쾅' 닫으며 안으로 들어갔다. 다투게 되면 이유에 상관없이 즉각, 먼저 사과를 해야 하는 것은 그의 몫이었다. 그러나 그는 처음으로 사과하지 않았고 집으로 돌아온 뒤 실수까지 하게 되었다.

말도 안 되는 유나의 말을 확인하고 싶었다. 하나부터 열까지 그녀의 투정이고, 트집임을 모르지 않는다. 그러나 현관문을 들어서기가 무섭게 부엌으로 가 민수를 찾아냈다.

"정말, 키위를 껍질째 갈았습니까?"

민수는 시혁의 질문에 눈을 깜빡이며 대답을 못 하고 침만 삼켰다. 입술을 축이며 넘어가지 않는 것을 넘기는 그녀를 보며 기어이 답을 기다렸다. 사실, 질문을 하는 스스로가 더 어이없었다.

"까아악, 까악았습니다!"

민수도 화가 난 모양이었다. 쓰레기통을 바로 가져와 그 앞에서 꺼내 보였다. 부엌 바닥에 쓰레기가 하나씩 펼쳐졌다. 당연하게 한 무더기의 키위 껍질이 나왔다.

시혁은 뒷목이 당겼다. 그녀에게 한 짓이 너무나 부끄러워 얼굴이 벌게졌다. 철없는 유나의 한마디에 쓰레기통을 뒤지는 짓까지 벌이다니.

형광등 불빛에 그녀의 새하얀 목덜미가 드러났다. 흰 손수건 사이로 그가 짓이겼던 상처가 스쳤다. 그 때문에 고개를 떨어뜨리고, 그녀는 '쌔액, 쌔액' 숨을 내쉬며 어깨를 떨었다. 화를 다스리려는 듯 했으나 어느새 타일 바닥에 물방울이 툭 떨어졌다.

그녀는 우는 것을 들키고 싶지 않은 듯 고개를 돌렸다. 그리고 쓰레기통의 음식 찌꺼기가 잔뜩 묻은 손으로 빠르게 눈을 닦으려 했다. 시혁은 눈에 균이라도 들어갈까 놀라 그녀의 두 손을 덥석 잡았다.

하루 종일 물에 담갔던 손이 잔뜩 불어 터져 있었다. 어디서 베었는지 상처도 길게 벌어졌다.

바닥에 사방으로 널브러진 쓰레기들, 손님이 온다고 부산스레 준비했을 음식물과 과일 껍질들, 그리고 여전히 쓰레기통 한쪽을 메우고 있는 유나에게 퇴짜 맞았던 오렌지의 껍질. 쓰레기통 안에서도 오렌지의 향긋한 향은 여전히 제 향취를 풍겼다.

이게 무슨 짓인가. 내가 왜 이렇게까지 되었는가. 왜 말도 안 되는 유나의 투정에 이렇게까지 해야 했을까.

결국 시혁은 그 후에도 유나에게 사과하지 않았다. 그녀가 화를 내면 늘 불안했으나 이번만은 그러지 않았다. 불안감을 몰아낸 묘한 불쾌감이 그의 사과를 막았다.

유나는 그의 실제 성격을 겪은 일이 없었다. 시혁은 모든 일에 원리 원칙과 상벌, 호오(好惡)가 분명했다. 유나는 자신이 유일한 예외였음을 알면서도, 제대로 알지 못하는 것 같았다.

반면 민수와는 다음 날 저녁, 어렵게 화해를 했다. 시혁이 먼저 그녀에게 화해를 청했다.

"민수 씨."

식사가 준비되었음을 알리며 평소처럼 똑똑, 서재 문을 노크하고 사라지려 할 때였다. 마음을 단단히 먹었던 시혁은 재빨리 방에서 튀어나와 그녀를 불러 세웠다.

"민수 씨!"

듣지 못한 척 민수는 걸레통을 쥐고 조용히 지하로 내려가려다 곧 붙들렸다. 시혁은 얼결에 잡았던 그녀의 팔에서 황급히 손을 거두었다. 자꾸만 잊었다. 그녀가 자신의 모든 것을 혐오한다는 사실을.

"미안합니다. 사과를 꼭 하고 싶었습니다."

하지만 그 때문에 오히려 그녀에게서 눈을 떼기가 힘들었다. 희고 고운 얼굴, 빽빽한 속눈썹, 복숭아처럼 부푼 발그레한 볼, 그리고 애써 외면하는 시선 아래 감추고 있는 원망 어린 눈빛까지.

"민수 씨가 온 첫날부터 대단히 무례했습니다. 내 집 사정 이렇다, 미리 챙기지도 못했으면서 무작정 화만 냈어요. 내가 좀 유별나다는 거 압니다."

무엇을 책잡힐까 두려워하는 듯 그녀의 눈은 지금처럼 언제나 그를 비껴 있었다.

"내가 어머니 손에 자라지 않아 좀 그렇습니다."

실수였을까. 그녀의 시선이 슬그머니 그를 담았다. 알싸한 슬픔, 그리고 짙은 원망이 얇은 투명막 사이로 비치듯 투과되었다. 시혁은 갑자기 서글프게 '후후' 웃었다.

"이렇게라도 시선을 맞추어 주니 참 좋군요."

민수는 갑자기 허를 찔린 듯 눈을 도로 내리깔았다.

"시선은 또 왜 피합니까? 내가 그렇게 잘생겼습니까?"

잔뜩 긴장으로 부풀었던 그녀는 '푸흡' 웃음인지 한숨인지 모를 것을 뱉었다. 순발력 있게 던진 농담이 통했다. 시혁도 그런 그녀의 눈을 내려다보며 '하하' 마주 웃었다. 그녀의 시선이 조금 들려, 시혁은 악의 없는 눈빛을 읽었다. 그리고 순간을 놓치지 않고 부탁했다.

"제발, 집 안에서 나 피해 도망 다니는 짓은 좀, 그만둬요. 아니면 원래 모든 사람한테 그러는데 내가 참견한 건가?"

맑은 얼굴이 발갛게 물들었다. 민수는 고개를 숙이고 눈을 내리깔았다. 숱 많은 속눈썹이 긴 그림자를 만들며 살래살래 고개를 저었다.

"편하게 지냅시다. 민수 씨가 불편해하면 나도 같이 불편합니다. 아무리 고용주와 고용인이라도 맞붙어 사는 사람입니다. 예산댁은 내게 어머니처럼 잔소리도 늘어놓았습니다. 책상 위 재떨이를 비울 때면 꼭……."

말을 갑자기 멈춘 시혁 때문에 민수는 슬그머니 눈을 들었다. 그는 예산댁 특유의 미간의 주름을 흉내 내며 그녀처럼 입을 내밀고 말했다.

"'배 속에 빵꾸나것슈' 하고 꼭 한 마디씩 했습니다."

썩 재밌을 리 없는 그의 흉내에도 민수는 '후후후' 쉽게 웃어 주었다. 그때 처음 알았다. 그녀는 원래 웃음이 많은 모양이었다.

"덕분에 그 잔소리에 질려 담배도 끊었습니다."

시혁은 걸레통을 빼앗듯 민수의 손에서 털어 내 계단 구석에 놓았다. 그리고 그 가녀린 등에 가볍게 손을 얹고 슬그머니 부엌방으로 밀어 넣었다.

"잠깐 쉬는 모습 보인다고 월급 안 깎습니다. 그렇게 일하다간 무쇠라도 못 당하겠습니다. 손님 들 일 있으면 미리 말할 테니 청소는 좀 적당히 해 둬요."

제대로 사과가 된 것인지 잘 알 수 없었다. 어쨌든 화해는 되었겠지, 식당으로 들어섰다. 식탁 위엔 1인분의 음식이 평소처럼 정갈했다.

빨갛게 양념이 잘 밴 감자와 무가 든 향긋한 갈치조림, 보슬보슬하게 얇게 저며 간장 양념으로 맛을 낸 소불고기, 알록달록 색이 예쁜 가지나물, 살캉거리는 애호박나물, 구수한 된장 시래기나물, 시원하고 담백한 미역냉국, 이제 막 익어 새콤한 맛을 내기 시작한 오이소박이.

그러나 먹음직한 상 앞에 앉아서도 선뜻 젓가락을 들지 못했다.

그녀의 등에 손을 얹었던 말캉한 감촉의 잔영과 함께 곧 '아!' 인상을 찌푸렸다. 사과할 것들이 빚더미처럼 불어 정작 어젯밤 일에 대한 사과를 잊었다.

하지만 그것은 다시 민수의 흰 손을 잡았던 자신의 손에 대한 기억으로 변질되었다. 시혁의 까만 손과 민수의 흰 손으로, 그리고 그 손가락들이 얽혀 들던 기묘한 그림으로, 시혁은 고개를 털어 생각을 날렸다. 사심을 갖고 한 행동이 결코 아닌데.

심장이 툭툭, 거칠게 뛰었다. 그녀가 애써 해 준 음식들의 맛을 도통 알 수 없었다.

그래도 다행스러웠다. 그날 이후 민수는 더 이상 시혁을 불편하게 대하지 않았다. 시혁이 식당에 있을 때도 스스럼없이 부엌일을 했고, 그를 피해 요리조리 도망치는 일은 없었다.

저녁엔 TV를 같이 보기까지 했다. 저녁 뉴스를 보던 시혁이 "차 한 잔 주십시오." 하는데 부엌의 기척이 없었다. 벽시계를 보니 쉬러 들어갈 시간이 좀 넘었기에 아차, 더 이상 청하지 않았는데, 잠시 후 그녀는 갓 끓인 결명자차를 내왔다.

샤워를 막 하고 나온 것 같았다. 꽃향기처럼 진한 결명자차의 향 사이를 그녀의 체취가 덜 배인 베이비로션 내음이 날카롭게 갈랐다. 말리다 만 머리칼, 아직도 젖은 귀밑머리에서 물방울이 도르륵, 떨어지는 것에 시혁은 숨을 멈추고 홀려 들었다.

그러나 그녀는 평소처럼 빠르게 몸을 돌려 부엌으로 사라지지 않았다. TV 화면에는 조직폭력배들이 엉망으로 만들어 놓은 지하 카바레의 화면이 어지럽게 펼쳐졌고, 그녀는 놓치지 않으려는 듯 집중했다.

그러나 그를 뒤늦게 의식하고 황급히 돌아 나가려고 할 때였다. 시혁은 뭐에 쓰인 것처럼 그녀를 붙들었다.

"괜찮으니 앉아서 편히 봐요."

솔직히 고개를 저으며 갈 줄 알았다. 하지만 그녀는 양해를 구하는 눈빛으로 가볍게 미소 짓곤 소파의 끄트머리에 가만히 엉덩이를 내려놓았고, 그때부터였다. 시혁은 무척 불편해지기 시작했다.

앉아서 편히 보란 말이 결코 빈말은 아니었다. 그러나 그녀가 가까이 있단 사실이 묘한 긴장을 불러일으켜, 신경이 바싹 곤두서며 숨을 쉬는 것조차 어려웠다. 시혁은 자신의 고르지 못한 숨소리가 그녀의 귀에 들어갈까 조마조마했다.

슬그머니 눈동자를 굴려 그녀의 얼굴을 훔쳤다. 샤워를 막 마친 민수의 얼굴에 연한 홍조가 비쳤다. 옆에서 본 콧날은 그녀의 성정처럼 바르고 곧았고, 부푼 입술이 알맞게 붉었다.

"콜록, 콜록."

그녀가 갑자기 사레들린 듯 기침을 했다. 시혁은 화들짝 놀라 눈을 돌렸지만 곧 들키지 않았단 것에 안도했다. 그녀의 시선은 TV에 못 박혔고, 시혁의 눈은 슬그머니 그녀를 다시 훔쳤다. 그녀가 내뱉은 숨결이, 그녀의 체취를 담아내기 시작한 베이비 로션의 향이 훅, 달콤하게 시혁의 폐를 찔러 들었다.

저 베이비 로션. 그녀에게서는 저 베이비 로션의 내음이 항상 조금 났다. 죽어도 밝히지 못할 비밀이 하나 생겼는데, 사실 아까 낮에 그 브랜드가 너무 궁금해 그것을 알아냈다. 부엌을 지날 때, 유혹을 이기지 못하고 열린 틈으로 그녀의 방을 엿보고 말았다.

결과는 실망스러웠다. 시혁도 알 만한 그저 미국산 마트 전용 브랜드였다. 하지만 호기심은 벌컥 자라 버렸고, 그녀의 방을 눈에 담고 말았다. 싸구려 로션 뒤로 거울을 올린 삼단 서랍, 비닐로 된 비키니장, 불편해 뵈는 간이침대까지.

여자의 화장품에 대해 아무리 몰라도 그녀의 화장대는 지나치게 검소했다. 나이답지 않았다. 칼로 자른 듯 깔끔하게 포갠 이불처럼 흐트러짐 하나 없이 말끔하게 정돈된 방 안 풍경이 그녀의 성정을 정확히 읊어 줬다.

"보시다시피 현장은 그야말로 아수라장입니다. 온몸을 문신으로 도배한 폭력 조직원들이 시민들을 공포에 질리게 해 왔습니다. 폭력 조직원은 옛 '명동 사건'의 주범, 정상경과 고(故) 김진우와 같은 조직에서……."

TV화면에서 기자가 심각한 표정으로 폭력배들의 세력 다툼으로 엉망이 된 현장을 생중계했다. 데스크로 샷이 옮겨지자, 앵커는 그들의 처벌에 관해 엄격한 얼굴로 보도했다. 민수의 단정한 시선은 여전히 TV를 향했다.

다른 이나 다른 사물을 바라볼 때 민수의 눈은 저렇게 시리도록 맑고 깨끗했다. 시혁은 말수가 지독히 적은 그녀의 어깨를 잡아 흔들어 묻고 싶었다.

왜 다른 것들은 그렇게 깨끗한 눈으로 품으면서 나만은 그런 눈으로 바라봅니까.

도발을 품은 눈빛에 어린 원망, "미안합니다." 했던 사과는 모두 그에 대한 것일지 몰랐다.

민수는 TV를, 시혁은 민수를, 그렇게 바라보던 채 2분도 되지 못한 시간은 찰나처럼 끝났다. 기사의 꼭지가 끝나자마자 그녀는 단호히 몸을 일으켰다.

편하자고 화해를 청했지만 시혁은 그녀가 조금씩 더 불편해져 갔다. 사실, 처음부터 시혁은 그녀가 불편했다. 그녀가 해 주는 모든 것들이 만족스럽고 안정적이더라도, 코끝이 매캐하고 가슴이 쿡 쑤시도록 그는, 그녀가 아주 많이 불편했다.

한 주가 어떻게 가는지도 모르게 빠르게 흘렀다. 더운 토요일 오후, 시혁은 오후 일정을 텅 비우고 집으로 들어왔다. 언제부터일까. 퇴근 시간이 기다려지기 시작했다. 어느새 달콤한 공기를 마시며 창밖을 바라보는 것도, 민수의 밥상을 기대하는 것도 일상의 소소한 기쁨이 되었다.

기대, 기쁨, 설렘. 시혁은 생소한 감정이 낯설고도 신선했다.

책상 앞에서 끄적끄적 파일들만 펴 들고 전혀 집중을 하지 못하는데 햇살이 비치는 등 뒤로 사람의 그림자 하나가 어렸다 사라졌다. 민수가 텃밭에서 무언가를 하고 있었다. 손 씨도 있다. 시혁은 갑자기 참견을 하러 나가고 싶은 마음을 주체할 수 없었다.

"뭐 해?"

망설임 없이 몸을 벌떡 일으켜 뒷마당으로 향했으나, 말을 건 것은 애먼 손 씨였다. 손 씨는 좀 놀라면서도 반갑게 그를 맞았다.

"에, 색시가 텃밭을 솔찬히 잘 가꾸요. 그새 이렇게 맹글어 놓았소."

텃밭은 예산댁도 좀 귀찮아하던 것으로, 손 씨도 크게 신경을 쓰지 않는 곳이었다. 물론 갓 따 먹을 각종 푸성귀들이 항상 없던 것은 아니었지만 같은 듯 달랐다. 여름 더위에 시들시들 맥을 못 추던 이파리들이 어느새 파릇파릇 살아나 있었다.

그때 '삐익' 하고 초인종이 울리자, 손 씨는 "나가요!" 하고 자리를 떴다. 민수는 부추를 따는 데 여념이 없는지 그를 알은체하지 않았다. 하긴, 그녀는 그를 먼저 알은체하는 법이 없었다. 시혁은 말을 붙일 타이밍을 놓치고 침을 꼴깍 삼켰다.

그녀는 여전히 긴팔의 흰 셔츠 차림이었다. 목에 두른 흰 손수건도 여전했다. 시혁이 덧내지만 않았다면 지금쯤은 목을 시원하게 내놓아도 되었을 터였다. 발간 볼, 귀밑머리에 맺힌 맑은 땀방울이 새삼 미안했다.

하지만 그의 눈은 멈추지 못했다. 허릿단 사이로 슬쩍 보이는 흰 살결, 도톰한 엉덩이의 굴곡, 걷어붙이고 주저앉은 치맛단 아래로 슬쩍 비치는 복사뼈, 시혁은 고개를 돌렸다. 자리를 뜨는 것이 옳다.

그러나 손 씨가 큰 상자를 들고 오며 그를 막아섰다.

"에, 저그 건너 정 회장님이 보내온 장어요. 아주 좋소. 요놈들을 바로 구워 먹으면 맛날 것인데……."

내내 알은체하지 않던 민수가 고개를 돌려 배시시, 웃으며 고개를 끄덕였다. 처음 보는 짙푸른 미소였다. 동그란 눈은 반달을 그렸고, 발그레한 볼은 탐스럽게 부풀었다. 도톰한 입술이 그리는 곡선이 보기 좋다. 손 씨에게는 저런 식으로 웃는군.

알싸한 마음에 이상한 심술이 올랐다. 하지만 더 이상의 참견은 불가능했다.

"사장님, 어여! 어여 들어가소. 여긴 비린내가 나니께."

손 씨가 손을 휘휘 저으며 그를 쫓았다. 시혁은 "요즘엔 잠을 잘 자서 괜찮아졌어." 대답하지 못하고 서재로 되돌아왔다. 며칠 전 시혁이,

'그때 갓 끓인 결명자차를 한 잔 마시고 잤더니 잠이 잘 오더군요.'

흘리듯 말을 했더니 민수는 매일 밤 11시가 좀 넘으면 결명자차니, 보리차니, 옥수수차니 하는 수면에 방해되지 않을 것들을 한 잔씩 가져다주곤 했다.

쉬는 시간을 깎아 먹어 미안함에도 염치없이 꿀꺽꿀꺽 받아 마셨다. 그녀가 밤마다 가져다주는 그 뜨거운 것들을 마시고 잠자리에 누워 생각을 멈추면 갑자기 훅 꺼지듯 잠이 찾아왔다. 날아갈 듯 컨디션이 좋았다.

두 시간이나 지났을까. 갑자기 울리는 '똑똑' 노크 소리에 시혁은 서류 더미에서 정신을 빼냈다. 민수가 식사하라고 부르러 왔다. 기다렸다는 듯 몸을 일으켰다. 식당으로 가는 발걸음이 설레었다.

입 안에 스미는 따끈한 장어구이의 향이 아찔했다. 간장의 향이 딱 맛좋게 배인 장어에 숯불의 은은한 향이 풍미를 더했다. 새콤한 미역오이냉채와 조그맣고 납작하게 부친 부추전에 입맛이 돌았다. 매콤하게 무친 겉절이도 그만. 민수가 다가와 물을 조르륵 따라 주었다.

배가 알맞게 불렀다. 날이 더워 나른했다.

그녀도 더운지 다치지 않은 한쪽 팔을 걷어붙였다. 다시 보니 목의 패인 부분도 평소보다 넉넉한 것이다. 처음 보는 그녀의 쇄골, 마른 듯 가녀린 예쁜 뼈마디, 시혁은 아차, 시선을 거두곤 스스로에게 욕을 뱉었다. 그녀와 시선이 얽혔다. 잘못을 한 듯 가슴이 철렁했다.

그러나 그녀는 아주 조금, 웃음기를 머금었다. 원망이 어리지 않은 맑고 깨끗한 눈, 처음 받아 보는 선선한 시선에 화들짝 놀라 시혁은 괜스레 헛기침을 했다. 칭찬을 받은 어린아이처럼 기분이 좋아졌다.

'삐익…… 삐익…… 삐익…… 삐익……'

그러나 갑자기 다시 울려 버린 초인종 소리 때문에 토요일 오후의 평화는 딱 거기까지였다.

"어떻게 네가 나한테 이럴 수가 있어!"

현관문을 '드르륵' 요란스레 밀고 들어온 것은 유나였다. 시혁이 식당에 있다는 것을 알아차리자마자, 유나는 물 한 잔 마실 틈도 주지 않고 쫓아 들어와 다다다 말을 쏟았다.

"왜 사과 안 해? 왜 전화 안 해? 너 미쳤니? 돌았니? 하루도 아니고 이틀도 아니고 일주일이야. 어떻게 일주일이나 지났는데도 나한테 사과를 안 할 수가 있어? 진짜로 끝내자는 거야? 확 이렇게 끝내 보자는 거야?"

유나는 자리를 잡고 앉지도 않고 그를 내려다보며 속사포처럼 말을 쏘았다. 금속 장식이 뱀의 비늘처럼 촘촘히 박힌 원피스가 번쩍번쩍 어지러운 가운데 쉴 새 없이 비난이 쏟아졌다. 붉은색 립스틱이 번들거리는 그녀의 입술에서 시선을 거둔 시혁은 모처럼 잘 먹은 밥이 얹혔다.

"화 풀리면 연락하라고 했잖아."

유나는 언성조차 높이지 않고 차분하게 말하는 시혁의 태도가 더 거슬렸다. 나는 일주일 동안 얼마나 애타게 연락을 기다렸는데. 무서운 눈으로 내려다보는 유나의 시선을 받으며 시혁은 담담히 말했다.

"사과는 이미 넘치도록 했어. 싸우고 싶어서 온 거라면 돌아가."

"야!"

유나는 히스테릭한 비명을 지르며 팔을 뻗어 시혁의 뺨을 힘껏 후려쳤다. '짜악' 하는 파열음이 공기를 가르며 귀를 찢듯 울렸다. 세상이 멈춘 듯 모든 소음이 사라졌다.

손을 댄 유나도, 유나의 식사를 준비할 것인지 물으러 오는 민수도, 숨조차 쉬지 못한 채 시혁만을 바라보았다. 그의 눈에서 폭발적인 분노의 안광이 스쳤다. 유나는 여태 한 번도 보지 못했던 것. 유나는 두려움에 입술을 바들바들 떨었다.

시혁의 왼뺨이 순식간에 검붉게 달아오르며 선명한 손자국이 그려졌다. 몇 초간의 불쾌하고 긴 정적이 이어졌다.

"이리 줘 봐. 손 부었겠다."

그러나 그것을 깬 것은 시혁이었다. 너무나도 자상하고 부드러운 목소리였다. 그의 눈빛도 얼마간 가라앉아 있었기에, 유나는 삽시간에 긴장이 풀려져 '흐어엉' 하고 울며 그의 품에 매달렸다.

그가 자리에서 일어나 유나를 안아 주었다. 그리고 천천히 등을 쓸어 주었다. 서러운 울음이 눈물 섞인 훌쩍임으로 변하고, 그 훌쩍임에서 눈물기가 빠질 때까지 오랜 시간이 걸렸다. 결국 그녀가 진정되자 그는 따뜻하게 물었다.

"점심 먹었니?"

유나의 고개가 모로 도리도리 돌아갔다. 시혁은 가볍게 웃었다.

"아침은?"

유나의 고개가 다시 한 번 흔들렸다.

"아침부터 열 내느라 밥도 안 먹고 씩씩거렸구나?"

유나가 시혁의 품 안에서 철없이 헤헤거리며 웃었다. 울고 난 뒤 빨개진 코끝조차 귀여웠다.

민수는 덕분에 상을 한 번 더 차렸다. 시혁이 먹고 난 뒤였지만 다행히 여자 한 명이 먹을 정도의 음식이 남아 있었다. 겉절이와 오이냉채를 새로 내고 식은 된장찌개 뚝배기를 올렸다. 꺼져 가는 숯불을 다시 살려 장어도 구웠다.

"상이나 보소, 내가 요놈은 구워 놓을 테니."

하며 손 씨도 거들어 주었다.

상이야 금방 차려졌지만 부추전이 여유가 없어 재료를 다시 준비하는 바람에 조금 늦어지고 말았다. 노릇노릇하게 방금 부친 부추전을 들고 식당에 들어섰을 땐 시장기가 가득했던 유나가 식사를 거의 마친 뒤였다. 장어구이가 입에 맞았는지 장어는 흔적도 없이 말끔했고, 냉채만 조금 줄어든 채 다른 음식들에는 아예 손도 대지 않았다.

민수는 머뭇거리며 그녀의 상 위에 늦은 부추전을 올려놓았다.

"날도 더운데 웬 긴팔?"

배가 찬 유나는 젓가락 한 짝만 들어 방금 부쳐 온 부추전을 뒤적이며 민수에게 말을 붙였다. 그녀답지 않게 말이 느렸다. 민수는 비어 가는 그녀의 잔에 물을 따르며 천천히 답했다.

"그으으냥, 이이게 펴언해서……."

시혁은 갑자기 숨이 탁 막히며 가슴이 답답했다. 겨우 진정된 유나를 다시 흥분시키는 것은 어리석은 일이니 참아야 했다. 그러나 온통 민수에게 신경이 쏠려 있는 유나는 그런 그의 마음을 알 턱이 없었다. 그저 부른 배로 그녀의 고픈 호기심을 채워 나갈 뿐이었다.

"지난번엔 얌전한 척 목도 올라간 거 입더니, 오늘은 푹 파인 걸 입었네? 왜, 오늘 밤 꼬셔 보려고?"

배배 꼬는 듯 느리게 이어진 유나의 말투 앞에, 이미 붉은 민수의 얼굴이 귓가까지 발갛게 물들었다. 유나는 부추전이 민수라도 되는 양 젓가락으로 쿡쿡 찔렀다. 부추전을 괴롭히던 유나가 매섭게 눈을 들어 민수를 흘겼다.

"아, 아, 아닙니다. 더, 더, 더, 더, 더워서……."

"아아, 편해서 긴팔을 입고 땀을 흘리고, 목은 더워서 푹 파인 걸 입어? 말 돼? 앞뒤가 이상하지 않아?"

민수의 이마에는 땀마저 송골송골 배어 있었다. 급히 움직인 데다 불앞에 한참을 서 있은 탓이었다. 두 번이나 상을 차리느라 애를 먹고도 봉변을 당하는 그녀에게 미안하여 시혁은 입을 열려다 꿀꺽 삼켰다. 대신 민수에게 그만 가 보라는 손짓을 했다.

그러나 그를 바라본 유나의 표정이 날카롭게 변하고, 민수에게 큰소리를 쏟아 냈다.

"왜? 그렇게 더우면 목에 두른 손수건이나 푸르시지요? 눈에 띄고 싶어 안달 난 것처럼 그렇게 이상한 차림새를 하고……. 일부러 시선을 끌려는 방법도 가지가지야?"

그녀의 괴롭힘에 접시의 모서리에서 견디다 못한 부추전이 식탁 위로 툭, 떨어졌다. 결국 시혁이 참지 못하고 입을 열었다.

"물 마셔. 그리고 더 이상 안 먹을 거면 음식 가지고 장난치지 말고 젓가락 내려놔."

유나의 신경이 시혁에게로 옮겨졌다.

"오빠 왜 그래? 왜 저 여자 편들고 그래?"

결국 또 두 사람의 싸움이 되었다. 유나는 처음부터 민수가 마음에 들지 않았다. 화냥년 같은 게, 아픈 척, 착한 척, 모자란 척, 하나부터 열까지 마음에 드는 것이 하나도 없었다.

"화해하러 왔잖아, 그만! 다 먹었으면 일어나자. 너, 나 자극하려고 일부러 그런 옷 골라 입고 왔지? 질색하는 거 알면서. 옷 사줄게 나가자, 쇼핑 가자."

시혁은 유나가 주의를 환기하도록 다른 말을 꺼냈다. 그러나 유나의 신경은 날카로워질 대로 날카로워져 있었다.

"그딴 거 됐어! 이 계집애 밥상도 봐, 장어에, 부추에, 미역에! 전부 정력에 좋은 음식뿐이잖아. 쟤, 오빠 꼬드리러 들어왔어. 안 보여? 저렇게 색기가 넘쳐흐르는 게 식모나 하고 앉아 있을 리가 없잖아? 너! 내가 너 하나 뒷조사 못 할 것 같아?"

"말이 되는 트집을 잡아. 자꾸 그러면 보기 싫어, 그러지 마."

"보기 싫어도 할 수 없어, 저 여자 내보내."

유나가 민수를 가리키며 손가락질하자 민수의 눈이 휘둥그레졌다. 손사래를 치며 급히 고개를 숙였다.

"아, 아, 아, 아, 아가씨, 자, 자, 자, 잘못, 잘못했습니다. 다, 다아아안, 다안정한 옷, 입, 입, 입겠습니다."

다급하게 말을 뱉느라 얼굴을 흉하게 일그러뜨리며 민수는 평소보다도 더 심하게 더듬었다. 시혁의 눈살이 저절로 찌푸려졌다.

"먹고살려고 하는 일이야. 남의 밥그릇 가지고 장난하듯 휘두르지 마."

"장난하는 거 아냐, 진심이야. 이봐, 자, 자, 자, 잘못했으니까, 나, 나, 나, 나가야지? 안 그래?"

민수는 유나의 손길을 피하려 급히 절룩이며 뒷걸음질 쳤다. 그녀의 엉덩이가 평소보다도 더 큰 곡선을 그렸고, 변명을 하려는 듯 얼굴이 흉하게 뒤틀렸다. 급한 마음은 말이 되어 빠르게 나오지 않았다. 유나는 손가락으로 집요하게 민수의 온몸 여기저기를 찔러댔다.

"불편한 사람 상대로 무슨 짓이야!"

시혁은 황급히 그녀의 손을 잡아챘다.

"하! 그놈의 동정심……."

유나는 잡힌 손을 털어 내고 시혁에게 소리쳤다.

"왜? 이젠 저 여자에게 동정이 가나 보지? 그러고 보니 오빠는 동정이 전문이지. 서라라는 그 계집애, 유모의 딸이 집에서 천덕꾸러기처럼 자라던 거 불쌍해서 정들였는데, 이젠 절름발이에 말더듬이를 보니 더 절절한 생각이 들어?"

"지금, 무슨 말을…… 무슨 말을 지껄이는 거야?"

시혁의 목소리가 부들부들 떨렸다.

"어려서부터 집안에서 이리 치이고 저리 치이고, 불쌍한 거 거두어 먹이면서 서라 좋아한 거잖아. 동정한 거잖아! 나는 뭐 귀 없는 줄 알아? 나도 다 들었어! 오빠 그런 사람이야, 비슷해 보이는 날 데려다 놓고 죽은 사람 생각하며 대리 만족하는 거 역겨워! 그러니까 여태 나를 손도 대지 않고……."

"입 다물어!"

내내 내리깔려 있던 시혁의 목소리에 처음으로 날이 섰다. 시혁의 꼭 쥔 주먹이 바들바들 떨렸다.

"왜? 그래도 옛사랑이 아쉬워 나 붙들고 있는 건 못 놓겠지? 난 아쉬울 거 없거든? 끝내, 끝내자고!"

"입 다물라고 했어! 진짜로 끝장낼 생각이라면 계속 떠들어!"

"끝장? 하! 우리가 시작이나 했었니?"

'끼익' 하며 의자를 밀어젖히는 소리가 귀가 시리게 울렸다. 유나는 뒤도 돌아보지 않고 자리를 박차고 나섰다.

5장
아버지, 권갑수

'따르르르릉, 따르르르릉, 따르르르릉, 따르르르릉.'

끝도 없이 울리는 전화벨 소리에 시혁은 귀를 틀어막았다. 숙취 때문에 머리가 쪼개질 것 같았다.

"자아아아암시만……."

민수는 '똑똑' 노크를 한 뒤에도 기척이 들리지 않자 망설임 끝에 시혁의 침실로 들어섰다. 울컥 치솟는 짜증 때문에 시혁이 눈을 뜨자 전화기를 들고 머뭇거리는 그녀의 모습이 눈에 들어왔다. 시혁은 억지로 몸을 일으켰다.

"누굽니까."

밤새 거뭇해진 수염 자국, 머리는 엉망으로 흐트러졌고, 맨몸엔 작은 팬티 한 장을 달랑 걸친 채였다. 민수는 화들짝, 그를 등지고 돌아서며 말했다.

"어어어르신이라……."

그녀의 잘라먹기식 대화에도 이제 익숙해졌다. 전화를 건 사람이 어르신이라 자신이 누구냐고 꼬치꼬치 묻기 곤란했다는 뜻이다. 젊은 사람이면 물었을까. 시혁은 눈살을 찌푸리며 전화를 받았다. 살림 솜씨는 백 점이지만 딱 하나, 전화를 받는 것만큼은 정말로 불편했다.

평소 민수는 전화벨이 울리면 모르는 척 딴청을 피웠다. 순발력 있게 말이 나오지 못하기 때문에 피하고 싶은 마음이 들긴 하겠지만 그래도 좀 심했다. 두려울 정도로 긴장을 하는 태도가 역력해 시혁은 자신이 멀리 떨어져 있어도 직접 가서 전화를 받곤 했다.

그러나 어느 날 짜증 반 장난 반으로 그도 바쁜 척 전화를 받지 않자, 민수는 당황하다가 수화기를 들고 냉큼 그에게 달려왔다. 당연히 통화가 연결된 후 아무 말도 들리지 않았을 상대는 "여보세요."를 반복하다 끊은 상태였다. 수화기는 '뚜, 뚜, 뚜, 뚜, 뚜' 소리와 함께 배달되었다.

시혁은 "잠시만 기다리세요." 등 간단한 말이라도 하고 전하라 민수에게 일렀다. 민수는 고개를 까닥, 숙여 답했지만 그 뒤에도, 그 뒤에도 어디에서 전화가 왔었다는 메모나 전달되는 전화 같은 것은 없었다.

언젠가 한 시간 가량이나 전화가 한 통도 걸려 오지 않았을 땐 전화기 코드를 빼 놓은 것이 아닌가 의심을 한 일도 있었다. 아니겠지, 설마, 망설이다 수화기를 조용히 들어 보았다. 다행히 '뚜우우' 하는 신호가 울렸고, 이게 무슨 짓인가 싶어 피식 웃음을 흘렸었다.

한 회사의 오너로서 집에 걸려 오는 전화를 완전히 잘라먹는 것은 생각보다 간단한 문제가 아니었다. 김 비서도 외부로 보낼 일이 많고, 저녁이나 휴일에 걸려 오는 전화도 적지 않았다. 손 씨에게 받게 할 수도 없고, 결국 민수의 일을 거들 사람을 하나 더 둘고 민까지 했다. 하지만 상주할 사람을 새로 들이는 일은 만만치 않았다.

다행히 해결책이 마련되었다. 자동 응답기를 사용하기로 한 것이다. 때마침 전자식 전화기가 상용화되기 시작해 집 안에서 기다란 선을 끌고 다니지 않고 선 없이 통화하는 첨단 전화기를 쓸 수 있게 되었다. 시혁은 민수를 위해 미제 수입 전화기를 세 대나 들여놓았다.

그리고 민수도 형편이 조금 나아졌다. 연습이 많이 되었는지 전화를 받고 지금처럼 한마디 정도는 하고 시혁에게 전달했다. 적어도 전처럼 '뚜, 뚜, 뚜, 뚜, 뚜' 소리와 함께 수화기가 배달되는 수준은 벗어났다.

민수는 새치름하게 수화기를 내밀고 고개를 돌리고 서 있었다. 자신의 차림을 뒤늦게 깨달은 시혁은 서둘러 이불을 찾았다. 이불은 하필 민수의 발치 앞까지 굴러떨어져 있었다. 어정쩡한 자세로 재빨리 이불을 잡아채 속옷을 가렸지만 아무렇지 않은 척 분위기를 수습하기엔 뭔가 많이 늦었다.

시혁의 얼굴이 검붉게 확 달아올랐다. 민수의 얼굴도 발간 복숭아 빛이었다. 시혁은 수화기를 받아 들고 고개를 돌리며 "네." 대답했다. 수화기 저편에서 '에헴!' 목을 가다듬었다.

— 내다.

그의 아버지, 권갑수였다. 시혁의 얼굴이 가감 없이 일그러졌다.

"웬일이십니까."

— 니가 안 오니 내가 갈란다. 점심상 차려라.

"무슨 말씀이 있으시다고 여기를 오십니까! 저랑 무슨 점심을 하십니까!"

시혁의 목소리가 단번에 거칠어졌다.

— 와, 하나밖에 없는 아들 보러 가는데, 허락받고 가까?

권갑수의 째지듯 신경질적인 목소리가 수화기를 통해 넘어왔다. 곧이어 들리는 '뚜, 뚜, 뚜, 뚜, 뚜' 소리, 전화기를 잡은 시혁의 손이 부들부들 떨렸다.

"제길!"

시혁은 갑자기 폭발하듯 분노가 끓어올라 아무렇게나 수화기를 던져 버렸다. 그러나 플라스틱의 파열음 대신 들린 것은 여자의 비명 소리였다.

"아악!"

민수의 발등에 수화기가 찍힌 모양이었다. 민수는 다리를 절룩거리면서도 수화기를 조용히 집어 들었다.

"미안합니다."

깜짝 놀라 속옷 차림인 것도 잊고, 시혁은 민수에게로 다가갔다. 발등이 아니라 정강이의 뼈마디에 붉은 자국이 선명했다. 뒷목이 뻐근했다.

"많이 다쳤습니까?"

"괘, 괘, 괜찮, 괜찮습니다."

민수는 얼굴을 붉게 물들이며 수화기를 들고 있었다. 저걸 받아 나가려다가 봉변을 당했다. 민수의 표정이 복잡했다. 유나가 그렇게 철없이 굴어도 큰소리조차 잘 내지 않는 그가 단번에 분노를 터뜨리는 모습을 보고 적잖이 당황한 것도 같았고, 때 아닌 봉변에 아파하면서도 부끄러워했다.

　시혁은 그녀를 따라 나가다 자신의 차림을 깨닫고 '아!' 인상을 찌푸렸다. 못 볼 꼴을 제대로 보여 주었다.

　간단히 샤워를 마치고 옷을 입었다. 드레스룸을 나서자마자 민수를 찾았다. 끓어오르는 부끄러움은 일단 꿀꺽 삼켰다.

　'똑, 똑, 똑, 똑.'

　부엌에서 빠른 칼질 소리가 규칙적으로 들렸다. 아버지와의 통화 내용을 듣고 점심을 준비하는 것 같았다. 시혁은 부엌문을 슬쩍 열었다. 민수가 뒤돌아보았다.

　"다리 좀 봅시다."

　시혁이 들어서자 민수는 얼른 칼을 놓고 손사래를 쳤다.

　정강이의 뼈마디에 누렇게 멍이 올라오고 있었다. 부어오른 부위도 멍든 부위도 생각보다 꽤 넓은 것이 곧 푸르게 부풀어 오를 것 같았다.

　"미안합니다. 하아, 매일 미안한 것투성이군요."

　시혁은 속이 상해 저도 모르게 무릎을 굽혀 앉아 그녀의 다리를 쓸었다.

　"아, 아니……."

　그녀가 소스라치게 놀라며 다리를 빼자 시혁은 그제야 미친 짓을 해 버렸군, 깜짝 놀라 민수의 다리에서 손을 떼었다. 손끝이, 얼굴이 화끈 달아올랐다.

　때마침 '푸르르' 물이 갑자기 끓어 넘쳤다. 민수는 후다닥 다리를 절며 가스레인지로 다가갔다.

　시혁은 쓰게 침을 삼키고 부엌을 나설 수밖에 없었다. 가슴속에서 주먹만 한 불덩어리가 불쑥 올라 그를 들쑤시고 있었다. 그저 이유도 모르게 마냥 화가 났다. 모든 것이 마음에 차지 않았다.

　권갑수는 정확히 한 시간 뒤 그의 집에 도착했다. 그의 성정으로 미뤄 봤을 때 수화기를 내려놓자마자 집을 나선 것이 분명했다.
　"사람이 바꼈나?"
　권갑수는 정갈하게 차려진 면상(麵床)을 가늘게 인상 쓰듯 관찰하며 맛보았다. 김치가 새콤했고, 고기육수와 동치미 국물이 섞인 냉면 국물이 알맞고 시원했다.
　"우째 먹을 만하다?"
　민수에겐 후한 점수를 주었지만 예산댁에겐 최악의 평점을 매겼었다.

　'개도 먹다 엎어 버릴 것들.'

　몇 년 전 시혁의 집에 들렀을 때 예산댁의 음식 솜씨는 부자의 감정싸움으로까지 번졌다.

　'이렇게 아랫것들 단속할 줄도 모르는 게, 네 재산 지킬 그릇은 되니?'

　호통쳤고, 시혁도 맞받아쳤다.

　'알아서 합니다. 아버진 제 재산에 관여하실 필요 없으십니다.'
　'네 돈이 어째 네 돈이고? 네 어미 돈을 종자로 컸으니, 내

돈이나 마찬가지다!'

그날 점심, 예산댁의 음식 솜씨는 아버지에게 해부에 가까운 평가를 받았다. 육십을 바라보는 예산댁은 설움에 복받쳐 어린애처럼 엉엉엉, 아주 한참을 울었다.

아버지는 늘 최고의 찬모들만 거느렸다. 밥상머리에서 젓가락을 휘저으며 호통치는 앞에서 찬모들은 사흘돌이로 무릎 꿇고 눈물 콧물을 쏟았다. 심성이 약한 사람은 애초부터 붙어 있지도 못했다. 시절이 달랐던 시혁의 어린 시절에는 가끔 매질을 당하기도 했고, 김이 모락모락 나는 갓 차려진 밥상이 댓돌 아래로 공중회전을 하면서 굴러떨어지는 것은 다반사였다.

그런 식으로 다시 차려 내어진 밥상, 아버지 밑에서 따로 받는 독상. 최상의 맛인들 맛 좋을 리가 없었다.

권갑수는 냉면 국물을 시원하게 들이켜고 젓가락을 내려놓았다. 한동안 그러지 않더니 민수는 상을 차려 놓고는 또 슬그머니 사라졌다.

서른넷의 시혁. 아버지라면 예순 안팎이어야 정상이지만, 시혁은 권갑수가 마흔을 훌쩍 넘겨 얻은 자식이었다. 팔십을 얼마 남기지 않은 권갑수는 검버섯이 성성한 노인이었다. 다 말라붙은 얼굴 가죽 덴그런 눈에 광채만 희번덕거렸다.

시혁은 벌써부터 젓가락을 내려놓고 있었다. 냉면의 맛이 좋음에도 식사를 잘 하지 못했다. 오전부터 구겨진 인상이 펴질 틈이 없었다.

"결혼하그라."

"네?"

무뚝뚝한 표정, 시혁의 눈썹이 싸악 올라갔다.

"집에 들어오는 조건으루다가."

조글조글한 권갑수의 만면에 비릿한 웃음기가 가득했다. 역시 순수한 의도로 화해를 청하는 것이 아니었다. 유나는 아버지 집에 서 단 하루도 버티지 못한다. 아니, 들어가자고 시혁이 말을 꺼낸 순간 코웃음을 칠 것이다. 권갑수도 알고, 시혁도 아는 사실이었 다. 시혁의 낮은 음성이 음울하게 울렸다.

"저, 아들 아니라 소리치며 내모신 건 아버지십니다. 서라 유골 절벽에 뿌리고, 아버지도 잃었습니다. 내 여자 하나 죽여 보냈으면 족하십니다. 살 만한 집 딸인 유나는 왜, 싫으십니까?"

감정 없이 한결같은 음성으로 말하는 그의 말에 권갑수는 째지 듯 신경질적인 목소리로 답했다.

"살 만한 집? 정치가? 하! 말이 좋아 정치가, 그거 순 깡패 새 끼, 정치하는 놈들 밑 닦아 주는 새끼."

"네, 전 일수쟁이 아들로 태어나 음식 장사하며 돈 법니다."

"이기, 이……! 내가 일수를 했으면 얼마나 했을꼬!"

"어머니 집안 재산 꿀꺽하신 다음부터 꾸준히 하셨지요. 아, 요 즘 이자는 한 달에 한 번씩 받으시니 일수가 아니긴 합니다. 그리 고 사람 장사도 하셨고요! 아버지 손에 인생 망친 꽃 같은 여자들 얼굴, 다 기억들이나 하십니까?"

"기생집 하나 굴린 게 뭐가 사람 장사? 치아라, 내가 계집들 속 곳에 든 돈 털라고 그거 했나? 정보다! 정보가 돈줄이다! 여태 득 보고 산 게 누군데, 나중에 내 돈 다 물려받을 게 누군데 배부른 투정이고?"

"전 덕 보고 산 거 없습니다. 아버지 돈은 아버지 마음대로 하십시오. 저는 그렇게 번 돈 싫습니다!"

"웃긴다. 내 돈은 드럽고, 니 돈은 깨끗하나? 그 깨끗한 돈, 그
년 애비 밑구녕에 들이밀어 주니 좋나?"

"저도 장사꾼입니다. 알아서 했습니다. 돈 핑계 대지 마세요. 되
지도 않는 깡패 새끼 무서워 유나는 한 번 불러들이지도 못하시잖
습니까. 뒷배 없는 서라는 문턱이 닳도록 아버지 불호령에 불려 다
녔는데, 뒷배 있는 유나는 어떻게 한 번을 부르시질 못합니까."

"애비한테 그 아가리 닥치라!"

말끝마다 한 번도 젊은 아들을 이겨 먹지 못한 권갑수의 눈에는
노기가 성성했다. 그러나 시혁의 눈빛이 흔들림 없이 그를 바라보
자, 권갑수는 달래듯 아들에게 낮은 소리로 말했다.

"내 직접 나서믄 일이 커지니 놔둔 기라. 니 선에서 끝내라. 니
들끼리 싫어 헤어지는 건 괘안아. 알잖나? 그 새끼 이제 막장이다.
며칠도 몬 가 토사구팽 당할 새끼를 장인 삼아 신세 망칠래? 또
그 딸년은? 내가 애만 괘안아도 입 안 뗀다. 하아, 그, 그게 미친
년이지 말짱한 년이고?"

"하든 말든, 제 결혼입니다."

꿈쩍 않는 시혁의 태도에 권갑수는 다시 소리치기 시작했다.

"죽은 기집애 귀신 붙들고 언제까지 늘어질래? 상판 닮은 고년,
미친년인 줄 알믄서 혼인하겠다 그 말이고?"

"하든 말든, 제 결혼이라고 말씀드렸습니다!"

쇠귀에 경 읽기가 이런 것일까. 호통, 협박, 애원, 설득, 권갑수
에게는 그 무엇으로도 아들을 달랠 길이 없어 보였다. 결국 "에이!
빌어먹을……." 짜증스럽게 혀를 차며 자리를 털었다.

하지만 집을 나서지 않고 권갑수는 주변을 계속 두리번거렸다.

"어른이 왔으면 냉큼 와서 인사를 해야지, 어데 아랫사람이 꼬리를 감추고 안 보일까?"

민수를 찾는 모양이었다. 그나마 아버지의 주의가 다른 데로 쏠린 데 작은 안도감을 느끼며 시혁도 민수를 찾았다. 그러나 민수는 처음부터 한 번도 보이지 않았다.

"일하는 사람 인사받으셔서 뭐하십니까. 제가 배웅해 드리겠습니다."

아무리 뒤져도 집 안에 인기척이 없자 권갑수는 못마땅한 표정으로 현관을 나섰다. 그러나 바깥채의 손 씨와 상대를 하고 있는 민수를 찾아냈다. 권갑수와 불편한 사이였던 손 씨가 반갑잖은 기색을 누르고 다가와 인사했다.

"나으리, 나가십니까."

그녀도 멀리서 꾸뻑 인사했다. 권갑수는 손목을 까닥이며 그녀를 불렀다.

"니, 이리 오기라."

손 씨의 시선도, 시혁의 시선도, 권갑수의 시선도 민수를 향했다. 민수는 순간 멈칫하며 망설이듯 움직이지 못했다. 그러나 모든 사람의 눈이 쏠려 있기에, 민수는 내키지 않는 듯 조금씩 다리를 절며 천천히 걸어왔다.

그녀를 훑던 권갑수의 얼굴이 씰룩였다.

"아까, 니가 상 차렸나?"

민수는 입을 꼭 다물고 답하지 못했다. 침만을 꼴깍 삼키는 그녀를 대신하여 시혁이 "네." 하고 대신 답했다. 노인의 거친 눈썹이 위로 올라가며 역정을 냈다.

"물은 사람은 입이 붙었나?"

민수는 하는 수 없이 입을 열었다.

"니, 니, 니이에."

노인은 울화를 참는 듯 짧게 뱉고 돌아섰다.

"육실헐 년."

　장마였다. 긴 여름의 장마가 다른 해보다 조금 일찍 찾아왔다. 투투투툭, 유리창을 두드리는 빗소리에 똑, 똑, 똑, 똑, 김치를 써는 소리가 기분 좋게 얽혀 들었다. 시혁은 오후 간식으로 김치전을 청했다. 비 냄새에 묻혀 김치 냄새와 기름 냄새가 고소한 향을 더했다.

　시혁은 모처럼 휴가를 내서 평일임에도 집에서 쉬고 있었다. 주중에는 새벽마다 운동을 거르지 않으나 정 관장에게도 휴가를 주었다. 휴가래야 목요일, 금요일 이틀에 주말 붙여 나흘이 고작이었지만 그마저도 전에 없던 것이었다. 일에만 미쳐 살았다. 그러나 지금은 이 시간에 식당에 앉아 한가롭게 창밖을 바라보며 김치전을 기다리고 있었다.

　유나와 싸운 뒤 시혁이 이번에도 연락을 하지 않자, 유나로부터 전화가 오기 시작했다. 시혁은 비서를 시켜 받게 하고 유나의 전화를 세 번이나 피했다. 시간을 좀 가져야만 해서였다.

유나에 대해 처음으로 생각이라는 것을 해 보기로 했다. 무작정 해 달라는 대로 맞추어 주었던 지난 1년, 그리고 지금의 상태.

죽은 계집애를 붙들고 늘어진다는 아버지의 말씀 때문이 아니었다. 결혼 준비 후 끌어온 똑같은 싸움들, 매번 같은 이유로 싸웠다.

여자를 안아 본 일이 없어서는 아니었다. 그로서도 방탕한 생활을 하던 때가 잠깐 있었다. 오히려 사춘기 때는 잘 다스리고 넘어 갔던 내면의 울분이 20대의 한창 시절에 '빵!' 터져 버렸었다.

굳이 이유를 찾자면 하늘이라고 여겼던 아버지의 실체를 성인의 눈으로, 아니 객관적으로 다시 바라보게 된 계기 때문이었고, 서라를 여자로 바라보지 않으려 한 노력 때문이었고, 아버지께 복종하며 한곳만을 향해 달렸던 일평생이, 얼마나 어리석은 시간이었던가를 한꺼번에 깨닫게 되어서였다고나 할까.

평생 마셨던 술은 그때 거의 다 마셨고, 육체의 욕망도 한껏 풀었었다. 치기 어린 마음, 들러붙는 여자들을 굳이 마다하지 않았다. 맨정신으로는 불가능했다. 매일을 아무 생각도 하지 않으려, 살아 있다는 것을 느끼지 않으려, 정신을 잃도록 취하는 데만 골몰했다. 육체가 이끄는 대로, 본능이 가자는 대로 달려드는 여자들을 밀치지 않았다.

하지만 그 결과는 늘 씁쓸했다. 여자를 안은 뒤 정신을 차려 보면 예외 없이 몰려오는 자책감, 자괴감, 죄책감들. 그러면 다시 술을 마셨다. 불쾌했다. 여자를 안은 후의 느낌은 너무나 불쾌했다. 짐승이 되어 버린 것 같은, 본능에 져 버린, 육욕에 패배한 상실감. 그리고 미안한 마음. 여자들에게 선물을 주곤 했는데, 그러니 여자들은 더 들끓었다.

두 달이 채 안 되는 짧은 시간이 지나고 시혁은 빠르게 정신을 차렸다. 결론은 '그만두자'였다. 그 후 서라를 잃은 뒤, 굳게 닫힌 마음은 육욕조차 일으키지 않았다.

처음엔 서라를 안은 일이 없기에, 유나를 안는 것이 힘들었던 게 사실이었다. 유나는 서라 때문에 어린 여동생의 잔영이 각인되어 있었다. 하지만 지금도, 유나가 서라가 아님을 충분히 받아들이고 있는 지금도, 유나가 허벅지를 드러낼 때면, 유나의 입술을 느낄 때면 온몸이 뻣뻣하게 굳어졌다.

유나와 부딪치는 것이 반복될수록 점점 더 그녀를 여자로 대할 자신이 없어졌다. 유나가 화를 내는 것도 무리가 아니었다. 시혁은 인정할 것을 인정하고 유나를 더 이상 괴롭히지 않는 것에 대해, 고민하기 시작했다.

헤어진다, 헤어진다, 헤어진다······.

가슴에 아무것도 와 닿지 않았다. 여자와 헤어져 본 적이 없다. 서라 이외의 여자와 사귀어 본 것도 유나가 처음이었다. 아니, 서라와는 결혼을 허락받으려 애썼을 뿐 돌이켜 보면 제대로 아무것도 해 보지 못했다.

서라는 유모의 딸이었다. 유모는 위로 아들 둘을 더 둔 유부녀였고, 남편과 두 아들의 생활비를 대고자 시혁을 맡아 돌보며 아버지 집에 상주했었다. 너무 어렸던 서라는 밖으로 내보내지 못하고 함께 지냈다. 어머니를 전혀 기억하지 못하던 시혁은 기억이 있는 가장 어린 시절부터 유모를 엄마로 느꼈고, 서라를 무던히도 질투했었다.

서라를 생각하면 늘 목이 막히지만 가끔씩은 그런 채로 웃음이

나기도 한다.

　'우리 엄마야.'
　'아냐, 내 엄마야! 넌 떨어져!'

　유모에 대한 소유권을 주장하며 싸움질을 했고, 서라를 괴롭혔고, 그러다 아버지께 네가 어린애냐 꾸중을 들을 때면 서라를 좀 더 괴롭혀 주었다.
　마당에서 가장 긴 지렁이를 잡아다 서라의 벗은 어깨에 길게 척 얹어 주면 녀석이 꿈틀거리며 팔을 타고 올라가는 것을 보고 서라는 자지러졌었다. 울음을 터뜨리며 소리 지르는 서라에게 어린 만큼 철없던 시혁은,

　'너는 지렁이나 가져. 유모는 내 거야! 이 집에 네 것은 아무것도 없어!'

　오만하게 소리쳤었다.
　실제로 서라는 자라면서 아무것도 갖지 못했다. 시혁이 커 버린 뒤 잡역부로 주저앉게 된 유모와 한방을 쓰며 공부방도 가져 보지 못했고, 예쁜 옷도 가져 보지 못했고, 마음대로 할 수 있는 또래의 자유마저 없었다.
　그저 그림자처럼 숨죽여 지내면서 학교나마 다니게 해 주시는 아버지의 은덕에 감사해야 하는, 고용인이 아닌 고용인이었다. 식모들이 불러 슬쩍 심부름을 시키면, 청소하던 여자들이 걸레를 쥐여 주면, 바보같이 하라는 대로 묵묵히 해냈다.

그 거슬리는 것들은 다 커 버린 시혁의 눈에 자주 들어왔고 오랜 앓이를 했다. 서라를 여자로 생각하지 않으려던 시절도 꽤 길었다. 그러나 스물여덟, 사회에서 사내로서 자리를 잡자마자 서라와 함께하기로 했다. 그리고 결혼을 허락받으려 애만 쓰다 곧 허망하게 잃었다. 너무 힘이 없어서였다. 반항밖에는 할 수 없었던 처지, 서라는 결국 끝까지 아무것도 갖지 못했다.

여자를 다시 만난다는 것은 생각도 해 본 일이 없었다. 그러다 1년 전 유나를 만났다. 벼락을 맞은 것처럼 놀라 서라를 다시 찾은 것 같았다. 이제는 돈을 가진, 힘을 가진 자신을 만난 유나에게 할 수 있는 모든 것을 다 해 주고 싶었다. 그리고 그 결과는 보다시피 참담했다.

유나의 턱없이 철없는 행동에 생각이라는 것을 시작했다. 며칠 새 너무나 많은 감정들이 한꺼번에 정리되고 있었다. 서라에게 해 주지 못한 것들을 유나에게 대신 해 주려 한 것이 얼마나 멍청한 짓인지 알면서도 그 꿈속에, 그 과거의 환영에 끈질기게 매달려 빠져나오고 싶지 않았었다.

하지만 언젠가부터 서라를 가슴에 천천히 묻고 있던 것 같다. 아직도 서라의 이름을 떠올리면 가슴이 둔탁하게 저리지만 미친놈처럼 심장이 뛰고 얼굴이 달아오르지는 않는다. 그리고 서라를 서라로, 유나를 유나로 바라보기 시작했다. 그래서 서라를 가슴에 천천히 묻었듯, 유나를 서서히 받아들이게 될 것이라고, 그렇게 생각했었다.

하지만 유나를 떠올릴수록 자꾸만 생각이라는 것을 하게 되었고, 유나를 유나로 바라볼수록 그녀를 더 여자로 대하기가 힘들어졌다. 이건 유나에게도 매우 잔인한 일일 터.

'삐익······ 삐익······ 삐익······.'

요란하게 울리는 초인종 소리에 시혁의 생각은 툭 끊겼다. 시혁은 직접 일어나 현관으로 향했다. 누군지 알 것 같았다.

"감히! 감히 내 전화를 피해? 비서에게 시켜서 내게 기다리라는 따위의 말을 전해? 너 미쳤니?"

유나였다. 요란스레 현관문을 열고 들어온 그녀는 손에 들고 있던 우산을 거실 바닥에 내동댕이쳤다. 우산을 따라 마룻바닥에 물이 줄줄 흐르다가 사방으로 물이 튀었다.

"감기 들어. 이런 날씨에 뭐하러 움직여? 며칠만 좀 있다가 만나자고 했잖아."

유나를 향한 시혁의 목소리는 여전히 따뜻했고, 미소마저 걸려 있었다. 그러나 그의 눈빛만큼은 냉정했다.

"민수 씨, 여기 수건 좀 가져다줘요."

유나는 택시를 타고 온 모양이었다. 그러나 우산을 써도 소용없는 날씨이기에 그 잠깐 새에 옷과 긴 생머리의 아래쪽이 흠씬 젖어 있었다.

민수가 다리를 절며 그의 곁으로 다가왔다. 휘둥그레진 민수의 손에 수건과 걸레가 들려 있었다. 민수는 그녀에게 수건을 건네고 바닥에 엎드려 물기를 닦았다. 시혁의 시선이 엎드려 마룻바닥을 닦는 민수의 모습을 못마땅한 듯 슬쩍 훑었다. 민수는 유나의 우산을 곱게 접어 들고 뒤뚱이며 현관을 향했다.

유나의 표정이 앙칼지게 변했다. 부엌문이 열려 김치전의 고소한 냄새가 현관까지 물씬 넘어왔다. 시혁은 시선을 돌려 그녀의 표정을 무덤덤하게 바라보며 말했다.

"전화 직접 못 받아서 미안해. 화 풀어. 김치전 같이 먹을래?"

유나는 버릇이 없을지라도 모자란 바보는 아니었다. 비록 시혁이 지금 자신을 따뜻하게 대하지만 그의 심경에 무언가 변화가 있음을 그녀도 직감했다.

유나는 애교마저 돋보이도록 생긋 웃으며 그의 팔에 자신의 팔을 다정히 감았다. 이상하게도 너무나 수월히 그를 용서했다.

"오빠, 또 그러면 절대로 용서 안 해 줄 줄 알아?"

"그래."

하얗게 반짝이는 유나의 흰 이를 바라보며 시혁도 싱긋 웃었다. 그러나 이번에도 그의 눈빛은 함께 웃지 않았다.

덕분에 민수의 손이 바빠졌다. 정성껏 상을 보았다. 김치전에 하얀 동치미 국물을 내놓았다. 작은 그릇에 보기 좋게 자작자작 무를 썰어 청고추와 홍고추를 올렸다. 작은 잣도 서너 개 띄웠다.

시혁은 민수가 내려놓는 그릇을 보고는 "고마워요." 하고 선선히 웃어 주었다. 그러나 유나는 그런 그가 마음에 들지 않았다.

민수의 고운 얼굴, 시혁의 시선을 끊임없이 끄는 조금씩 저는 다리, 도톰한 윗입술에서 흐르는 색기, 그리고 입이 열릴 때마다 그 모든 것을 깨고 흉하게 찡그려지는 표정, 어눌하게 더듬거리는 말투.

가슴을 철렁이게 하는 아름다움과 그 충격적인 부조화.

그랬다. 유나도 느꼈다. 며칠 새 훌쩍 부드러워진 두 사람 사이의 묘한 기운이 더욱더 짙어진 농도로 유나를 자극했다. 유나의 미약한 자제심은 펄떡이는 울화를 힘겹게 눌렀다. 시혁과 민수 사이에는 전에 없던 친밀함이 기묘하게 얽혀 들고 있었다.

유나는 시혁이 젓가락을 드는데도 뾰로통하게 인상을 찌푸리고 앉아 있었다.

차라리 본체만체 그냥 돌아서면 좋았을 것을. 민수는 젓가락을 들지 않는 유나가 안타까웠는지, 그녀를 향해 말없이 발그레 웃으며 수저를 가리켰다. 손짓으로 김치전은 많이 있다는 시늉도 함께 했다. 말을 할 때마다 인상을 흉하게 찡그리는 것을 스스로도 아는지, 가끔 이런 식으로 의사를 표현하기도 했다.

유나는 이마와 귓가가 발갛게 물들 정도로 인내하며 민수를 애써 무시했다. 따귀를 올려붙이지 않은 것은 그녀의 미약한 자제심을 최고 수치로 끌어올린 덕분이었다. 그러나 차디찬 무시로 무안해진 민수가 씁쓸히 웃으며 꾸벅, 허리 굽혀 인사하고 자리를 뜨자 유나의 자제심은 드디어 한계를 넘어섰다.

"오빠, 다른 거 먹자. 나가. 나 김치 싫어하잖아."

"조금만 먹어 봐. 간도 적당하고 맛있어."

"간이 짜든! 싱겁든……. 후우, 나가. 나 이따위 것, 내 몸 안에 집어넣기 싫어!"

평소라면 유나의 말이 떨어지자마자 젓가락을 놓고 몸을 일으켰을 시혁이지만 달랐다.

"오늘은 외출하지 않는 게 좋겠어. 비도 너무 많이 오잖아."

양동이로 쏟아붓는 것처럼 비가 무섭게 오는 중이긴 했다. 하지만 감히, 내가 이야기하는데 이런 반응을 보이다니! 그는 정말 평소와 달랐다.

"왜? 집 구석에서 뭘 하고 싶어서? 고작 저거랑 이딴 거나 부쳐 먹고 싶어서?"

애써 자제했지만 불안감과 화가 겹친 유나는 실수를 저질렀다. 시혁의 인상이 노골적으로 구겨졌다.

"머릿속 비우고 쉬고 싶어서 휴가 냈어."

유나는 그런 그의 표정을 앙칼지게 바라보면서도 울화를 삼켰다.

"나랑 쉬어. 나랑 쉬면서 머릿속 비워. 가까운 데 여행이라도 가면 되잖아. 매일 이 핑계 저 핑계 바쁜 척하더니, 기껏 간만에 휴가 내서 있는 데가 집 구석이야?"

"집이 편해."

그는 아무런 동요도 없이 고요했다. 하지만 소름 끼치도록 냉정해 보였다. 온화한 목소리에 따뜻한 미소를 머금었더라도.

"내가 왔는데…… 다 용서하려고 내가 왔는데! 어떻게, 어떻게 나한테 이럴 수가 있어?"

유나는 본능적으로 무언가를 느끼는 듯 불안에 떨었다. 그리고 그 불안은 점점 현실이 되어 갔다.

"네 맘대로 온 거잖아."

"하! 이젠 그 징글징글한 이서라 약발도 다 떨어졌나 보군. 난 이용할 만큼 이용했으니, 이젠 필요 없다 그건가?"

시혁은 입을 열려다 다시 숨을 머금었다. 그리고 낮은 목소리를 음산하게 흘렸다.

"배가 고프지 않으면 차나 한잔 마시고 가든가."

그리고 그러한 사실은 유나를 자극했다.

"웃기시네. 저 절름발이 계집애에게서는 나에게서 당기지 않는 게 당겨져? 이서라는 천덕꾸러기라 꼴렸고, 저 계집애는 절름발이라 꼴려? 곱게 잘 자란 나는 안 꼴린다 이거야?"

"한유나! 왜 이렇게 생각나는 대로 함부로 지껄여! 너 어디까지 떨어져야 바닥을 보일래?"

마지막까지 유지하던 시혁의 따뜻한 미소와 음성은 그제야 풀렸다. 한유나의 입가에 조소가 한껏 피어올랐다.

"난 처음부터 이랬어. 그런 줄 알면서도 택한 건 오빠야. 그리고 이젠 감당 못 하겠다는 척 변한 것도 오빠야!"

"……."

시혁은 아무런 대꾸도 하지 않았다. 유나는 목소리를 차갑게 가라앉히며 민수를 손가락질했다.

"저 계집애 당장 내보내."

"……."

"저 계집애 당장 내보내!"

"……."

"좋아, 알았어. 저 계집애만 지금 당장 내보내면 오빠가 원하는 대로 조금씩 고쳐 볼게."

"……."

내내 침묵을 유지하던 시혁, 그가 몸을 일으켰다. 민수를 가리키며 무서운 표정을 짓고 있는 유나의 손을 잡아 손가락을 부드럽게 풀어 주고, 그녀의 다른 손과 함께 맞잡아 주었다. 잡아먹을 듯 민수를 향했던 무서운 유나의 얼굴은 시혁에 의해 돌려졌다. 이제는 불안한 눈으로 바라보고 있는 유나를 향해 그는 천천히 입을 열었다.

"옳아."

"뭐?"

"옳다고. 네가 옳아. 네 말들, 내게 했던 말들. 모두 옳아. 인정해."

"……."

그의 표정은 부드러웠지만 목소리는 단호했다.

"그러니 헤어지자."

유나는 부르르 떨며 차마 더 이상 말을 잇지 못했다. 그녀의 입에서는 골백번도 더 나왔던, 그러나 시혁의 입에서는 처음으로 나온 말이었다.

"나랑 한두 번 싸워? 이제 와서 인정한다고? 인정하니 헤어지자고? 미쳤니? 너 미쳤니?"

유나는 그에게 달려들어 앞뒤 가리지 않고 가슴을 내리쳤다.

"나 죽는 꼴 보려고 그래? 뭘 인정해? 이제 와서 뭘 인정해!"

"네가 내게 뱉었던 말들. 네 자신을 괴롭히고, 나를 괴롭혔던 말들. 넌 똑똑하고 직관력이 좋아. 너도 알잖아? 네가 뱉은 말들……. 하나부터 열까지 모두 인정해."

시혁은 그런 유나의 손에 고스란히 매를 맞아 주었다. 그러다 그녀가 경기를 일으키듯 주먹을 내리꽂기 시작하자, 그녀의 손을 힘껏 잡아 내렸다. 유나는 그의 손에 양팔을 잡힌 채 몸부림쳤다.

"싫어! 안 돼! 책임져! 끝까지 책임져! 나 이렇게 흔들어 놓고, DA식품 권시혁이랑 결혼한다는 거 동네방네 다 소문내게 해 놓고 헤어지자고? 야!"

그는 침착했다. 조금의 감정의 동요도 없었다.

"결혼 깨자. 맞아. 난 서라의 잔영으로 널 만났어. 그리고 널 이렇게까지 엉망진창이 되도록 받아 주기만 한 것도 맞아. 그래, 변한 건 나야."

"이, 미친 새끼! 나쁜 새끼! 개자식!"

유나는 그의 가슴을 치다 말고 울면서 뛰쳐나갔다. 민수는 이 광경을 벼락을 맞듯 놀라 바라만 보고 있었다. 아직도 비가 무섭게 퍼붓고 있었다. 빗속을 그냥 뛰쳐나간 유나를 보고 민수는 "저…… 저…….." 큰 소리를 지르지도 못했다. 그리고 망설이지 않고 허리를 둥그렇게 움직이고 다리를 급히 절룩이며 우산을 들고 따라 뛰어나갔다.

그러나 시혁은 두 사람을 따라 뛰어나가지 않았다. 대신 인상을 찌푸리며 인터폰을 했다.

"홍 기사, 차 좀 빨리 대기시켜 주세요."

그리고 길게 한숨을 내쉰 뒤 망설이다 결국 현관으로 향했다.

민수는 사력을 다해 유나를 쫓았고, 그녀를 잡을 수 있었다. 유나의 뜀박질은 그리 빠르지 않았다. 당연히 시혁이 따라 나오리라는 굳은 믿음 때문이었다.

그러나 그녀를 잡은 게 민수라는 사실을 안 순간, 그녀의 눈에는 푸른 불빛마저 감돌았다. 폭우에 쫄딱 젖은 민수가 유나에게 접힌 장우산을 내밀었다. 유나의 눈에서는 순간 불꽃이 튀었다.

"이까짓 것, 이게 다 너 때문이야."

유나는 흥분하여 민수에게 받은 우산을 그녀의 얼굴을 향해 내던졌다. '아악!' 소리를 지르며 민수는 유나가 던진 우산에 목을 맞고 넘어졌다. 그러나 이미 커다란 활화산처럼 터져 오른 유나는 그 정도에서 그치지 않았다. 민수가 자신이 던진 우산에 맞아 흉하게 나뒹구는 꼬락서니가 그녀의 쾌감을 자극했다.

유나는 그 기다란 우산을 다시 집어 들었다. 유난히 끝이 뾰족하고 날카로운 우산. 유나는 그것으로 민수를 무차별적으로 매질하기 시작했다.

"이 벌레 같은 년. 너, 시혁 오빠 꼬드기려고 들어왔지! 날 이렇게 비참하게 만들려고 처음부터 계획했지? 순진한 얼굴을 하고 헤죽거리면서 시혁 오빠랑 붙어먹으려고 밤마다 꾀어냈지!"

광기 어린 유나의 매질에 민수는 변변한 대항도 하지 못했다. 기다란 장우산으로 미친 듯이 휘갈기다가 우산이 미끄러지자, 주먹과 손바닥으로 민수를 후려갈기고 발로 걷어찼다. 하지만 그다지 성에 차지 않았다.

등껍질 속에 숨은 거북이처럼 바닥에 꼼짝없이 오그리고 엎드려 소리도 못 지르며 매를 맞는 계집이 별로 고통스러워 보이지 않았다. 더 아프게, 더 고통에 몸부림치도록 그녀를 벌주어야 했다. 유나는 민수의 배를 사정없이 발로 가격해 강제로 뒤집었다.

"이 더러운 화냥년! 죽여 버려도 시원찮은 년, 죽어, 죽어, 죽어!"

우산을 다시 집어 들어 무차별적으로 휘두르는 그녀의 손에는 그 모든 분노와 울화가 실려 있었다. 이 와중에 민수의 얼굴이 눈에 들었다. 입술이 퍼렇게 비를 맞고도 아직도 너무나 희고 곱다. 저 밉살스러운 얼굴, 망쳐 버리고 싶다! 그래, 그래야 그나마 시원스레 숨이 쉬어질 것 같다!

유나는 민수를 발로 꾹 밟아 움직이지 못하도록 한 채 뾰족한 우산의 끝을 민수의 얼굴을 향해 찔렀다.

"한유나!"

그러나 시혁의 손에 의해 그녀의 마지막 행동은 미수로 끝났다. 현관에서 대문까지 오는 그 짧은 순간, 시혁은 모든 것을 고스란히 목격하고 말았다.

'짜악!'

칼과 같이 날카로운 파열음이 귀를 찢는 듯한 시끄러운 폭우를 갈랐다.

"오…… 오빠!"

그에게 뺨을 맞았다. 자신과 함께 세상이 무너져 내리는 느낌. 얼얼한 뺨의 격통은 그녀가 지금 겪고 있는 이 상황이 꿈이 아니라는 것을 말해 주는 증거일 뿐이었다.

"가!"

벌레를 바라보는 것 같은 그의 시선, 격렬한 이별의 확인. 이게 아닌데. 이러려던 게, 이러려던 게 아니었는데!

"나가라고!"

"오…… 오빠!"

"그래. 넌 한유나지, 이서라가 아니야. 서라는 너 같은 애가 아니었어. 서라는 자신의 어깨 위에서, 자신을 괴롭히던 지렁이 한 마리마저 살려 주라고! 제가 살던 흙 속으로 돌려보내 주라고 애원하던 애였어."

"뭐…… 뭐?"

유나는 그의 말뜻을 이해하지 못했다. 하지만 알 수 있었다. 이젠 아무것도 그의 마음을 되돌릴 수 없다. 차갑게 입을 여는 시혁을 그저 멍하니 바라보았다.

"가. 너랑 난 끝이야."

유나는 뒤늦게 나온 홍 기사의 손에 의해 부축되었다. 쉼 없이 쏟아지는 빗물로 온통 범벅이 되어 유나의 눈에 흐르는 뜨거운 것은 오직 그녀만이 느낄 수 있었다. 하늘에 구멍이 뻥 뚫린 것 같았다. 그래서 믿을 수 없는 이 모든 사실도 씻어 주었으면 좋겠다고 생각했다.

꽃 같은 스무 살, 인생의 가장 아름다운 절정의 시절을 민수는 집 안에 갇혀 보내야만 했었다. 얌전히 살림이나 배우다가 정해 주는 사람과 선봐서 결혼하라는 어머니의 명령 때문이었다. 덕분에 고등학교 자퇴 후 3년이 다 되어 가도록 변변한 외출도 해 보지 못했고, 답답증은 울화증으로, 울화증은 전에 없던 반항심으로 변질되어 갔다.

6년 전, 민수가 만 스물이 되었던 날은 좀 더 대담해졌었다. 성년이 되었음을 축하하는 뜻으로 에몬이, 아니 진규였던 그가 그녀를 붙들었다.

"괜찮아, 밤새 놀 수 있어."

진규는 통행금지 시간을 한 시간 앞두고 서둘러 돌아가려던 민수를 꼬였다. 11시, 사람들의 발걸음이 바빠지고 상점의 불이 거의 꺼져 한두 가게만 점점이 불을 밝히고 있을 때였다. 곧 '뿌앙' 하는 긴 예비 사이렌이 울릴 터였다.

"집에 들어가지 말고 놀자."

12시부터는 통행금지. 모든 영업점의 불이 꺼지는 암흑천지. 함부로 길거리를 돌아다녔다가는 몽둥이를 든 경찰의 호각 소리에 쫓겨야 했다. 술집에서도 11시가 넘으면 술을 멈추게 하고 손님을 내보내야 하는 것이 당연했다.

하지만 모든 일이 그러하듯이 규칙이란 약간의 위험만 감수하면 피해 갈 수 있는 방법이 존재한다.

"어차피 어머니는 영후각에서 주무시잖아, 응?"

에몬이, 아니 진규였던 그가 팔목을 이끌며 민수를 졸랐다. 그땐 민수도 에몬을 진규로 부르고 있었다. 진규는 장난기 넘실거리는 소년의 눈을 하고 있었다. 투명한 흰 피부, 앳된 미소, 늘 무얼하고 놀아야 재미있을까만 궁리하는 181센티미터의 덩치 큰 날다람쥐 같은 진규는 민수보다 한 살이 많았다.

물정 모르고 어렸던 민수는 진규의 형, 진우에게 이미 마음을 빼앗겼었다. 남들처럼 성인이 된 것을 자축할 뜻도, 처음 마셔 보는 술에 관심이 있지도 않았지만 그저 진규의 형, 진우의 건넌 자리에서 그가 내뱉는 담배 연기를 구경하는 것이 신기해 그러마 했다.

"네가 붙잡았으니, 새벽에 데려다주는 것도 네가 해."

진우는 귀찮다는 듯 차 키를 던져 줬고, 밤새 술 마시고 싶어 하던 진규는 정작 그 이후로 술을 마시지 못했다. 진우는 진규만큼 민수에게 친절하지 않았지만 그렇게 쌀쌀한 그의 음성이 그녀를 설레게도 했다. 진우는 민수보다 일곱 살 위였다.

"저기, 권갑수 아들."

아마 진규도 그녀의 마음을 알았던 것 같다. 민수가 빨갛게 타오르는 담배를 빨아들이는 진우의 입술을 흘끗거리고 있노라면 진규는 민수의 주위를 흐트러뜨렸다. 민수는 눈썹을 찌푸리고 진규를 올려다보았다. 진규가 짜증 어린 목소리로 되뇌었다.

"이름은 권시혁. 재수 없게 자꾸 나타나네. 형네 클럽도 자꾸 드나들고 그래."

당시 진우는 고고장과 한물간 비어홀 몇 개를 관리하였다. 그때의 그 비어홀도 진우의 관리하에 있었다. 어쨌든 그날 진규는 진우에게서 그녀의 시선을 떼어 놓는 데 성공했다. 그 말을 들은 이후 진우보다는 권시혁이라는 인간을 밤새 눈에 담게 되었으니.

진우를 바라보며 가슴 두근거릴 줄 알았던 그 밤은 권시혁으로 쿵쾅거렸다. 설렘 대신 분노와 저주를 퍼붓는 마녀가 된 심정으로.

"생긴 것만큼 눈빛도 재수 없어. 자꾸 알짱거리는 게 거슬려. 민수야, 저 새끼 다리 하나 못 쓰게 만들어 줄까?"

민수는 순간 울컥 치밀어 진규의 정강이를 걷어찼다. 진규는 장난기 어린 웃음을 지으며 "아야야, 아야야." 호들갑을 떨었지만 뒤늦게 그녀가 불쾌해할 수밖에 없음을 깨닫고 "미안." 사과했다.

"그게 아니고. 해코지라도 하고 싶다 그런 건데, 화내지 마, 응?"

진규는 사과할 필요 없는 일을 길게 사과했다. 사실 민수도 할 수만 있다면 진짜로 녀석의 다리 하나쯤 못 쓰게 만들어 주고 싶었다.

"까불지 마. 녀석의 손등을 할퀴면 넌 대신 손목을 잃을 테니까."

진우가 경고했다. 진우는 더 이상 권갑수의 아들에 관해 입을 여는 것을 금지했다. 그 이후로 진규도 그에 관해 떠들지 않았다. 그러나 민수는 그를 계속 눈에 담게 되었다. 그날 이후, 또 이후로도.

진규의 말대로 권시혁은 진우의 클럽이나 비어홀 주변에 자주 출몰했다. 그때의 민수는 그가 노는 데 정신이 팔려서라고 생각했다. 권시혁은 진우와 나이가 같았지만 아주 달랐다. 진우는 어른이었지만 권시혁은 놀기 좋아하는 부잣집 도련님이었다.

민수는 권시혁에게 코끝이, 아니 폐부가 매캐해지도록 실망했었다. 탐욕과 야망을 위해 자신을 다지고 벼리는 완벽한 악당을 기대했었나 보다. 그를 잘 알지도 못했으면서 볼 때마다 다른 여자들이 시시덕거리며 장난 거는 걸 상대하는 모습에 묘한 상실감이 들었었다.

그날 이후 성인이 되었다는 핑계로 민수는 진규와 자주 어울렸다. 진규는 술값이 없었지만 대신 형, 진우에게 빌붙을 줄 알았다. 진우는 귀찮아하면서도 그의 가게 한쪽에서 술을 마실 수 있게 해주었다.

진우는 돈을 벌어들이는 데 골몰했고, 손님을 끌 수 있는 새로운 흥밋거리들을 만들어 냈다. 밤새도록 불법 영업을 했고, 아주 아름다운 아가씨들이 술을 나르게 했다. 특히 허벅지가 매끄러운 아가씨를 골라 들였다.

진우의 비어홀은 올나이트를 원하는 손님으로 넘쳐 났다. 모든 영업점은 11시가 지나면 썰렁해지며 문 닫을 준비를 하지만 진우의 술집은 늦을수록 더 버글거렸다. 그중 '문라이트'는 가장 협소한 곳이었지만 입소문이 꽤 나 있었다.

민수는 진규가 떠드는 시시껄렁한 이야기들을 들으며 눈으로는 권시혁을 쫓곤 했다.

'형이 나보고 회사에 취직하래. 너는 내가 취직을 하는 게 좋아?'

'이것 봐. 어떤 여자가 나한테 데이트하자고 이런 쪽지 줬어. 글씨 진짜 못 썼지?'

'너는 내가 매일 출근하면 심심하지 않겠어? 넥타이를 매고 멋지게 차려입으면 따라다니는 여자들이 더 많아질걸?'

진규에게 뭐라고 대답해 주었는지는 잘 기억나지 않는다. 하지만 권시혁이 무엇을 하고 있었는지는 잘 기억하고 있다.

권시혁이 앉은 자리는 그녀의 근처인 경우가 많았다. 권시혁은 밤 12시가 넘으면 깜짝 스트립쇼를 볼 수 있는 무대에서 멀리 떨어진, 음악도 잘 들리지 않는 초라한 구석 자리를 차지했고, 보통 그런 자리들은 인기가 없었다. 진규는 형에게 무대 가까운 자리를 졸랐지만 인기가 없는 자리를 얻곤 했다. 그래서 민수는 권시혁을 만날 기회가 많았다.

민수는 시혁을 늘 의식했지만 시혁은 그러지 않았을 거라고 확신한다. 민수가 시혁을 발견할 때마다 그는 정신을 잃기 일보 직전이었다. 한 번 두 번 마주치는 횟수가 늘어나자, 민수는 그를 찾는 것이 습관이 되었다. 딱히 해코지를 시도한 적이 없음에도 그녀는 늘 그의 빈틈을 찾았다.

그는 앳된 모습이었지만 지금과 많이 비슷했고, 또 많이 달랐다. 진한 눈썹, 쌍꺼풀 없이 날카로운 눈매, 우뚝한 코, 매끈한 턱선, 날렵하지만 근육질인 몸, 전부 비슷했다. 그의 특유한 검은빛이 도는 피부색까지. 그러나 그의 눈은 늘 풀려 있었다.

취하지 않은 그의 눈을 본 기억은 단 한 번뿐이었다. 그조차도 어서 술을 마시겠다는 의지 외에는 아무것도 담겨 있지 않았다. 술 마시는 습관도 참 이상했다.

그는 다른 가게라면 문 닫을 시간인 11시 30분이 되어야 나타났다. 맡아 놓은 듯 가장 구석 자리를 찾아 앉으면 메뉴에도 없는 양주가 맥주 서너 병과 함께 배달되었다. 그는 한 명이나 두 명의 친구와 함께 오곤 했다. 그리고 늘 폭탄주를 만들어 마셨다.

그가 술을 마시는 속도는 엄청났다. 아무리 술을 마시기 위해 모인 사람들로 채워진 곳이라지만 그는 정말 술만을 마시기 위해 온 사람 같았다.

한 잔을 만들자마자 꿀꺽꿀꺽, 다시 한 잔을 만들어 시원하게 들이켰다. 또 한 잔을 더 만들어 원 샷. 그리고 또 한 잔, 한 잔 더. 그는 쉽게 취하지 않아서 술값이 많이 들었다. 동공이 풀릴 때까지 마셔도 몸은 별로 흐트러지지 않았다. 대신 헤죽헤죽 웃음이 많아졌다.

그즈음이면 진우의 눈치를 보느라 그의 테이블에 감히 근접하지 못하던 아가씨들도 슬쩍 그를 챙기는 체 그의 자리를 맴돌았다. 문라이트의 아가씨들은 그 어떠한 신체 접촉은 물론 손님의 테이블에 앉는 것도, 손님과 데이트를 나가는 것도 금지되어 있었다. 그러나 눈빛이 흐트러진 권시혁은 아가씨들이 손바닥으로 몰래 쥐여 주는 쪽지를 넙죽넙죽 잘 받았다.

권시혁은 고개를 끄덕이며 왼손으로 쪽지를 받아 왼쪽 주머니에 집어넣었다. 그의 오른손은 술을 마시기 바빴다. 아가씨들은 다른 아가씨가 전해 준 쪽지가 주머니 밖으로 비쭉 비어져 나와 있는데도 또 다른 쪽지를 주었다. 권시혁은 왼쪽 주머니에 쪽지를 다시 꽂아 넣었다.

그가 그 많은 쪽지들을 다 펴 보았는지, 그 쪽지에는 무어라고 적혀 있었는지, 비어홀의 아가씨들이 그와 몰래 데이트를 다 나갔는지는 알 수 없었다. 그러나 네가 담당하는 테이블이나 잘 돌보라며 아가씨들끼리 화장실에서 머리채를 쥐고 싸우는 것을 목격하기는 했다.

그 두 아가씨는 모두 진우에게 해고를 당했다. 하지만 그 둘 말고도 권시혁의 테이블을 사이에 두고 신경전을 벌이는 아가씨들은 많고 많았다.

권시혁은 참 헤펐다. 아가씨들이 말을 걸면 웃음을 흘렸고, 테이블 밑으로 손을 잡자고 조르면 손을 내줬다. 들러붙는 아가씨마다 거절하는 법이 없었다. 선 채로 술을 따라 주며 손님들과 가벼운 말동무가 되어 주는 것까지가 아가씨들의 업무였지만 권시혁의 테이블에서 아가씨들은 과도할 정도로 업무에 열중했다.

'부아아아앙' 사이렌 소리와 함께 야간 통행금지가 해제된 새벽 네 시 반, 진규가 태워 주는 진우의 차 조수석에서 민수는 목격하였다. 진우의 가게를 빠져나오는 작은 쪽문 뒤로 권시혁이 아가씨 중 한 명에게 입술을 내어 주고 있었다.

그들의 키스는 길었다. 아가씨는 숨을 헐떡였고, 진규가 차 문을 열며 그녀를 슬쩍 흘기는 것을 보면서도 키스를 멈추지 않았다. 진규는 형에게 이르지 않았고, 아가씨도 해고되지 않았다. 그러나 아가씨는 얼마 뒤 스스로 그만두었다.

그럴 것이라고 짐작하는 것과 실제로 목격하는 것은 다르다. 실망 위에 실망이 덮여 켜켜이 쌓였다.

스크린 속 서양 배우들이나 입던 말끔한 캐주얼웨어를 걸치고, 듣도 보도 못한 독일차를 몰고, 친구를 비서처럼 부리고, 카운터에 갈 필요도 없이 앉은 자리에서 계산하고.

아직도 민수는 그가 지폐를 뭉치로 꺼내 아가씨가 놓아둔 쟁반 위에 '툭' 내려놓던 그 손길을 기억한다. 그는 지폐를 일일이 세지 않았고, 술값이 모자란 적은 한 번도 없었다. 나머지는 팁으로 돌아갔다.

결국 진우나 그와 함께 일하는 사람들에게 들어갔을 팁과 그 어마어마한 술값은 권갑수에게서 나왔을 터였고, 권갑수는 참 많은 사람들의 인생을 저당 잡아 피눈물 속에서 그 돈을 뽑아내었다. 참 덧없는 일이었다.

밤새 술을 마시러 온 것은 결국 새벽을 함께 보낼 아가씨를 찾기 위한 것이었구나, 민수는 그렇게 결론지었었다. 진우의 가게는 아름다운 아가씨가 많기로 유명했으니까.

그 뒤로 민수는 밤새 술 마시며 노는 일을 그만두었다. 진규가 조르기를 멈추지 않았지만, 어머니가 걱정하신다는 이유로 딱 잘라 냈다. 하지만 습관은 무서운 것이어서 권시혁의 동향이 좀 궁금하기는 했다.

진규에게 슬쩍 물으니 한두 번 더 들른 이후 권시혁도 더 이상 진우의 가게에 나타나지 않는다고 했다. 왜냐고 묻는 민수에게 진규는 아무렇지 않게 대꾸했다.

"뭐, 새로 입소문 난 다른 가게로 옮겼나 보지. 사실, 형네 가게가 지난달에 단속에 걸렸거든."

진우는 단속에 걸린 문라이트 대신 다른 가게에서 불법 영업을 했다. 진우의 다른 가게에 권시혁이 오는 것이냐고 민수는 되묻지 않았다. 그저 그녀의 인생 속에서 그들 부자를 마주치는 일이 없기를 기도했고, 그녀의 기도는 신께 전달되지 않았다.

6년이 지난 지금 민수는 권시혁의 식모가 되었다.

❖

권갑수가 그녀의 인생에 다시 끼어든 것은 두 달 전의 일이었다. 무언가가 좀 이상하게 돌아가고 있다는 걸 어머니의 장례식을 마치고 돌아온 뒤에나 깨달았다. 약속이라도 한 듯 가압류 통지서와 독촉장이 한꺼번에 날아들었다.

창동의 집, 당진 이모네가 맡아 관리해 주던 작은 과수원과 어머니의 산소를 쓴 산야까지 어머니의 모든 재산에 빠짐없이 근저당이 들어 있었다. 그것도 한결같이 공시지가를 훨씬 넘어서는 황당한 금액이었다.

이해가 가지 않았다. 평생을 일하셨고 어머니는 빚을 질 만한 사람이 못 되었다. 손에 얼마라도 돈이 고이면 무조건 저축을 했고 그 돈이 불어 커진 것이 작은 집 한 채, 그리고 민수를 위해 남긴 작은 과수원이었다. 평생토록 사치는커녕 소비조차 제대로 모르셨다.

하나밖에 없는 딸, 민수를 위해서였다. 민수는 급히 가압류를 한 장본인에 대해 알아보았다. 내세운 허수아비들은 제각각이지만 실제 돈의 주인은 단 한 명. 그 배후에 선 존재를 확인한 뒤 민수는 절망했다.

가지 않으려 했고, 가면 안 된다는 것을 모르지 않았다. 목적이 있으니 목줄을 죄는 것이고, 그가 원하는 대로 움직이지 않고는 못

배길 것을 알았다. 그럼에도 자석에 끌려가는 힘없는 철붙이처럼
제 발로 찾아가 비굴하게 무릎을 꿇었다.

"시혁이한테 미친년이 붙었다."

권갑수였다. 누런 금니를 해 박은 이를 드러내며 느물느물 웃고
있었다.

"띠아 내라."

민수는 미간을 찌푸리고 그를 향해 설마하며 물었다.

"ㅋㅎㅎㅎㅎㅎ. 뭐어, 며느리? 니, 웃긴다. 니, 내 며느리 되고
싶나? 크하하하하하!"

살아 보려 기를 쓰는 생쥐를 장난삼아 가지고 노는 삵처럼 노인
네는 민수를 조롱하였다. 언감생심, 권갑수의 며느리가 되고 싶었
을까. 입을 연 것을 몸을 떨며 후회하였다.

"그럼, 죽은 귀신까지 띠아라. 그거까지 띠아 주면 한번 생각이
나 해 보마."

그제야 조금씩 이해가 갔다. 어머니가 그에게 돈을 얻어 썼을
리는 없지만, 그에게 인감도장을 빼앗겼을 수는 있었다. 무언가로
어머니를 겁박하여 인감을 빼앗았고, 이번엔 민수를 꼭두각시로
다시 이용할 참이었다.

민수는 단호히 거절하였다. 그러나 그렇게 철저히 준비를 한 노
인네가 순순히 물러날 리 없었다.

"헛! 니, 이 권갑수가 누군지 모르고 주둥아리를 그리 함부로
놀리나?"

노인네의 '커억, 퉤!' 하는 가래 뱉는 소리가 공기를 갈랐다. 타
구가 방바닥에 '틸그럭' 떨어지곤 '달달달' 제자리를 두어 바퀴
돌다 얌전해졌다. 주름이 자글자글한 입술 끝이 실룩이며 본색을

드러냈다.

"아니, 니는 내가 누군지 모르는 기라. 누군지 모르니 그리 천지 분간을 몬 하고 내 앞에서 그리 까불제!"

격렬한 분노가 끓어올랐다. 당장 모가지를 비틀어 숨통을 끊어 놓고 싶었다. 팔십을 바라보는 노인네, 온 힘을 다한다면 입을 막고 모가지를 꺾어 버릴 수 있지 않을까. 밖에 대기하고 있는 사람들이 들어올 때까지는 얼마나 걸릴까.

"명희가 딸년 준다고 안 먹고, 안 쓰고, 그리 발발 떨며 모으드니 겨우 이 과수원 쪼가리에 개미 콧구멍만 한 집 한 채? 허허, 묘는 창양리에 썼나? 말년에 지 죽어 누울 싸구려 땅뙈기 사들여 놓고 거게다 묻어 달라 했나? 내 안 봐도 다 안다. 크헐헐……."

꿇어 엎드려 손을 받친 주먹이 바닥에서 부들부들 떨렸다. 마른 주먹 위에 뼈마디가 하얗게 질리도록 힘이 가해졌다. 노인네의 음흉한 시선이 작은 주먹 위에 잠시 머물렀으나 가소롭다는 듯 '피식' 웃음소리를 뱉어 냈다. 고용인들이 정성 들여 걸레질을 하며 일일이 콩기름을 먹였을 노란 종이 방바닥에 서류 뭉치가 주르륵 미끄러졌다.

"니, 숟가락 한 짝도 몬 들고 나온다."

노인네의 모가지를 비틀지 못한 흰 손은 재빠르게 서류 뭉치를 받아 열었다. 그리고 곧 미약한 힘마저 빠져나갔다. 예상했지만 빠져나갈 구멍조차 없이 꼼꼼했다.

"내 니를 길거리로 쫓아내 알거지를 만드는 것은 당연하거니와……."

노인네는 은은한 옥빛 마고자에 달린 금단추를 습관처럼 만지작거리며, 다정한 목소리로 찬찬히 읊조렸다.

"내 니 어미를 무덤에서 파내 뿌릴란다. 으흐흐흐, 흐흐흐흐."

입가가 찢어지도록 만족스럽게 웃는 노인네의 금니가 요사스럽게 번쩍였다. 민수는 부들부들 떨리는 몸뚱어리를 아랑곳하지 않고 온몸을 다해 소리를 토했다. 어머니 산소, 봉분의 흙이 채 마르지도 않았다고, 어떻게 평생을 알고 지내신 분께서 이러실 수 있느냐고.

그러나 권갑수는 맑은 오후의 햇살이 문풍지를 통해 은은히 퍼져 들어오는 것을 기분 좋게 느끼며 반쯤 눈을 감고 민수를 감상했다. 기가 막혔다. 한창 시절, 사고팔던 기생의 값을 매기던 음험한 시선.

"꽃같이 곱다."

배 속부터 무언가가 꾸물꾸물 올라와 온몸을 다해 소리를 토했다.

어차피 세상 떠들썩하게 시집도 못 가게 된 계집, 아드님 노리개 한번 되면 어떠랴, 그러시는 겝니까. 권갑수는 웃었다.

"그기는 니 할 나름이다. 내가 널더러 창기 노릇 하라 했니? 띠아 놔. 띠아 놓기만 해! 미친 년 하나 띠 놓는 기, 그기 뭐가 그리 어렵다고 이 지랄이고!"

협박도 더하였다.

"그깐 푼돈 내게는 받아도 그만, 안 받아도 그만이지만, 내 청을 거절한다면 얘기는 다르지."

노인네의 용무는 그것으로 끝이었다.

"헛, 흐흐흐흠!"

헛기침이 크게 울리자 문밖에서 대기하고 있었다는 듯 대답이 들려왔다.

"식사, 들일까요?"

노인네는 금세 안면을 바꾸었다. 필요하다면 칼부림을 벌이다 말고도 함께 웃으며 춤출 수 있는 게 권갑수였다. 손녀를 대하던 다정한 할아비처럼 함박웃음을 담뿍 머금었다.

"자, 자. 잠시 잠깐 얼굴 붉힌 건 우리 잊어 뿌리자. 우리 시혁이 얘기나 들으면서 밥 묵고 가라. 누구의 외딸인데, 내가 니를 괄시하니?"

그러나 너무 몰아치면 쥐도 고양이를 무는 법. 민수의 가녀린 주먹은 다시 꼭 쥐어진 채로 부들부들 떨고 있었다. 그러다 벌어진 일이었다.

식사를 들이던 상, 갑자기 자리에서 벌떡 일어선 민수, 그리고 그녀의 팔을 잡다가 당기게 된 권갑수.

그것은 순수한 사고였었다. 부글부글 끓던 뚝배기의 찌개 국물이 민수의 팔에 튀었고, 놀라 넘어지는 민수의 목에 뜨거운 뚝배기의 모서리가 닿았다.

상 위의 음식은 삽시간에 방바닥과 민수의 옷 위를 덮어, 오물을 뒤집어쓴 것처럼 민수는 음식으로 얼룩졌다. 상을 들고 왔던 식모 둘은 기겁을 해 한 마디도 뱉지 못했고, 내내 평상심을 유지하던 권갑수의 얼굴에도 바들바들 경련이 일었다.

"니, 니…… 우짜자고……."

살점이 고기처럼 익어 목의 덴 부분으로 스르륵 피가 배어 나오는 것을 느끼며, 민수는 마음을 고쳐먹었다. 밥상을 뒤집어 쓴 채로 조용히 엎드려 그에게 빌었다.

어르신 뜻대로 하겠습니다. 반드시 하겠으니 어머니 산소 자리만 당장 돌려주십시오.

힘없는 어린아이처럼 제 것을 다시 돌려 달라 목 놓아 울며 빌었다.

권갑수는 늘 자랑스레 말해 왔다.

'법을 왜 만든 중 아나? 양심이니 도덕이니 하는 것들을 왜 만든 중 아나? 부자들이, 가진 거 많은 사람들이, 내 재산 지킬라꼬 만들었다!'

그의 말이 옳았다. 그가 눈뜨 숨 쉬는 세상이니, 그의 말이 옳았다. 그러하니 권갑수의 아들도 권갑수의 세상에서 겪어야 했다. 샘처럼 맑았던 민수의 눈에서 칼날같이 날카로운 안광이 반들거렸다.

네, 어르신. 어르신은 어르신의 세상에서 어르신의 뜻을 이루십시오. 저도 제 세상에서 저의 뜻을 이루겠습니다.

권시혁의 집으로 들어가기로 한 것을 살아 돌아온 진규에게, 아니, 에몬에게 알렸을 때, 에몬은 신중히 그녀에게 말했었다.

'이건 경고야. 그와 절대로 사랑에 빠지지 말라고.'

그때 민수는 허리를 비틀며 자지러지게 웃었었다. 자신이 있느니 마느니 할 가치도 없는 이야기였다. 에몬은 그 경고의 대가로 권시혁에 대한 자료를 그러모아 주었다. 처음엔 민수도 거절했었

116

다. 민수도 그에 대해 알 만큼은 안다고 생각해서였다.

아비는 권갑수, 어미는 이은실. 권시혁은 그렇게 재미있는 조합에서 잉태되었다. 이은실은 아흔아홉 칸 고택에서 살던 명문 양반가의 딸이었고, 유일한 상속녀였다. 그리고 어디에서 태어났는지도 모를 정도로 팔도를 아무렇게나 떠돌아다니다가 겨우 사오 년을 붙어 있었던 행랑채 머슴, 권갑수와 결혼했다.

이은실의 불행은 전쟁에서부터 비롯되었다. 난리 중에 형제는 물론 일가붙이를 모두 잃었고, 전후에는 권갑수의 호적에 올라 권시혁을 낳았고, 자신의 안채 대들보에 목을 매는 것으로 생을 마감했다.

그때부터 이미 정신이 오락가락했다느니, 아씨가 왜 그런 혼인을 했는지 도통 모르겠다느니, 하던 말들은 아주 오래전 일을 그만둔 그 집 하인들에게서 어쩌다 흘러나온 것이었다. 그것도 몇몇의 기억 속에서 서서히 흐려져 가는 이야기일 뿐으로 고용인 단속에 철두철미한 권갑수가 집안 사정을 대문 밖으로 타 넘게 놓아두진 않았다.

어쨌든 권시혁은 그렇게 어머니를 잃고 유모의 손에 자랐다. 권갑수 밑에서 제멋대로인 유년 시절을 보냈을 리는 없지만 적어도 그 돈으로 풍족하게는 자랐을 테지. 그러나 민수가 그의 사택으로 들면서 했던 가장 큰 실수는 그를 얕잡아 본 것이었다. 솔직히 어리광쟁이에서 나이만 먹은 부잣집 도련님쯤으로 여겼었다.

그러나 민수는 그의 돈에 관한 진실에서부터 쓴맛을 봐야 했다. 권시혁의 자산은 권갑수의 재물로 이루어져 있지 않았다. 권시혁은 어머니의 얼마 안 되는 유산으로 보잘것없었던 DA식품을 인수하여 업계 1위를 만든 뒤, 이제 JO건설에서까지 큰 재미를 보고 있었다.

그의 성장은 공격적이고 빨랐다. 실권을 쥐고 있는 회사가 한둘이 아니지만 결코 드러내 놓고 거대 그룹을 만들지도 않았다. 세금을 줄이고 권력자들의 먹잇감이 되지 않으려 깊이 숨어 몸을 낮추면서도 주머니 속 돈은 충실히 채우는 재력가, 그게 바로 권시혁이었다.

게다가 에몬의 경고는 모두 사실이었다. 굳은살이 박이듯 경험이 쌓이다 보니 남자들은 물론 사람들의 시선 따위, 두려워하지도 피하지도 않게 된 지 오래였지만 그를 마주 대하는 것만큼은 늘 숨이 막혔다. 그의 앞에만 서면 긴장으로 심장이 조여들었다. 두근, 두근, 두근, 두근.

그의 눈빛은 매와 같았다. 사냥을 앞둔 포식 동물의 살기 어린 집중력으로 안광이 번들거렸다. 손가락의 움직임, 눈빛의 떨림만으로도 모든 것을 빠르게 알아차렸다. 그의 앞에서는 거짓을 유지하기가 힘들었다. 두근, 두근, 두근, 두근.

그와 눈을 마주치는 것이 숨 막히게 힘겨웠다. 그에게 눈빛을 읽힌다면 모든 것을 읽힐 것 같았다. 그를 두려워하는 것을 들키느니, 그를 분노하고 저주하는 것을 들키는 편이 나았다. 온몸의 기를 그러모아 그를 증오하였다. 두근, 두근, 두근, 두근.

그러면서도 그의 눈길을 피해 온 집 안을 도망치는 자신을 어쩌지 못했다. 아예 잘리려고 작정을 했군. 민수는 거의 자포자기 상태에 이르기까지 했다.

아이러니하게도 그녀를 붙들어 준 것은 그였다. 그녀를 야단치기는커녕, 이해하려 하고, 정을 붙이려 애썼다. 이상했다. 그와 같은 부류에게 고용인은 소모품으로 이해되거나, 인격을 갖추고 대할 존재가 아니었다. 하지만 권시혁은 그녀의 무례에 너무도 관대했다.

문제는 한둘이 아니었다. 쉽지 않을 것이라고, 연애를 걸려는 여자든, 팔자를 고치려는 여자든, 다른 업체들이 목적을 붙여 슬쩍 보낸 여자든 누구든, 하룻밤이라도 보내고 싶어 안달 난 계집들이 한둘이 아니지만 성공한 계집이 없다고.

에몬이 경고할 때 민수는 웃었었다. 그녀의 눈으로 그를 보았었으니까. 알코올에 절어 헤죽거리던 웃음, 멍한 눈빛, 이가 악물리도록 잘생긴 검은 얼굴.

힘을 가질수록 남자들은 자신감을 품은 세월의 매력이 생긴다. 권시혁은 전보다 더 악의가 피어오를 만큼 매력이 넘쳤지만 공교롭게도 아주 단정해져 있었다. 여자의 흔적을 묻혀 온 일은 고사하고 술에 취해 들어오는 일조차 흔치 않았다.

업무상의 만남으로 반주가 잦긴 하지만 조금이라도 알코올 기운이 있을 땐 민수를 더욱 경계했다. 처음 집에 돌아온 그를 마중하며 가방과 웃옷을 받으려 했을 땐 더 이상 다가오지 말란 뜻으로 손바닥을 들어 보이며 마주 보기조차 거부했다.

그는 스스로에게 매우 엄격했다. 새벽 5시 30분, 알람이라도 울리듯 정 관장이 대문 초인종을 울리면 그는 지하의 운동실에서 한 시간의 무도 수련을 하는 것으로 하루를 시작했다. 그리고 아침 식사를 한 뒤로는 하루 일과를 모조리 일에 쏟아부었다.

6년 전 권시혁은 술만을 마시기 위해 술집에 들어온 것처럼 술을 마셨지만, 지금의 권시혁은 일을 하기 위해 사는 것처럼 일만을 했다. 마치 형벌이라도 받는 것처럼. 또 다른 상실감이 민수를 괴롭혔다.

이래서는 아무것도 할 수 없었다. 민수는 용기를 내어 혼날 거리를 찾았다. 그를 도발해야 했고, 실수하게 만들어야 했다. 그가 출장에서 돌아올 때를 기다려 그의 책상을 말끔히 정리했다. 해가 되지는 않되 한껏 예민해질 수 있을 만한 것을 골라 의자 바퀴 아래 밀어 넣었다. 그리고 시원스레 야단을 맞을 각오를 다졌다.

하지만 그건 그의 실수였다. 민수를 선선히 돌려보내 준 것. 그게 그의 잘못이었다. 따귀라도 한 대 때려 주었으면 좋았을 텐데. 그랬으면 잔인하게 그가 보는 앞에서 안방을 터는 짓으로 한발 더 나아가지 않았을 텐데.

'그럼, 죽은 귀신까지 띠아라.'

뒤늦게 권갑수가 뱉은 말의 의미를 떠올렸다. 민수는 이해하지 않으려 애써야 했다. 죽음으로 연인을 잃는다는 의미를.

행복했던 추억은 기억하기 힘든 고통으로 바뀌고, 살결을 맞대던 따스한 설렘은 거짓처럼 사라진다. 그리고 함께 계획했던 미래는 통째로 날아간 채, 덩그러니 홀로 남아 있다는 사실을 깨닫는다.

부정하고, 부인하고, 화가 나고, 우울하고, 그리고 두려움에 떨고. 그렇게 스스로를 사로잡은 분노와 우울과 두려움을 조금씩 삭혀서 없애는 삶이 나 혼자에게만 남겨지는 것. 그 울분이 재가 되어 스러질 때까지 과거의 시간을 뭉툭, 잘라 버린 채 살아 내는 것.

그리고 그는 거기에 '죄책감'이라는 짐을 하나 더 짊어지고 사는 것 같았다. 안방을, 그의 과거를, 죽은 연인을 향한 애정을 담은 금고를 열어 보는 것이 아니었다.

아니, 괜찮았다.

외로운 유년 시절을 보냈든 말든, 함께 자란 고용인의 딸 따위에게 마음을 빼앗겼든 말든, 그 여자를 사고로 잃었든 말든, 그리고 그 여자의 흔적이 비치는 한유나에게 홀렸든 말든.

괜찮아. 그는 권갑수의 아들이니까.

모든 게 그의 잘못이었다. 그는 권갑수의 돈으로 흥청거려야 했었고, 동물적 욕구에만 충실한 계집을 밝히는 탕아여야 했다. 그는 아비 권갑수를 닮아 야비하고 교만해야 했으며 천박하고 상스러워야 했다. 그러지 못한 게 그의 잘못이었다.

괜찮아. 그는 권갑수의 아들이니까.

그러나 결국 유나를 직접 만나 본 뒤에야 민수는 권갑수의 저의를, 자신을 이 집에 밀어 넣은 이유를 깨달았다. 소싯적 사고팔던 기생의 값을 매기던 음험한 눈알이 데룩, 구르며 그녀를 평했었다.

'꽃같이 곱다.'

썩은 생선처럼 탁한 검은자위로 본, 정확한 한 수였다. 민수는 '후후' 힘없이 웃었다. 처음부터 그녀가 무언가 대단한 것을 해내기를 기대받고 들여진 것이 아니었다.

갈등은 연인의 견고함을 시험하며 인성의 밑바닥을 까 볼 수 있다. 민수는 자신이 '권시혁의 노리개'가 아닌 '갈등' 역할을 하기 위해 이 집에 들여졌다는 것을 깨달았다. 유나와 권시혁 단둘이라면 서로 드러내지 않았을 것들, 권시혁 앞에선 버릇이 없는 정도에 머물렀을 유나의 밑바닥.

그리하여 한 번 잃은 연인을 다시 잃게 만드는 데 성공했다. 헐떡이며 살아 숨쉬기 힘들어하는 사람의 입과 코에 젖은 종이를 발라 숨구멍을 막아 주었다.

어쨌든 괜찮아. 그는 권갑수의 아들이니까.

'으흐흐흐흐' 악마 같은 웃음소리로 쾌재를 부르는 환청이 민수의 심장을 지그시 눌렀다. 민수는 힘주어 어깨를 펴고 고개를 빳빳이 들었다.

어르신은 어르신의 뜻을 이루었으니, 이제 저도 저의 뜻을 이루겠습니다.

깜깜하게 해가 졌다. 창밖에는 여전히 무섭게 비가 내리고 있었
다.

민수는 샤워를 마치고 수건으로 대강 머리칼을 말렸다. 온몸이
욱신거려 움직이지도 못할 정도였지만 그래도 쌌다. 유나는 연인
을 걸었고 민수는 목숨을 걸었다. 차라리 내가 죽어 없어졌으면 그
랬으면……. 민수는 불쑥 치솟는 생각을 지우고 고개를 털었다.
쓸데없는 잡념은 모든 것을 망친다.

정성스레 본 상이 차갑게 식었다. 적어도 한 가지. 권시혁의 아
들이니 괜찮다는 주문은 밥상에 있어서만은 예외였다. 열 살을 넘
기면서부터 한시도 거르지 않고 어머니께 부엌일을 배웠다. 어머
니의 염원은 민수가 웬만한 곳에 시집가, 귀여움 받으며 남들처럼
평범하게만 사는 것이었으니.

권시혁 따위를 위해 배워 둔 것들이 아니었지만 민수는 음식에

있어서만은 정성을 다했다. 그에게 진 빚을 밥상에 올린 정성으로 갚으려는 때문은 아니었다. 부자든 비렁뱅이든 도둑이든 병든 이든, 정성스레 한 상 차려 내어 주는 마음 씀은 배운 것 없던 어머니의 철학이셨다.

민수는 손도 대지 않은 음식을 정리하여 냉장고에 넣었다. 권갑수식대로 한 번 올린 음식은 두 번 다시 올리지 않아 왔다. 저녁상을 차릴 새로운 재료를 꺼내 들며 흘깃 시계를 올려다보았다.

오후 8시 30분, 이제부터 상을 차리기에는 너무 늦은 시각이다. 그러나 고민을 그치고 부지런히 손을 놀리기 시작했다. 빠른 손놀림으로 쌀을 부어 개수대로 다가가 씻기 시작했다.

"쉬라고 했는데, 왜 나왔습니까?"

시혁이었다. 바로 등 뒤에서 느껴지는 그의 기척에 민수는 화들짝 놀라 뒤를 돌아보았다.

"좀 어떻습니까?"

시혁은 면바지에 셔츠 차림이었고, 손에는 위스키 잔이 들려 있었다. 그에게서 알코올 향이 짙게 풍겼다.

"어디 좀 봐요."

그는 마시던 잔을 테이블에 내려놓고 그녀의 곁으로 다가왔다. 그에게선 평소에 찾아볼 수 없던 알코올의 대담함이 스며 있었다. 민수는 눈이 동그래지며 고개를 슬쩍 저었다. 그녀의 눈빛엔 두려움이 배어 있었다. 그의 얼굴이 딱딱하게 굳었다.

시혁은 그녀의 생각대로 해 줄 용의가 없었다. 고개를 젓든 말든 가까이 다가갔다. 민수는 화들짝 놀라 시혁을 절룩이며 피했다. 아름다운 허리가 반달의 곡선을 그리며 휘청거렸다. 절룩, 절룩, 절룩. 참, 보기 싫다.

그녀를 놓아줄 생각이 없었다. 그녀가 도망치는 쪽으로 잡으러 움직였다. 취기가 있더라도 시혁의 움직임이 훨씬 더 빨랐다. 알코올에 쉽게 젖어 들지 않는, 운동에 단련된 강인한 육체였다. 억지로 그녀를 붙드는 것은 어린아이의 손목을 꺾는 것만큼이나 쉬웠다. 모로 격하게 빼는 고개를 힘주어 자신을 바라보게 했다.

두려움과 슬픔, 그리고 알 수 없는 복잡한 감정이 뒤섞인 눈빛이 시혁을 한껏 긁어내렸다. 날카로운 단도로 가슴이 푹 찔린 채 길게 에이는 것 같았다.

아까, 유나에게서 놓여나자마자 민수는 도망치듯 집 안으로 사라졌었다. 시혁은 서둘러 집 안으로 따라 들어와 민수를 찾았다. 그러나 그녀는 너무 놀랐는지, 방문을 잠근 채로 숨을 헐떡거리고 있었다. 시혁은 한참 동안 문을 두드리며 그녀를 쉼 없이 부르다가, 결국 "쉬어요." 한마디만을 전하고 돌아설 수밖에 없었다.

시혁 자신도 흠뻑 젖은 바람에 샤워를 했다. 그리고 옷장에서 꺼낸 새 옷들을 침대에 툭툭 던져 놓고 아무렇게나 손에 잡히는 대로 하나씩 꿰어 입으며, 코냑을 유리컵 가득 따라 입에 털어 넣었다. 하나씩 옷을 입을 때마다 한 잔, 또 한 잔, 옷을 입을수록, 술이 들어갈수록 생각은 더욱 또렷해졌다.

시혁은 스스로 인정했다. 나쁜 놈, 이기적이고 냉혹한 놈.

서라를 이용하는 유나를 방치했다. 유나의 인성의 바닥을 들여다보려 하지 않았다. 손에 든 것을 놓치지 않으려, 보이는 것을 보고도 눈을 감았다. 어쩔 수 없이 진심으로 사랑하지 못하는 것을 덮을 수 없었고, 진심까지 뿌리 끝까지 원하는 유나는 어린 여동생을 대하듯 하는 친절에 만족할 수 없었다. 버릇없이 구는 것은 완벽한 사랑을 원하는 유나의 보챔이었다.

또한 겉으로는 어떻게 보일지 몰라도 유나의 버르장머리 없음은 언제나 시혁이 허용하는 울타리 안에 있었다. 필요한 것들을 얻는 규칙도 마찬가지였다. 그의 반응을 살피며 서라의 그림자를 찾아냈고, 그렇게 얻은 자신 안의 서라를 흔들며 애정을 확인했다.

문제는 그것이 그녀의 모순이었다. 서라를 이용했지만 서라를 증오했다. 서라의 흉내를 내며 시혁을 바라보게 하면서도, 자신 안에서 서라를 그리워하는 시혁을 불안해했다. 그리고 그의 허락의 범위를 넘는 크나큰 실수를 저질렀다. 실수는 더 큰 실수로 망쳐졌다.

믿는 구석이 있어서였다. 시혁은 그가 한 약속과 그가 한 행동에 책임을 다하는 사람이었다. 그것이 유나가 끝까지 오만할 수 있던 이유였다. 시혁이 결혼을 약속했으니, 무슨 일이 있어도 자신과 결혼할 것이라고, 그가 뱉은 말이니 반드시 지킬 것이라고, 그렇게 믿었다.

시혁은 소리가 나도록 거칠게 빈 잔을 내려놓았다.

취하도록 술이 들어간 것은 아주 오랜만이었다. 어떻게 보면 자축의 의미일지도 모른다. 말끔히 정리된 무엇이 더 이상 그를 혼란스럽게 하지 않았다. 이성적으로는 아주 오래전에, 미처 시작도 하기 전부터 너무나 잘 알고 있었던 것들. 믿고 싶은 허상과 실재하는 사실들이 뒤엉켜 그를 짓눌러 오던 유영들. 그러나 그러한 혼돈은 이제 말끔히 가셨다.

시혁은 민수의 부어오른 뺨을 보기 위해 그녀의 턱을 잡아 들어 올렸다. 민수는 반항조차 하지 않은 채 숨을 죽이며 그에게 눈빛을 고스란히 내비치고 있었다. 그래, 이 눈빛을 들키지 않으려고 나를 그렇게 피해 왔던가.

도발을 품은 원망 어린 눈빛에는 언젠가부터 그 원망의 기운이 사그라져 있었다. 시혁은 그녀의 눈빛을 읽었다. 이것은 무엇인가, 동정이라도 하려는가. 네가 내게 품은 것은 동정인가, 아니면 죄책 감인가. 갑갑하도록 뜨거운 것이 가슴에 치솟았다.

그러나 곧 눈에 들어온 것은 그녀의 붉게 부풀어 오른 뺨이었다. 얼마나 세게 얻어맞았는지 후끈거리는 열기가 시혁의 손에도 생생히 전달되었다. 시혁은 이를 악물고 그녀의 얼굴을 이리저리 돌려 보며 확인했다.

그러고 보니 목에 손수건이 걸려 있지 않았다. 그는 시선을 내려 자신이 덧낸 상처를 살폈다. 그럭저럭 상처는 아물고 있었지만 그가 모질게 짓이긴 흉터는 흉물스러운 낙인이 되어 있었다.

"우리는 서로에게 몹쓸 짓들을 참 많이도 했군."

무방비 상태로 그에게 얼굴을 내맡기던 민수가 당황한 기색을 보였다. 그러나 거기까지. 시혁은 더 이상 그녀를 추궁할 생각을 내리눌렀다. 시혁은 애써 평소대로 표정을 가다듬고 따뜻한 미소를 지어 보였다.

"이상 있는 데 있음 말해요. 지금이라도 병원에 갑시다."

민수는 고개를 저었다. 너무나도 세차게 저어서 괜찮다는 게 아니라, 괜찮지 않다는 것처럼 보였다. 시혁은 그녀의 다치지 않은 팔을 걷어 올려 보았다. 역시 노랗고 푸른 멍이 잔뜩 들어 있었다.

"뼈라도 이상 있나 말해 보란 말야. 왜 벙어리처럼 그렇게 입을 꼭 닫고 있지? 말할 줄 알잖아!"

울컥 치솟는 분노를 삼키며 민수의 이곳저곳을 억지로 살폈다. 민수는 그의 손을 부지런히 밀어 냈다. 그럴수록 애써 가라앉혔던 그의 화는 다시 불붙었다. 강제로 그녀의 뼈마디를 눌러 살피며 부러진 곳이 있는지 찾았다.

그러나 그의 손이 그녀의 왼쪽 다리에 이르자, 민수는 '꺄악!' 외마디 비명을 지르며 그의 손을 쳐 냈다. 거절당한 시혁의 손이 허공으로 밀쳐졌다. 시혁은 주먹을 꼭 쥐고 부들부들 떨었다. 치워진 손 때문이 아니었다.

불편한 왼쪽 다리에 새겨진 기다란 피딱지, 생긴 지 몇 시간 안 되는 넓고 기다란 피딱지는 신선한 피고름이 몽글몽글 엉겨 붙어 시퍼렇고 노란 멍들과 조화를 이루고 있었다.

"왜 그랬어?"

그의 목소리는 격앙되었다. 그가 언성을 높이자, 민수는 숨듯 뒤돌아 바들바들 떨며 그를 돌아보았다. 그의 언성은 더욱더 높아졌다.

"넌 끊임없이 유나를 자극했어. 자제심이 강하지 못한 유나는 네 손에 형편없이 놀아났지. 다른 건 다 그렇다 치고…… 때마침 우산을 들고 가 건넨 건 단순한 호의 때문이었나? 유나가 네게 그럴 정도의 친절을 베푼 사람이었나?"

민수의 눈에 그렁그렁 눈물이 차올랐다. 시혁은 더욱더 화가 치밀어 올랐다.

"넌! 몸은 불편할지언정, 모자라지 않아. 반항도 하지 않고 고스란히 매를 맞더군. 유나의 말이 틀렸다고 말해 봐! 내 마음을 끌려고 노력한 네게, 내가 고스란히 놀아난 건가?"

눈에 가득 괸 그녀의 눈물이 바닥으로 투툭, 떨어졌다. 시혁은 너무나 화가 나 테이블에 올렸던 술을 단숨에 들이켰다. 아찔한 코냑의 향이 코끝을 찌르며, 타는 듯한 느낌이 목으로, 식도로 전해졌다.

"차라리 그냥 침실로 뛰어들지, 왜 그런 짓을 했어?"

유나의 눈에는 살기가 어려 있었다.

"죽을 수도 있었어, 알아?"

단, 일 초만 늦었어도……. 뾰족한 우산의 끝에 그대로 찔렸었더라면…….

지금도, 몇 시간이나 지난 지금도, 아직도 무서웠다. 그래서 술을 마셨는지도 모른다. 두려움을 잊기 위해. 시혁은 술을 더 들이켜려 했지만 잔 안엔 더 이상 아무것도 남아 있지 않았다. 그가 빈 잔을 내려놓자, '탁' 하는 거친 소리가 공기를 갈랐다.

민수는 울음소리를 내지 않으려 두 손으로 입을 막고, 바들바들 떨고 있었다. 그녀의 눈에서 쉴 새 없이 눈물이 흘러내렸다. 시혁은 더 이상 참을 수 없어 그녀를 안아 들었다.

옳았다. 처음부터 시혁은 민수를 원했었다. 그녀를 처음 보았을 때부터, 누군가가 정보를 빼내기 위해 보낸 인물이라는 생각을 했을 때부터, 그녀를 원하고 있었다.

그녀가 말을 더듬고, 다리를 저는 것을 안 순간에도, 그녀의 상처가 거짓으로 만들어진 것이었을지라도, 그녀의 음식이 형편없었더라도, 그녀가 집안일에 미숙했을지라도 민수를 잡아 두었을 것이다. 그녀가 서류를 훔쳤을지라도, 그녀가 유나에게 지금처럼 잔뜩 상처를 입지 않았더라도. 그래도 그녀를 안으려 어떤 이유라도 붙였을 것이다.

그는 지금, 그녀를 안을 이유가 충분했다. 아니, 이유 같은 것은 상관없었다.

"난 더 이상 참지 않기로 했어."

시혁에게 안긴 채로 공중에 몸이 뜨자 민수는 바르작거렸다. 비명조차도 지르지 못하고 조금씩 버둥거리기만 했다. 그러나 그것도 얼마 가지 못했다. 시혁의 침실은 부엌에서 너무나 가까웠다.

"난, 지금 널 가져야겠어."

어느새 비가 그쳤다. 하늘도 갠 듯 교교한 달빛이 유리창을 넘어와 두 사람을 비추고 있었다. 시혁은 망설임 없이 셔츠를 벗었다. 운동으로 다져진 모양 좋은 근육이 달빛에 드러났다.

소리를 지르지도 못하고 눈만 동그랗게 뜬 민수는, 놀라서인지 단 한 마디도 뱉지 못하고 있었다. 꼭 다물어진, 아랫입술만큼 도톰한 윗입술.

시혁은 그를 그토록 괴롭히던 그녀의 입술을 벌주기 위해 무릎으로 그녀에게 다가갔다. 침대가 휘청거리자, 그녀는 웅크리며 몸을 말았다. 그저 몸을 웅크렸을 뿐인데, 거절당한 것처럼 가슴 한쪽이 아렸다.

쌔액, 쌔액 내쉬는 숨결과 함께 베이비 로션의 향기가 은은히 코를 간질였다. 시혁은 숨을 깊이 들이마시며 그녀의 체취를 느꼈다. 그녀에게 말했다.

"그렇게 단정한 태도로도 사람을 얼이 빠지도록 흔들 수 있더군. 그래, 넌 눈치가 아주 빠르지. 내가 형편없이 흔들리고 있다는 걸 알고 있었나? 네가 이겼어! 결국 나를 꺾어 버린 건 너야."

그래, 그의 시선은 항상 속절없이 그녀에게 끌려다녔다.

민수가 손이 닿지 않는 장식장의 위쪽을 닦으며 허리춤의 하얀 속살을 슬쩍슬쩍 보일 때마다, 머릿속으로는 몇 번이고 손에서 걸레를 빼앗아 던져 내고, 그녀의 입술을 범하며 안아 들었다. 하지만 한 번도 그럴 수 없었다.

걸레질하는 것을 보며 본능의 욕망에 이끌리노라면 화들짝 놀라 뒤를 돌아보며 그녀는 단정한 표정을 지어 보였다. 그 망할 숱 많은 속눈썹을 다소곳이 내리깔며, 허리춤의 옷을 흐트러짐 없이 정돈하고 다시 장식장의 유리를 닦았다. 또다시 반달을 그리며 절룩, 절룩, 불편한 다리를 끌고 옆으로 다가가 이마에 송골송골 땀이 맺히도록 걸레질을 했었다. 결코 그런 여자를 손댈 수 없었다.

그러나 지금의 시혁은 그것이 꿈인지 현실인지 분간하지 못할 정도로 이성을 잃었다. 하, 이성을 잃기는 무슨, 이성은 또렷했다. 다만 더 이상 이 여자를 그대로 놔둘 수가 없었다.

민수의 입술에 우악스럽게 자신의 입술을 가져다 대었다. 몇 번이나 상상 속에서만 하던 일. 그녀가 작은 여행 가방 하나를 손에 쥐고 자신의 집에 첫발을 들이는 순간부터 꿈꿔 왔는지도 모른다. 머릿속에서만 그리던 일이었다.

"으으."

신음 소리와 함께 민수의 팔이 곧게 뻗어졌다. 미약한 힘에 의해 시혁이 밀렸다. 아니었던가. 모든 것이 나의 착각이었던가. 나의 욕망과 나의 바람이 그녀에게 누명을 씌우는 것이던가. 거절당한 부끄러움, 분노, 혼란스러움, 이 여자를 영영 이대로 잃어버리지 않을까 하는 두려움, 여러 가지 감정이 흉하게 뒤얽혔다. 시혁은 울컥 치미는 대로 뱉었다.

"벗어."

그는 명령했다. 그녀는 온몸을 양팔로 감싼 채 눈도 깜빡이지 못하고 얼어붙어 있었다. 이제는 그 더듬거리는 말조차 튀어나오지 않는 모양이다.

"이따위 거지 같은 옷들 좀 벗어 치우란 말이야!"

시혁의 손은 민수에게서 셔츠를 떼어 내 빼앗았다. 달빛에 낡고 흰 브래지어가 드러났다. 그리고 너무나 아름다운 젖무덤이 그의 눈을 사로잡았다. 그녀의 가슴을 보고 싶다. 저 낡은 것들을 그녀의 몸에서 떼어 내고 싶다.

"아, 아악!"

민수는 소리를 질렀다. 시혁은 머리를 얻어맞은 것처럼 충격에 휩싸였다.

이건 겁탈이다. 여자를 겁탈하다니. 믿을 수 없었다. 그의 침실에 들어오려 갖은 수를 다 쓰는 차고 넘치는 여자들을 거들떠보지도 않았었다.

여자를, 여자를 겁탈하려고 몸싸움을 벌이다니.

그래, 착각이었나 보다. 그녀를 갖고 싶어 안달 난 욕망이 착시를 일으켰나 보다. 그녀도 나에게 관심이 있기를, 그래서 눈길을 끌려 애썼기를, 끊임없이 눈길을 주었기를, 그리고 품 안에 뛰어들려 했기를. 아니, 그저 조금의 마음이라도 있기를.

두려웠다. 갑자기 두려움이 해일처럼 몰려왔다. 착각이라면, 그래서 한 실수인 거라면. 이대로 그녀를 잃는다면, 그리고 이대로 그녀가 사라진다면, "나, 일 안 하겠습니다." 들어올 때처럼 작은 가방을 하나 달랑 들고 나서 버린다면.

"미안해, 내가 미쳤나 봐."

시혁은 자신의 간절한 마음이 비참해졌다. 저도 모르게 그의 입에선 진심이 흘러나왔다.

"네가 좋아. 정신을 못 차릴 정도로 네가 좋아. 처음 내 집에 들어온 순간부터, 이유도 없이 미친놈처럼 네가 마냥 좋았어."

"……."

"그리고 화가 나. 나 때문에 네가 그렇게 되기라도 한 것처럼,

네 걸음걸이에도, 말투에도, 단정하고 아름다운 얼굴에도, 화가 났어. 그리고 네게 이런 짓을 하고 있는 내 자신에게도…… 화가 나."

"……."

"그리고 무서워. 두렵고 무서워. 겁이 나."

그의 마음이 전해졌던 것일까. 그녀의 짙은 속눈썹에 의해 그늘이 지며 고개가 숙여졌다. 한 손으로 그러쥐면 묵직하게 잡힐 듯한 숱 많은 머리칼이 민수의 뽀얀 팔 아래로 주르르 흘러내려 왔다.

민수의 눈에서 투툭, 떨어지는 눈물이 시혁의 팔을 적셨다. 시혁은 애끓는 감정에 몸이 달아올랐다.

두려워 몸서리가 쳐졌다. 이대로 이 여자를 잃고 싶지 않다. 시혁은 민수를 달래려 그녀의 입술을 찾았다. 그래, 달래야 한다. 그녀를 달래야 그녀를 붙들어 볼 수 있다.

"으, 으읍……."

그의 간절한 마음을 느꼈는지, 민수의 입술은 그의 입술을 밀어내지 않았다. '흐흡' 그는 급하게 숨을 들이켰다. 정신이 아득하도록 행복해졌다.

시혁은 저도 모르게 팔을 뻗어 그녀를 안았다. 그녀의 허리와 등에서 오는 맨살의 말캉한 느낌이, 양손 안에 전해지는 행복한 감촉이 위안이 되었다. 그의 본능은 더 많은 것들을 요구하고 있었지만, 그 행복한 위안에 어리석은 조급함을 애써 눌렀다.

양팔로 그녀를 안아 가두는 대신 부드럽게 입술을 움직였다. 윗입술을 가볍게 빨아들이며, 아랫입술을 살짝 물었다. 그러나 좀처럼 열어 주지 않는 입술 때문에 애가 탔다. 시혁은 그녀의 목을 팔로 감싸며 더욱 소중히 안았다. 그리고 고개를 비스듬히 기울인 채로 그녀의 숨결을 다시 마셨다.

"흐으."

그녀의 입술 사이로 흐느낌이 조금 새어 나왔다. 그리고 끈질기게 두드리던 문을 조금 열어 주었다. 시혁은 조금 벌어진 잇새로 그녀의 입술을 힘껏 빨아 당겼다. 그녀의 입술이 열렸다. 시혁은 숨을 헐떡이며 서로의 혀를 얽었다.

그녀의 몸에서 풍겨 오는 베이비 로션의 미약한 향이 그의 본능을 살려 냈다. 이성에 의해 힘겹게 눌려 있던 본능은 다시 살아 펄떡였다.

더 이상 참을 수 없었다. 아랫도리가 조여 와 더 이상 무릎으로 앉아 있을 수조차 없었다.

시혁은 침대의 중앙으로 그녀를 이끌었다. 창밖의 달빛이 방 안을 훤히 비추었다.

"날 거절하지 말아 줘."

시혁은 뒤쪽의 버클을 푸르며 미끄러뜨리듯 브래지어를 말아 올렸다. 여자의 속옷을 처음 벗겨 보는 것처럼 손이 떨려 왔다. 새하얀 젖가슴이 튕겨지듯 모습을 드러냈다. 숨이 막혔다. 상상하던 것 이상으로 너무 아름다웠다. 시혁은 급히 입을 벌려 욕심껏 젖가슴을 머금었다.

그리고 숨을 헐떡이며 빨았다. 머리가 하얗게 비워지는 것 같다. 떨리는 손으로 그녀의 허벅지를 훑었다. 손을 바삐 위로, 더 위로 올렸다. 그녀의 팬티가 손에 걸렸다. 더 이상 참을 수 없다.

시혁은 그녀에게서 몸을 떼지 않고 옷을 벗으려 했다. 그녀에게 다시 거절당할까 두려워서였다. 그러나 여자를 안은 지 너무 오래되었는지, 그의 몸놀림은 미숙했다. 어쩔 수 없이 그녀에게서 몸을 떼고 자신의 남은 옷들을 벗기 시작했다.

그가 잠시 떨어지자, 그녀가 감았던 눈을 떴다. 허공에서 그와 시선이 얽혔다. 그녀의 시선은 곧 그의 나신을 향했다. 그녀의 시선이 자신을 훑자, 시혁은 묘한 쾌감이 밀려왔다.

시혁은 웃음을 삼키며 남은 속옷을 벗었다. 그녀가 깜짝 놀라는 듯 고개를 조금 돌린다. 튕겨져 나올 듯 성이 난 분신을 본 탓이다.

시혁은 그런 그녀가 귀여워 입가에 결국 웃음을 흘리고 말았다. 등이 저릿하도록 떨리고 가슴이 두방망이질 치는 가운데에서도 바보같이 웃음이 났다. 그리고 다가가 그녀의 옷을 모두 벗겼다.

팔에 걸려 있을 뿐인 낡은 브래지어, 가장 맘에 들지 않았던 낡고 치렁치렁한 치마, 그리고 흰색의 수수한 팬티.

마지막 남은 양말을 벗기려 시혁이 손을 뻗자, 그녀는 갑자기 거세게 저항을 했다. "미안, 미안해." 시혁은 깜짝 놀라 사과하며 그녀를 달래려 키스했다. 실오라기 하나 걸치지 않은 벗은 몸을 보고 싶었으나 이대로도 나쁘지 않다.

"후우."

그녀를 달래려 시작했던 키스. 그러나 그녀의 숨결이 그의 얼굴을 간질이자, 생각은 모두 달아나 버렸다. 자신의 분신은 달아오를 대로 달아올라 하늘을 향하고 있었다.

그녀의 몸 위에 뛰어들었다. 다시 입술을 찾았다. 이젠 거치적거릴 것 없는 가슴을 욕심껏 그러쥐었다. 당장이라도 미끄러져 들어가고 싶은 속살에 조금 손을 대 보았다. 그녀는 몸을 비틀었으나 시혁의 손이 조금 더 빨랐다.

엉덩이를 그러쥐며 엄지손가락으로 조심스레 그녀의 속살을 파고들었다. 물기가 한껏 어려 있다. 시혁은 등이 뻐근할 정도로 기분이 좋아졌다. 그녀도, 자신을 싫어하지 않는다.

"사랑해."

시혁은 저도 모르게 그녀에게 속삭였다. 미칠 듯 행복했다. 그의 오른손 엄지손가락은 그녀의 안쪽을 점령하고 있었지만 그녀는 다리에 힘을 주고 그에게 아직 몸을 완전히 열어 주지 않았다. 시혁은 그것이 싫어서가 아니라 미숙한 경험에서 오는 부끄러움 때문으로 여겼다. 시혁은 그녀에게 뜨겁게 키스했다.

진심 어린 고백 덕분인지, 그의 뜨거운 키스 때문인지, 그녀의 다리에서 조금씩 힘이 풀렸다. 시혁은 그때를 놓치지 않았다. 그녀의 검은 숲으로 마음껏 자유롭게 다른 손가락들을 보냈다.

시혁의 분신이 터질 듯한 동안 그녀의 중심이 흠뻑 젖어 들어갔다. 당장이라도 시작하고 싶은 욕심 때문에 몇 번이고 이를 악물어야 했다. 내달리고 싶은 손을 잡아 누르며 슬쩍슬쩍 그녀의 애간장을 태웠다. 느리게, 더 느리게 움직였다. 젖은 속살이 내는 음탕한 마찰 소리에 미칠 듯 가슴이 터져 왔다.

"목이 말라."

그녀는 시혁의 말을 알아듣지 못한 듯 물을 가지러 일어났다. 지금 이 와중에 물을 뜨러 나서다니. 시혁은 이를 드러내고 웃으며 그녀의 배를 한 손으로 눌렀다. 그녀의 양 무릎을 세우고 그녀의 아래쪽에 몸을 두었다. 뒤늦게야 의미를 알아챈 그녀가 깜짝 놀라 몸을 일으켰지만 시혁은 양보할 마음이 없었다.

"으으."

그녀의 신음이 더할수록 시혁의 흥분은 타올랐다. 미친 듯이 샘의 물을 마셨다. 샘이 마르지 않도록 혀끝으로 간질이고 괴롭히고는 다시 목을 축였다. 다시 젖은 속살을 벌리고 혀끝으로 간질이기를 반복했다.

"하아."

그녀가 몸을 떨며 오르는 듯했다. 시혁은 때가 되었다는 것을 느꼈다. 지루할 정도로 힘들게 기다리던 분신이 제 차례가 왔음을 알고 벌떡벌떡 혈관을 조여 왔다. 그리고 미끄러지듯이 그녀의 몸 안을 단숨에 파고들어 갔다.

"하악, 하악, 하악, 하악."

반복적으로 그녀에게 몸을 보냈다.

"하아, 하아, 하아, 하아."

시혁도 함께 헐떡이는 숨을 내쉬었다.

여자를 처음 안는 것처럼 자세를 바꿀 생각은 꿈도 꾸지 못했다. 정신이 아득해졌다. 얼마만큼의 시간이 흘렀는지도 느껴지지 않았다. 무작정 그녀의 안쪽을 향해 끊임없이, 끊임없이 내달렸다.

그리고 몇 분 후 두 사람의 숨은 하나가 되어 함께 몸을 떨었다.

전신을 감싸는 묘한 피로감, 충만한 쾌감이 온몸을 휘감았다. 내가 이렇게 기쁘게 여자를 안아 본 적이 있었던가. 여자를 안은 후 이런 달콤한 행복감에 젖을 수도 있다니.

그녀를 품에 안고 한동안 숨을 골랐다. 갑자기 몰려오는 피로감에 잠들고도 싶었지만 이대로 깨어 그녀의 머리를 쓰다듬고 있는 편이 더 좋았다. 까무룩 잠이 들 것 같아 시혁은 물을 찾았다.

아, 물은 없었다. 시혁이 몸을 일으키자, 민수도 함께 몸을 일으켰다.

"있어."

시혁은 몸소 일어나 부엌으로 향했다. 컵과 냉장고의 시원한 물을 꺼냈다. 가득 따라 단숨에 들이켜려다가, 그녀가 생각나 그대로 들고 왔다.

그녀에게 물 잔을 내밀었다. 목이 탔는지 단숨에 주욱 들이켠다. 시혁은 물을 마시는 모습마저도 사랑스러워 흡족하게 이를 드러내며 웃었다.

그녀가 물을 마시자 같은 컵에 물을 따랐다. 그녀의 눈이 동그래진다. '같은 컵'을 쓰다. 그래, 시혁은 누군가와 같은 컵을 써 본 일이 없다. 장난스럽게 물을 따라 그녀가 마신 곳에 보란 듯이 입을 대고 마셨다.

"큭큭."

그녀가 웃었다. 별거 아닌 것에도 웃음을 흘린다. 그래, 그녀는 원래 웃음이 많다. 시혁은 물 잔과 물병을 내려놓기 위해 스탠드를 켰다.

화들짝 놀라 이불로 몸을 가리는 그녀를 보며 시혁은 웃음이 났다. 그도 웃음이 많아진 모양이다.

물 잔과 물병을 내려놓고, 시혁은 그녀가 불편해하지 않도록 스탠드를 다시 끄려 했다. 그러나 그는 그러지 못했다. 드러난 다리 아래로 길게 만들어진 피딱지, 시퍼렇게 변해 가는 멍 자국들.

아아, 맞아, 그랬었지. 잃어버렸던 기억이라도 찾은 것처럼 아까의 일이 한꺼번에 되살아났다. 시혁은 갑자기 숨이 막혀 왔다. 상처 입은 그녀에게 자신의 욕심을 채운 꼴이다.

"미안해."

그저, 이불로 가린 그녀의 벗은 몸을 보고 그렇게 말했다. 그러나 그가 사과하자, 그녀의 얼굴에서는 웃음기가 싹 가셨다. 금세 단호한 표정마저 지어졌다.

오싹한 기분이 들었다. 분명 함께 웃고 있었는데, 왜. 시혁의 머릿속에서는 잠시 의문이 스쳤지만 곧 답을 찾을 수 있었다.

오해다! 그는 그녀를 안은 것에 대해 사과한 것이 아니다.

시혁은 갑자기 말문이 막혔다. 왜 그녀를 안은 것에 대해 사과를 했다고 생각하는지, 이해가 가지 않는다. 항상 말이 느린 그녀, 하지만 지금은 그녀의 말이 누구보다도 빨랐다.

"워, 워, 월급 주시면, 내, 내, 내일, 나, 나, 나가겠습니다."

뭐? 시혁은 그녀의 말에 숨이 막혀 대답조차 할 수 없었다. 뭐? 뭐라는 거야?

"괘, 괘, 괜찮습니다. 모, 모, 모, 몸, 몸뚱어리에 죄, 죄, 죄를 받아…… 느, 느, 늘상 있는 일입, 일입니다."

하아! 그녀의 몸이 불편한 것을 얕잡아 수많은 남자들이 그녀를 탐했었다.

그리고 그녀에게 있어, 자신은 결국 그녀의 몸을 취했던 수많은 주인 중 하나일 뿐이었다.

9장
사랑에 눈멀다(1)

"그런 거 아니야!"

시혁은 무섭게 소리쳤다.

"어떻게, 그런 생각을 할 수 있지! 방금 내가 너에게 했던 일은 네게 있어 사랑이 아니라 겁탈이었나?"

뱉어진 말, 닫혀 버린 마음, 더 이상 그녀의 얼굴에선 웃음기를 찾을 수 없었다. 시혁은 그녀를 잡아 앞뒤로 흔들었다.

"내가 했던 말들, 내가 안았던 손길, 모두 하나하나에 정성을 쏟았어. 넌, 어떻게 그걸 그런 식으로 받아들일 수 있나!"

"그, 그, 그만⋯⋯."

그녀의 얼굴이 고통스럽게 일그러졌다. 몸을 일으키며 바닥에 떨어진 옷을 주워 입으려 했다. 시혁은 그녀의 옷을 강제로 빼앗아 아무 데나 던져 버렸다. 가슴 깊은 곳에서 울화가 터져 그녀를 잡아 터뜨리고 싶었다.

"너, 겁탈이 뭔 줄 알아? 이게 겁탈이야!"

강제로 그녀의 몸에서 이불을 떼 냈다. 휘적휘적 젓는 두 손을 꽉 잡아 눌렀다. 그녀는 온 힘을 다해 손을 빼냈다. 그녀는 연약하지 않았다. 아니, 그녀를 다치게 할까 두려운 본능에 힘을 쓰지 못했다.

그러나 놓쳐 버린 다른 손으로 도망친 그녀의 손을 탁 잡아챘다. 몸부림치는 그녀의 힘만큼만 무릎으로 잡아 눌렀다. 그녀의 몸에 아프게 올라탔다. 기뻤던 만큼 너덜너덜해진 진심을 다 바쳐 괴롭히고 벌주고 싶었다.

그녀가 증오하는 눈빛을 쏘고 고개를 돌렸다. 가슴이 쿡 찔려 함께 죽고 싶었다. 양손으로 두 팔목을 잡아 내리며 억지로 입술을 가까이했다.

"아아아악!"

찢을 듯한 민수의 비명이 귀를 울렸다.

"아아아아아악!"

그녀는 사력을 다해 비명을 지르며 몸부림쳤다. 시혁은 팔에 소름이 돋으며 등과 목이 뻣뻣해졌다. 어쩌면 그녀는 겁탈이 무엇인지 이미 알고 있을까.

"하아!"

맥이 풀려 그녀를 놓아주었다. 강제력이 사라지자 그녀는 몸을 일으켜 눈 깜짝할 새에 옷을 주워 들었다. 커다란 망치로 얻어맞은 것처럼 그 장면을 멍하니 보다가, 시혁은 갑작스레 온몸에 공포가 휘감겼다.

끝이다. 이대론 끝이다. 이대로 보냈다간, 그녀가 머물던 방 안에 빈 서랍장이 널브러진 채로 그녀의 짐이 모두 사라질 것이다.

그는 정신을 차리고 민첩하게 몸을 움직였다. 방문을 나서는 알몸의 그녀를 등 뒤에서 빠르게 잡아 안았다. 두려운 만큼 힘주어 꼭 안았다. 그녀가 몸부림치며 팔을 물었다. 살점이 뜯겨도 좋단 심정으로 그녀의 귀에 속삭였다.

"제발, 믿어 줘. 난 절대로 널 함부로 생각하고 안은 게 아냐."

그녀의 몸부림이 조금 약해졌다. 저릿한 안도감에 시혁은 애원했다.

"사랑한다는 말, 쉽게 한번 안아 보려고 막 뱉은 거 아냐, 진심이야."

"후우."

그녀에게서 긴 한숨이 새어 나왔다. 눈을 감으며 그녀를 안은 팔에 힘을 더했다.

"그러니 내 여자로 곁에 있어 줘, 응?"

뒤트는 몸짓이 약해진 것을 틈타 시혁은 그녀를 돌려세우며 이마에 깊이 입 맞췄다. 꼭 쥔 주먹과 뻣뻣한 팔을 강제로 펴서 허리를 감게 했다. 겨우 끌어안은 자세를 만들었다. 적어도, 적어도 지금은 그녀를 잃지 않을 테다.

'치륵치륵' 풀벌레 소리가 귓가를 간질였다. 선선한 바람 한 점이 창을 몰래 넘어 한 뿌리 같은 두 사람의 나신을 슬쩍 어루만지고 도망쳤다. 달빛에 비치는 검은 몸과 흰 몸의 뒤엉킴이 흡족하게 외설스럽다. 근육질의 팔에 날씬하고 흰 허리가 단단히 감겼고, 둥근 엉덩이 곡선 아래 매끈한 흰 두 다리 사이론, 탄탄한 두 허벅지가 휘얽혔다.

둘은 아직도 몸싸움 중으로 시혁이 승기를 잡고 있었다. 싫다고 바르작거리는 민수의 어깨 아래로 시혁은 힘껏 팔을 찔러 넣었다. 억지 팔베개였다. 도망치지 못하게 허리를 꼭 껴안은 채 손도 잡았다. 길고 검은 다섯 손가락 사이로 희고 가는 다섯 손가락들이 얽혀 들었다.

"후후후."

딱 한 마디씩 짧은 그녀의 흰 손가락들이 너무나 만족스러워 웃음이 났다. 재미있었다. 아직도 화가 덜 가신 뻣뻣한 흰 손가락들을 검은 손가락들로 꽉 눌러 주면서 길이를 맞춰 보는 게 아주 웃기고 재미있었다. 그래서 그녀의 허리를 안았던 다른 손으로도 그녀의 나머지 손을 얽었다. 다시 열 개의 검고 흰 손가락들이 미끄러지며 서로 얽혀 들었다.

방금 일어난 일이 꿈인 것처럼, 그리고 그녀와 함께 누운 지금의 모습이 비현실인 듯, 짙은 행복감에 담뿍 젖었다.

그래서 잠들 수 없었다. 불안해서 잠들 수 없었다. 잠이 들면 그녀가 사라질까 봐, 오늘 일어난 이 일들이 모두 증발되어 사라지고 그녀의 흔적조차 없어질까 봐, 뱃속부터 불안이 올라왔다. 그러나 혼자만의 행복감일까. 그녀는 들썩이며 그의 손과 팔을 걷어 내려 애썼다.

"잠깐만, 잠깐만 이러고 있어."

아까처럼 귓가에 속삭이며 애원했지만,

"가아……압갑해서."

하곤 그가 엮어 둔 깍지를 싹 풀어 버렸다.

알싸한 서운함에 시혁은 자신의 중심을 그녀의 엉덩이 골 아래 심술껏 밀어붙이곤, 다시 그녀의 허리를 점령해 안아 들었다. 은밀한 부분이 추적추적 맞닿는 쾌감이, 어느 정도 그녀와의 거리를 좁혀 주는 것 같아 쌉쌀한 위로가 되었다.

사실, 몽클한 가슴을 욕심껏 그러쥐고 싶었지만 또 거절당하고 싶지는 않았다. 섭섭한 건 어쩔 수 없어도, 그래도 바보같이 좋았다. 그래서 절대로 잠들지 않으려 눈을 부릅떴다.

그러나 구름 뒤로 숨어 달빛도 비치지 않는 깜깜한 방 안, 치륵치륵 규칙적으로 우는 풀벌레 소리, 그녀의 따뜻한 체온, 불안감을 뒤덮을 정도로 온몸을 감싸는 묘한 쾌감, 피로감, 새근새근 울리는 그녀의 규칙적인 숨소리, 베이비 로션을 가르고 나오는 달콤한 그녀의 진짜 체취.

졸음이 파도처럼 훅 끼쳤다. 어느새 까무룩 잠이 들었다.

민수는 몸을 일으켜 앉아 잠든 시혁의 얼굴을 바라보았다. 그는 늘 불면의 밤을 보냈었다. 그러나 오늘만은, 지금만은 얼마나 깊이 잠든 것인지 그녀의 기척에 미동조차 않았다.

민수는 문득 손을 들어 그의 머리칼을 쓸어 보았다. 굵고 짧은 숱 많은 머리칼에 손끝이 가슬가슬했다. 그의 얼굴에는 검은 음영이 어려 있었지만 그 모습은 이미 머릿속에 각인되어 있었다. 늘, 언제나, 몰래 숨어 그를 바라보았었다.

이렇게 눈을 감은 그의 얼굴은 강인하지만 부드럽다. 검은 피부에 어울리는 짙은 눈썹, 길고 굵은 빽빽한 속눈썹과 잘 어우러지는 강인한 콧대, 짙은 피부만큼이나 검붉은 주름이 섬세한 얇은 입술, 돋보이도록 희게 반짝이는 치아, 그리고 이어지는 단단하고 굵은 목선.

그러나 눈을 뜨면 그러한 부드러움은 흔적조차 사라진다. 모든 것을 꿰뚫는 듯한 그 번들거리는 눈빛은 가슴이 오그라들도록 바라보는 이를 위축시키지만, 더 깊은 곳 너머에는 서글프리만치 한 없는 공허함이 있었다.

어쩌면 그는 돈에 탐닉하지 않으면서도 돈을 버는 데만 그의 능력을 소비하면서, 욕망을 잃어버린 노인과도 같이 하루하루 죽음에 가까워질 날을 기다리고 있던 건지도 모른다.

그리고 민수는 그에게 욕망의 불을 지피는 데 성공했다. 또한 그 불길은 민수에게도 옮겨붙기 시작했다. 아니, 그 불씨는 애초부터 민수의 품 안에 있었는지도.

6년 전, 진규였던 에몬의 조름에 못 이기는 척 밤마다 클럽을 찾았던 건, 그저 친구와 함께 밤바람을 쐬기 위해서였을까. 권갑수의 아들이라 이름 붙이고 끈질기게 눈길을 떼지 못했던 건 그저 원한을 품은 마음을 달래려는 이유였을까. 취해 정신을 잃은 그의 얼굴을 한 번 더 바라보는 것으로 얻을 수 있었던 것은 아무것도 없었는데.

그럼에도 습관처럼 찾던 그가 다른 여자와 키스하는 것을 목격한 뒤, 가슴이 싸해질 정도로 얻어맞았던 충격은 무엇이었을까.

권갑수의 협박을 빌미로 왜 이런 비열한 짓을 시작했을까. 왜 그의 눈빛에 마음이 졸아들어 두근, 두근, 두근, 두근, 심장을 울렸을까.

유나의 발끝에 희롱당하는 그의 미소에서 느꼈던 싸늘한 감정은. "키스하면." 유나의 등이 구부러지며 시혁의 입술을 탐할 때, "키스하면 시키는 대로 할게, 할래?" 그가 진짜로 그녀에게 키스할까 봐, 자리를 뜨지도 못하고 주스 잔을 들고 얼어붙어 있었던 것은.

기회가 있을 때마다 유나를 한껏 도발한 것은. 그리고 사력을
다해 그를 유혹하던 것은.

그래, 그의 침실로 들기를 바랐다. 그가 범하는 것을 즐겼다. 그
의 몸에 닿는 감촉이 감미로웠다. 그의 손이 닿을 때마다 온몸의
세포가 살아 펄떡이며 반응하였다. 머리로는 그를 밀어 내야 한다
여기면서도 그가 멈출까 봐 두려웠다. 그리고 그와 함께 숨 쉬는
이 공간이, 이 시간이 숨 막히도록 감미로웠다.

그의 체취가 달콤하다. 그가 내뱉는 숨결에 입을 맞추며 들이마
시고 싶다. 유나처럼 내 남자라, 당당히 소유권을 주장해 보고도
싶다.

'이건 경고야. 그와 절대로 사랑에 빠지지 말라고.'

에몬이 신중히 입을 열었을 때 민수는 허리를 비틀며 자지러지
게 웃었었다. 그래, 에몬의 경고는 항상 옳았다. 에몬은 그녀를 너
무도 잘 알았다.

섹스를 즐긴 뒤 "미안해."라고 사과하는 그에게 어울리지도 않
는 배신감이 끓었다. 버려지기 전에 먼저 버리겠다는 오기가 치밀
어 올라, 그의 마음에 상처를 입히고 그의 사랑을 확인받았다. 그
와 나눈 것이 무슨 사랑이야, 그가 나의 무엇을 알길래, 그저 배설
을 위해 육체를 탐하는 것에 마음이 설레는 바보짓을 왜!

민수는 단호히 몸을 일으킨 뒤 옷을 주워 입었다. 여기저기 흩
어져 떨어진 옷들이 그녀가 한 바보짓을 차분히 설명해 주고 있었
다. 민수는 아직도 잠에 빠져 있는 시혁을 물끄러미 바라보았다.

그를 증오하려는 노력이 흔적 없이 사라진다, 멍청하게도! 막상 그를 눈에 담으니 설레고 만다.

이건 내 잘못이 아니야. 그가 매력적이기 때문이지. 마음이 흔들린 것은, 육체가 반응하는 것은, 그가 가진 동물적인 수컷의 매력 때문이야. 나도 사람이니 그럴 수 있어. 그에게 매달리던 수많은 여자들도 그랬잖아. 나도 그 여자들처럼, 불나방이 되어 그와 한번 어떻게 해 보고 싶었던 건지도 모르지.

그 긴 줄의 맨 끝에 서서 이젠 내 차례가 되었다고 좋아하는 꼬락서니라니. 민수는 스스로를 저주하며 단호하게 방문을 나섰다.

어차피 시작되었다. 달리는 열차에서 몸을 빼낼 방법은 없다. 살아 숨 쉬는 더운 몸뚱어리가 수컷에게 안겨 쾌감을 느낀 건 그냥 본능일 뿐.

그러나 에몬의 경고를 이젠 심각하게 받아들이기로 했다. 절대로 그와 사랑에 빠져서는 안 된다. 그를 사랑하는 무게만큼, 정확히 그만큼 그녀도 상처 입게 될 테다.

두근, 두근, 두근, 두근. 민수는 심장이 뛰었다. 그에게서 웃음기가 말끔히 걷히는, 그의 선선한 미소가 싸늘하게 식을 그날이 머지않았다. 그는 어디까지 짐작했을까. 꼬리를 밟히는 것은 전적으로 시혁의 의지에 달려 있었고, 그것은 아이가 엄마에게 거짓말을 들통 내는 것만큼이나 쉬웠다.

낭떠러지를 향해, 추락하기 위해, 끝이 보이는 길을 달려간다. 하지만 조금은, 조금쯤은 느리게 가기 위해, 그와 함께할 수 있는 정해진 시간을 늦춰 보기 위해 본능적으로 버티게 되는 마음. 그 마음만은 스스로도 어쩌지 못했다.

※

"헛!"

시혁은 눈이 부셔 떠지지 않는 눈을 억지로 비볐다. 날이 벌써 훤히 밝았다. 잠에서 얼핏 깬 시혁은 옆자리부터 확인했다. 온기조차 없이 자리가 싸늘하다. 없다!

어딜 간 것인가, 간만의 숙면으로 개운해진 몸을 일으키려는데 문득 불길한 생각이 치솟았다. 설마 집을 나가 버린 건 아니겠지. 갑자기 잠이 싹 달아나며 미친 듯이 심장이 뛰었다.

"민수 씨, 민수야!"

발끝에서부터 저릿한 공포감이 온몸을 쪼아 댔다. 뛰듯 나서며 그녀의 방부터 확인했다.

"하아!"

단정히 정돈된 방은 횅뎅그렁하게 비어 있었다. 설마, 아니겠지. 온몸에 오소소 소름이 돋았다.

"민수야, 민수야!"

목소리마저 갈라져 잘 나오지 않았다. 미친 듯이 부르며 부엌을 향했다. 부엌이 말끔하다. 없다, 아무도 없다!

"민수……."

다시 몸을 돌리며 그녀를 부르는데, 갑자기 등 뒤에서 '꺄악!' 하는 비명에 몸을 돌렸다. 그녀였다!

갑자기 몰린 안도감에 맥이 탁 풀렸다. 그러나 부엌 바깥에서 무언가를 구워 가지고 들어오던 그녀는 비명을 지르며 손에 든 것을 떨어뜨렸다. 아!

그는 그제야 자신의 차림을 깨달았다. 어젯밤 잠든 그대로 실오라기 하나 걸치지 않았다. 아아, 내가 미쳤군. 순간 얼굴이 화끈 달아올라 침실로 돌아섰다.

미친놈처럼 방망이질 치던 가슴이 천천히 가라앉기 시작했다. 대신 입이 실성하여, '후후' 아침부터 웃음을 흘렸다. 빠르게 바지를 올려 입고 셔츠는 입지도 않고 손에 든 채 부엌으로 나서며 팔을 꿰었다. 마음이 다급했다.

"실례."

민망해 얼굴이 검붉게 달아올랐지만 어쨌든 다 좋다.

"밤새 어디로 도망친 줄 알았잖아."

그녀를 등 뒤에서 안았다. 말캉한 감촉을 날 가슴과 손바닥 깊이 각인하고, 달콤한 향기를 깊숙이 머금었다. 몸 안에 넣듯 그녀를 마셨다. 생생한 현실이 오히려 꿈같았다. 어젯밤 일들은 휘발되어 사라지지 않았다.

"자……암시만."

그녀는 샐쭉 웃으면서도 바르작바르작 그의 손을 떼어 냈다. 조금 냉정하게 느껴지리만치, 요리에만 집중하며 부지런히 손을 놀렸다. 아까는 보지 못했던 것들, 시혁의 시야에 닿지 않았던 곳에 요리의 흔적들이 조금 벌여져 있었다. 별게 다 서운하고 섭섭했다. 그는 아이처럼 그녀의 등에 들러붙었다.

"그만해. 밥, 안 먹어도 돼."

그러나 그녀는 아랑곳 않고 하던 일만 계속했다. 홀쩍 껴안으려는 그의 손과 엇갈리게 허리를 굽혀 냄비를 꺼내 들었다. 그의 두 팔이 허공에 버려졌다. 피한 것일까, 모르고 한 것일까.

"아침, 안 먹어도 된다니까?" 하며 슬며시 다시 엉겨들었다. 결국 민수는 귀찮다는 듯 '아이!' 하며 그를 제대로 떨어냈다. 심장

149

이 쿵, 땅바닥까지 떨어졌다 제자리로 돌아왔다. 피한 것이 맞았군. 서운함에 가슴이 저릿저릿했다.

"에그……."

민수의 눈이 열린 부엌문을 발견하고 서둘러 움직였다. 급히 움직이는 통에 허리가 둥근 반달을 그리며 절룩, 절룩, 절룩, 절룩.

시혁은 명치를 꽉 누르며 고개를 돌렸다. 보기 싫었다. 그녀가 저렇게 심하게 절룩일 때마다 함께 아프고 가슴이 저릿했다. 부엌 냄새를 집 안에 들이지 않게 하라며 까다롭게 굴었던 건 자신이었지만 그래도, 이건 아니다. 그녀는 오직 요리에만 열중하며 시혁은 안중에 없었다.

"이봐."

이젠 진짜로 속상하고, 섭섭하고, 서운하고, 조금쯤은 화가 났다. 그러나 그러다가 그녀가 슬쩍, 눈길이라도 주면 입가에 '후후' 터져 나오는 웃음을 어쩌지 못했다.

"그냥 여기에 차려. 간단히 먹고 맙시다."

시혁은 억지로 민수의 말캉한 팔을 잡아 복숭앗빛 볼에 입 맞추곤, 미소 지으며 부엌의 식탁에 앉았다. 조리대로 쓰이거나 일하는 사람들을 위한 식탁이다. 시혁은 항상 식당에서 식사를 했었다. 그러나 감정 상태가 한없이 붕 떠 있는 시혁은 까다로운 취향마저 바뀌어, 이 허름한 식탁에서 간절히 식사가 하고 싶어졌다.

그러나 민수는 단호히 고개를 모로 저었다. 아니, 여기서 식사를 하겠노라 말하는데도 민수는 무시하며 평소처럼 식당에 상을 차렸다. 시혁은 짐짓 화난 체하며, 아니 조금쯤은 화난 채로 식당으로 갔다. 실은 민수가 그곳에서 음식을 차리고 있기 때문이기도 했다.

활짝 열린 녹색 커튼 사이로 통창의 햇빛이 쏟아졌다. 곧게 선 측백과 아름답게 굽이진 푸른 소나무들이 잔디밭 너머로 녹음의 싱싱함을 자랑했다.

"그냥 거기다 쌓으면 이 늙은이가 어떻게 옮기나."

"그럼 어디다 놓아 드릴까요."

"거겐 올라타면 안 되고, 저짝으로, 차를 접짝으로 대면 쉽지."

엔진 소리와 함께 손 씨가 배달 기사와 무어라 주고받는 소리가 멀찌감치 스미듯 창을 넘어 들었다.

간밤의 일이 부끄러워서인 건가.

시혁이 자리에 앉자, 민수는 다시 부엌으로 나가 버렸다.

"저기……."

애써 뱉은 말은 허공중에 사라졌다. 여태 말도 한마디 제대로 나눠 보지 못했다. 그러나 물 주전자를 들고 민수가 나타났기에 시혁의 시선은 다시 민수를 향했다. 쪼로록, 물을 따르는 민수에게서 시선을 떼지 못했다. 그녀가 물 주전자를 내려놓자마자, 시혁은 기다렸단 듯 그녀의 손을 잡아챘다.

"같이 먹읍시다?"

그러나 민수는 눈을 동그랗게 뜨고 단호하게 도리도리, 고개를 저었다.

"왜? 같이 먹자니까."

또 도리도리, 고개를 젓는다.

"같이 먹자, 응?"

시혁은 생전 해 본 적도 없던 애교까지 쥐어짜 입꼬리를 끌어올리며 애원하듯 그녀의 팔을 붙들었다. 그런 그가 지독히도 어색하고 우스웠는지, 그녀의 입에서는 '후후' 웃음이 새어 나왔다. 됐다! 시혁도 모처럼 그녀와 마주 웃었다.

그러나 다시 말짱한 표정으로 도리도리, 고개를 젓고 말았다. 잡았던 손까지 슬쩍 밀어 떼 내듯 치우고, 그녀는 결국 식당을 나섰다. 식당에 혼자 버림받은 시혁은 멍해졌다.

아까는 그녀가 사라지지 않았다는 것 하나에 너무나도 안심하며 기뻐했지만 이제 그건 까맣게 잊은 지 오래였다.

달큼하고 매콤한 호박찌개, 하얀 무가 동동 뜬 여름 동치미, 알맞게 맛이 든 열무김치, 새콤한 가지 무침, 보드라운 취나물, 이 아침에 언제 불을 피웠는지 양념을 올린 전복 구이 하나와 소고기에 파, 당근 등의 야채를 엇갈려 끼워 구운 꼬치구이까지, 상차림이 아주 먹음직했다.

꼬치구이의 고기를 한 개 빼어 물자, 달큼한 간장 양념 향과 매운 후추 맛이 입 안 가득 퍼져 들었다. 아주 맛 좋으면서도 맛이 없었다.

늘 아무렇지 않게 혼자 하던 식사가 갑자기 처량했다. 그리고 순간 결심했다. 이건 아니다! 어떤 이유든 그녀가 어떻게 고집을 세우더라도 절대 안 된다. 처음으로 그녀가 차려 준 밥상을 건성으로 먹고 몸을 일으켰다.

"민수야, 민수야!"

그녀를 불렀다. 그리고 보니 그녀의 이름을 이렇게 부르는 게 어색하다. 뭐라고 했었더라?

시혁은 민수 씨, 부르려다가 다시 마음을 고쳤다.

"민수야, 민수야!"

또 불러 보니 입에 착 달라붙는 것 같다. 정신을 차려야 함에도 웃음이 좀 났다. 그녀의 이름이 감미롭게 입에 감겼다.

하지만 그녀는 보이지 않았다. 아까만큼은 아니지만 괜스레 불안해진 시혁은 온 집 안을 돌아다니며 그녀를 찾았다. 제길, 집이 이렇게 넓었던가. 여기저기를 뒤지다 결국 그녀를 찾아낸 곳은 헬스 시설을 갖춘 운동실이었다.

시혁은 피트니스 쪽보단 커다란 전면 거울이 달린 매트 쪽을 주로 사용했다. 포장을 벗기지 않은 새것들 위로 손잡이와 끈이 너덜너덜해져 바꾸기 직전인 줄넘기, 주걱 모양의 코칭 미트, 낡은 샌드백들이 한데 있었다. 아침마다 가장 많이 함께하는 것들이었다. 민수는 손에 걸레를 들고 허리를 굽힌 채 얼룩진 전면 유리를 닦고 있었다.

"여기서 뭐하는 거야?"

울컥 치밀어 저도 모르게 말이 퉁명스럽게 나왔다. 그녀는 손을 멈추고 눈을 동그랗게 떴다.

"처, 처어……엉소……."

빨갛게 익은 그녀의 얼굴에는 선을 딱 긋고 싶어 하는 경계심과 불안감이 역력했다. 갑자기 화가 치밀었다. 밤새 그렇게 애달프게 사랑하고, 애원하고, 좋아한다 속삭이고, 팔베개를 하고, 꼭 끌어안고, 그런 채로 뜨겁게 몸을 섞었는데.

그녀에겐 그 모든 것이 아무 사건도 아니라는 듯, 의미 없다는 듯, 평상시처럼 일어나 밥상을 차려 주고 청소를 하며 일상을 유지했다. 시혁은 뒷덜미가 뜨거워졌다. 원망이 격하게 휘몰아치며 가슴을 콱 눌렀다.

"그만둬!"

그녀의 손에서 걸레를 빼앗아 바닥에 던져 버렸다. 하지만 그녀도 화가 났는지 위층으로 올라갔다. 절룩이는 걸음걸이는 여전하지만 꽤나 빠르다. 시혁은 그녀의 뒷모습을 쏘아보았다. 그러다 퍼뜩 깨달았다. 내가 방금 뭐라고 뱉었지? 맞아, 그만둬, 그만둬. 아아, 안 돼! 설마, 하는 생각에 뒤늦게 그녀를 쫓았다.

또 오해할지 모른다는 두려움에 시혁은 급히 뛰었다. 벌써 짐을 싸고 있을지 모른다는 불안만큼 다급하고 미웠다. 그녀의 부엌방으로 곧장 향했고, 망설임 없이 방문을 벌컥 열어젖혔다. 역시나 그녀는 방바닥에 쪼그려 앉아 가방 앞에서 무언가를 하고 있었다. 시혁은 그녀의 손을 홱 낚아챘다.

"뭐하는 거야. 설마 일을 그만두라는 것으로 알아듣고 도망치려는 건 아니겠지? 사람 마음을 가지고 장난치는 건가? 다른 건 똑똑하고 눈치도 빠르면서……."

시혁은 말을 꿀꺽 삼키며 멈추었다. 다다다, 쏟아지는 말에 민수의 눈이 토끼같이 동그래졌다. 또르르, 구르는 땀방울 옆으로 아랫입술만큼 도톰한 윗입술이 달싹였다. 민수의 팔도 맞잡은 시혁의 손도 함께 촉촉했다. 그녀의 다른 손엔 반팔의 얇은 새 셔츠가 들려 있었다.

"더, 더, 더, 더워서……."

그랬다. 그렇긴 했다. 32도를 웃도는 지경이니. 시혁은 갑자기 우스워 제풀에 피식, 웃었다. 영문도 모른 채 쪼그려 앉아 있는 그녀를 잡아 일으켜 세웠다. 그리고 꽉 끌어안았다.

"어디 갈 생각은 꿈도 꾸지 마."

그녀의 얼굴이 더욱 붉게 달아올랐다. 힘없이 조금 웃기도 했다. 시혁은 그 옅은 미소가 신의 선물과도 같았다. 그도 얼굴이 붉게 달아올랐다. 어쩔 줄 모르는 행복함에 어깨가 뻐근했다.

시혁은 민수를 안아 들려 했다. 갑자기 침실이 간절해졌다. 그러나 그녀는 깜짝 놀라 사력을 다해 버렸다. 강하게 고개를 도리도리 저었다.

"대…… 대낮에."

"어때?"

귓가에 속삭였다. "지금 사랑하고 싶어." 달콤하게 속삭이며 양팔로 허리를 감았다. 그러나 그녀는 완강하게 고개를 저었다.

"이, 이, 이따가."

그녀는 곤란한 표정으로 얼버무렸다. 시혁은 끈질기게 졸랐다. "그러지 말고 지금, 응?" 그러나 그녀는 고개를 젓는다.

"이, 이따가."

알고 보니 이 여자, 고집이 보통이 아니었다. 시혁은 짐짓 화난 체하며 그녀에게 다그쳤다.

"이따, 언제?"

"이, 이따가, 바, 바, 밤에."

순식간에 그녀의 이마와 얼굴 전체가 발갛게 물들다 결국 귓가까지 새빨갛게 되어 버리는 것을 보며 시혁은 큭, 웃었다. 허둥대면서도, 얼굴을 붉히면서도, 그러면서도 고집을 바짝 세우는 그녀가 너무 귀여웠다. 그리고 아주 미웠다.

시혁은 몇 번을 졸랐으나 그녀의 대답은 변함없었다. 시혁이 다그치자, 그러면 밤에도 싫다고 화를 벌컥, 낸 까닭에 시혁은 곧바로 손을 들어 항복했다.

지금은 오전 9시. 밤이 될 일이 까마득했다.

결국 고집을 세우며 그녀는 평소에 하던 일을 모두 마쳤다. 하지만 시혁은 이런 식으로 단 하루를 견디는 것도 정말 힘들었다.

처음으로 그녀가 무슨 일을 하는지 알았다. 그의 회사 직원들 중 아무도 이렇게 과중한 업무에 노출되지 않았다.

그가 아무렇지 않게 누렸던 당연한 것들. 먼지 한 톨 없는 깨끗한 집, 그의 집은 지하가 딸린 2층 건물로 실내 총면적이 250여 평에 육박했다. 보통은 아침 식사만 하지만 지금처럼 시혁이 하루 종일 집에 머물게 되면 그녀의 노동량은 몇 배로 늘어난다.

청소를 하는 사람들이 일주일에 한 번씩 들긴 하지만 집 안 곳곳은 그녀의 손길을 필요로 하고 있었다. 시혁이 쓰는 곳들만 정리해 달라는 지시는 눈 가리고 아옹 하는 것이었다.

부엌일을 제외하고도 그가 잠을 자고 일어나면 침실을 치우고 시트를 갈아야 했고, 아침 운동을 끝내면 도복들과 운동실에 벌여 놓은 것들을 치워야 했고, 옷방, 화장실, 서재, 거실, 그가 움직이는 동선마다 일거리들이 쌓였다.

게다가 매끼 바꾸어 먹는 식단, 칼같이 준비되는 세탁물들, 자잘한 소품들, 안 보일세라 재게 손을 놀리는데도, 그녀는 한시도 쉴 틈이 없었다. 시혁은 당장 비서실에 전화를 해 사람을 구했다.

— 저, 아무리 그래도 며칠은 주셔야…….

시혁의 높은 요구 조건을 너무도 잘 알기에, 그의 만족도를 고려한 사람을 한꺼번에 두 명이나 구하기란 쉽지 않았다. 게다가 시혁은 민수의 개인적인 일을 돌봐 줄 개인 비서를 한 명 더 구하라 재촉했다.

"우선 출퇴근을 하더라도 내일부터 일할 사람 임시로 두 명 보내요. 그 정도는 가능하잖습니까?"

시혁은 잠시 업무적인 통화를 더 하고 수화기를 내려놓았다. 민수가 눈을 동그랗게 뜨고 고개를 젓고 있다. 그녀도 통화 내용을 들은 모양이었다. 사람을 구할 필요 없다는 뜻이었다. 하지만 이건 양보를 하고 말고 할 문제가 아니었다.

"넌 이제 내 여자야. 설마 내 여자에게 계속 청소를 시키고 밥상을 차리게 하라는 뜻은 아니겠지?"

그녀는 망설임 없이 고개를 저었다. 하지만 그도 단호했다.

"안 돼."

그러고 보니 그녀의 입성도 문제였다. 허름하게 낡고 늘어진 셔츠, 치렁치렁한 촌스러운 치마, 빨리 어떻게든 해야 했다.

"옷도 사자. 좀 늦었지만 지금이라도 빨리 나가자."

그러나 변덕스러운 장마의 날씨가 심술을 부렸다. 갑자기 먹구름이 끼며 하루 동안 말짱하게 개었던 하늘이 천둥을 내리쳤다. 쏴아아, 시끄럽게 비마저 쏟아지기 시작한다. 민수는 고개를 도리도리 저었다.

날씨 때문인지, 그저 싫다는 뜻인지 알 수 없었다. 내가 너무 한꺼번에 내 식대로만 밀어붙이며 몰아친 것인가. 시혁은 그녀에게 다정히 눈을 맞췄다.

"그래, 내가 조급했어. 하나씩, 하나씩 바꾸어 나가자."

그녀에게 다가가 흰 손을 잡아 올렸다. 검은 손에 얽히는 희고 고물고물한 것들이 사랑스럽다. 그러나 끌어안으려는 그를 밀어내곤 계속 고개만을 젓는다. 시혁은 슬쩍 부아가 치밀었다.

"너, 이렇게 고집쟁이였었나?"

그가 입을 내밀자 그녀는 '푸후후' 웃었다. 시혁은 그런 그녀가 사랑스러워 그녀를 번쩍 안아 들었다.

"자, 이제 밤입니다, 아가씨."

일할 사람도, 개인 비서도, 새로 사야 할 옷들도 이젠 그의 관심에서 희미해졌다. 날이 어둑해지니, 몸이 후끈 달아오르며 아침에 받아 놓은 약속이 절실해졌다.

그녀는 버둥거리며 고개를 저었다. 실은 겨우 5시를 넘기고 있었다. 그러나 장마로 잔뜩 찌푸린 날씨는 고맙게도 해를 감추어 주었다.

그녀는 또 고개를 저었다. 그러나 시혁은 단호했다.

"안 돼, 약속했잖아."

그리고 그는 그녀를 안은 채 그의 침실로 날듯 걸어갔다. 창밖에서 푸르스름한 기운이 방 안을 비추고 있었다. 침대에 그녀를 내려놓았다. 그리고 그녀를 안기 위해 그녀의 옷을 벗기기 시작했다.

그러나 그녀는 몸을 동그랗게 말며 이불 속으로 파고들었다. 그러곤 가느다란 집게손가락으로 창밖을 가리켰다. 활짝 열린 커튼이 신경 쓰이는 모양이었다.

"알았어."

그는 얼른 커튼을 닫았다. 여름의 햇빛을 가리기 위한 검푸른 암막이 실내를 캄캄하게 했다. 그러나 이건 그의 성에 차지 않았다.

"이렇게 캄캄한 곳에서 안고 싶지 않아. 널 보고 싶어."

그러나 어둑한 속에서 그녀의 인영은 고개를 저어 거절했다. 시혁은 조금 서운했지만 부끄러움에 그러는 것이므로 이해하기로 했다.

순식간에 그녀의 몸에서 다른 모든 이물을 걷어 냈다. 숨을 몰아쉬며 자신도 그녀와 같은 차림이 되었다. 그녀의 좁은 어깨에서 풍만한 가슴으로 아름답고 낭창한 허리를 지나 탐스러운 엉덩이로, 허벅지로, 다리로 시혁은 그녀의 매끄러운 피부를 욕심껏 천천히 쓸어내렸다. 두 손바닥으로 구석구석 남김없이 그녀의 체온을 훑었다. 아, 발끝에 양말이 걸렸다.

시혁은 그녀의 왼쪽 허벅지를 강하게 잡았다. 그녀의 상처가 어떻든 확인하고 받아들이고 싶었다.

"나도 온전하게 너에게 날 보여 줄 거야. 너도 나에게 그렇게 해 주었으면 좋겠어."

그러나 그녀의 양말을 손대자마자, 그녀는 '아악!' 비명을 질렀다. 거부의 표현이 너무 강했다.

속옷보다도 더 벗고 싶지 않아 하는 것이 양말이라니. 어쩔 수 없이 서운한 마음이 들지만 아직은 그녀도 아픈 곳을 드러내고 싶지 않은 것일 테다. 차차, 그래, 차차 바꾸어 나가자. 그녀의 아픈 발을 건드리지 않도록 더 조심하기로 했다.

간절한 그의 마음만큼, 그는 그녀의 육체에 집착했다. 끊임없이 그녀를 탐했다.

은어같이 흰 그녀의 알몸이 그를 끊임없이 유혹했다. 좁은 어깨, 아름다운 쇄골, 수밀도 같은 젖가슴과 낭창한 허리, 요염하게 뻗은 가늘고 긴 다리, 그리고 그 중심에 그의 정신을 앗아 가 버리는 샘을 가진 숲이 있다.

싸구려 베이비 로션의 냄새가 그를 미치게 했다. 향긋함에 취해 그녀에게 자신의 몸을 얽었다. 지금이야말로 가장 행복하면서 가장 고통스러운 고문 시간이다.

이성의 지배를 받지 않는 독립 자아, 그의 분신이 벌써 내 차례를 외치며 저 홀로 명령했다. 그녀의 몸 안으로 당장 들어가겠노라 하늘을 향해 솟아올랐다. 시혁은 이를 악물고 녀석을 내리눌렀다. 그녀의 육체에 취해 혼자 쾌락을 즐기고 싶지 않다. 이 고문의 고통을 밤새 견뎌도 좋다.

입술에 가볍게 키스했다. 짜르르, 알싸한 행복이 온몸에 스몄다. 그는 다시 그녀의 이마에, 뺨에, 귀에, 목에, 자잘한 키스를 퍼부었다. 그녀는 목이 민감한 듯 '까르르' 웃으며 몸을 도르르 말았다. 세상의 그 어떤 음악도 그녀의 웃음소리보다 감미로운 것은 없었다. 충만한 쾌감에 뱃속이 보글보글 끓었다.

그 맑은 웃음소리가 욕심나 한 번 더 키스하자, 그녀가 다시 '까르륵' 웃으며 다리로 그를 밀어 냈다. 홀로 화내고 있던 그의 분신이 사고처럼 그녀의 허벅지에 쓰윽, 몸을 쓸렸다. 녀석은 이젠 진짜로 내 차례라 벌떡벌떡 꿈틀거리며 난리 법석을 피웠다. 시혁은 끄응, 신음을 흘리며 녀석의 요구를 또다시 묵살해 줬다.

그녀의 옛 상처에 키스했다. 시혁이 짓이긴 상처, 가슴이 깊이 에였다. 이젠 거의 아물었는지 키스를 퍼붓는데도 민수는 까르르, 웃음소리만을 낸다. 다행이었다. 시혁도 안도의 숨을 들이쉬며 함께 웃었다.

그는 그녀의 온몸에 자잘한 키스를 퍼붓기를 계속했다. 그의 혀와 입술은 끊임없이 그녀의 민감한 곳을 찾아내었고, 그의 손바닥은 계속해서 그녀의 부드러운 피부 구석구석을 어루만졌다.

그녀의 몸에 땀이 오르면서 숨이 가빠졌다. 충분히 이완된 육체를 느끼자 그는 그녀를 안을 준비를 시작했다.

그의 입술은 상이라도 받듯 그녀의 말캉한 가슴을 머금었다. 숨을 몰아쉬며 달콤한 젖가슴을 번갈아 욕심껏 물었다. 흥분에 숨이 가빠 오고 뒷덜미와 귀가 붉게 달아올랐다.

그의 손은 바쁘게 그녀의 중심을 찾았다. 손쉽게 허락하는 그녀에겐 이미 물기가 충만했다. 거부하지 않고 그의 몸에 충실히 반응해 주는 그녀가 고맙고 사랑스럽다. 그의 입술은 미끄러지듯 그녀의 샘을 머금었다.

샘에 도달한 그의 입술은 착한 본성을 잊었다. 집요하고 악마적인 녀석으로 변했다.

그녀의 몸이 꿈틀거리며 그의 애무에 격렬하게 반응했다. 그러나 그것으로는 부족했다. 숨을 들이켜며 입술과 혀로 간질였다. 그의 분신이 무어라 외치든 말든 끈질기게 그녀를 파고들었다.

끊임없이 샘을 마시며 또 샘이 마르지 않도록 괴롭혔다. 이로 자잘한 자극을 주며, 입술로 달래고, 혀로 괴롭히기를 반복했다. 결국 그녀는 몇 분 지나지 않아 처절한 신음을 쏟아 냈다.

"사랑한다고 해 줘."

그는 요구했다. 그녀는 고개를 끄덕였다. 입술을 열어 주지는 않았지만 그것만으로도 등이 뻐근해지도록 기뻤다. 그는 흰 치아를 드러내며, 만족스럽게 웃었다.

사실, 그녀가 입술을 열어 말해 주기를 바랐지만 인내력이 바닥나 더 이상은 견딜 수 없었다. 그의 분신은 이제 화를 참다못해 침을 퉤, 뱉어 내고 있었다. 녀석을 달래기 위해 그녀의 손을 잡았다.

"기다리느라 힘들었나 봐. 이 녀석에게 위로를 좀 해 줘."

그녀가 푸후후, 웃었다. 조금 망설이다가 그가 손을 이끄는 대로 그의 분신을 손에 쥐었다. 녀석을 위한 손놀림이 몇 번 이어지기가 무섭게 그는 신음을 쏟아 냈다.

"더 이상은…… 더 이상은 안 되겠어."

그녀의 손을 떼 내고 준비된 그녀의 몸 안으로 들어갔다. 따뜻했다. 온 세상을 얻은 것처럼 뻐근하도록 행복했다.

안으로, 또 그녀의 안으로, 끊임없이 그녀의 깊은 곳을 파고들었다. 철썩이는 살갗의 부딪침과 함께 침실을 울리는 그녀의 신음 소리에 쾌락을 느꼈다. 그러나 이대로는 부족하다.

그는 엉덩이를 든 채로 그녀를 엎드리게 했다. 그녀의 안으로 더 깊이 들어가고 싶었다. 그의 분신은 계속 그녀의 문을 두드리기를 그치지 않았다. 허리를 잡은 손을 끊임없이 반복적으로 잡아당겼다. 자신을 뿌리 끝까지 그녀에게 보냈다. 침대의 탄성과 함께 몸에 자극이 더 깊어졌다.

그녀의 아름다운 엉덩이 아래 그 은밀한 숲으로 자신의 남성이 보였다 사라지는 것을 즐겼다. 허리를 비틀며 그녀가 이를 악물고 신음을 머금고 있었다. 시혁은 아릿한 느낌과 함께 손을 그녀의 아래로 가져다 댔다. 그리고 그녀의 샘 주변을 괴롭히기 시작했다.

끊임없이 반복적으로 그녀의 속살을 두드리며 손을 멈추지 않았다. 허리를 잡았던 나머지 손마저 그녀의 젖가슴 하나를 차지했다. 온 힘을 다해 자신을 그녀에게 주었다.

"아아."

그녀의 입에서 드디어 그가 기다리던 깊은 신음이 터져 나왔다.

"하아."

결국, 그도 그녀의 신음 소리와 함께 긴장의 끈을 놓았다. 그의 분신은 힘겹게 자신의 모든 것을 그녀 안에서 토해 내며 죽어 갔다.

"사랑해, 사랑해, 사랑해."

죽어 가는 분신이 그의 입에서도 진심을 토하게 해 주었다.

10장

사랑에 눈멀다(2)

덜 겹친 암막 커튼 사이로 아침 햇살이 쏟아졌다. 손가락 길이의 짧은 빛의 띠가 스펙트럼처럼 쏟아져 침실 안을 희부옇게 빛냈다. 꿈인지 현실인지 분간 못 할 정도로 흡족한 쾌감이 세포 하나하나를 흠뻑 물들였다. 하지만 해만 뜨면 모든 것이 리셋되듯 되풀이되는 불길함도 여전하다.

시혁은 바싹 긴장하며 눈을 뜨는 것보다 더 급히 침대 옆을 더듬었다. 이번에도 또! 그녀는 없었다.

아드레날린이 평소보다 몇 백배쯤 과다 분비되는 육체는 나른하고 개운했다. 그러나 그녀가 또 옆에 없다는 사실에 서운함과 짜증이 엉겨 붙은 채 몸을 일으켰다. 어제처럼 조급하지는 않았다. 그러나 서둘러 샤워 가운을 찾아 아무렇게나 걸치며 곧장 부엌으로 향하는 사실엔 변함없다.

똑, 똑, 똑, 똑, 반듯한 나무 도마 위, 무를 써는 칼질 소리가 맑고 경쾌했다.

"두 사람 식탁으로 준비해 줘. 좀 이따 사람 올 거야."

달려가 가늘고 부드러운 몸을 가슴 가득 품고 싶었지만 꾹 눌러 참으며 사무적으로 부탁했다. 민수는 이 아침부터 웬 손님이냔 표정으로 돌아보았지만 시혁은 곧바로 자리를 떴다.

민수가 아침을 준비하는 동안 시혁은 간단히 샤워를 했다. 맑고 차가운 물방울들이 얼굴로 가슴으로 쏟아지며 미룰 것과 미루지 말아야 할 것들을 순서대로 정돈했다. 하나씩 정리를 해 나가야 했다.

식당에 들어선 시혁은 정갈하게 아침상을 차리고 돌아서는 민수의 손을 얼른 붙들었다. 그러나 그녀는 그의 손을 곧바로 털어 낸 뒤 한 발짝 물러났다. 낮엔 이렇게 가벼운 신체 접촉조차 꺼리는가. 시혁은 그런 민수를 보며 떨떠름하게 입을 열었다.

"앉아."

그가 식탁에 자리 잡으며 맞은편을 가리켰다. 아주 다정하면서도 거부할 수 없는 다분한 힘이 실렸다. 그녀는 의아한 눈으로 시혁을 바라보다, 결국 손님상이 차려진 곳을 피해 모서리에 조용히 자리를 잡았다. 시선을 피하려는지 고개조차 수그렸다.

"난……."

입을 열던 시혁은 그런 그녀를 보며 결국 '후우' 한숨을 흘렸다.

어젯밤 그녀를 세 번이나 안았다. 그 자신은 깊이 충족되었더라도 그녀 안의 채워지지 못한 뭔가가 느껴져 다시 안기를 되풀이했다. 그녀도 꽉 채워 주고 싶었다. 입에서 마른 교성이 튀어나올 때까지 애무하고 또 애무했다. 끊임없이 그녀의 귓가에 사랑한다, 사

랑한다, 사랑한다 속삭였다. 그녀도 그렇다 고개를 끄덕였다.

그리고 잠들었다. 그녀의 체취엔 이상한 것이 섞여 있는지 자꾸만 졸음이 쏟아져 어쩔 수 없었다. 그녀가 도망갈까 두려워 억지 팔베개를 하고, 답답하다 몸부림치며 밀쳐 낼 때까지 한껏 끌어안았다. 함께 있으라, 몇 번이고 다짐을 받았다. 그때마다 민수는 그러마, 함께하겠다, 고개를 끄덕였다.

그러나 그뿐. 새벽에 선잠에서 깬 시혁이 옆을 더듬었을 땐 온기조차 없이 써늘하게 그녀의 자리가 말짱히 비어 있었다.

잠이 싹 달아나 그녀를 찾았다. 있었던 곳은 부엌에 딸린 그녀의 쪽방이었다. 좁은 침대가 아주 편하다는 듯 쌔근쌔근 잠까지 들어 있었다.

부아가 치민 시혁은 그녀를 억지로 깨워 안아 그의 침실로 데리고 왔다. 그리고 그녀를 벌주듯 다시 안았다. 함께 있으라, 어디라도 가지 마라, 몇 번이고 다짐하며 그녀를 괴롭혔다. 그녀는 신음 소리를 내며 그러마 다짐했다. 스무 개의 손가락들을 얽고 깍지 껴 손을 잡고 꼭 끌어안으며 또 사랑한다, 은밀한 곳을 맞댄 채 몇 번이고 몇 번이고 속삭였었다.

하지만 또 제자리다, 지금처럼!

주인 앞에서의 시종처럼, 죄라도 지은 듯, 고개를 떨어뜨리고 혼이라도 나는 것처럼 저렇게 앉아 있다. 기가 찼다. 그렇게 끊임없이 사랑한다 속삭이던 그의 말을 단 한 마디도 믿지 못하는 것인가.

뜨거운 것이 올라오는 가슴을 누르며 시혁은 화를 내지 않기 위해 이를 악물었다. 감정을 행동에 싣지 않는 편인데, 그래서 무섭도록 고요하고 냉정하단 평가를 달고 사는데, 이상하게 민수 앞에

선 날것의 감정이 펄떡펄떡 들썩였다.

"네 자리야. 너랑 같이 식사하려고 두 사람 몫을 차리라고 했어."

그녀가 슬쩍 고개를 들었다. 선한 다갈색 눈망울 아래 색기 어린 입술이 달싹이다 다시 멈췄다. 그녀가 고개를 살래살래 저으려 했다. 결국 시혁은 언성을 높였다.

"또 고개를 저었다간 가만 안 둘 줄 알아. 네 자리에 앉아!"

전에 없던 시혁의 격함에 민수는 깜짝 놀랐는지 그의 눈치를 슬쩍 보며 그가 명령한 자리에 가 앉았다. 죄인처럼 더욱 기가 죽어 고개를 숙이는 그녀를 바라보았다. 심장이 옥좼다. 아! 이러려던 게 아니었다.

"민수야."

시혁은 기가 막혀 그녀의 이름을 나직이, 부드럽게 불렀다.

"미안해."

그녀가 고개를 숙인 채 고개를 또 도리도리 저었다. 단정하게 묶인 그녀의 긴 머리채가 가로로 넘실넘실 흔들렸다.

"나는 네가 내 집 일을 봐주는 사람이 아니라, 내 여자로 곁에 있어 줬으면 좋겠어."

시혁은 결심하듯 뱉었다.

"그러니 이제 일 그만해."

눈이 휘둥그레져 민수가 고개를 들었다. 시혁은 다그치듯 급하게 말을 이었다.

"고개 젓지 마!"

시혁은 깊은 한숨을 머금고 그녀에게 손을 내밀었다.

"손 이리 줘."

식탁 위로 그가 억지로 그녀의 손을 잡아채 꼭 쥐었다.

"손님은 아니지만 사람이 오는 거, 사실이야. 오늘 사람 둘이 올 거야. 한 명은 집안일, 한 명은 부엌일을 볼 사람이야. 물론 너보단 못하겠지만 그래도 난 네게 일을 시킬 수 없어. 넌 이제 내 여자니까 그래선 안 돼."

시선을 피한 채 숙여 버린 민수의 고개를 시혁은 억지로 들게 했다. 그녀의 눈빛이 불안하게 흔들렸다.

"그리고 며칠 뒤에 사람이 하나 더 올 거야. 네 일을 봐줄 사람이야. 외출할 때나 집 안에서 네 친구도 되어 주고, 네 비서도 되어 줄 사람이야. 우선 방부터 2층으로 옮기자. 짐은 얼마 없으니 내가……."

민수는 그의 손을 힘껏 뿌리치며 강하게 고개를 저었다. 시혁은 테이블을 돌아 그녀를 잡으러 곁으로 다가갔으나 민수가 더 빨랐다. 민수는 절룩, 절룩, 반달 모양으로 허리를 움직이며 급히 그녀의 방으로 갔다. 시혁은 그런 그녀를 차마 잡지 못하고 그저 따라갈 수밖에 없었다.

"민수야!"

하지만 그녀가 비키니장의 옷가지들을 몽땅 빼며 짐 가방을 집어 들자, 그도 더 이상 참을 수 없었다.

"지금 뭐하는 거야!"

"나, 나, 나, 나가겠, 나가겠습니다."

그녀의 입이 열렸다. 내 여자로 있어, 너도 날 원하니, 널 사랑해, 너도 내가 좀 마음에 드니, 살갗을 맞댄 채 밀어를 속삭이면서도 열리지 않던 그녀의 입이 이제야 열렸다. 나가겠단다.

예리한 칼로 푹 찌르듯 가슴이 아렸다.

"이, 이, 일하지 않으려면, 이, 이, 있을 필요도, 필요도 없습니다."

그리고 그녀는 가슴에 깊이 박힌 그 칼을 망설임 없이 잔인하게 길게 내리그었다.

"미, 민수야!"

말을 더듬는 것도 옮는 모양이다. 시혁의 입술이 격하게 떨렸다.

"도대체!"

시혁은 그녀의 어깨를 잡아 흔들었다.

"도대체, 내 말을 뭐로 듣는 거야! 사랑한다는 내 말 따위는 믿지 않겠다 이건가? 그럼 뭘 줄까? 뭘 줘야 날 이렇게 갈기갈기 찢어 놓지 않을래?"

그녀는 고개를 거세게 저었다.

"이, 이, 일하러, 일하러 왔습니다!"

아! 벽이다! 시혁은 가슴이 꽉 막혔다. 그녀를 급하게 벽으로 밀어붙였다. 처음 보았던 그날, 상처를 짓이겼던 것처럼 색기 어린 도톰한 입술에 그의 입술을 비볐다. 급하게 숨을 토하는 그녀의 숨결을 머금고 입술을 거칠게 빨아들였다.

"아아악!"

그녀는 그를 거부하고 도리질 친다. 짓눌린 가슴의 짐승이 들끓었다. 시혁은 강제로 그녀의 턱을 잡았다. 그리고 거칠게 입 맞추는 찰나, 강렬한 찝찝함이 그의 혀를 할퀴었다.

입술을 천천히 뗐다. 그녀의 맑고 선연한 갈색의 눈동자가 눈물에 첨벙 빠져 있었다. 방울방울 떨어지는 눈물이 발개지도록 그녀의 눈가를 할퀴고 그녀의 얼굴로 흘러내렸다. 그의 손등도, 그녀의 목도, 비를 맞은 것처럼 함께 젖었다.

"후우."

시혁은 한숨을 길게 쉬었다. 그러곤 애원하듯 그녀의 눈물을 하나씩 훔치며 입맞춤으로 사과했다. 말로 전해지지 않는 그의 마음을 전하려 사과하며 입술을 두드렸다. 냉정한 그녀에 비해 그녀의 육체는 그에게 훨씬 관대했다. 그녀의 입술이 얼마 지나지 않아 그의 사과를 듣기 시작했다. 정성스럽게, 정성스럽게 그녀의 입술에게 그의 마음을 실어 전했다.

"사랑해."

그의 진심이 허공중에 공허하게 흩어졌다. 서로의 열기를 나누던 어젯밤처럼 또 그녀에게 속삭이며 키스를 퍼부었다. 적어도, 침대에서만은 고개를 끄덕여 주던 덧없는 허락에 간절히 매달렸다.

"가지 마."

그녀는 가방 끈을 꼭 쥔 채 대답을 하지 않았다. 시혁은 그녀가 짐을 싸 들고 도망치는 것이 가장 두려웠다.

"가지 마. 네가 하자는 대로 다 할게, 응?"

더 깊이 사랑하는 사람이 질 수밖에 없는 우스운 싸움이다. 그녀에게 마음을 빼앗긴 이상, 그녀에게 절대 이길 수 없었다.

"그, 그, 그럼, 그대로 있겠, 있겠습니다."

안도와 아픔이 온몸에 퍼졌다. 그녀를 품에 꼭 끌어안고 고개를 묻었다. 그래도 적어도 지금은, 그녀를 잃지 않아야 했다. 그녀를 꼭 쥔 채 잃지 않는 것이 그 무엇보다 중요했다.

"안녕하세요. 주방 일 하러 왔어요."

"아유, 정원도 멋있는데 집 안도 참 넓고 좋네요. 열심히 일하겠습니다."

정확히 한 시간 뒤인 아침 9시, 민수는 떨떠름한 표정으로 두 사람을 현관에서 맞았다.

결론부터 말하자면, 시혁은 새 사람 둘을 채용하는 데 성공했다. 철석같이 약속을 하고도 보란 듯 제멋대로 하는 민수에게 참 편리한 걸 배웠다. 시혁도 철석같이 약속을 하고 말짱하게 약속을 어겼다. 아니, 오히려 정확히 지킨 셈이다.

새로 일하러 들어온 사람 둘을 줄지어 세워 놓곤,

"아주머니들, 오늘 첫 출근들 해서 기쁘시죠? 그런데 문제가 생겼습니다."

민수의 어깨를 밀며 새 직장에 대한 기대로 반짝이는 눈빛의 두 여자를 대면시켰다.

"약속했으니 네가 하자는 대로 할 거야. 앞으로도 이 집 부엌은 어차피 네 소관이야. 그러니 나오시지 말라고, 빈손으로 그냥 돌아가시라고, 눈앞에서 네가 직접 잘라. 굳이 꼭 그래야겠다면 말이지."

민수는 당황의 기색이 역력한 채로 동그란 눈을 깜빡이며 침을 꼴깍 삼켰다. 시혁은 재빨리 몰아붙였다.

"이쪽이 면접을 보고 결정하실 분입니다. 두 아주머니분들은, 차례로 이분께 이 집에서 꼭 일해야 하는 이유를 피력하세요. 오늘 일자리를 얻는 데 성공하신다면 세 달 치 월급을 당장, 상여금으로 드리겠습니다."

깜짝 놀라 얼굴에 화색이 돈 두 여자는 경쟁적으로 차례를 다투며 빠르게 민수에게 일자리를 부탁했다. 두 여자가 재재거리며 번갈아 말하는 동안, 민수에게 말할 기회는 좀처럼 주어지지 않았다.

"잘하셨습니다. 두 분이 모두 싫지 않으신 모양입니다. 그러니 오늘부터 일을 시작하세요."

시혁은 결국 둘을 모두 채용한 뒤 작은 승리의 미소를 지었다.

물론, 이것은 작은 전투에서의 승리로 아직 온전하진 못했다. 민수는 여전히 지내던 방에서 그대로 지내겠다 고집을 피우는 중이고, 찬모로서 주방에서의 지위를 끈질기게 사수하고 있었다. 그리고 아직 개인 비서에 관한 건은 시작도 못 했다.

그러나 커다란 성과도 하나 있었다. 시혁은 낮에 민수와 첫 식사를 같이했다. 실은, 덕분에 찬모의 지위를 빼앗지 못하기도 했다. 다른 사람이 차린 식탁에서 두 사람의 첫 식사가 시작됐다. 시혁은 사실, 다소 흥분해 한동안 한 수저도 뜨지 못했다.

그녀가 입에 무언가를 넣는 걸 처음 봤다. 점심이 아침이었는데도 배가 고프지 않아 그녀가 밥을 먹는 모습에 넋을 잃었다. 촌스럽고 수수한 흰 티셔츠를 입은 그녀의 자태는 어떤 여배우보다 더 아름다웠다. 아니, 다른 여배우 따위 아름답건 말건, 적어도 시혁에겐 그랬다.

단정하고 정갈한 태도, 아름다운 쇄골, 음식을 삼킬 때마다 조금씩 움직이는 목의 자잘한 근육까지 남김없이 예뻤다. 어쩔 수 없이 새하얀 목의 상처를 지나치지 못했고, 팔의 상처도 훔쳤다. 목도, 목보다 비교적 덜했던 팔의 상처도 잘 아물어 흰 얼룩만 남았다.

시혁은 그녀의 얼굴에 숨조차 멈춘 듯 집중하였다. 오똑하게 곧은 날렵한 콧날 아래 도톰한 입술이 오물오물, 예쁘게 음식을 씹는다. 얌전하게 눈을 내리깐 모습을 참기 힘들었다. 식탁을 넘어가 키스하고 싶어, 수저를 강하게 움켜쥐었다.

젓가락을 쥐는 손도 단정했다. 젓가락질을 어떻게 저렇게 예쁘

게 잘할 수 있을까, 사진을 한 장 찍어 책에다 박아 넣으면, '젓가
락질 잘하는 법'의 교본이 될 것인가. 아니, 그림 전체가 바르고
아름답게 식사하는 예법의 표준 모델이 될지도.

그녀의 단정하고 고운 얼굴이 살짝 찡그려진 바람에 시혁은 짐
짓 놀랐다. 그녀의 짙은 속눈썹이 그늘을 거두고, 그의 눈을 똑바
로 바라봤다. 눈이 딱 마주쳤다. 여태 한 술도 뜨지 않고 빤히 보
고 있단 걸 딱, 들켰다.

시혁은 얼굴에 붉은 기운이 올라오는 걸 느끼며 뻔뻔히 웃었다.
그리고 솔직히 말했다.

"미안, 네가 너무 좋아서."

민수는 아주 조금, 입꼬리를 말아 배시시 미소를 지어 주었다.
짙은 행복감에 '하하' 웃으며 눈을 내리깔고 늦은 첫 수저를 떴
다. 밥을 한 숟가락, 그리고 향이 좋은 참나물을 한 젓가락 입에
물었다.

민수가 입에 넣던 초록 빛깔의 그것들을 그도 똑같이 넣고 싶은
장난기가 끓었다. 그녀가 인상을 팍 찌푸렸다. 그리고 시혁의 인상
도 그녀와 똑같이, 아니 그녀보다 더 팍, 찌푸려졌다. 아, 참 짜고
도 질기다.

"크큭."

민수는 그런 그가 우스웠는지, 손으로 입을 가리고 크큭, 웃었
다. 시혁은 갑자기 민망해져 배 속이 슬쩍 당겼다. 민수가 가볍게
웃으며 입을 열었다.

"주우……운비이, 시, 식사 준……비는 계속하겠습니다."

그때 안 된다고 거절해야 했다. 그러나 맛대가리 없어 하는 정
직한 표정을 딱 들켰다. 시혁은 고개를 끄덕이는 대신 한숨을 내쉬

었다. 장난기 어린 그녀의 선선한 웃음이 그의 굳은 결심을 흐트러 뜨렸다. 그녀의 입맛도 그의 입맛만큼이나 날카로운 모양이었다.

"지하실 짐 정리는 내일 와서 해야겠네요. 가 보겠습니다."

"저도 이만 들어갈게요. 내일은 6시, 아침 준비 시간에 맞춰 오 겠습니다."

저녁 6시, 민수는 착잡한 표정으로 두 사람을 현관에서 배웅했 다. 여름의 긴 해는 아직 한참이나 남아 있었다. 시장기가 돌면서 도 밤이 기다려졌다. 시혁은 스스로를 다독이며 조심스레 말했다.

"나가서 저녁 먹자. 외출해."

저녁 준비도 못 하게 하고 그녀의 눈치를 살피던 시혁이 슬그머 니 다시 밀어붙였다. 당연하다는 듯 그녀는 고개를 도리도리 저었 다.

"그음……방."

바로 저녁상을 차리겠다는 뜻을 비치며 부엌으로 향했다. 하지 만 이젠 그도 더 이상 양보할 수 없었다.

"왜? 밖에서 먹고 싶은 게 하나도 없어? 뭐든 사 줄게."

당연히 고개를 도리도리 저을 줄 알았던 그녀가 슬며시 웃었다. 시혁은 반갑게 그녀를 다그쳤다.

"뭐? 말해. 뭐 사 줄까? 먹고 싶은 거 사 줄게, 나가자."

그러나 그녀의 입에서 흘러나온 것은 시혁을 실망시키고도 남았 다.

"사아이다."

"응?"

"사이다."

"아……."

결국 시혁은 사이다를 사러 다녀오고, 민수는 그날 저녁을 손수 준비했다. 그녀가 해 준 산채 비빔밥이 맛있었지만 함께 외출하지 못한 것은 두고두고 아쉬웠다.

그녀와 함께 데이트하고 싶었다. 맛있는 식당에 가서 평소 그녀가 맛보지 못하는 양요리도 사 주고 싶었다. 분위기 좋은 카페에서 함께 차를 마시거나, 일식 주점에 가서 술잔을 기울이고도 싶었다. 좋아하는 이야기를 하고 싶고, 거리를 함께 걷고 싶고. 그러나 생각은 거기서 멈추어졌다. 어쩌면 그녀가 외출하길 꺼려하는 이유를 알 수 있을 것도.

칼로 벤 듯 가슴이 아렸다. 그녀를 볼 때마다 숨이 가쁘고 목이 마른 이유도 그 때문인가? 아니, 그건 절대 아니다. 시혁은 그저, 그녀가 좋았다. 그뿐이었다.

거실에서도, 드레스룸에서도, 밥상에서도, 그를 배려하는 것이 분명한 그녀의 손길 하나하나가, 그녀의 뛰어난 음식 솜씨가, 그녀의 숨결이, 그녀의 짙은 속눈썹이, 그녀의 도톰한 입술이 그 모든 것이 좋았다.

말을 빨리하지 못해 더듬거리다 결국 시혁에게 지고 마는 그 느림이, 지는 것을 들키지 않으려 천천히 걷는 그 걸음걸이가, 전화벨이 울릴 때마다 아직도 깜짝 놀라며 못 들은 척하는 그 의뭉스러움까지도 모두 사랑스러웠다. 그리고 저렇게 사랑스럽게 사이다를 마시는 모습조차.

쪼로록, 빨대 끝에서 공기 소리가 날 때까지 그녀는 사이다를 마셨다. 사이다에 쏠려 있는 관심을 느끼고 시혁은 식사를 마치자마자 사이다를 내밀었다. 평소라면 식탁부터 치우려 들 텐데, 민수는 두말 않고 사이다를 병째 받았다. 그가 잔에 따라 주려 하자,

민수는 고개를 가로저으며 빨대를 꽂았다.

시혁은 마셔 보라 한 번 권하지도 않고 병에다 빨대를 탁, 꽂아 혼자 맛있게 사이다를 마시는 그녀를 기가 차서 바라보았다.

"그게 그렇게 맛있어?"

민수는 모처럼 기쁜 미소를 지으며 고개를 한없이 끄덕였다. 그렇게 그의 애를 태우며 가로로만 도리질 치던 그녀의 고개는 고작 사이다 한 병에 저렇게 줏대 없이 끄덕여졌다.

매캐한 배신감이 코끝을 간질여도 그마저 행복했다. 시혁은 저녁상을 치우려는 그녀를 도와 병과 병뚜껑을 집어 들었다. 그러나 그녀는 황급히 그의 손목을 잡으려다 슬쩍 손을 치웠다.

"왜?"

그녀는 망설이듯 그의 손목을 덥석 잡지 못하고 손가락으로 그의 오른손만 가리켰다. 그의 오른손이 펴졌다. 그의 검은 손바닥 안에 병뚜껑이 있었다.

그녀가 배시시, 웃으며 달라 손을 내밀었다.

"이걸 왜?"

그녀가 간절히 원하기에 돌려주긴 했어도 시혁은 의문스러운 표정을 풀지 않았다. 그녀는 조금 부끄러운 듯 얼굴을 붉히며 그의 손에서 병뚜껑을 답삭 빼앗아 갔다.

그리고는 조금 다리를 절며 그녀의 방으로 갔다. 그는 그녀의 부엌방으로 따라 들어갔다. 그녀는 그런 그에게 생긋 웃어 주고는 허름한 서랍장을 열어 보였다. 자랑스레 내미는 낡은 플라스틱 통에, 알록달록 탄산음료의 병뚜껑들이 종류별로 모여 있었다.

"여기 와서부터 모았어?"

개수가 그리 많지 않은 것으로 보아 그런 모양이었다. 그녀는 부끄러운 듯 웃으며 고개를 끄덕였다. 그리고는 손에 쥐고 있던 병 뚜껑을 즐거운 듯 그 낡은 플라스틱 통 안에 더했다.

그러나 시혁의 눈은 다른 데 가 있었다. 이가 빠진 낡은 빗, 중간중간 끊어지고 다 늘어난 동그란 고무줄 두어 개, 까만 실핀 몇 개, 화상 연고와 소독약, 붕대가 단정히 담겨 있는 양말 포장 상자. 그녀의 서랍 안 풍경이었다.

시혁은 화가 치밀어 더 이상 말을 잇지 못하고 서재로 걸음을 옮겼다. 민수는 말없이 그의 뒷모습을 바라보다 곧 식당으로 들어가 저녁 먹은 것을 치우기 시작했다. 시혁은 서재에서 곧장 수화기를 들고 어디론가 전화를 걸어 긴 통화를 했다.

그녀와 마주하면 생각 같은 건 집어치우고 침실로 들어 단꿈에 빠지고만 싶다. 여름의 긴 해가 아직 한참 남았어도 거실을 가로지르는 그녀의 뒤통수만 봐도 자꾸 침대로 데려가고 싶었다. 온몸이 욱신거렸다. 그녀는 아주 짜디짠 소금물 같아서 안을수록 갈증이 더했다.

하지만 시혁은 비로소 사흘 만에, 냉정히 마음을 가라앉히고 그녀와 대화를 해 보기로 했다. 아니, 그녀와 대화를 하려 하지 않은 적은 없다. 하지만 그녀가 입을 꼭 닫고 고개를 가로로만 젓는 통에, 대화는 협상이, 협상은 협박이, 협박은 승리, 혹은 패배, 둘 중 하나로 갈렸다. 무엇이 문제일까.

이성을 불러일으키기 싫었다. 지금, 너무나, 행복했다. 그저 이대로라도 좋았다. 생각이 많아지면 보지 말아야 할 것을 보게 된다. 시간을 멈추고 싶다. 퍼즐을 맞춘 그림을 보고 싶지 않다. 괜스레, 불행의 나락으로 떨어질 것 같은 불안을 떨쳐 버리고 싶다.

원망 어렸던 그녀의 눈빛, 유나와의 불미스러운 일, 그리고 이젠 다소, 아주 많이 부드러워진 그녀의 눈빛, 섹스는 허락하되 절대로 그 이상은 허락하지 않는 그녀의 이상한 태도. 그의 불안은 그녀의 몸을 얻었으되, 마음은 온전히 얻지 못한 까닭일 테다. 그게 근원이다. 시혁은 그 마음, 그리고 그 이상으로, 그녀의 모든 것을 가져야 했다.

조급했다. 난생처음 사랑을 하는 것처럼 모든 것에 여유가 없었다. 시혁은 다소곳이 테이블에 찻잔을 내려놓는 그녀의 팔목을 잡아끌어 그의 단단한 허벅지에 앉혔다. 그녀는 슬쩍 몸을 빼며 알맞은 온도로 식힌 차를 손을 들어 권했으나 지금 재스민 차 같은 것에 관심이 들 리 없었다.

그녀는 그의 허벅지를 피해 엉덩이를 슬쩍 들어 소파의 다른 쪽으로 옮겨 앉으려 했다. 시혁은 그런 그녀를 잡아 두 다리 사이에 끼워 넣고 옴짝달싹 못 하게 얽었다. 침실에서도 밀쳐 내는 냉정한 그녀가 소파 위라고 따사로울 리는 없지만, 시혁은 그녀가 몸부림칠수록 그녀의 허리를 죄어 엉덩이를 더욱 그의 다리 사이에 밀착시켰다. 양손마저 하나씩 잡아 결박한 뒤 밀쳐 낼수록 다리를 더 단단히 옭아 줄 것이라는 걸 몸으로 가르쳐 줬다. 자신 있었다. 그의 허벅지는 아주 튼튼해서, 이런 조르기 기술 따위는 아침마다 정관장과 마르고 닳도록 수련해 왔다.

"한 번만, 한 번만 좀 져 줘!"

시혁은 결국 그녀에게 애원했다. 그가 그녀의 목에 뜨겁게 키스하자 그녀의 뻣뻣한 몸에 스르르 힘이 빠졌다. 그 작은 위로가 그의 입을 열었다.

"나는, 나는 말이야. 그렇게 대단한 사람이 아니야. 돈? 그래, 많다면 많이 번 편이야. 우리 아버지에 비해선 턱없지만."

시혁은 소파의 팔걸이를 베게 삼아, 그녀의 몸을 끌어안고 벌렁 누워 버렸다. 그에게 양손을 잡힌 민수도 뻣뻣하게 그의 손에 끌려 함께 누웠다.

"누구나 잘하는 일이 하나씩은 있잖아. 내 재주가 돈을 버는 일인가 보지. 네 그 작은 손끝이 내 혀끝을 날카로울 정도로 잘 맞추어 주는 것처럼."

시혁은 옥죄었던 다리를 풀고 그녀의 베게와 등받이가 되어 주었다. 그녀의 머리와 등을 받치는 곰 인형이 되는 기분도 꽤 쏠쏠했다. 그녀의 긴 머리가 그의 배 위에 어질러진 풍경이 새삼 흐뭇했다.

"그러고 보니 넌 음식만 잘하는 것 같진 않더라. 나를 너무 잘 알아. 내 입맛뿐 아니라, 내가 물건을 어떤 순서로 놓는 걸 좋아하는지, 내가 일어나 어떤 패턴으로 움직이는지까지 생각해 가며 시계며 손수건이며 양말이며 속옷 같은 것들을 꽤나 꼼꼼히 챙겨 주더라고. 솔직히 조금씩, 아주 조금씩 좀 더 편하게 바뀌는 방을 느낄 때마다 많이 감동했었어."

음식을 만드는 사람답게 민수의 손톱은 늘 단정히 바싹 깎여 있었다. 얽혀 드는 스무 개의 손가락들을 보는 것은 늘 쾌감이 느껴진다. 하지만 민수의 손을 이런 식으로 들여다본 일은 없었는데, 그녀의 손이 처음 올 때완 많이 달랐다.

"이런, 그새 손이 많이 거칠어졌군. 이건 그때 벤 것 같고, 여기는 또 언제 데였어? 여기저기 상처투성이군. 내가 널 이렇게 혹사

시켰구나. 전에는 어디 있었어? 전에도 이런 일을 했다고 했었지?"

민수는 귀를 발갛게 물들이며 거칠어진 손을 빠르게 감췄다. 시혁은 성급했던 자신을 깨닫고 말을 돌렸다.

"좋아, 내 얘기를 좀 더 해 보지. 네가 마음을 못 여는 이유가, 우리의 장벽이 된다고 생각하는 게 재물의 크기인 거 같으니까."

아름답게 얽힌 손가락들이 쏙 빠져나가는 게 싫었다.

"말했듯이 나는 돈을 버는 재주가 있어. 있다기보단 아버지께 물려받았지. 말을 배우면서부터 가장 많이 들었던 단어가 돈, 돈, 돈! 돈이거든. 그렇게 여건이 갖추어져 있고, 방법을 알고 있고, 재능, 뭐 그것도……."

그래서 시혁은 손가락들을 좀 더 강하게 엮었다.

"……그것도 갖추었다고 하지. 그런 상태에서 전력을 다하면서 에너지를 쏟아부으면 누구나 다 작은 성공쯤은 하잖아. 나는 운까지 좀 따라 줘서 돈을 좀 벌었어. 그게 내가, 너와 사랑할 수 없을 정도의 대단한 차이는 아니야. 좀 집중해서 들어!"

그러나 손가락들을 뽑아내지 못한 민수는 엉덩이를 바르작거렸다.

"그러니까 난 네가, 그렇게 네 자리를 고수하면서 고집을 피우지 않았으면 좋겠어. 우린 사랑을 나눴고, 난 이 일을 별것 아닌 걸로 되돌릴 생각이 없거든. 네가 내 집에 온 게, 아직 한 달도 안 되었구나. 하지만 네가 없었을 땐 어떻게 살았었을까. 너와 함께 있던 몇 주가, 아니 요 며칠이 내 일생을 뒤흔들 정도로 내겐 큰 충격이야."

엉덩이와 맞닿은 곳이 그의 중심이었기에, 시혁은 대화를 하기에 좀 잘못된 자세를 취했나, 고민하며 그녀가 바르작대는 대로 슬쩍 그의 중심을 더 깊이 밀어 넣었다.

"솔직히 말할게. 너한테도 그렇겠지만 나로서도 이번 일은 벼락같이 벌어진 일이라, 아직 널 어떻게 하면 좋을지 구체적으로 생각하지 못한 건 사실이야. 하지만 널 부려 먹으면서 찬모로 놓아둘 생각은 없어. 이젠 내 여자의 자리로 좀 올라서 줘. 네가 한발 올라서 줘야 널 어떻게 할지 나도 정리가 되지 않겠어?"

그의 중심은 이미 아주 커져 있었다. 그녀가 그의 터질 듯한 중심을 느끼곤, 움찔, 엉덩이의 움직임을 멈췄다. 그는 정신을 가다듬으며 이야기를 이어 나갔다. 지금, 아주 중요한 이야기를 하던 중이었으니까.

"그래, 넌 나를 믿지 못하더군. 그럴 수 있어. 내가 처음 사랑한다고 말한 게, 너를 안을 때였으니까. 그건 너 때문이 아니라 나 때문이야. 내 마음을 쥐고 있는 건 넌데, 숨겨야 할 치부를 이미 다 들켜 버렸잖아. 그래서 무서우니까 매달리려고 그런 거야."

그녀의 몸에서 힘이 아주 조금 빠져나갔다.

"왜 네게 매달렸냐고? 아주 여러 번 말했듯이, 네가 좋거든. 왜 좋냐 하면 아직 이유는 잘 모르겠어. 네 냄새가 좋고, 네 숨소리가 좋고, 네가 웃는 게 좋고, 네가 먹는 모습도 좋아. 왜일까. 나는 네가 왜 이렇게 좋을까?"

슬며시 웃으며 그녀의 볼에 입 맞추었다. 갑작스러운 키스에 몸을 구부리는 모습도 사랑스럽다.

"그래, 왜 좋냐. 아, 이유가 있긴 있군. 내 평생 행복했던 순간들을 다 합쳐 놔도 너와 함께한 요 며칠보다 행복하진 않았어. 또 왜 좋냐. 평생 웃었던 웃음들을 다 모아 놔도 요 며칠보다 많이 웃은 거 같진 않고. 처음으로 알았어, 살면서 이렇게 행복감을 느낄 수도 있구나. 다 네 덕분이지. 그런데 난, 너에 대해 아는 게 아무것도 없더군."

민수는 미동도 않고 조용했다.

"이제 네가 어떻게 살았는지 얘기 좀 해 줘. 나에 대해서는 샅샅이 낱낱이 알면서, 너에 관해서는 조금도 알려 주지 않잖아. 너, 내가 다 알고 있어. 꼭 필요할 때는 말을 꽤나 잘하면서 하고 싶지 않을 때는 못하는 척, 잠자코 있는 버릇 있는 거."

시혁은 애원했다.

"괜찮아. 네 얼굴, 안 보여. 천천히 말해. 밤새도록이라도 다 들어 줄 테니까."

그녀는 쌔액, 한숨을 몰아쉬었다. 그러곤 손가락에 힘을 주며 그의 깍지를 풀려 애썼다.

시혁은 절망했다. 내가 이렇게 말재주가 없었던가, 이 진심이 아직 그녀의 마음을 열기엔 부족하던가, 그래, 그녀를 너무 급히 몰아붙였다. 함께한 시간이 너무 짧으니까. 하지만 그래도 너무하잖아! 시혁은 서글픔에 심술이 묻어 손가락의 깍지를 풀어 주지 않았다.

"못됐어!"

"후우······."

"아주, 아주 못됐어!"

뜻대로 되지 않은 그녀가 유일하게 자유로운 입으로 그의 손을 물었다. 하지만 이로 깨물어 낼 만큼은 밉지 않았던지, 혀와 입술로 손가락을 풀려 물었다.

"하하학, 간지러워."

그녀의 입술은 이로 깨물어 내는 것보다 훨씬 강력했다. 색색 내뱉는 간지러운 숨결과 보드라운 입술이 그를 자지러지게 했다. '하핫' 의지와는 다르게 웃음이 튀어나와, '하하' 숨이 막힐 듯 끊어지게 웃어 대면서, "그만, 하하하." 자꾸만 웃고 말았다. 그럼에도 손을 놓아주지 않자, 그녀는 좀 더 강력한 무기인 혀를 사용했다.

"핫! 하핫! 안 돼, 안 돼, 거긴!"

시혁은 결국 오른손을 놓치고 말았다. 한 손이 놓여나자, 그녀는 혓바닥으로 그의 남은 손을 핥으며 맹공격을 하기 시작했다. '하핫! 하아, 하아' 웃음은 신음이, 신음은 다시 웃음이 되어 그의 강인한 손에 힘이 훅 빠졌다. 온몸이 성감대가 된 듯 간지러움과 흥분이 그의 손끝에 맺혀 어쩔 줄을 모르다, 드디어 그녀의 양손을 모두 놓쳤다.

"못 도망가!"

하지만 시혁은 그녀를 놓아줄 생각이 없었다. 시혁은 키득키득 웃으면서 그녀의 치마허리를 움켜잡아 지퍼를 눈 깜짝할 새에 내렸다. 두 손이 놓여난 그녀는 몸을 일으키다 치마가 스윽, 내려가 걸음을 멈출 수밖에 없었다. 보기도 싫던 낡고 허름한 주름치마가 그녀의 다리 아래로 주르르 흘렀다. 속 시원했다. 시혁은 그녀의 치맛자락을 발로 꾹, 눌러 밟았다.

"아, 아이……."

그녀는 뜻대로 되지 않아 짜증이 났는지 고운 얼굴의 미간을 팍 찌푸렸다. 시혁은 두 손을 아래로 내려 치마를 올리려는 그녀의 두 손이 무방비가 된 순간을 정확히 노려, 그 헐렁하고 허름한 셔츠를 쑥, 벗겨 냈다.

"아얏!"

강제로 만세를 당한 손끝에서 잠시 버티던 그녀는 셔츠마저 곧 빼앗겼다. 그의 재빠름과 완력에 밀려 순식간에 겉껍질이 홀랑 까인 민수는 당황한 듯 치마를 집으려다 말고 도망을 치기 시작했다.

그는 사냥감을 모는 맹수처럼 '흐흐흐' 웃으며 그녀를 느리게 몰았다. 벽을 잡고 도망치던 그녀는 그의 침실을 지나치려 했지만, 가로로, 세로로 그의 완강한 팔에 막혀 결국 침실 안으로 밀려 들어갔다.

시혁은 벌을 주듯 그녀에게 방금 배운 혀의 기술을 사용하기 시작했다. 그녀는 그의 손등과 손바닥을 공격했었지만, 그녀는 무방비 상태의 등과 허리의 살갗을 공격당했다. 그는 그녀에게 배운 것보다 훨씬 고급스러운 기술을 구사했다.

그의 혀끝은 그녀가 '흐훗!' 웃느라 지쳐 숨이 꼴깍 넘어가도록 집요하게 그녀를 간질였다. '하하, 흐훗! 카카카카카카' 그녀에게 숨 쉴 틈을 허락하지 않고 몰아붙였다. 그를 애타게 한 벌이었다.

그는 좀 더 거세게 몰아붙이려다, '하악!' 너무 웃느라 얼굴이 새빨개진 채 숨조차 쉬지 못하는 그녀에게 아주 잠깐의 호흡을 허락해 주었다. 그리고 그녀에게 경고했다.

"뭐든 제멋대로인 아가씨, 너! 지금부터 혼 좀 나야겠어. 그러고 나서 아침에! 내가 눈 뜰 때 옆에 없으면 가만 안 둘 줄 알아."

시혁은 어느새 침대 모서리 끝까지 도망가, '크크크크크크' 남은 웃음을 몰아 웃는 그녀에게 협박하듯 다짐을 받았다.

"만일 방으로 도망가서 혼자 잤다간 그 방을 아예 없애 버릴 거야, 아침은 아무리 맛없어도 다른 사람이 만든 음식을 먹을 거니까, 변명은 안 통해."

"꺄아악! 까르르르."

그녀의 비명 소리와 웃음소리가 뒤엉켰다. 그는 침대 위에서 그
녀를 잡으려 부지런히 움직였다. 손과 무릎 하나로 기어 움직이는
그녀의 몸놀림은 날렵했다. 그가 다시 그녀의 허리를 잡으려 하자,
그녀는 '꺄아악' 비명을 지르며 옆으로 몸을 굴렸다.

"네 그 보기 싫은 옷들도 모조리 다 빼앗아 주지."

벌써 호크가 풀려 버린 그녀의 브래지어를 잡아 강제로 빼앗으
며 간지럼을 태웠다. '까르르' 그녀의 웃음소리가 또 그의 웃음소
리와 뒤엉켰다.

"그러니 이건 내 거!"

거의 다 벗겨진 브래지어를 애써 사수하는 그녀의 손을 내버려
두고 도톰한 윗입술에 키스하려 고개를 숙였다. 민첩하게 고개를
피하는 그녀를 따라, 그의 머리도 함께 움직이며 그녀의 입술을 쫓
았다. 민수가 '크크크' 웃으며 피하는 사이, 그는 다른 전리품을
챙겼다.

"그럼 이거 내 거!"

순식간에 그녀는 브래지어를 빼앗기고 새하얀 젖무덤과 선홍빛
유두를 온전히 드러냈다.

"읍."

두 사람의 입술이 뒤엉켰다. 빠르게 그녀의 몸에서 팬티를 잡아
걷어 냈다. 흰 양말을 남겨 두는 것이 항상 거슬렸지만 그녀가 싫
어하니 그냥 모른 체하기로 했다. 대신 다음에는 좀 더 예쁜 양말
을 선물해야겠다고 생각했다.

저녁 7시가 훌쩍 넘은 시각, 커튼 사이로 넘어가는 붉은 해가
방 안을 제법 밝게 비췄다. 그래도 희미하게나마 빛이 있는 곳에서

그녀를 안아 볼 수 있는 기회를 가진 것도 나쁘지 않다.

옷을 완전히 갖춰 입고 있는 시혁에 비해 자신만 알몸이 된 것을 깨닫자, 그녀는 이불로 슬쩍 자신의 나신을 가리며 배시시 웃었다. 아름다운 그녀의 나신을 계속 눈에 담고 싶었던 시혁이 장난스럽게 몸을 일으키며 그녀에게서 이불을 빼앗으려 했다. 그러나 그녀의 완력은 꽤 대단했다.

"공평하면 되잖아."

결국 시혁은 무릎으로 몸을 일으켜 그녀 앞에 장난기 어린 웃음을 지었다. 검은 셔츠를 벗고 날 가슴이 되자, 그녀의 동그란 눈이 자신의 몸을 훑는 것이 느껴졌다. 시혁은 묘한 쾌감을 느끼며 허리의 버클을 풀었다. 그녀의 고개가 돌아가나 했더니, 아직 호기심 어린 표정 그대로다.

바지가 내려가자, 그녀는 이불로 얼굴을 반쯤 가리고 조용히 내다보고 있다. 그는 이를 드러내고 씨익 웃었다. 그의 속옷이 벗겨지며 그의 중심이 퉁겨지듯 고개를 내밀었다.

그녀가 '후후후' 이불 속으로 머리를 숨겼다.

"전에도 봤으면서."

그는 침대로 뛰어들며 그녀의 등을 안았다. '꺄악!' 하는 그녀의 비명 소리와 그의 웃음소리가 뒤섞였다.

"왜 숨어? 눈 떠! 숨지 마, 하하하."

알몸의 남녀가 장난스럽게 서로의 몸을 얽었다. 빠르게 그는 그녀의 입술을 찾아 물었다. 향긋한 베이비 로션의 향기가 여전히 그를 자극했다.

이미 터질 듯 흥분한 그의 중심이 그녀의 엉덩이에 스쳤다. 그녀는 불편한 듯 슬쩍 피했다. 그러나 그는 이불을 잡는 그녀의 손을 빠르게 낚아채 분위기 파악도 못 하고 진작부터 제 차례를 외치는 녀석을 쥐여 주었다.

"아이."

그의 외설스러운 행동에 그녀는 손을 털어 내려 했다.

"어제도 해 줬잖아."

그가 소유한 분위기 파악을 못 하는 녀석은 그녀의 손안에서 기쁜 듯 벌떡거리며 맥박이 뛰었다. 그녀의 손이 도망갈까 봐 그는 그녀의 손등을 쥐었다. 그녀의 희디흰 손바닥의 느낌이 짜릿했고, 그 손을 움켜쥔 자신의 검은 다섯 손가락이 그녀의 흰 다섯 손가락과 다시 얽혔다. 흡족하도록 외설스러워, 가슴에 찌릿한 전율이 흘렀다. 그는 하체를 움직였고, 그녀의 손이 그의 손안에서 알맞은 템으로 움직여 주었다.

"으으, 안 되겠다."

결국 그는 얼마 버티지 못했다. 그의 분신과 묘하게 얽혀 있는 열 개의 손가락들과 색기 어린 입술을 달싹이며 묘하게 쳐다보는 그녀의 눈을 마주했기 때문이었다. 당장이라도 흰 피를 토하며 기절하려는 녀석을 진정시켜야 했기에 그는 그녀의 손을 떼어 냈다.

"그만, 이제 그만."

그러나 그녀는 손을 떼지 않았다. 대신 장난기 어린 표정과 손놀림으로 집요하게 그를 공격했다.

"안 돼, 이제 그만!"

뒷덜미가 뻐근해졌다.

"아아, 벌써 이러면 안 된단 말이야."

애써 참느라 다리마저 후들거렸다.

"알았어. 이제 그만, 잘못했어. 허헉, 잘못했다니까."

결국 그의 입에서 애원이 나오고야 그녀는 그가 키우는 눈치 없는 녀석을 놓아주었다.

"크크크."

그녀의 입에서 장난기 어린 웃음이 새어 나왔다. 그는 짐짓 화라도 난 듯 장난스럽게 표정을 굳혔다.

"죽었어."

"까아악, 까르르."

나신의 그녀를 강제로 엎드리게 했다. 일어나려고 바르작거리는 그녀의 목을 손으로 누르고, 아프지 않은 다리를 그의 무릎으로 살짝 눌렀다. 그녀가 빠져나갈 수 없도록 그의 몸을 이용해 그녀를 내리눌렀다.

"꺅, 까르르."

웃음소리와 비명 소리, 그리고 빠져나가려는 민수와 도망치지 못하게 옭아맨 그의 사투 속에서 두 사람의 숨소리가 뒤얽혔다. 그녀의 엉덩이는 어느새 하늘로 들려졌다. 그리고 그는 그 순간을 놓치지 않고 그녀의 하체를 공격하기 시작했다.

"복수야."

"까르르."

그의 엄지손가락이 그녀의 샘 앞에 자리를 잡고 그녀를 괴롭히기 시작했다. 웃음소리와 비명 소리는 곧 색스러운 신음으로 바뀌었다. 그녀의 목을 내리눌렀던 손은 어느새 결박을 풀고 그녀의 흰 수밀도 하나를 차지했다. 선홍빛 유두를 손가락 사이에 끼우고 그것을 바라보며 눈과 손으로 즐기는 그도 함께 신음을 뱉었다.

두 남녀의 신음 소리가 뒤얽히고, 그의 입은 곧 그녀의 엉덩이로 안착했다. 흥분의 깊이만큼 그녀의 엉덩이에 이를 박아 넣었다.

그녀의 입에서 다시 한 번 비명이 울렸다.

이를 박아 넣는 힘을 줄이며 대신 그의 혀가 그녀의 엉덩이를 괴롭혔다. 까르륵, 웃음소리와 신음 소리가 교차했다. 그는 그의 엄지손가락을 더욱 빠르게 움직였다.

다시 이어지는 그녀의 신음 소리에 그는 뒷목이 뻐근하도록 쾌감을 느꼈다. 그녀의 샘은 이미 풍요롭게 주변을 적시고 있었고, 그의 손도 그녀의 샘 안에서 흠뻑 젖은 채 즐겼다.

저녁노을로 검붉게 물든 방 안에서 그녀의 분홍빛 속살이 아름답게 반짝였다.

그가 넋을 잃듯 그녀의 하체를 바라보자, 그녀는 엎드려 하늘을 향해 엉덩이를 들고 있는 자신을 깨닫고 자세를 바로잡으려 했다. 그도 알고 있다. 밝은 곳에서 안는 것을 즐기지 않는 그녀를.

"그대로 있어."

그러나 그는 지금이 아주 마음에 들었다. 숨을 들이쉬며 그녀의 샘을 머금었다. 바르작거리는 그녀의 허리를 두 손으로 내리눌렀다. 그의 혀와 입술이 그녀의 하체를 달래는 동안, 바르작거리는 움직임은 곧 성마른 신음 소리로 바뀌었다.

그녀의 신음 소리가 거칠어질 때까지 그는 그녀의 샘을 마셨다. 입술로 몇 번이고 "사랑해." 속삭였다. 손끝으로 그녀의 샘을 괴롭히며, 남은 손으로 그녀의 수밀도를 차지했다.

"으으……."

신음 소리에서 긴 쇳소리가 섞이며 그녀가 몸을 비틀자, 그는 그제야 자신의 분신을 그녀의 몸에 올렸다. 녀석은 화가 많이 났는지 하늘을 찌를 듯 성을 냈다. 그는 녀석을 달래며 그녀의 샘에 들여보냈다.

민수의 교성이 귓가에 감겼다. 그도 그녀와 함께 행복한 신음을 흘렸다. 등과 목이 뻐근해지도록 행복했다. 그의 분신도 행복한 듯 맥을 벌떡였다.

붉은 방이 핏빛으로 물든다. 행복하다. 사랑한다. 그녀를 죽을 만큼 사랑한다.

❖

민수는 잠든 시혁의 머리를 스르륵 쓰다듬었다. 손바닥이 알싸했다. 잠들지 않으려 핏발 선 눈을 부릅뜨다, 결국 무거운 눈꺼풀에 지고 마는 그가 귀엽게까지 보인다. 민수는 '후후후' 뱃속에 고여 있던 웃음을 마저 웃었다. 그녀의 부푼 윗입술이 부드럽게 곡선을 그리다 곧 단호히 제자리로 돌아갔다. 그리고 스스로에게 욕설을 퍼부었다.

멍청한 계집애, 너, 어떡할래?

'권갑수의 아들'이라는 주문은 이미 효력을 상실했다. 말라붙은 얼굴 가죽에 두 눈만 뎅그런 권갑수의 얼굴을 떠올려도, 더 이상 이 사람을 증오할 수 없다. 거리를 두고자 함께 잠들지 않으려는 노력, 찬모 자리를 붙들려는 노력들은 수포로 돌아갔다.

그의 욕망에 불을 붙인 순간, 그녀의 욕망에 불이 옮겨 붙던 순간, 처음부터 노력 같은 건 필요 없었다. 양팔에 오소소 소름이 돋았다.

너, 큰일 났다.

시계를 사흘 전으로 되돌릴 수만 있다면. 유나가 그와 이별하던 날 이 집을 떠났더라면. 아니, 아예 이 집에 발을 들이지 않았더라면. 그러나 몇 번을 되돌아간다 해도 이곳에 들지 않고는 못 배겼을 테다.

그를 유혹해선 안 되었고, 그의 입술을 받아들여선 안 되었다. 그의 손길에 쾌감을 느껴선 안 되었고, 그의 사랑에 신음을 내뱉어선 안 되었다. 머저리 계집애, 몸과 마음을 모두 잠식당한 꼴이라니!

간사한 마음이 한 가닥 올라와 강해지려 애쓰는 마음을 꾀었다. 차라리 자연스럽게 헤어질 방법을 찾아. 이왕이면 버림받을 수 있게. 아냐, 그냥 내일이라도 도망쳐 버려!

그녀는 머리를 쥐어뜯었다. 그러기엔 너무 멀리 와 버렸다. 이미 에몬은 권갑수 집의 담장을 넘어 그의 사랑방 문갑을 털고도 남았을 테다.

'네가 원하면, 안 돼도 되게 해 줄게. 흐흐흥.'

자신만만한 표정의 그를 마지막으로 본 게 이 집에 발을 들이기 전의 일이다. 6년 전 잘라 내지 못한 에몬과의 인연이 일을 더 키워 버렸다. 자꾸 피를 보고 싶어 하는 에몬을 어르고 달래 이 비열한 방법을 택했다.

민수는 으슬으슬 한기가 느껴져 이불을 찾았다. 삼복더위에도 오소소 돋아나는 소름이 그녀를 추위에 떨게 했다. 이불자락 사이로 그의 벗은 등이 슬쩍 스쳤다. 달콤하도록 알싸한 느낌에, 그녀는 마약에라도 취하는 것처럼 그의 벗은 등을 찾았다.

째근째근 깊은 잠에 들어 꼼짝도 하지 않는 시혁의 등을 몰래, 그녀의 가슴으로 안으려 했다. 그러나 그가 움찔하며 깨는 바람에 몸을 도로 **빼야** 했다. 바싹 솟아 있는 유두가 그의 등을 자극한 모양이다.

하지만 시혁이 다시 그녀를 잡아 안았다. 잠결에도 기분이 썩좋은 듯 보기 좋게 입꼬리를 말아 올리며 씨익 웃었다. 그러곤 항상 그렇듯, 억지 팔베개를 시키고 그녀를 옥죄어 왔다. 그의 검은 팔이 얽혀 들고, 그의 탄탄한 허벅지가 감겨들었다. 그가 잠결에 '후후후' 웃으며 그녀에게 말을 걸었다.

"어디 가지 마."

검은 피부와 흰 피부가 맞닿은 곳에 촉촉이 땀이 배었다. 그의 입에 걸린 웃음이 그칠 줄 몰랐다. 민수는 눈을 꼭 감았다.

나는, 나는 말이야. 당신에게 사랑받을 자격 같은 건 없는 계집
애야. 당신을 좋아하냐고? 내 마음 따위가, 그런 게 다 무슨 소용
이야. 세상을 다 주겠다는 듯 그렇게 믿음직하게 웃지 마, 그런 거
다 소용없어.

그래, 그래도 알아야겠다면 좋아. 당신이 좋다고. 당신이 웃는
게 좋고, 내가 해 주는 소소한 것들까지 좋아해 주는 그 마음이 좋
고, 내 음식을 가장 날카롭게 알아주는 그 까다로운 입맛도 좋아.
당신이 안아 주는 그 까만 손, 까만 손 위에 난 까만 손톱, 그 손
톱이 나 있는 유난히 하얀 반달까지도 남김없이 좋아.

하지만 그 가벼운 마음 따위가 다 무슨 소용이야. 당신을 보면
얼굴이 붉어지는 것쯤, 몸이 달아오르는 것쯤, 가슴이 설레는 것
쯤. 다 소용없어.

내가 어떻게 살았냐고? 그딴 걸 말할 수 없을 만큼, 난 당신에

게 사랑받을 자격이 없어.

사람들이 나보고 뭐라고 부르는지 알아? 재수 옴 붙은 년이래.

괜찮아. 마음대로 떠들라 그래. 난 어려서부터 색기가 도는 년이니, 서방 잡아먹을 년이니, 도화살이 낀 년이니 하는 말들을 하도 들어서 그런지, 그런 정도로는 조금도 상처받지 않아.

하지만 정말로 상처가 되는 게 뭐냐면…….

사람들 말이 진짜라는 사실이야. 사람들이 떠드는 말대로 난 정말, 재수 옴 붙은 년이거든. 당신 집에 오게 된 것도 그런 일 중하나라고 생각했었는데. 이제 와 보니 그렇지도 않네.

당신과 얼마나 더 함께할 수 있을까. 한 달? 보름? 열흘? 아니, 당장 내일 우리의 시간이 끝나 버릴지도 모르지.

고통스럽겠지만 견뎌. 당신은 강하잖아. 이건 당신의 가짜 행복을 깨뜨리는 거니까, 오래 아파할 필요도 없는 일이야. 대신 난, 당신의 그 애틋한 마음도 함께 가져갈게. 날 떠올리면 증오밖에는 남지 않게, 아니 날 떠올리는 것조차 꺼려지도록 완벽하게 당신의 마음도 거둬 갈게.

그러니까 우리의 시간이 끝나면 당신은 날 당신 인생에서 툭, 잘라 버려. 당신에 대한 기억은 나 혼자만 해도 충분하니까.

당신도 나한테 시원스럽게 쌍욕을 뱉어. 난 하나도 안 미안해할 거야. 내가 이렇게라도 당신을 만나지 않았으면 언감생심, 당신과 어떻게 함께할 기회가 있었겠어.

나도 내 인생 전체를 탈탈 털어서, 당신과 함께 지내던 요 며칠이 그 어느 때보다도 더 좋았거든? 그러니까 난 당신에게 하나도 안 미안해. 그러니 당신도 내게, 쌍욕을 뱉어.

❖

일곱 살 이전의 기억은 광주리, 다라이, 바구니, 쌀가마니, 마늘, 양파 같은 것들이 잔뜩 쌓여 있어 딱 한 사람 누울 공간밖에 남지 않은 좁디좁은 방, 그 안을 휘돌던 싸늘한 냉기와 칙칙한 냄새로 채워져 있었다. 그것은 분명하기보다 오래된 영화의 한 토막처럼 희부연 것이었다.

'바, 바, 바, 바깥에, 나아오면, 호, 혼난다?'

엄마는 민수에게 당부했고 민수는 고개를 끄덕였다. 어차피 그럴 생각도 없었다. 바깥엔 '쯧쯧쯧' 혀를 차며 밉살스럽게 노려보는 그 댁 사모님이 수시로 나타났다.

민수는 사모님이 어딜 가고 집에 없단 사실을 알았다. 그래서 마당에서 실컷 놀 작정으로 답답한 방을 빠져나왔다. 그 기억의 시작은 권갑수, 아니 그땐 웬 중늙은이인 아저씨와 엄마가 이야기하는 것을 기다리던 지루함, 평소에도 양껏 차지하지 못하는 엄마를 오랫동안 붙들고 있던 그 중늙은이에 대한 짜증, 그리고 엄마의 주의를 끌려고 장난을 좀 치다가 처음이자 마지막으로 엄마께 죽도록 매를 맞은 일로부터 시작된다.

천사보다도 더 착한 엄마에게 매를 맞았다는 놀람과 충격이 채 가시기도 전에, 엄마는 보따리를 싸 들었다. 권갑수가 앞장섰고 난데없는 이사가 벌어졌다.

처음으로 남의집살이에서 벗어나는 경험은 놀라웠다. 식모 방에서 한 발짝이라도 나올라치면 화살처럼 꽂히는 사모님의 무서운

194

눈초리, 그 집 딸들의 모멸감 어린 독설들, 늘 끈끈하게 따라다니던 그것들이 갑자기 시원하게 사라졌다.

사모님 같은 게 없다는 건 참 좋은 일이다. 민수는 '쯧쯧쯧' 혀 차는 소리가 아주 듣기 싫었다.

'어린 게 벌써부터 색기가 돌아서는, 쯧쯧쯧.'
'제 어미 딸 아니랄까 봐, 쯧쯧쯧.'

그 의미는 잘 몰랐으나, 엄마와 자신을 욕하는 말이라는 건 알 수 있었다.

새로 이사한 집이 썩 마음에 들었다. 주인집과 함께 쓰는 대문을 통과해 좁은 담을 따라 돌아가면, 셋방이 다섯 개 조르륵 붙은 뒤채가 나타났다. 그중 부엌까지 딸린 가장 넓은 곳이 민수네 차지가 되었다. 주인집처럼 기와를 얹지는 않았어도, 슬레이트 지붕은 거의 새것이었다.

마당까지 있었다. 물론 혼자만의 마당은 아니었다. 그래서 처음엔 그 집이 서커스단처럼 어지러웠다. 형제끼리 싸움하는 소리, 늙은이의 밭은 기침 소리, 사랑을 속삭이는 소리, 기타 치며 노래하는 소리들이 왁자지껄 흘러나왔다.

다라이, 빨래판, 장독, 솥단지, 석유곤로 등등 각자의 살림들도 어지러이 밀려 나와 있었다. 맘껏 뛰놀 만한 환경은 아니었지만 이제부턴 마음대로 나와 놀라는 허락도 들었다. 민수는 못내 어색하면서도 좋았다.

진규였던 에몬과의 인연도, 아니, 진우와 진규 형제와의 인연도 그때가 시작이었다. 진규는 얇은 벽을 사이에 둔 바로 옆방에서 어머니와 형 진우, 셋이서 살고 있었다.

민수는 부루퉁해 툇마루에 홀로 앉았다. 엄마는 권갑수, 그 중 늙은이와 어딜 또 나가 버렸고, 아침부터 매를 맞은 분도 덜 풀렸었다. 그때 진규가 먼저 말을 걸었다.

"야, 너! 나랑 딱지치기할래?"

여덟 살이었던 진규는 딱지치기를 무척 하고 싶어 했는데, 열넷이었던 진우는 아주 귀찮아하던 참이었다. 진규는 쓸쓸히 두 사람 역할을 번갈아 하며 홀로 대결을 벌이고 있었다. 민수는 아마도 딱지치기를 어떻게 하는지 모르며, 딱지도 없어서 안 된다고 했던 것 같다.

"내 거로 해. 대신 따면 너 줄게."

진규는 인심 좋게 자신의 딱지 중 다섯 개를 고르라고 했다. 민수는 딱지가 신기해 이것저것 구경했다. 그러자 뿌듯한 마음이 들었던지, 진규는 "잠깐만." 하고 자랑할 거리를 꺼내 왔다. 곧 진규의 몸집만큼이나 큰 부대 자루가 끌려 나왔다. 그 엄청난 힘에 놀랐던 민수는 안을 들여다보고 정말 깜짝 놀랐다. 평생 그렇게 많은 딱지를 본 건 처음이었다.

진규는 민수와의 대결을 고대하며 상처투성이의 두툼한 딱지들을 선별해 놓았다. 그걸 보고도 민수는 눈치 없이 예쁜 딱지들을 골랐다. 얄팍한 종이 위에 순정만화 주인공이 알록달록 프린트된 것들에 마음이 끌렸다. 당연히 민수의 딱지들은 진규의 딱지 앞에서 몸을 팔랑팔랑 뒤집었다. 공들여 고른 것들이 속절없이 넘어갈 때마다 민수는 꽤 분개했었다.

"그럼 딱 하나만 더 고르든가."

재미없는 대결에 진규는 그녀에게 급격히 관심을 잃었고, 마지

못해 한 번을 더 허락했다. 다시 예쁜 것에 손을 대는 민수를 보고
'어휴!' 하며 그의 형, 진우가 뭘 하나 집어 툭 던졌다.

하드보드지로 만든 것으로, 칼로 그어 가며 꺾고 테이프로 감기
까지 했다. 아주 못생겨서 그다지 마음에 들지 않았지만,

"그건 안 돼! 내 거란 말이야."

그쯤 되면 눈치 없는 민수도 알 수 있었다. 진규는 민수의 시시
한 실력에 비장의 무기를 꺼내 들지 않았었다.

진규는 형이 남의 편을 들고 있단 사실에 분개했다. 하지만 민
수는 진우의 집중 코치를 받아 진규의 딱지를 날름날름 따먹었다.

"가르쳐 주니 금방 배우네. 만날 딱지만 만지던 진규보다 훨씬
나은데?"

민수는 그때 진우의 듬직했던 손, 변성기가 지나 적당히 잘 자
리 잡은, 다정히 귀에 감기는 목소리, 그 떨림을 잊을 수 없다. 그
뿌듯한 믿음이 훗날의 악몽을 만들었다.

어쨌든 진규는 딱지를 스무 개쯤 잃고 결국 울음을 터뜨렸다.
울음은 떼가 되었고, 시끄러운 떼는 형제의 어머니를 불러들였다.
어머니는 빗자루로 진규의 엉덩이를 후려치다가, 뒤늦게 그 어마
어마한 딱지를 발견하셨다. 그리고 대참사가 일어났다.

어머니는 부대 자루를 통째로 가져다 버리셨다. 주인댁에 눈치
보이게 이런 쓰레기를 왜 이리 잔뜩 끼고 있었냐며 야단도 치셨다.
진규는 숨이 꼴깍 넘어가도록 발버둥 치며 울었다.

민수는 미안하단 말을 붙이지도 못했다. 진규는 방으로 쏙 들어
가 문을 쾅 닫았다. 벽 하나를 사이로 한참 동안 진규의 울음 떼가
진동했다. 민수는 다시 혼자가 되었다.

한참 뒤, 엄마가 권갑수와 함께 돌아왔다. 장롱, 요강, 소반, 바

구니, 양은 냄비, 주전자, 그릇, 쌀 등이 한꺼번에 빈방과 부엌을 채웠다. 겨울을 날 장작도 산더미처럼 쌓였다. 진우는 그걸 툇마루에 걸터앉아 부러운 듯 바라보았다. 권갑수와 엄마가 어디론가 또 나가자,

"너네, 되게 부자구나?"

진우는 제대로 관심을 보이며 물었다. 권갑수가 사 주었을 거라 어렴풋이 짐작했지만 민수는 그냥 가만히 있었다. 민수네가 가장 비싸고 넓은 부엌 달린 방을 쓰고, 새 살림들로 제법 번듯하게 방을 꾸미는 게, 돈깨나 있는 것으로 보였던 것 같다. 어차피 같은 사글세를 사는 처지인데도 진우는 그런 데 꽤 민감했다.

그 후 진우는 민수에게 다감해졌다. 말이 많은 편은 아니었어도, 민수에게만은 종종 다정히 떠들었다. 주제는 대략, '돈', '사업', '부자', '성공' 등에 관한 것이었다. '성공'을 말할 때 그의 눈빛은 비상하리만치 빛났고, 너무 어렸기에 민수의 눈엔 그가 대단해 보였다.

그러나 진우의 성공은 생각보다 쉽지 않았다. 그는 고작 중학생이었고, 그의 형편은 추운 겨울을 날 장작조차 들이지 못하는 지경이었다. 학교에서 돌아오면 진규와 진우는 자연스럽게 민수네 방을 찾았다. 진우의 중재로 딱지를 겨우 작은 상자로 하나만 건진 뒤, 진규는 한동안 기운을 잃었지만 곧 생기를 찾았다.

민수는 엄마 없이 혼자 지내는 대신 두 형제와 함께하는 것이 기뻤다. 나중에 안 사실이지만 엄마는 권갑수의 소개로 영후각 부엌 보조로 일하기 시작했었다.

겨울이 되자, 민수는 진규, 진우와 함께 지내는 시간이 더 많아졌다. 방학을 했기 때문이다. 둘은 엄마가 나가면 곧 민수네 방으

로 건너왔다. 불을 때지 못해 진규네 방은 아주 추웠다.

그들 형제와 있으면 시간이 빨리 갔다. 방 안에서 복닥복닥, 진우의 지도하에 글을 배우기도 했고, 엄마가 쪄 놓은 감자를 나누어 먹기도 했다. 똑같이 배우는데도 진규보다 민수의 글이 훨씬 빨리 늘었다. 사실 진우에게 잘 보이고 싶어 더 열심히 익힌 것도 있다.

그러나 꿈 같은 하루하루가 오래 이어지진 못했다. 성공을 하고 싶어 했던 진우는 짐지게를 지거나 가게 점원으로 취직을 하거나 공장에 나가게 되는 것을 질색했다. 진우는 마냥 학교에만 다닐 형편이 되지 못해, 어머니와 자주 다퉜다. 봄이 올 즈음의 진우는 "내가 나중에 성공하면 이까짓 것들."이란 말과 "이놈의 집구석을 빨리 나가야지. 차라리 죽더라도, 평생 이따위로 살 순 없어."라는 말을 하루에도 몇 번씩이나 입에 달았다.

그러던 어느 날 진우는 결국 성공을 찾아 나섰다. 홀로 남겨진 진규는 아무렇지 않은 척 꿋꿋했다. 하지만 더운 여름이 될 즈음엔 진우가 어디에서 크게 맞아 죽었다는 소문이 돌았고, 한 녀석이 철 없이 말을 옮기다 진규의 손에 반쯤 죽도록 맞는 일이 있었다.

"우리 형은 죽지 않았어. 형이 죽으면 나도 죽을 거야!"

애써 괜찮은 척하던 진규는 민수 앞에서 울음을 터뜨렸고, 민수는 진규에게 진우는 죽지 않았다고, 그녀도 잘 알 수 있다고 위로했다.

진우가 사라져 버린 뒤로 민수의 생활에도 큰 변화가 찾아왔다. 국민학교에 입학했다. 아침에 일어나 진규와 손을 꼭 잡고 학교에 가는 일은 참 신났다. 하루가 빠르게 갔고 매일이 즐거웠다. 학교에서 돌아오면 엄마는 어느새 일을 하러 나가 버렸지만 대신 진규가 늘 함께 있었다.

하지만 문제가 좀 생겼다.

"오빠라고 해야지! 이제 보니까 네가 한 살이나 어리잖아!"

민수가 이름을 부르는 것에 별 자각이 없던 진규가 엉뚱한 걸 요구했다. 진규는 2학년이었다. 그래도 민수는 끝끝내 고집을 피우며 그렇게 불러 주지 않았다. 진규는 민수의 가장 좋은 친구였다.

그러던 중 진우에게서 잘 지낸다는 편지가 왔다. 진규는 크게 안심하며 기뻐했다. 그러나 성공을 하지는 못했는지, 국민학교를 졸업할 즈음까지도 민수는 진우를 볼 수 없었다. 반면 민수네 형편은 차츰 나아졌다. 진우가 꿈꾸던 것처럼 성공한 사람도, 부자도 아니었지만 대신 전셋집이 생겼다. 그것도 큰길에서 멀지 않은 작은 양옥이었다.

진규는 자기 일처럼 좋아하면서도 아주 서운해했다. 진규도 곧 이사를 했다. 더 비좁고 더 먼 산동네 골방이었다. 공장에 다니던 진규의 엄마는 폐병을 얻었다.

"진짜로 슬퍼. 왠지 너랑 영원히 멀어지게 될 것 같아."

아니라고, 서로 떨어지더라도 전처럼 매일 집으로 놀러 오라고 민수는 진규에게 다짐을 받았다. 진규는 그러마고 했지만 약속을 지키진 못했다.

민수에게도 여자 친구들이 생겼다. 그렇지만 진규 같은 친구는 없었다. 여자 친구들에게는 차마 말하기 싫은 속사정이 많았고, 마음을 열지 못하니 스스럼없이 입을 열기 꺼려졌다. 그래서 어느 정도 이상은 친해지기 힘들었다. 진규가 없어 민수는 참 외로웠다.

민수는 영후각의 부엌방에서 시간을 보내는 일이 많아졌다. 어려서는 한 번 두 번 엄마의 일을 훼방 놓지 않는 수준이었지만 어느 순간부터 꽤 오랜 시간을 보냈다. 영후각은 늘 민수의 숨통을 틔웠다. 일식과 한식 가옥의 특징이 묘하게 섞인 이국적인 분위기도, 눈이 돌아갈 정도로 맛있는 음식이 산더미인 것도 좋았다.

부엌에서 어느 정도의 위치가 된 엄마 뒤에서 재료 손질도 돕고, 어깨너머로 음식도 배웠다. 다른 데선 천사 같아도 엄마는 부엌일에서만은 철저했다. 당근채 하나도 허투루 썰지 못하게 가르치셨고, 민수가 만든 건 일절 손님상에 오르지 못하게 했다. 참 많은 것들을 배웠으나 엄마에게 민수의 요리는 늘 낙제였다.

그럼에도 음식은 만드는 것도 먹는 것도 좋았다. 엄마가 부쳐 놓은 육전을 슬그머니 입 안에 하나 넣고 오물거리면 인상을 찌푸리며 못마땅해하셨다. 민수는 생선전을 더 집어 부엌방으로 도망쳤는데, 그곳에는 당진 이모의 기둥서방인 키무 상이 얹혀살고 있었다. 사람들은 그를 비웃듯 '키무 상'이라고 불렀다.

"민수야, 공부를 열심히 해야 한다? 곧 조선의 독립이 도래하면 신세상이 열릴 것이니라."

그는 이따금씩 아직도 왜정시대라고 착각했다.

그가 정신이 맑을 땐 어디선가 구해 온 라디오로 일본 방송을 들었다. 머리가 매우 비상했던 그는 동경 유학까지 마친 엘리트였다. 학교 숙제를 하다가 질문을 하면 그는 어려운 한자나 일본어, '자또 이즈 아 캬또(That is a cat).' 식의 일본식 영어를 왔다 갔다 하며 열렬히 설명했다.

하지만 당진 이모가 밥상 대신 도시락을 들이밀어 주면, 불안한 듯 주변을 두리번거리다 다락방으로 몸을 숨겼다. 그렇게 해가 떨어질 때가 되면 민수는 재깍 집으로 보내졌다. 영후각의 영업이 시작되기 때문이었다.

중학교에 들어간 이후 민수는 부쩍 더 아름다워졌다. 주인집 딸들에게 놀림을 당하던 어려서의 일들이 흉터처럼 남아, 여자 친구들은 늘 약간의 거리감이 있었다. 남학생들이 슬슬 따라붙는 일들도 생겼다.

진규는 매일 찾아오진 않았지만 어느 날 밤 불쑥 나타나 대문을 탕탕, 탕탕탕 두드렸다. 그만의 신호였다. 민수는 깜빡 잠이 들었다가도 그 소리를 들으면 당장 진규를 맞았다. 항상 찬밥이나 라면 같은 걸 남겨 놓기도 했다.

갑자기 찾아온 진규는 항상 배고파했고, 밥을 차려 주면 숨도 제대로 쉬지 못하며 허겁지겁 먹었다. 말수가 많이 줄어 밥을 얻어먹고도 별말 없이 달아나기 일쑤였다. 서운했지만 그런 진규를 이해할 수 있었다. 진규는 학교조차 제대로 다니지 못했었다.

"어이, 꼬마들. 많이 컸군. 잘들 있었나?"

다행히 진규의 고생은 그리 길지 않았다. 형, 진우가 돌아왔다. 진우는 정말 그의 다짐대로 성공을 한 것 같았다. 번들거리는 구두를 신고 스트라이프 양복을 멋지게 빼입은 그는 다른 사람이 되어 있었다. 오래 앓던 어머니를 잃고 한동안 시름에 젖었지만 두 형제는 곧 그들의 생활을 다시 시작했다. 민수의 집 근처에 말끔하고 넓은 집을 사들였다.

형의 그늘 아래 진규는 예전의 활기를 찾았다. 말도 많아졌고 특유의 장난기도 돌아왔다. 새로운 역할도 자처했는데, 민수의 집 앞에 슬슬 장사진을 치는 남학생들을 걷어 내겠다는 것이었다.

"내가 지켜 줄게. 넌 걱정 마. 한 놈도 남김없이 싹 치워 줄 테니까."

하지만 그래서 문제가 생기기도 했다. 진규와 시비가 자주 붙던 두식이라는 동네 건달이 민수에게 나쁜 마음을 품었다. 두식은 진규를 한번 손봐 줄 기회를 계속 노렸고, 그를 관찰하던 중 민수를 발견했다. 두식은 민수네 집에 진을 치던 여타의 남학생들과는 차원이 다른 족속이었다.

"어이, 거기 예쁜이. 나랑 데이트 한번 할래?"

남자에게 두려움을 갖기 시작한 건 두식을 처음 본 뒤부터였다. 따르는 남자들쯤 차갑게 무시하면 그만이지만 두식에게는 그런 게 통하지 않았다.

"뭘 그렇게 째려봐? 내가 잡아먹을 것도 아닌데. 하아, 그러니까 더 예쁘잖아."

끈적끈적한 시선과 벌레가 기는 것 같은 손길, 뱀의 혓바닥을 지닌 입을 통해 나오는 구애의 말을 들으며 민수는 불안에 떨었다.

벌건 대낮에 강제로 손목을 잡히고 입술을 빼앗길 뻔했다. 그 토요일 오후에는 다행히 진규가 구해 주었지만 행운은 한 번뿐이었다. 불안에 떠는 민수를 위해 진규는 간단한 호신술을 가르쳐 주기도 하고, 학교로 데리러 오기도 했다. 진규와 민수는 학교에서 집까지 5분 거리의 둑길을 따라 집에 함께 오곤 했다.

두식의 끈끈한 시선은 얼마쯤 사라진 것 같았다. 진규뿐 아니라 진우까지 비호하고 있다는 사실이 알려져서였다. 그러나 해가 다시 바뀌고 그에 대한 존재감이 거의 희미해질 무렵, 두식은 슬그머니 민수의 주변을 다시 맴돌았다.

진규는 진우의 명령으로 대학 입시 준비 중이었고, 민수는 고등학교 2학년이 되던 때였다.

"오랜만이야, 예쁜이?"

둑길 한복판에서 민수는 그녀를 기다리던 두식과 그의 친구 하나와 딱 마주쳤다. 민수는 강제로 개천 아래의 움막으로 질질 끌려 내려갔다.

소리를 질렀고, 머리채를 잡혔고, 얼마쯤은 움막 안에서 이리저리 끌려다녔다. 발길에 차이고 주먹으로 얻어맞으면서도 절대로 원하는 대로 해 주지 않았다. 빈틈을 노려 손등을 물어 가죽을 뜯어내고,

"아악! 죽을래? 그럼, 죽어 봐, 어디 한번!"

명치를 걷어채는 것으로 돌려받았다. 움막의 퀴퀴한 냄새에 취해, 그놈들의 땀에 전 이마에서 흘러내리는 땟국, 쓰레기 같은 살림살이로 가득한 움막 안, 놈의 불룩해진 앞섶을 보며 스스로를 해쳐 생을 끝낼 궁리를 할 때쯤 진우네 패거리들이 나타났다.

"민수야! 괜찮니?"

진우의 얼굴을 알아본 순간 민수는 정신을 잃었다.

먹고사는 데만 골몰하며 딸을 그렇게 되도록 내버려 두었다는 죄책감에 엄마는 통곡의 눈물을 쏟았다. 민수는 엄마가 더 이상 불안해하시지 않도록 학교를 그만두었다. 먼 동네로 이사를 갔고 더 이상 고개를 똑바로 들고 다니는 짓은 하지 않았다.

어차피 고개를 똑바로 들고 나다닐 처지도 되지 못했다. 소문은 동네를 넘어 민수네 집을 다시 찾았다. 사실과 상관없이 소문 속의 민수는 이미 유린을 당할 대로 당했다. 평소엔 동네 남학생들의 씨를 말리다가 결국엔 몹쓸 건달에게 꼬리를 쳐 깡패들끼리 패싸움을 벌이도록 만들었다며, 민수를 희대의 요물로 포장했다.

학교에서 돌아오면 문밖출입조차 제대로 하지 않고, 집에서 책이나 보는 편인 민수의 오래된 습관 같은 것은, 재미난 이야기를 함부로 옮기는 사람들에게 있어 그리 중요하지 않았다.

그리고 보면 민수는 소문을 참 많이 끌고 다녔다. 민수에 대한 소문은 그것이 끝이 아니었다. 햇수로는 3년쯤, 실제로는 2년쯤, 행동을 극도로 조심하며 거의 두문불출, 집 안에서만 생활하던 민수는 결국 가슴에 갑갑증이 터졌다.

"놀자, 놀러 나가자. 그렇게 집에만 있으면 집귀신 된다? 형네 가게에서 노는데 뭐가 위험해?"

몇 번쯤은 진규가 꼬이는 대로 밤 나들이를 했고, 그리고 그의 형, 진우와 결국 사귀기로 했다. 진규는 무척 축하해 주면서도 씁쓸해했다. 그녀가 처음 좋은 집으로 이사 나가던 날처럼.

우물 안에 갇힌 채 세상을 너무 겪지 못해 오히려 물정 모르고 순진했던 민수는 진우와 결혼을 하는 것으로 알았다.

"내년엔 꼭 결혼하자, 지금은 사정이 좀 있어서 그래. 나 믿고 조금만 기다려."

진우가 먼저 프러포즈하며 맹세를 했고, 그래서 그의 여자가 되었다. 엄마께는 말씀드리지 못했다. 엄마는 진우와 진규 형제를 싸잡아 못마땅하게 생각했고, 그저 좋은 혼처를 물색하여 민수를 결혼시킬 계획이셨다.

처음 민수는, 진우가 그저 클럽과 카페를 여러 개 가진 사장인 줄만 알았다. 하지만 돌이킬 수 없이 관계가 깊어진 뒤, 그녀도 진우의 일이 얼마간은 불법적인 게 관련되었음을 약간이나마 짐작했다. 그러나 함께한 세월이 너무 깊었기에, 그가 그렇게까지 큰 잘못을 저지르리라곤 생각지 않았다. 민수는 진우를, 깊이 믿었다.

하지만 진우는 그러지 않았던 것 같다. 진우는 항상 그랬듯 '성공'을 원했고, 성공한 것처럼 보였던 그때도 더 큰 성공을 원했다. 사람들의 말처럼 불행을 만든 것은 민수, 그녀 자신일까.

"반갑소. 아가씨가 우리 진우의 안사람 될 여인인가."

어느 날 진우가 모시던 분이 명동의 코스모스 백화점 앞에서 민수에게 말을 걸어왔다. 민수는 무시할 수 없어 간단히 예를 드렸다. 몇 마디 질문과 그를 기다리고 있다는 답변이 오갔는데,

"그럼 금방 올 거요. 아가씨 핑계로 나도 진우 얼굴 좀 봅시다. 올라가 차 한잔 마시며 같이 기다리지."

거듭 권하는 말씀에 사무실로 올라가 차를 한잔 마시며 기다렸다. 그리고 그 차 한잔은 '애인의 외도'로 둔갑되어 전쟁의 명분이 되었다.

민수의 주장 같은 건 태풍의 소용돌이 속에서 아무런 영향을 끼치지 못했다. 다른 사람은 몰라도 진우는 민수의 결백을 모를 수 없었다. 15분 동안 차 한잔을 마시고 사무실을 나설 때, 뒤늦게 나타난 진우의 표정은 매우 평온했다. 민수 또한 감정의 동요도, 차림새의 흐트러짐도 없었다. 하지만 그날 이후 민수는 변심하여 보스와 놀아난 진우의 옛 애인이 되었다.

TV에도 보도될 만큼 커다란 전쟁이 있었다. 그전 움막에서의 싸움은 아주 소소한 동네 소문으로 느껴질 정도로 이번엔 많은 소문이 떠다녔다. 소문 속 민수는 많은 사람들을 죽거나 다치게 했다. 진우를 죽게 만들었고, 진우 동생 진규를 죽게 했다.

몇 년 뒤 칼을 맞았던 진규가 에몬이 되어 다시 살아온 것, 실제론 민수가 아니라 지역의 이권을 가운데 둔 세력 다툼이던 것, 그 전쟁은 서로가 오랫동안 준비하며 발화의 불씨만을 찾았던 것 등은 그다지 중요하지 않았다. 사람들은 기삿거리와 스캔들을 원했다.

그리고 실제론 '보스와 바람피운 애인'의 소문을 조작한 당사자

가 진우라는 것, 진우는 모시던 분을 배신할 명분이 몹시도 필요했던 것 등은 민수에게도 그다지 중요한 것이 되지 못했다. 민수는 이미 진우를 완전히 잃었다.

짧았던 철부지 연애는 그렇게 끝이 났다. 민수에게 있어 진우는 어려서부터 믿었던 결혼할 사람이었고, 진우에게 있어 민수는 전쟁을 일으킬 좋은 미끼였다.

소문은 사람들이 좋아하는 방향으로 변질된 채 뭉게뭉게 커져만 갔다. 민수는 희대의 요부였다. 이야기의 엔딩은 요부가 그 커다랗던 전쟁의 소용돌이 속에서 죽어 없어진 것으로 되어 있었다. 6년 전 민수는 그렇게 세상에서 '펑!' 사라졌다.

12장
서로의 의미(2)

"아아, 내일은 출근해야 해."

시혁은 볼멘소리로 민수에게 투정했다. 그의 거실, 반쯤 열린 녹색 커튼 사이로 들어온 밝은 빛이 흰 대리석에 담뿍 쏟아졌다. 얼굴로 내리쬐는 햇볕을 가리려 조금 닫아 두었지만 쏟아지는 빛살은 집 안을 환히 비췄다.

민수의 새하얀 허벅지 하나를 베고 소파에 늘어지는 기분이 좋았다. 고개를 돌리니 그녀의 납작한 배가 들어왔다. 시혁은 머리를 묻고 숨을 들이켰다. 베이비 로션의 냄새가 향긋하다.

남의 손에 얻어먹는 아침이 맛있을 리 없었다. 음식은 누가 뭐래도 민수가 최고였다. 그러나 그가 맛없는 음식을 행복하게 먹고 이렇게 거실에서 아침 햇살을 즐길 수 있는 이유는 단 하나, 민수였다.

'따르르르릉…… 따르르르릉…… 따르르르릉…….'

전화벨이 울리자, 민수는 조금 움찔하다가 곧 딴청을 피우며 소리가 나는 쪽에서 고개를 슬그머니 돌렸다. 시혁은 그런 민수가 귀여워 '쿡' 웃으며 수화기를 집어 들었다.

"여보세요."

— 잘 쉬셨습니까.

사무실 비서 팀의 양 과장이었다.

"네."

— 사장님, 오늘 오후 1시 대영의 김 회장님과 오찬 약속이 있으십니다. 저희 쪽에서 초대하는 자리이니 먼저 도착하시는 것으로 동선을······.

시혁은 인상을 잔뜩 찌푸렸다. 아아, 그래, 그랬었지. 회사 일은 까마득하게 잊고 있던 나흘이 꿈만 같다. 그렇게 공들인 일의 마지막인데, 어떻게 이렇게 새카맣게 잊을 수가 있을까. 휴가를 더 만들어 볼 궁리만 하고 있었다. 해야 할 일들이, 해 놓은 약속들이 해일처럼 머릿속에 한꺼번에 밀려들었다. 갑자기 어깨와 가슴이 묵직해졌다.

그녀는 눈을 동그랗게 뜨고 그를 바라보고 있었다. 그는 무릎을 꿇고 그녀의 허벅지 사이에 머리를 깊이 묻었다. 그녀를 들이마시며 작은 품 안에 안기듯 허리를 답삭 끌어안았다. 그녀가 조용히 그의 등을 쓸어 주었다.

"아아, 점심 약속이 있었어. 나가 봐야 해."

짜증이 울컥 치밀었다. 정말 나가기 싫었다. 이대로 소파에 길게 누워 낮잠을 자고만 싶다. 그러나 약속은 약속이다.

시혁은 무거운 몸을 일으켜 드레스룸으로 향했다. 격식을 중시하는 분이니 성장을 갖추어야 했다. 긴팔 흰색 셔츠, 무지 회색 슈트를 성의 없이 빼 들고 액세서리 쪽으로 걸음을 옮겼다. 가벼운 한숨이 나왔다. 집에 혼자 있을 그녀가 걸렸다.

일을 하지 않는 그녀는 무얼 하고 지낼지. 서재에서 책이라도 읽든가, 가벼운 외출이라도 하라고 말해 두어야 하는가. 마땅히 마음에 딱 드는 게 떠오르지 않았다. 결국 현관을 나서려다 말고 충동적으로 주머니에서 지갑을 꺼냈다. 그래도 현금은 제법 두둑했다.

시혁은 수표 몇 장을 제하고 있는 현금을 몽땅 털어 그를 배웅하는 그녀에게 쥐여 주었다. 그녀는 밝게 웃으며 받아 들다가, 돈인 줄 알자마자 표정이 어두워졌다.

돈을 주는 것에 모욕을 느껴서인가? 만났던 첫날의 사건이 기억나 기분이 나빠져서인가? 하는 수 없었다. 그래도 주고 싶으니까. 뭐라도 주고 싶으니까. 모른 체하며 돈을 쥔 하얀 손을 그날처럼 꼭 오므려 주었다.

"일요일인데 점심 혼자 먹게 해서 미안해. 뭐라도 먹고 싶은 걸 사 먹었으면 해서."

한 번에 먹어 버리기엔 너무 과한 돈이었다. 하지만 애써 뻔뻔히 웃었다. 돈을 쥐여 주는 그의 손도 부끄럽긴 마찬가지였다.

완전히 맑아진 것은 아니지만 그녀의 표정이 조금 나아졌다. 평소처럼 배시시 웃어 주는 것은 아니었어도 도톰한 윗입술에 미소가 조금 스몄다.

그것만으로도 뿌듯했다. 달아오르는 뺨의 열기에 침을 꿀꺽 삼켰다. 피부가 그녀처럼 희지 않아 다행이다.

"빨리 올게."

두런두런, 부엌에서 나는 인기척 따윈 상관없었다. 시혁은 재빨리 그녀의 뺨에 키스했다. 그녀는 화들짝 놀라며 부엌을 바라보았다. 그는 큭, 웃으며 그런 그녀의 입술에 다시 한 번 깊게 키스했다. 너무나 깊은 아쉬움에 그녀의 혀끝을 짧게 희롱하고 빠져나왔다. 뱃속이 요동쳤다.

"아, 가기 싫다."

결국 그는 투정을 부리면서도 현관을 나섰다.

여름의 장마, 긴 비와 짧은 해가 교차되는 후텁지근한 날씨의 반복이었다. 할 일이 완전히 없어진 민수는 한동안 서재를 뒤적이며 책들을 몇 권 뽑아 보았지만, 집중은커녕 몇 줄 읽지도 못하고 정원만 말가니 바라보며 시간을 보냈다. 결국 이 집에 온 지 처음으로 개인적인 외출을 했고, 채 한 시간도 보내지 못하고 돌아왔다.

정원의 티 테이블에 잠깐 자리를 잡은 그녀의 손엔 검은 비닐봉지가 들려 있었다. 비닐봉지를 벌리자 기울어진 사이다 병 아래로 약국의 약봉지와 낡은 가족사진 하나가 풀썩, 미끄러져 내려왔다.

그녀는 약봉지를 벌리고 사진을 꺼내 착잡한 표정으로 바라보았다. 그러다 그녀의 눈에 슬그머니 물기가 어릴 즈음 정원사, 손 씨의 기척이 들렸다. 민수는 보던 것을 지갑 안에 빠르게 집어넣었다.

"어쩌 새 사람을 갑자기 둘씩이나 들였는지, 색시는 아우?"

손 씨는 모처럼 집 안에만 있던 민수가 정원에서 시간을 보내자, 반갑게 말을 붙였다. 전에는 끼니때마다 별채에 들어 손수 밥을 차려 줬었는데, 이젠 그 일마저 새 사람 손에 넘겨서 손 씨는 민수를 볼 일이 적어졌다.

민수는 도리도리 고개를 저으며 서글프게 웃었다. 손 씨는 그런 민수의 고운 얼굴을 눈이 부시다는 듯 넋을 잃고 바라보았다.

민수가 앉은 흰색의 티 테이블이 더불어 고와 보였다. 동화의 삽화처럼 아름다운 정원에 잘 어울리는 티 테이블, 거기에 민수가 더해지자 그림 같았던 풍경이 생동감 있게 살아 숨 쉬었다.

"곱소. 참으로 곱소. 늙은이 눈이 호강하는구먼."

그녀의 선선한 미소를 한 번 더 보고 싶어 손 씨는 객쩍은 소리를 덧붙였다.

며칠씩이나 비가 내려선지 공기의 맛이 깨끗하고 달금했다. 습윤한 대기에 정원 특유의 풀 내가 감칠맛을 더했다. 민수는 눈을 감고 해갈하듯 공기를 들이켰다. 고즈넉한 오후의 시간이 더 이상 말을 잇지 않는 두 사람에게 넉넉한 정감을 더해 주고 있었다.

'삐익…… 삐익…… 삐익…….'

그러나 요란한 초인종 소리가 그 짧은 휴식을 헝클어뜨렸다.

"나가요!"

대신 나가겠다며 몸을 일으키는 민수를 향해, 손 씨는 손을 내저었다.

"됐소, 나의 일인 것을. 늙었어도 내가 아직은 쓸 만하다오."

'삐익…… 삐익…… 삐익…… 삐익…… 삐익…… 삐익…….'

그새에도 초인종은 멈추지 않고 요란했다.

"아니, 나간다는데 왜 만날 저 지랄이오? 누군지 안 보아도 알 만하오."

씁쓸히 웃으며 엉덩이를 다시 내려놓는 민수에게 손 씨는 작은 소리로 슬쩍 손님 흉을 보았다.

"아, 나간다니께. 아아, 지금 나가고 있으니 쪼매만 기다리소!"

그리고 노구를 힘겹게 놀리며 뛰듯이 대문으로 달려가 문을 열었다.

"하아, 왜 이렇게 느려요? 시혁 오빠, 안에 있죠?"

그의 연인, 유나였다. 아니, 그의 옛 연인, 유나였다.

유나는 씩씩거리며 정원으로 연결된 계단을 올랐다. 정원에 다다르자, 유나의 눈에 민수가 강렬히 들어왔다. 유나는 그녀에게 무서운 저주의 시선을 쏘았지만 말을 붙이진 않았다. 그러나 손 씨가 단호한 표정으로 그녀를 막아섰다. 손 씨도 홍 기사에게 들어 시혁과 유나의 사이를 알고 있었다.

"사장님 안 계시오. 출타하셨으니 썩 돌아가시오."

손 씨는 손마저 휘적휘적 저으며 유나를 막아섰다.

"그럼 들어가서 기다릴게요. 언제고 집에 들어는 오겠지요. 비키세요!"

유나는 자신을 막아서는 손 씨를 거칠게 밀치고 정원으로 들어서려 했다.

"안 되오! 들이지 말라 하셨소!"

손 씨도 밀림 없이 강경했다. 평소 멸시를 받으며 켜켜이 쌓인 악감정을 한꺼번에 시원하게 드러냈다.

"아니, 이 늙은이가!"

유나는 짜증스럽게 손 씨를 떠다밀고 그의 정원에 들어서려 했다. 그때 초인종이 다시 한 번 길게 울렸다.

'삐익…….'

손 씨가 유나를 말리는 것을 그만두고 대문을 향하자, 유나가 고대하던 사람이 천천히 들어섰다.

"네가 웬일이야?"

시혁이였다.

"아무리 생각해도 난 납득할 수가 없어. 여러 번 싸웠어도 그때마다 금방 화해했잖아. 우리 사이가 왜 이렇게 되어야 해?"

유나는 시혁을 보자마자 몸을 돌리며 달려왔다. 연한 핑크의 소녀다운 단정한 원피스를 입었고, 평소와는 달리 화장조차 한 듯, 안 한 듯 여리고 어리게 꾸몄다.

"잘못했어. 잘못했으니까, 우리 다시 예전처럼 돌아가자. 내가 고칠게. 내가 오빠가 마음에 안 들어 하는 부분 싹 다 고칠 테니까……."

손 씨의 눈이 휘둥그레졌다. 고용인들이 보는 데서 체면조차 차리지 않는 저 경솔함에 한 번 놀라고, 한 번도 굽힌 적 없는 그녀의 태도가 180도 달라진 것에 두 번 놀랐다.

"그만! 더 들을 말 없어. 네가 더 잘 알고 있잖아, 우린 이미 깨졌어."

시혁의 표정은 그 어느 때보다도 차고 냉정했다. 손 씨는 눈이 더 커다래졌다.

"홍 기사! 손님 나가시니까 문 앞까지 배웅해 드려요!"

주차를 하고 이제야 정원으로 들어선 홍 기사가 부랴부랴 유나에게 다가섰다. 유나가 꿈쩍도 하지 않자, 홍 기사는 망설이며 유나의 팔을 슬쩍 잡았다. 유나는 '꺄악!' 소리를 지르며 더러운 벌레라도 붙은 양 홍 기사의 팔을 모질게 털어 냈다.

"하아! 저 계집애랑 그새 무슨 일이라도 있었던 거구나?"

아까부터 그녀의 관심을 온통 지배하던 민수에게 손가락질하며 유나는 시혁에게 소리쳤다. 시혁은 홍 기사에게 한 번 더 지시했다.

"뭐하고 있습니까, 손님 배웅해 드리라니까!"

홍 기사는 하는 수 없이 유나의 팔에 힘을 실어 잡았다. 유나는 비명을 지르며 그의 팔을 몸부림쳐 털어 내고 홍 기사의 **뺨**을 후려쳤다. '철썩' 하는 파열음이 공기를 갈랐다.

"한유나!"

홍 기사는 갑자기 얻어맞은 따귀에 얼굴만 벌게진 채 한 발 물러섰고, 시혁이 대신 유나에게 다가가 그녀의 손을 잡아챘다. 유나는 그를 향해 악을 썼다.

"그렇구나, 그렇구나! 저 계집애랑 그새 뒹굴었구나! 며칠이나 되었다고? 나랑 끝낸 지, 며칠이나 되었다고! 나는 끝낸 게 아니란 말이야! 너만 끝내면 다니? 너만 끝내면 다야? 나한테 어쩌면 이럴 수 있니?"

그도 이를 악물고 그녀에게 으르렁거렸다.

"그래!"

"뭐어?"

유나의 눈이 휘둥그레졌다.

"그래, 네 덕분이야. 네 덕분에 내가 쓰고 있던 위선을 털어 내고 내 마음을 솔직히 바라봤지. 난 이렇게 형편없는 네게 진즉 질려 있었고, 넌 서라를 이용하면서 내 책임감을 강조했어. 그토록 원하던 내 위선의 가면을 벗겨 보니, 어때? 만족하나? 넌 어떻게 내게 미안한 마음조차 품지 못하게 끝까지 밀어붙여!"

"아니야! 아냐! 이 개 같은 새끼, 더러운 새끼! 제집 식모랑 붙어먹어?"

시혁의 주먹은 애써 쥐어져 있었고, 홍 기사와 손 씨는 발버둥치는 유나를 끌어내기 시작했다. 유나는 디딤돌을 지나 층계 아래까지 질질 끌려가며 시혁에게 차마 들을 수 없는 폭언을 내쏟았다. 그러나 시혁이 꾹 눌러 참으며 기대했던 반응이 없자, 민수를 공격하기 시작했다.

"야! 너! 이 나쁜 년! 너, 내가 너 이럴 줄 알았어! 생긴 것부터 화냥년 같은 게, 화냥질하러 들어온 줄 딱 알았어. 너, 부엌일한답 시고 만날 그렇게 몸으로 들이대며 살았지? 얼마나 갈 것 같아? 넌 며칠이나 갈 것 같아? 팔자라도 고칠 줄 알아, 결혼? 야, 그 병신 같은 몸으로 계속 이 남자 마음 제대로……."

폭우처럼 쏟아지는 유나의 모욕과 저주가 민수를 향하자, 시혁이 몸을 날려 유나에게 빠르게 달려갔다. 저도 모르게 순식간에 손이 유나의 얼굴로 향했다. 유나는 갑작스러운 그의 태도에 놀라 눈을 질끈 감았다. 그러나 그의 팔은 잠시 떨리다 다시 제자리를 찾았다. 그의 분노에 이글거리는 눈빛이 대신 후려쳤다. 이를 악물며 내뱉었다.

"나랑 끝냈다고, 평생 시집 안 갈래?"

시혁의 눈빛을 읽어 버린 유나의 두 눈에 서서히 공포가 올랐다.

"저 사람 두고 한 마디만 더 지껄여!"

홍 기사도, 손 씨도 기가 질려 숨조차 쉬지 못했다.

"나도, 반칙 좀 해 볼까? 우리 아버지가 누군지, 내 몸에, 누구 피가 흐르는지, 몰라서 이렇게 까부니? 내가 할 줄 몰라서 이러고 사는 것 같아? 나도 좀, 선을 확 넘어 볼까?"

시혁은 빠르게 숨을 몰아쉬며 이성을 찾았다. 머리끝까지 오른 화를 싸늘히 식히며 귀를 둥둥 울리는 이명을 내리눌렀다.

"내 한계를 시험하는 게임은 이미 끝났어. 너, 나랑 끝난 거 아주 잘 알아. 그러니까 이따위 차림으로 나한테 왔지, 안 그래?"

유나는 '흐흥!' 울음을 터뜨리며 눈물을 쏟았다. 모든 걸 포기한 눈빛이었고, 그의 옷자락에 매달리기는커녕 감히 손끝을 댈 생각조차 못 했다. 이성의 옷을 다시 차려입은 시혁의 입에 마른 미소가 퍼졌다. 유나를 늘 감싸던 따뜻한 표정과 비슷하면서도 달랐다.

"이렇게 아무 조건 없이 용서하는 건, 지금이 마지막이야. 입 꼭 닫고, 내 귀에 거슬리는 소리 들리지 않게, 얌전히 살아야 할 거야. 가!"

기가 질린 유나는 홍 기사의 손에 부축을 받으며 소리 없이 대문을 나섰다.

❖

그 일이 있고 난 후 집안의 고용인들은 민수를 대하는 태도가 부쩍 달라졌다. 그러나 정작 민수 자신은 달라진 것이 하나도 없었다.

그가 출근한 첫날 오전, 명동의 모 부티크에서 민수에게 손님이 찾아왔다. 정 실장이라는 30대 후반의 우아한 여성과 미스 김이라는 어린 여자, 둘이었다.

"어머, 정말 사장님 말씀처럼 고우시네요."

"정말요. 피부도 너무 좋으세요."

입에 침이 마르게 민수의 미모를 칭찬하며 갖은 찬사를 쏟아 냈다. 그러나 그녀들의 눈도 민수의 저는 다리에 슬쩍 시선이 가긴 마찬가지였다.

그녀들은 수백 벌의 옷을 꺼내며 민수에게 입어 보라 권하였다. 민수는 한사코 거절하였다. 그러나 정 실장은 굴하지 않고 자신이 들고 온 옷들을 강권하였다.

"어머어머, 예뻐라! 이렇게 잘 어울리시는데요?"

결국, 민수가 짜증을 내며 그녀들을 내몰자, 정 실장과 미스 김은 십여 벌의 옷을 떨어뜨리고 총총히 사라졌다. 물론 남김없이 다 들고 가라 내밀며 황급히 따라나섰지만 그녀들은 걸음을 재촉하며 도망쳤다.

민수는 그녀들이 두고 간 옷을 쇼핑백째 고스란히 시혁의 드레스룸 한구석에 가져다 놓았다. 같은 날 오후 민수 앞으로 백화점에서 커다란 쇼핑 봉투도 배달되었다. 민수는 펼쳐 보기는커녕 그 안을 들여다보지도 않고, 정 실장의 쇼핑백과 함께 주르륵 줄 세워 놓았다.

"뭐야? 이것들이 왜 다 여기 있어?"

물론 시혁이 퇴근한 후 자신의 드레스룸을 확인하고 기함을 하며 그녀에게 되돌려 주었지만 그녀는 한사코 받지 않았다. 한두 번 얌전히 거절하던 그녀가 결국 짜증을 내자, 시혁은 하는 수 없이 선물을 거두어들였다. 실은, 그날 덕분에 시혁은 독수공방할 위험에 처해졌었다.

집안일도 마찬가지였다. 전보다는 손이 많이 비었으나 민수는 이것저것을 꼼꼼히 챙겼다. 처음에는 말이 서투르니 민수를 얕잡아 보며 제멋대로 일하려 들던 고용인들도, 부엌일과 살림을 잘 꿰고 있는 민수의 예리한 지적과 단호한 태도에 쩔쩔매기 시작했다.

그렇게 일주일이 지났다. 달라진 것이 거의 없었다. 매일 밤 그의 품에 안겼으나 날이 밝으면 원래대로 한 명의 고용인으로 되돌아왔다. 시혁은 한숨을 내쉬었다.

"맛있는 거 사 먹으랬더니, 겨우 사이다뿐이야?"

겨우 달라진 거라면 이것 하나였다. 그가 준 돈으로 사이다를 마음껏 사 먹는 정도? 시혁은 자신이 해 주는 것은 조금도 받지 않으려는 그녀가 원망스럽기까지 했다.

화려한 옷, 액세서리, 구두, 화장품, 여자들이 좋아하는 것들을 총동원해 보았다. 그러나 민수는 꿈쩍도 않았다.

집 안에 방이 천지인데, 부엌에 딸린 쪽방을 고집스레 쓰는 것도 못마땅했다. 마치 자신의 본분은 찬모라, 이 집 식모라 무언의 시위를 벌이는 것 같았다.

"다른 것도 좀 사 먹으라니까."

대답 없는 민수는 쌔액, 웃을 뿐이었다.

밤마다 사랑한다, 속삭이는 끊임없는 고백도 소용없었다. 시혁은 애가 탔다. 그러나 불행히도 그 이유를 곧 알게 되었다.

일요일 오전, 늦은 아침을 먹고 기분 좋게 신문을 뒤적일 때였다. 그녀와 함께한 후부터 시혁은 처음으로 늦잠을 즐기게 되었다. 다음 날이 쉬는 날이면 새벽까지 그녀를 안았다. 곁에 있어도 자꾸 조바심이 나고 욕심이 차올랐다. 뻐근하도록 행복했다.

신문을 덮고 주변을 둘러보는데 민수가 없었다. 시혁은 또 부엌에 가서 일을 하려는 민수를 잡아 오기 위해 나섰다. 그가 조금만 틈을 보이면 민수는 또 이런 식으로 고용인의 한 명으로 되돌아갔다.

시혁은 몸을 일으켜 주방으로 향했다. 주방에 배치한 아주머니는 어딜 갔는지, 민수 혼자서 무언가를 하고 있다.

"물 마시는 거야?"

시혁은 웃으며 민수에게 다가섰다. 그러나 황급히 무언가를 감추는 민수를 봐 버렸다. 시혁의 눈이 민수의 손보다 빨랐다.

"뭘 감춰?"

처음엔 장난이었다. 그러나 끝까지 민수가 손에 든 것을 보여 주지 않자, 그도 집요해졌다.

"보여 줘. 뭘 감추는 건데?"

그의 목소리도 조금씩 높아졌다. 두 사람의 실랑이는 몸싸움으로 이어졌고, 몸싸움은 단연 시혁이 우위였다. 장난기를 거두고 제대로 민수를 제지하자, 민수는 바르작거리다가 손에 든 것을 강제로 빼앗겼다.

약? 아주 작은 알약들이 담긴 약 한 판이었다. 이미 상당량이 복용된.

시혁은 눈살을 찌푸렸다. 뒷면을 보니 영어 약자가 적혀 있다.

'Sun, Mon, Tue, Wed, Thu, Fri, Sat, Sun, Mon……'

몇 주일 치나 반복되는 요일 표시들……. 시혁은 눈을 질끈 감았다. 피임약이다!

현기증을 누르며 없어진 약의 개수를 세었다. 꼭 열한 개.

"이런 것도 챙겨 먹을 줄 아나!"

그의 목소리엔 살기마저 어려 있었다. 민수의 고운 얼굴이 하얗게 질려 있었지만 그의 목소리는 누그러지지 않았다.

"개수가 의미심장하군. 나와 관계를 맺은 첫날부터, 하루도 거르지 않고 이따위 약을 챙겨 먹었어. 이럴 줄 알고 미리 준비라도 했던 것처럼 말이지!"

그녀를 처음 안고 들었던 말이 뇌리에 스치며 시혁의 가슴을 다시 후벼 팠다.

'괘, 괘, 괜찮습니다. 모, 모, 모, 몸, 몸뚱어리에 죄, 죄, 죄를 받아…… 느, 느, 늘상 있는 일입, 일입니다.'

"이런 것도 늘상 있는 일인가?"

그의 물음은 자조에 가까웠다. 밤새 끊임없이 속삭이던 사랑의 고백들이 허공에서 부서져 흩뿌려졌다.

시혁은 그녀의 눈을 원망스럽게 바라보았다. 가슴에서 뜨거운 불덩이가 이글이글 타올라 그를 집어삼켰다. 달싹거리는 입술, 눈물에 젖은 맑은 눈동자로 그를 바라보는 복숭앗빛 아름다운 저 흰 뺨을 힘껏 아프게 후려치고 싶었다.

"도대체 무슨 마음으로 내 품에 매일 안겼었나? 그래, 날 믿지 못하겠던가? 내 아이를 가지면 헌신짝처럼 버리기라도 할 것 같던가? 그래서 이런 약을 꼬박꼬박…… 밤새 사랑한단 고백을 쏟아버리듯 한 알씩…… 사랑을 나눌 때마다 그렇게 빠짐없이 챙겨 먹었던가, 응? 대답해 봐. 그렇게 입 꼭 다물고 있지 말고 말을 해 보란 말이야!"

그녀의 오른쪽 뺨에 경련이 일었다. 그래, 그녀는 말을 할 때마다 저렇게 얼굴을 일그러뜨린다. 그녀의 얼굴이 그 어느 때보다도 길고 흉하게 일그러졌다.

"그, 그, 그저, 아, 아, 아무 때고, 나, 나, 나가겠습니다."

"뭐어?"

시혁의 검은 이마와 눈썹도 함께 찌푸려졌다.

"벼, 벼, 벼엉신, 병신 같은 게…… 아, 아, 안방, 안방 차지 바, 바라겠습니까."

그녀가 뱉은 단어 하나하나는 시혁의 가슴에 날카롭게 박혔다. 그러나 그녀는 한 번 더 잔인하게 내리꽂았다.

"어, 어, 언제고, 마음이 변하실 때, 그, 그, 그때 아, 아, 아무 때고, 나, 나아가겠습니다."

13장
프러포즈

그날 밤, 시혁은 그녀와 관계를 맺은 뒤 처음으로 그녀를 안지 않았다. 처음으로 그녀 없이 홀로 자신의 침실에 들었다. 작은 장식장 하나, 킹사이즈의 침대와 협탁뿐인 커다란 방이 더욱 썰렁했다. 시커먼 그믐밤의 어둠과 고독한 열기 속, 홀로 우는 풀벌레가 그의 신경을 날카롭게 벼렸다.

언제나, 늘, 처음부터. 떠날 준비를 하고 있었다. 지금이라도 가방을 싸서 나갈까 봐 겁이 더럭 나 부엌방으로 달려가 보고 싶다. 시혁은 관자놀이를 꾹꾹 누르며 이를 악물었다.

그녀를 믿어야 한다. 믿지 못하는 순간, 그녀를 잃는다. 의심은 증거의 퍼즐을 띄우고, 그걸 맞추어 들이댔다간 그녀의 마음을 깨뜨릴 테다. 그녀의 미약한 마음이 깨지면 모든 것이 끝이다. 그녀가 그를 믿고, 마음을 온전히 열어 준다면 아무것도 문제되지 않는다.

그녀는 아픈 사람이고, 남자에게 상처가 많다. 그녀에게 나는 그저 섹스나 즐기다 지겨워지면 버릴 놈으로 비쳤을지도. 쉽게 섹스하기 위해 사랑한단 고백을 사내놈들에게 그토록 지겹게 받아 보았던가. 시혁은 생각을 멈추고 가슴을 누르며 호흡을 골랐다.

어떻든, 어쩌하든, 어찌 됐든, 민수 때문에 시혁의 가슴은 새카맣게 타들어 갔다.

그래, 나를 믿지 못해서이다. 그러니 마음을 꼭 닫고 저렇게 고집스레 고용인의 자리를 지키는 걸 테다. 그러니 내가 해 주는 것들을 하나도 받지 않으려 하고, 늘 떠날 준비만을 해 온 것이다. 스스로를 보호하기 위해 마음의 빗장을 치는 걸 테다.

어떤 놈이 사랑한단 말을, 달콤한 고백을 절절히 쏟으며 그녀를 이용하고 버렸던가. 아니, 어쩌면 수많은 놈들이.

나로서도 그녀를 안으며 선물을 안긴 것 외에 무엇을 했던가. 그녀에게 비친 나는 경박하고 잔인한 놈일 뿐일지도. 스파이로 몰고, 상처를 덧내고, 유나와 결별하는 꼴을 구경시키고.

그것이 비록 이유가 있는 것이고, 그녀 때문이었더라도 여자를 쉽게 버리는 놈이라는 낙인이 찍혀 버렸다면? 말도 안 되는 이유로 침실로 끌어들이곤 섹스만을 강요하는 새로운 주인집 남자일 뿐이라면?

숨이 막혔다. 폐와 심장이 찢기는 것처럼 아렸다. 아니, 주먹만한 불덩어리가 타올라 전부를 태워 버릴 것 같다. 끊임없이 떠오르는 수많은 이유들.

나는 과연 피임약을 그녀의 손에서 당당히 빼앗을 수 있었던가.

그녀를 안은 이후 들추기 싫은 무엇처럼 미래에 관한 언약을 미루어 왔다. 고작 약속한 것이라곤 어떻게 할지 정리해 보려고 한다는 언급 정도였다. 그리고 그녀의 육체만을 끊임없이 취했다. 사랑한단 말을 조금도 믿지 못하며, 나를 이토록 우습게 보는 건 어쩌면 당연할지도.

날카로운 진실은 끊임없이 시혁을 난도질했다.

그렇다면 난 그녀가 모자란 것에 관해 전혀 아무렇지 않게 아내로 맞아들일 수 있단 말인가, 그녀를 진심으로 사랑한대도 쉽지 않은 문제이다. 다리를 저는 것은 문제가 아니다. 사람들 앞에서 도통 말을 하지 않으려는 것, 그와조차도 대화를 하려 들지 않는 것.

그것, 그래. 아니, 그녀의 마음이 제대로 열리지 않아서이다. 마음이 열리면 입도 천천히 열릴 테다.

그러나 아버지……. 아무리 평생 연을 끊겠다 다짐했지만, 아버지가 정말로 충격에 돌아가시기라도 한다면. 그 양반이, 하물며, 민수를……. 지금처럼 이렇게, 저렇게 재는 주제에!

그녀에게서 피임약을 그토록 당당히 빼앗은 스스로가 역겨웠다.

하지만 어떤 경우에도 결론은 같다. 민수 없이는 이제 그의 삶을 생각할 수 없었고, 그녀를 잃을 수 없었고, 그 모든 것들이 그를 힘들게 할지라도, 그럼에도 민수가 없어 미쳐 갈 자신을 견디는 것보단 낫다. 시혁은 몸을 일으켰다.

그녀가 어떻든, 그녀를 있는 그대로 받아들일 것이다. 그녀가 어떻든, 그녀를 일단 내 사람으로 만들어야 한다.

침실을 나서 불 꺼진 마루를 조용히 걸었다. 2층으로 오르는 계단을 지나치면 계단 밑 비좁은 공간 아래 그녀의 방문이 숨어 있다. 시혁은 민수의 부엌방 문을 조용히 열었다. '쌔액, 쌔액, 쌔액, 쌔액' 규칙적으로 고른 숨소리가 방 안을 채웠다. 그 일을 치르고서도 편히 잠들었다니!

더 많이 사랑하는 쪽이 영원한 패자라면 시혁은 영원히 그녀에게 질 수밖에 없다. 민수는, 나를, 조금이라도 좋아하고 있을까?

헛헛한 웃음이 나왔다. 하지만 괜찮다. 적어도, 그녀는 지금 내 집에, 내 안에 있다.

❖

다음 날 시혁이 출근한 뒤로 민수는 갑자기 아침부터 현관문을 밀며 들이닥치는 인부들을 맞았다.

"저, 저, 저어……."

말간 갈색빛 눈망울을 동그랗게 뜬 채 말도 꺼내지 못하고 그들을 막아서지도 못했다. 커다란 대야, 사다리, 각종 연장들이 가득 담긴 공구함들과 이동식 기계들도 함께 들이닥쳤다.

"저어, 저어기……."

당황하는 민수 앞으로 다행히 손 씨가 곧바로 나타났다.

"아, 이것들은 덩치가 크니 저 짝으로 들이랑께. 저기 유리문 말이오."

"안 열려요!"

"아, 안에서 열고 들어가면 되지. 잠깐, 잠깐만!"

왁자지껄한 가운데 손 씨가 뒤늦게 민수를 알은체했다. 손 씨는 이미 작업복을 입고 목장갑까지 낀 채 준비를 단단히 한 상태였다.

"안방 공사를 한다 안 하요. 저, 색시……. 아, 인자 뭐라 불러야 한다냐. 하여간 방으로 들어가 쉬소. 여긴 먼지 나께."

굳게 잠긴 안방 문을 손 씨가 열자, 인부들이 몇 들어서며 제각각 한 마디씩들을 했다.

"아니, 방 하나에 화장실 하나라더니?"

"이렇게 방이 크면 사흘 안에 공사를 어찌 끝내란 말이오."

"아유, 방이 하나가 아니네. 화장실 앞에 큼지막한 방이 또 있구면."

"에에엑! 화장실 봐라, 큰일일세. 타이루 붙이는 데만도 사흘은 걸리겠네!"

공사 기간이 너무 짧다며 인부들은 투덜거렸다. 손 씨는 손사래를 치며 그들의 말을 받았다.

"그래서 기술자들을 이렇게나 많이 쓰지 않소?"

그들 중 하나가 사람들을 막아서며 나섰다.

"아, 아닙니다. 할 수 있어요. 이 양반들이 엄살을 부리네요. 말씀 주신 대로 잘해 드리겠습니다."

손 씨는 불편한 헛기침을 흐흐흠, 하며 엄포를 놓았다.

"꼼꼼하게 하지 않았다간 난리가 나니, 알아서들 잘해야 할 게요. 우리 사장님이 참말로 까다롭소."

"아, 우리도 공사 기간은 맞추려고 하지. 아, 이거 말이로군! 이걸 드러낸다고요?"

"아, 조용히 하소! 그러니께 이걸 빼내야 하는디……."

"이 금고 벽을 건드렸다간 집에 금이 갈지도 몰라요!"

인부들이 와글대며 떠드는 소리가 언제나 고요하기만 하던 집 안을 우렁차게 울렸다.

빈방을 지키던 먼지 가득한 새 가구들은 모두 밖으로 나갔다. 트럭이 요란한 소리를 내며 곧 차고로 들어섰고, 사람들이 가세하여 기합을 넣으며 가구를 옮기는 소리가 시끌시끌했다.

민수는 가슴을 내리누르며 길고 긴 한숨을 내쉬다 곧 단호한 표정으로 부엌으로 들어갔다. 그러나 그곳에도 그녀의 자리는 없었다.

"아이, 아가씨. 들어가 쉬세요. 아가씨 일 시킨다고 저희가 엄청 혼났어요."

주방과 청소를 담당하는 두 아주머니도 나와 민수를 내몰았다. 민수는 난데없이 그녀의 방에 갇히는 꼴이 되었다.

소란스러운 사흘이 그렇게 흘렀다. 시혁은 그동안 민수를 한 번도 찾지 않았다.

❖

월급날. 그의 집에서 시혁을 위해 일하는 사람들이 모두 모였다. 민수가 들어오고 일하는 사람들이 이렇게 한자리에 모인 것은 지금이 처음이었다. 예산댁이 월급날에 맞추어 그만두었으니, 민수가 이 집에 들어온 지도 꼭 한 달이 되는 날이다.

시혁의 비서는 퇴근 시간 전에 손 씨와 두 명의 아주머니에게 각각 봉투를 전달했다. 그의 기사도 잠깐 짬을 내서 월급을 타러 왔다. 네 명의 사람들이 시혁의 비서에게 꾸벅, 인사를 하며 좋아라 누런 봉투를 제각각 받아 들었다.

민수도 맨 끝에 서서 조용히 차례를 기다렸으나 그의 비서는 월급봉투 대신 꾸벅, 허리를 굽혀 민수에게 거꾸로 인사를 하고는 나가 버렸다. 민수는 손을 내밀다가, 그가 하는 인사에 같이 허리를 굽혀 인사하고는 빈손으로 돌아섰다.

사람들도 모두 민수에게 허리 굽혀 인사를 하고 뿔뿔이 흩어졌다. 민수는 하릴없이 그녀의 쪽방으로 돌아갔고, 날이 저물고, 민수를 위한 저녁상까지 치워졌다.

'뎅, 뎅, 뎅, 뎅, 뎅, 뎅, 뎅, 뎅, 뎅.'

괘종시계가 9시를 알리며 빈집을 쓸쓸히 울렸다. 그때 대문에서 부산스럽게 "나가요." 하는 손 씨의 목소리와 함께, 시혁의 차 엔진 소리가 더해졌다. 민수는 시혁을 마중하기 위해 마당으로 나섰다.

"뭐하러 밖에까지 나와?"

항상 현관에서 그의 마중을 하던 그녀가 애써 돌계단을 내려오는 걸 보곤, 시혁은 인상을 찌푸렸다. 어둠 속에서 민수는 옅게 웃는 둥 마는 둥 했다. 민수는 손에 든 병을 들어 보였다.

"아이고, 고맙소."

입이 찢어져라 반갑게 웃으며 손 씨가 받아 들었다.

"예산댁이 나 먹으라고 담갔던 진달래술이 잘 익었는디, 아, 집 안에 벌여 놓은 것들도 다 치웠고. 또 뭐냐, 마침 되배까지 마무리도 했고 말이지, 여적지 고생도 했시니 저그가……."

손 씨가 겸연쩍은 듯 웃으며 변명이 길어지자, 시혁도 피식 마주 웃으며 얼른 답했다.

"너무 한꺼번에 마시면 건강에 해로워."

"허허. 알았소, 나 생각해 주는 건 우리 사장님밖에 없지."

손 씨는 설레어하며 진달래술을 들고 뒤채로 갔다.

'드르르륵' 미닫이문의 긴 마찰음과 함께 시혁이 들어섰다. 그의 얼굴에는 피곤이 짙게 배어 있었다. 민수는 따라 들어가 그가 내미는 웃옷과 가방을 받아 들고 그의 드레스룸과 서재에 그것들을 가져다 놓았다. 마치 싸움이라도 한 것처럼 민수가 어색하게 시선을 피하자, 시혁도 함께 시선을 피해 줬다.

"덥다, 나 찬물 한 잔 줘."

시혁의 목소리가 넓은 거실을 울렸다. 민수는 서둘러 부엌에서 찬물을 떠 소파로 가져갔다. 그러나 그가 없었다.

대신 시혁의 침실에 달린 화장실에서 쏴아, 하는 샤워기의 수돗물 소리가 희미하게 새었다. 민수는 부엌방으로 돌아가지 않고 시혁의 샤워가 끝날 때까지 십여 분을 침착하게 기다렸다.

째깍, 째깍, 째깍, 째깍, 시계의 초침 소리가 고요한 마루를 요란스레 울렸다. 더운 공기 중에 끌려 나온 차가운 유리잔이 온몸을 적시며 소리 없이 눈물을 흘렸다. 민수는 그것을 참담한 표정으로 바라보며, 시혁이 앉았던 곳의 맞은편에 미동도 않고 앉아 있었다.

잠시 후, 시혁은 수건으로 젖은 머리를 말리며 나왔다. 민수는 그에게 앉은 채로 젖어 버린 물 잔을 들어 건넸다. 표면의 물방울 하나가 유리잔 아래로 툭, 떨어졌다.

"고마워."

그는 건조하게 답하고 물 잔을 깨끗이 비웠다. 그리고 민수의 맞은편에 앉아 탁자의 서랍을 열며 그녀를 바라보았다.

"왜? 뭐?"

그가 그녀를 흘깃 보자, 그녀는 냉정하리만치 시선을 돌려 피했다.

"우, 워, 워얼그읍……."

"응?"

"워얼급!"

앙큼한 듯 귀엽게 오물거리는 도톰한 윗입술을 보며, 시혁은 제풀에 하, 웃고 말았다. 그래, 고용주와 고용인, 네가 애써 벌린 거리지. 그녀는 처음 오던 날처럼, 시혁과의 눈 맞춤을 완전히 피했다. 저런 그녀의 고갯짓 하나에도 마음이 아릿하다. 아무리 위엄을 갖추려 해도, 그녀 앞에서 그는 형편없는 약자였다.

"알아."

시혁은 쓰게 웃으며 서랍 안에서 흰 봉투를 꺼냈다.

변한 것은 하나도 없다. 시혁은 나흘이나 이를 악물며 그녀를 안지 않았는데. 그 앞의 그녀는 그게 별 일도 아니었던가. 자신은 밤마다 잠을 설쳐 더 이상 견딜 수 없는 피로에 절었는데, 그녀는 매일 밤 숙면이라도 취하는지 평소와 다름없이 생기 있고 아름다웠다. 배신감에 심장이 덜컹거리더라도 어쩔 수 없다. 그녀를 그의 여자로 만들어야 했다.

"이건 내가 네게, 처음이자 마지막으로 주는 월급이야."

그녀가 천천히 봉투를 받아 들었다. 고개를 숙여 표정을 읽을 수 없었다. 시혁은 숨을 몰아쉬며 긴장하지 않으려 애썼다. 얼기설기 쌓은 물건들의 주추를 빼내는 것 같다. 흔들흔들, 곧 와르르 무너져 버릴까. 그래도 관계가 반드시 변해야 했다. 고용인이 아니라 그의 여자여야 했다. 시혁이 마른침을 삼켰다.

"넌 해고야. 난 널 찬모로든 뭐로든 고용할 생각이 전혀 없어. 대신……."

스치듯 비친 옆얼굴로 그녀가 도톰한 입술을 깨물며 인상을 가늘게 찌푸렸다. 그래, 그녀는 어쩌면 자신을 전혀 사랑하지 않을지도.

"나랑 결혼해 줬으면 해."

불안이 해일처럼 몰려와 시혁을 떨게 했다. 준비할 때까지만 해도, 적어도 좋아 날뛰진 않더라도 그의 청혼을 거절하리란 생각은 안 했었다. 그래, 그 정도로는 그도 오만할 수 있었다. 세상의 여자들이 그를 조금쯤은 오만하게 만들었다.

하지만 지금 서랍에서 반지 케이스를 꺼내 드는 그의 손은 가늘게 떨렸다. 지금 이 순간, 숨이 가쁠 만큼 두려웠다. 그녀가 또 고개를 도리도리 젓는다면…….

시혁은 케이스를 열어 그녀에게 보여 주었다. 새끼손톱만 한 다이아몬드가 거실의 조명을 받아 눈부시게 반짝였다. 플래티넘 밴드에 최상급 다이아몬드를 다섯 개의 발로 받치는 클래시컬하고 심플한 세팅이었다. 우아했다.

시혁은 떨리는 마음으로 그녀를 바라보았다. 놀람, 환희, 감동, 행복, 사랑, 기대, 설렘…… 이따위 것들은 조금도 찾아볼 수 없다. 시혁은 그녀의 표정을 읽을 수 없었다.

그녀는 얼굴을 길게 일그러뜨렸다. 말을 하기 위해 얼굴을 일그러뜨리는 것과는 다르다. 그녀는 결코 기뻐하지 않았다. 그녀의 선연한 다갈색 눈망울에 갑자기 이슬이 차올랐다. 숱이 빽빽한 속눈썹에 눈물이 방울방울 매달린다. 눈가가 새빨갛게 달아오르며 더욱 눈물이 거세지자, 시혁의 심장은 미친 듯이 두방망이질 쳤다. 거절인가. 거절의 말을 뱉으려는 건가.

그러나 그녀는 우와앙, 울음을 터트리며 그에게 달려들어 입술을 함빡 덮었다. '아!' 그의 긴장이 삽시간에 저 깊은 곳으로 곤두박질쳤다. 반지 케이스를 아무렇게나 테이블에 내던지고 정신없이 그녀의 몸을 받아 안았다. 그리고 그녀의 입술을 그립게 머금었다.

나흘이 몇 년이었던 듯 그녀의 숨결을 급하게 들이마셨다. 베이비 로션의 미약한 향은 이제 무엇보다도 강한 최음제였다. 무릎 위에서 바르작거리는 그녀의 허리를 잡고 숨 가쁘게 그녀의 입술과 치열을 혀로 훑었다. 그의 남성은 이미 충천해졌다.

그녀를 빨리 안고 싶은 생각에 집에 들어오자마자 샤워부터 하긴 했지만 이렇게, 이런 식으로 안으려던 것은 아니다. 그는 본능을 잡아 내리누르며 그녀와의 키스를 힘겹게 끝냈다.

"꼭 이야기해야 할 게 있어. 안방은 사실……."

그러나 민수는 며칠 만의 키스에 이미 몸이 달아오른 모양이었다. 불이 켜져 훤한 넓은 거실에서 그녀답지 않게 스스로 셔츠를 벗었다. 요염하게 허리가 드러나고 팔과 머리가 셔츠를 빠져나오는 동안 얇은 브래지어를 통해 고스란히 드러나는 아름다운 젖무덤이 시각을 격렬히 사로잡았다.

민수는 급한 손놀림으로 시혁의 샤워 가운의 끈을 당겼다. 속옷도 입지 않은 그의 알몸이 금세 드러났다. 그녀는 빠르게 팬티만을 내리고 그의 허벅지 위로 허겁지겁 올랐다.

"조금 이따가, 먼저 할 말이…… 민수야!"

새빨개진 눈가, 결연한 눈빛, 긴 속눈썹 끝에 아직도 주렁주렁 매달린 눈물방울들이 안타까워 그녀의 이름을 불러 막았다. 그녀의 육체만을 취하려는 게 절대 아닌데! 그러나 그것이 오해더라도 막무가내로 이렇게 열렬히 자신의 사랑을 전하고 싶어 하는 민수의 마음에, 그 기쁨에, 시혁은 순간 마취될 수밖에 없었다.

진심을 인정받지 못해 애태우던 그 모든 고민과 억울함과 야속함이 허무할 정도로 삽시간에 흩어 사라졌다. 대신 그 자리엔 그녀를 향한 한없는 애정이 채워졌다.

그의 남성은 그녀의 뜨거운 샘에 손쉽게 점령당했다. 부드럽고 따뜻한 곳으로 녀석은 행복하게 고개를 내밀고 빠르게 미끄러져 숨어들었다.

소파 위에 앉은 채로 그들은 서로를 그렇게 안았다. 마치 약속한 것처럼 빠르고 힘차게 달려 나갔다. 그의 손은 급하게 그녀의 엉덩이를 쥐고 앞으로 내달렸고, 그녀도 유연하게 그의 손놀림에 함께 보조를 맞췄다. 빠르고 강하게 철썩이는 은밀한 부위에 약간의 고통과 죽도록 짜릿한 쾌감이 폭발했다.

시혁은 귀찮고 거추장스러운 그녀의 치맛자락을 들어 올렸다.

그녀가 팔을 들어 올리자, 날씬한 어깨 위로 부대 자루처럼 남루한 그녀의 스커트가 빼내어졌다. 풍성한 머리칼이 물살처럼 스커트 자락을 따라 솟아올랐다 흩뿌려졌다. 시혁은 그 아름다운 갈색 폭포에 취해 스커트 자락을 정신없이 바닥에 내던졌다.

두 사람은 여전히 맞닿은 샘과 숲을 급하게 오고 갔다. 시혁은 한 손으로 빠르게 그녀의 엉덩이를 당기면서도 등 뒤로 호크를 풀어 브래지어를 벗겼다. 낭창한 맨살의 허리를 양손으로 감으면서 시혁은 비로소 자유롭게 그녀를 리드했다.

으르렁거리는 둘의 교성에 시끄러웠던 시계의 초침 소리는 흔적도 없이 묻혔다. 그의 몽환적인 시선이 그녀의 알 수 없는 눈빛을 향했다. 그녀는 신음을 흘리며 그의 양손을 잡아 자신의 두 수밀도를 하나씩 선물했다. 시혁은 뿌듯하게 그 둘을 취했다.

이제 전세는 손톱으로 파고들듯 그의 어깨를 쥔 그녀에게 돌아갔다. 그녀는 더욱 빨라졌다. 양손이 자유롭지 못한 그가 몸을 낮추어 허릿심만으로 그녀를 좇았다. 그녀의 몸은 그를 잡고 이끌듯 빠르게 뛰었고, 선홍색의 짙고 깨끗한 두 멍울은 그의 검은 손가락들 속에서 한가지인 듯 강하게 희롱당했다.

"아아……."

교성을 지르며 움직임이 느려진 것은 민수였다. 모든 것을 함께 놓아 버리고 싶은 뜨거운 열기가 배 속 깊은 곳에 이미 가득 고였지만 그는 이를 악물며 더 버텼다. 움찔거리는 그녀의 육신의 열기를 달게 느끼며 그녀의 절정을 지켜보았다.

고통스럽게 얼굴을 찡그리지만, 그것은 한없는 쾌락으로부터 기인된 것일 테다. 자신의 육체에 마음을 한껏 열고 깊은 만족을 느끼는 그녀를 기쁜 마음으로 황홀히 바라보다가, 결국 참지 못하고 그녀의 도톰한 윗입술에 키스했다.

'흐어엉' 그녀는 또 울기 시작했다. 기쁨의 눈물일 테다. 절정의 기쁨을 울음으로 터뜨리는 것일 테다. 시혁은 뒷목과 등이 뻐근하도록 행복감에 빠져들었다.

그녀의 움직임은 잦아들었더라도 그는 아직 끝나지 않았다. 그녀는 그의 몸에서 떨어져 나와, 스스로 뒤를 돌아 테이블을 잡고 엉덩이를 들어 올렸고, 그는 일어선 채로 빠르게 그녀를 급히 맞았다.

시혁은 그녀의 아픈 다리에 힘이 가해지지 않도록 그녀의 몸을 반쯤 자신의 허벅지 위에 걸쳤다. 여전히 힘이 넘치는 남성은 자랑스럽게 그녀의 몸을 꿰뚫듯 공격했다. 그의 힘에 탁자가 밀리는 소리가 끼익, 끼익, 마루를 시끄럽게 긁었다. 민수는 이를 악물고 버티다, 곧 다시 '아아, 하아' 신음을 흘리기 시작했다. 이번엔 그도 함께 '하아' 하고 그의 굵은 목소리를 흘렸다.

철썩이며 서로가 맞부딪치는 소리와 가구들이 밀리는 요란한 소리, 그리고 둘의 뜨거운 신음이 넓은 거실을 한정 없이 달궜다. 민수가 그의 힘을 견디지 못해 엉덩이를 든 채로 바닥을 짚었지만, 그의 남성은 자세를 낮추며 집요하게 그녀의 하체를 두드렸다.

거뭇한 두 숲은 더 빠르게 맞닿았고, 철썩이는 파도 소리도 같이 급해졌다. 그의 뿌리는 녹색의 핏줄을 펄떡이며 검붉은 안식처로 사라졌다가 나타나기를 반복했다. 시혁은 그녀의 샘 속으로 나타났다 사라지는 자신을 바라보며 이를 악물었다. 미칠 듯 괴로웠으나 조금 더 이를 악물었다.

"아아……."

이번에도 그녀의 교성이 더 먼저였다. 쾌락의 해일에 휩쓸려 다리마저 풀려 버린 그녀를 보며, 비로소 시혁은 숨을 깊게 들이마셨다. 행복의 나락에서 움찔거리는 그녀의 하체를 힘차게 들어 올리며 그도 그의 절정을 맞았다.

"사랑해…… 사랑해…… 사랑해, 민수야!"

시혁은 소파 위에 바르게 앉았고, 민수는 시혁의 무릎 위에 모로 앉았다. 두 사람은 말없이 서로를 꼭 끌어안고 있었다. 폭우에 휩쓸린 듯 격렬한 정사였다.

"사랑해."

그가 먼저 침묵을 깼다.

"그리고 고마워. 내게로 와 줘서. 만약에 네가 내 집에 와 주지 않았다면, 난 이렇게 행복할 수 있단 것도 평생 모르고 살았을 거야."

시혁은 그녀를 바닥에 내려놓아 일으키고 자신도 함께 마주 섰다. 그녀의 입술에 짧은 베이비 키스를 했다. 살짝 스치는 가벼운 키스에도 떨리도록 달콤하다.

시혁은 자신이 입었던 샤워 가운으로 민수의 몸을 감쌌다. 그리고 번쩍 안아 들었다.

"새로 만든 욕실이 어떤지 구경해 봐야겠군."

그가 안방에 달린 새 화장실 쪽으로 향하자, 민수는 빠르게 도리질 쳤다. 시혁은 큭큭, 웃었다. 하긴, 손 씨는 아직 칠과 콘크리트가 마르지 않았으니 이틀은 있다 써야 한다고 엄포를 놓았었다.

"아쉽지만 그럼, 욕실은 내 침실에 달린 걸 써야겠군. 하지만 다른 건 안 돼."

이해를 제대로 하지 못했는지 민수는 눈을 동그랗게 떴지만, 시혁의 다음 행동에 그 의문의 빛이 가셨다.

"씻겨 줄게. 매번 이걸 하고 싶었어."

시혁은 그의 욕실에 그녀를 내려놓으며 함께 들어섰다. 하지만 민수는 시혁의 손에 들린 샤워기를 탁, 뺏고 표정을 단호하게 굳히며 도리도리, 고개를 저었다. 그리고 가슴을 떠다밀어 사정없이 밖으로 내쳤다. 눈앞에서 '쾅' 욕실 문이 빠르게 닫혔다.

평소엔 행동이 참 느린데, 가끔은 저렇게 빨랐다. 아까는 그렇게도 도발적이었으면서. 아직도 부끄러운 것이 남았던가. 알싸한 약간의 서운함이 대단한 뿌듯함으로 덮여 시혁은 큭큭, 웃었다.

그녀는 잠시 뒤 새 샤워 가운을 입고 머리에 수건을 우아하게 말아 올린 채 나타났다. 뜨거운 물로 샤워했는지, 좀 더 울었던지, 눈과 얼굴이 온통 붉은 열기로 가득했다.

"잠깐만 기다려."

먹먹한 마음을 누르며 시혁도 씻기 위해 욕실로 들어섰다.

아릿함 속에서도 콧노래가 절로 나왔다. 그녀가 거실로 나서는 듯 둔탁한 문소리가 들렸다. 그녀가 지척에서 곁을 지키지 않아 서운했지만 상관없다. 오늘은 그녀를 밤새 놓아주지 않을 참이다.

시혁은 조금이라도 더 빨리 그녀를 보고 싶은 조바심에 몸을 대강 닦고 욕실을 나와 그녀를 찾았다. 맑은 거실 등 아래 넓은 마루가 텅 비었다.

"민수야!"

설마 이 상황에 또 부엌방으로 들어간 건 아니겠지, 민수도 사람들을 동원해 공사를 하며 자신의 방을 꾸민 것을 잘 안다. 물론 가구 하나하나 그녀와 함께 쇼핑하며 채워 나가고 싶었지만 우선은 그 마음대로라도 골라 빨리 선물하고 싶었다.

"어?"

그녀의 방조차 휑하니 비었다.

"민수야!"

그녀를 부르는 시혁의 목소리가 떨려 왔다.

"민수야, 민수야!"

숨이 갑자기 차올라 격앙된 목소리로 다급히 외치기 시작했을 때 '흐흠!' 목청을 곱게 가다듬으며 그녀가 뒤에서 기척했다.

"어디 갔었어? 깜짝 놀랐잖아."

그가 샤워하는 동안 머리칼을 말렸는지 갈색의 푸른 물결이 아름답게 넘실거렸다. 커다란 시혁의 샤워 가운 속에 폭 안기듯 하얀 뭉치처럼 그의 뒤에 몰래 서 있었다. 왜 놀랐는지 안다는 투로 그녀가 샐쭉 웃었다. 등 뒤에 감췄던 적포도주 하나를 수줍게 공개했다. 시혁은 하하, 웃음을 터뜨렸다.

"지하 창고는 언제 다녀왔어?"

그의 목소리엔 어린애처럼 투정마저 묻었다. 그녀는 윗입술을 달싹이며 배시시 웃었다.

"잔도 있어야지. 내가 꺼낼게. 어디 있더라……."

시혁은 부엌으로 들어가 포도주 잔 두 개를 찾아 들었다. 그리고 그를 앞서 그의 침실로 들어서는 동그란 어깨를 잡았다.

"안방으로 가."

밝았던 그녀의 얼굴이 빠르게 침통해졌다. 해맑게 따라 웃던 시혁의 입가에도 미소가 가셨다. 그는 마음을 가라앉히고 그 어느 때보다도 진지하게 말했다.

"알아, 저 방을 쓰고 싶단 뜻은 아니었단 걸."

그녀의 얼굴과 귀가 새빨갛게 물들며 고개가 숙여졌다.

"하지만 난 너랑 온전히 함께할 거야. 머리부터 발끝까지, 네가 소유한 것들, 네가 지니는 것들, 네 모든 것을 사랑할게. 네 모든 것을 알아 가면서 싫은 건 싫은 채로, 더 좋은 건 좋은 채로. 그러니 내 모든 것도 온전히 주고 싶어. 내 마음, 받아 주었으면 좋겠어."

그녀의 눈가는 다시 빠르게 젖어 들었다. 숱 많은 속눈썹에 또 눈물이 방울방울. 웃음만 많은 줄 알았더니, 눈물도 이렇게 많던가.

"이렇게 울보인 줄은 몰랐네."

시혁은 포도주 병을 들지 않은 한쪽 소매로 눈물을 훔치는 그녀의 손을 잡아 그가 들고 있던 유리잔 두 개를 꼭 쥐어 주었다. 양손 가득 버겁도록 휘청거리는 무게를 견디려, 정신이 팔린 그녀가 눈물을 잠깐 멈췄다. 시혁은 그조차 귀여워 후후, 웃으며 그녀를 반짝 안아 들었다.

그녀는 어린애처럼 가벼웠다. 마른 듯 여린 체구가 한없이 작게 느껴졌다. 하지만 그의 삶을 송두리째 밀어 움직이게 하는 힘은 참으로 대단했다.

시혁은 빠르게 안방을 향해 걸어갔다. 안방 문 앞에 도착한 그는 잠시 숨을 머금었다. 그녀의 양손은 이미 가득 차 있었고, 시혁이 스스로 문고리를 열어야 했다.

그녀를 안아 들고 문고리를 여는 마음이 쉽다면 거짓이다. 서라. 영원히 기억 저편에 묻어야 할.

아버지와 싸웠었다. 아버지는 끝끝내 반대했고, 시혁은 서라를 지키기 위해 빈 땅을 사들여 집을 지었다. 애서 함께 고른 가구를 집에 들이던 그날, 안방을 구경하며 좋아라 기뻐 뛸 줄 알았던 서라는 "오빠, 우리 그만 끝내!" 집을 뛰쳐나간 뒤 교통사고를 당했고, 머리를 다쳐 현장에서 즉사했다.

운전자는 자살이라고 주장했다. 믿을 수 없었다. 그녀의 죽음을 밝히기 위해 어떤 사투도 벌일 작정이었다. 그러나 그 싸움은 권갑수, 그의 아버지에 의해 강제로 간단히 마무리되었다. 당연히 큰 마찰이 있었다.

'혹시 아버지께서 손이라도 쓰셨습니까. 아무 관련이 없는데 왜 절 막으십니까.'

'이게 미칫나? 지 애비를 뭘로 보고 뚫어진 입이라고 함부로 지껄이나!'

그러나 그 어떤 싸움도 죽은 서라를 살릴 순 없었다.

민수를 안은 채 찰나의 생각이 스쳤던 시혁은 감았던 눈을 다시 떴다. 그의 한쪽에 서라가 완전히 지워지진 않더라도, 더 이상 여자로서는 아니다. 이제 시혁에게 있어 여자는 민수 하나였다.

시혁은 무릎을 조금 굽히고 민수를 안은 채로 안방의 문고리를 돌렸다. 민수는 그와 차마 시선을 맞추지 못했다. 시혁은 슬며시 웃곤 그녀를 안고 침대로 걸어 들어갔다.

"아직 칠 냄새가 완전히 빠지지는 않았어, 그렇지?"

민수는 천천히 고개를 끄덕였다. 시혁은 그녀를 침대에 내려놓았다.

"그래도 오늘은 우리가 결혼하기로 한 날이니, 여기에서 기념하자."

시혁은 그녀의 양손에 든 병과 잔들을 받아 중앙의 티 테이블에 올려놓았다.

스무 평 규모의 제법 큰 방은 시혁의 침실과는 비교가 되지 않을 정도로 화려했다. 그의 생활에는 언제나 그의 아버지, 권갑수에게 물려받은 검소함이 습관처럼 배어 있었지만 이 방만큼은 예외였다. 한껏 호사스럽게 치장했다.

그녀를 위해 시혁은 방을 옅은 아이보리색 벽지와 짙은 에스프레소 브라운의 가구들로 꾸몄다. 킹사이즈의 커다란 침대와 양쪽 두 개의 협탁이 방의 동쪽 테라스를 등지고 나란히 놓였다. 반대쪽 벽면을 차지하는 같은 색 장식장은 천장부터 바닥까지 연결한 나무 조각 문양으로 고풍스러운 멋을 더했다.

넓은 방의 중앙에는 두 사람이 쓰기 알맞은 티 테이블이 자리했고, 남쪽의 긴 테라스로는 그의 아름다운 정원이 한눈에 펼쳐졌다. 손 씨가 5년이나 공들여 가꾼 그의 정원을 가장 완벽히 즐길 수 있는 위치였다.

침대의 옆쪽 구석엔 서랍장, 화장대, 그리고 그녀가 간단히 책을 읽을 수 있도록 주문된 뷰로와 책장은 아직 비어 있었다.

"문이 너무 활짝 열려 있어서 안 되겠군."

얼이 빠진 듯 방 안을 감상하는 민수를 보며 시혁은 쿡, 웃곤 정원으로 통하는 테라스 문을 닫기 시작했다. 금색의 손잡이를 당겨 바깥쪽 아이보리색 커튼도 내렸다. 한밤의 컴컴한 정원이 파스텔 톤으로 빛났다. 민수는 침대 위에서 무릎을 안고 조용히 그런 그를 눈에 담았다.

"알겠지만 저쪽은 손 씨가 뒤채로 출입하는 문과 가까우니 필요한 게 있으면 부탁을 해. 급한 일이 있으면 소리를 질러도 들릴 거야. 물론, 급하지 않을 때는 이 인터폰을 써. 참고로, 손 씨는 인터폰을 잘 받지 않아."

그녀를 위한 배려였다. 그녀도 웃어 주길 바라던 농이었는데, 민수는 씁쓸하게 쌔액, 웃으며 고개를 끄덕였다.

"그리고 이쪽은 네 욕실. 욕조를 더 크게 만들어 달라고 했어.

평소 뜨거운 목욕 좀 자주 하라고. 한 이삼일은 더 환기시켜야 할 것 같아. 그동안은…… 마음에 드는 욕실을 아무거나 골라 쓰고."

그의 과장된 몸짓에 결국 민수는 큭큭, 물기 어린 눈으로 웃음을 터뜨렸다. 빠르게 눈물을 훔치는 그녀를 보고 시혁은 뿌듯하게 웃었다.

그녀는 세워 안았던 무릎을 풀고 침대에서 몸을 일으켰다. 민수의 짐만 옮겨 오지 않았을 뿐, 새 침구부터 생활이 가능하도록 모든 것이 준비되어 있었다. 민수는 두 사람이 앞으로 함께 쓰게 될 티 테이블에 자리 잡았다. 핏빛 적포도주와 두 개의 유리잔이 두 사람을 기다렸다.

"아, 오프너가 없네!"

시혁이 몸을 일으키자, 민수는 쌔액 웃으며 샤워 가운 주머니에서 오프너를 꺼내 내밀었다.

'뻥' 하는 소리가 넓은 안방을 시원하게 울렸다. 민수가 손을 내밀었다.

"넌, 그냥 옆에 있으면 돼. 내가 따라 줄게."

꼴락, 꼴락, 꼴락, 포도주가 잔으로 넘어가는 소리가 감미로웠다. 향긋한 달콤함이 코끝을 간질였다. 시혁이 건배를 청하자, 민수는 쌔액, 다시 슬프게 웃으며 그녀의 빈 손가락을 가리켰다.

"응? 왜?"

그에게 살짝 떠올랐던 의아함이 곧 가셨다.

"아, 그래, 반지!"

격렬한 정사를 벌이느라 거실 테이블에 아무렇게 두고 왔었다.

"맞아, 나도 바보 같군. 프러포즈하면서 반지를 버려두고 오다니."

시혁은 겸연쩍게 웃으며 몸을 일으켰고, 곧 반지를 가지고 나타났다. 민수에게 끼워 주기 위해 상자에서 빼내려 하자, 민수는 생긋, 웃으며 다시 포도주가 든 잔을 가리켰다.

"그래, 건배부터 할까?"

시혁은 활짝 열린 반지 케이스를 다시 테이블 위에 놓았다. 쨍그랑, 유리잔 부딪치는 소리가 새 안방을 울렸다. 민수가 모처럼 적극적으로 권하자, 기분이 들떠 버린 시혁은 연달아 두 잔이나 마셨고, 민수는 얼굴이 발그레해진 채 첫 잔만을 비우고 고개를 저었다.

"결혼에 관한 몇 가지 구체적인 얘기를 좀 해야 해. 있잖아……."

그러나 티 테이블 위에 빈 잔을 올린 민수는 갑자기 시혁이 앉은 소파 앞, 카펫 바닥에 무릎을 꿇었다.

"무슨 짓이야?"

깜짝 놀라는 시혁 앞으로 민수의 장난기 어린 미소가 구슬펐다. 민수는 무릎을 꿇은 채 그를 올려다보며 시혁의 샤워 가운 끈을 잡아당겼다.

"하하, 이러다 사육을 당하는 건 아닌지 모르겠군."

시혁이 얼굴을 검게 붉히며 부끄러워했다. 목소리가 거칠게 갈라졌다.

민수가 시혁의 가운을 젖히자, 그의 나신이 드러났다. 검은 피부의 시혁, 약간 곱슬머리인 그의 머리칼은 반쯤 젖어 펴져 있었고, 그의 가슴에서 시작된 털은 배와 중심으로 물결치듯 보기 좋게 몰려 있었다. 운동으로 다져진 탄탄한 사내의 육체, 거뭇한 그의 중심이 모양 좋은 허벅지 사이에 자랑스레 자리 잡았지만 조금 전할 일을 마치고 잠시 기절 중이었다.

빼빼한 속눈썹을 내리깔고 한 호흡 단호히 머금은 민수는, 그에게 고혹적인 미소를 지어 보였다. 살짝 일그러지는 붉고 도톰한 입술이 유혹적으로 말려 올라갔다.

민수에게 저런 면도 있었던가? 시혁은 놀라움 반, 기대 반에 흰 이를 드러내고 웃었다. 겨우 두 잔의 포도주에 취기라도 도는 건지, 갑자기 현기증에 가까운 어지럼증이 짜릿했다.

"물론, 네 마음대로 해도 되지만, 그래도 미루지 말아야 할 게…… 헉!"

그는 말을 마치지 못했다. 그의 대답이 떨어지자마자 두 뺨이 발그레해지며 입술을 달싹였기 때문이다. 민수는 목이 마른 듯 입술을 침으로 적셨다. 귀여운 혀끝이 부푼 입술 사이로 날름, 나타났다 사라졌다.

시혁은 뒷목이 후끈 달아올랐다. 민수는 무릎을 꿇은 채로 그 도톰하게 부푼 입술을 그의 남성에 살짝 가져다 댔다.

"춥."

베이비 키스처럼 짧은 입술의 스침, 그의 심장은 터지듯 뛰고 있었다.

"하아."

저도 모르게 그의 입에서 신음이 터졌다. 민수는 자신의 샤워 가운의 끈을 당겼다. 그녀의 얼굴과 같이 뽀얀 젖가슴이 단박에 드러났다. 나신의 그녀, 이름난 조각가에 의해 정교하게 만들어진 비너스도 그녀보단 아름답지 않았다.

그러나 시혁의 시선은 곧 민수에게서 벗어났다. 여전히 신고 있는 흰 양말, 시혁의 시선이 향하자, 민수는 슬쩍 샤워 가운을 덮어 가렸다. 그리고 왼쪽 다리로 무릎을 꿇고 안정된 자세로 뻗었다.

시혁의 얼굴이 고통으로 뒤덮였다.

"그만, 그만둬!"

민수는 빠르게 그의 턱을 손으로 잡아끌어 입술을 맞댔다. 두 사람의 혀가 얽혔다. 서로의 숨결을 가쁘게 마셨다. 치열을 혀로 훑고, 혀를 단단히 얽었다. 민수는 시혁의 두 손을 자신의 젖가슴에 가져다 댔다. 그러나 시혁은 애써 그녀를 떼어 냈다.

울음을 터뜨릴 듯 짙게 웃는 민수가 그의 중심을 다시 머금으려 그의 가슴을 젖혀 누르자, 시혁이 그녀의 양팔을 잡고 강제로 몸을 비틀었다. 싫으냐는 듯, 눈으로 묻는 서글픈 눈빛의 그녀를 향해 시혁은 씁쓸히 웃으며 그녀를 반짝 안아 들었다.

"너를 무릎 꿇게 하고 싶지 않아."

시혁은 민수를 침대 위에 내려놓았다. 그녀가 부끄러워할까, 실망했을까. 시혁은 말을 재빨리 덧붙였다.

"정 원하면, 침대 위에서 해 주든가. 잠깐……."

시혁은 안방의 조명을 모두 끄고 멀리 떨어진 화장대 옆 작은 스탠드만을 켰다. 그녀는 밝은 곳을 즐기지 않으니까.

"아아, 분위기 좋은데, 괜히 끊었나? 기분이 좀 상했어?"

침대 위를 다시 오르며 시혁은 큭큭, 웃었다. 그러나 그의 품에 안긴 그녀는 더 이상 웃지 못했다. 그리고 더 이상 그의 중심을 머금지도 못하고 무릎을 꽉 끌어안고 고개를 숙였다.

"아아, 내가 망쳐 버렸나 보군. 다시 시작하면 안 돼?"

그는 슬쩍 그녀의 옆에 눕고는 허리를 끌어안았다. 새 가구의 어색한 냄새와 잔잔한 어둠, 민수가 주는 포근한 안정감이 그의 신경을 무겁게 가라앉혔다. 커튼 사이로 비치는 희미한 달빛이 교교했다.

"아아, 이럼 안 되는데. 불 끄니까 졸려."

거센 파도를 뒤집어쓴 듯 졸음에 왈칵 젖었다.

"넌 왜 이렇게 날 졸리게 할까? 조금만 자고 또 하자. 분위기 깨서 미안해."

전해야 할 소식들도 있고, 해야 할 말들이 너무 많았는데. 지금은 생각이 엉망으로 어질러져 아무 말도 할 수 없었다. 아, 하나 생각났다.

"할 말이 있는데……."

희미한 스탠드 불빛 너머로 민수가 흐릿했다. 시혁은 자꾸 감기는 눈을 억지로 떴다. 혀가 꼬이는 것도 같다.

"양말…… 벗으라고 안 할 테니까, 신경 쓰지 마. 나중에, 네가 벗고 싶을 때…… 그때 벗어."

민수가 머리칼을 쓸어 주나 보다. 머리칼을 만져 주니, 한 마리의 짐승이 된 것 같다. 기분이 좋았다. 비몽사몽, 의식의 수면 속에 꼴깍 잠기다 다시 잠깐 떠올라 말을 뱉었다. 큭큭, 웃음이 났다. 생각을 하는 것인지 민수에게 말을 하는 것인지 알 수 없었다.

"그런데 참…… 이상하지. 너처럼 다리가 아프면…… 굵기도 서로 다르고, 허리도 좀…… 굽었을 텐……. 밝은 데서 보니까 너는 다리도 허리선도 기막히게…… 참 기막히게, 예뻐."

향긋한 베이비 로션의 냄새가 났다. 그녀에게는 정말 이상한 것이 섞여 있던가. 그의 얼굴 위로 눈물방울이 후두둑, 떨어졌다. 시혁은 까무룩 잠이 들었다.

14장
기망하다

　어스름히 동이 트는 방 안에 푸른빛이 감돌았다. 이미 옷을 입은 민수는 시혁이 누운 침대 앞에 의자를 끌어다 놓고 앉아, 평온하게 잠든 그의 얼굴을, 어깨를, 널따란 등을, 그 모든 것을 머릿속에 각인하듯 한참이나 바라보았다.

　그리고 마침내 단호히 몸을 일으켰다. 절룩, 절룩, 절룩, 절룩.

　절룩이는 걸음걸이는 여전했지만 무언가 달랐다. 시혁의 가슴을 에었던 반달의 원이 그려지는 허리의 곡선, 그게 빠져 있다.

　민수는 시혁이 마셨던 포도주 잔을 집어 화장실로 가져가 헹구었다. 아직도 바닥에 흰색 가루의 찌꺼기가 미세하게 남아 있다. 노란 형광등에 비추어 보고, 다시 깨끗이 헹구어 원래 있던 테이블에 가져다 두었다.

　침대 머리 오른쪽 뒤편 구석의 화장대로 걸어갔다. 한쪽에 작은 스탠드가 여전히 켜져 있다. 망설임 없이 벽에 걸린 묵직한 거울을 떼어 한쪽 바닥에 내려놓았다. 그리고 화장대의 서랍을 열었다. 평범한 문구 칼을 꺼내 들고, 칼을 열어 칼날을 빼냈다.

왼손으로 거울을 걸었던 벽을 더듬었다. 새로 바른 깨끗한 벽지 안쪽으로 이질감이 분명히 느껴지는 경계, 그녀는 손으로 벽을 훑다가 작게 흠집을 냈다. 그리고 그 틈새를 찾아 칼로 길게 그어 내려갔다.

칼날은 가로세로 40센티미터의 작은 사각형을 그렸다. 그리고 그 안쪽으로 손을 더듬어 벽지를 세게 눌렀다. 톡톡톡, 손가락으로 튀기자, 통통통, 빈 공간의 소리를 내는 부분이 있다.

잘린 한쪽을 긁어 벽지를 뜯어내었다. 안쪽은 다른 곳과 달리 접착력이 떨어졌다. 손으로 훑어 내리며 뜯자 주우욱, 손쉽게 뜯겼다.

푸르스름한 여명 속에서 희미한 형체가 나타났다. 금속의 이질적인 것은 금고였다. 원형의 버튼을 서너 번 돌렸고, 곧 덜컥, 금고가 열렸다. 문이 열린 금고는 그날 안방을 청소할 때 확인한 것과 달리, 텅 비어 있었다. 촉박했던 공사 중 시공상의 문제로 손씨는 이걸 감춰 놓는 방법을 택한 것 같았다.

민수는 망설임 없이 시혁의 서재를 찾았다. 분홍의 보자기에 싸인 물건들이 책상 서랍 깊숙한 속에서 조용히 잠자고 있었다. 다행히도, 혹은 불행히도 그 물건들은 시혁의 관심에서 벗어나 있었다. 통째로 안방으로 가져와 서랍장 위에서 그 내용물을 펼쳐 보았다. 고만고만한 작은 상자들이 들었다.

맨 위의 작은 것을 하나 꺼내 열었다. 골드와 플래티넘이 바람에 흐트러지는 나뭇잎처럼 휘도는 신비로운 세공의 팔찌였다. 오륙 년 전이던가, 여자들의 혼을 빼는 자크 듀퐁의 보석 컬렉션이 선보였었다. 상자에서 팔찌를 빼내어 스탠드 불빛에 비추어 보고는 빈 화장대 위에 아무렇게나 상자와 팔찌를 던져 놓았다.

그 아래 커다란 걸 하나 더 열었다. 플래티넘의 몸체 위에 검은 진주를 둘러싼 블랙 다이아몬드들이 아름답게 흑화를 피운 브로치였다. 역시 화장대 위로 우당탕 던졌다.

작은 집 한 채 값의 물방울 모양 귀걸이, 그리고 상자를 열 때마다 나오는 크고 작은 보석들, 에메랄드 목걸이와 귀걸이 세트, 갖가지 팔찌, 목걸이, 머리핀, 브로치들……

하나씩 열 때마다 금고 안에서 오랜 잠을 자던 서른 개 남짓한 보석들은 마치 허섭스레기처럼 상자와 보석이 뒤엉킨 채 쌓여 갔다.

끝으로 집어 든 상자는 민수의 것보다 조금 작아 보이는 다이아몬드 반지였다. 심플하고 우아한 민수의 것에 비해 여성스럽고 아기자기한 디자인이었다. 그것은 꺼내지지도 않고 상자에 꽂힌 채 화장대 위로 던져졌다.

민수는 바닥에 깔린 마지막 물건을 들어 올렸다. 양피로 씌워진 고급스러운 액자였다.

액자 안에서 희미한 여자와 남자의 형체가 나타났다. 자세히 보기 위해 스탠드 아래로 다가섰다. 하나는 성장을 한 조금 어려 보이는 시혁이고, 하나는 살구색 드레스를 입은 또래의 아름다운, 한 유나를 꼭 닮은 여인이었다. 여자의 손가락엔 상자에서 꺼내지지도 않았던 조금 전 그 반지가 끼워져 있었다.

민수는 곧장 액자를 뒤집어 걸쇠를 돌려 열었다. 째그락, 하는 소리와 함께 액자와 유리, 틀, 사진이 분리되었다. 그녀는 남녀의 사진을 빼내 보석 위로 던지고, 대신 며칠 전 에몬에게 받은 남녀한 쌍과 아이 하나가 찍힌 가족사진을 끼워 넣었다. 그리고 액자를 찬찬히 다시 조립했다.

'탁' 소리가 거칠게 나며 화장대 위에 보란 듯 액자가 세워졌다. 그 바람에 뱀의 형상을 한 목걸이와 상자 두어 개가 뒤엉켜 스르륵, 열린 서랍 안으로 미끄러져 떨어졌다.

절룩, 절룩, 민수는 창가로 다가가 시혁이 닫아 놓은 커튼을 조금 열어 밖을 내다보았다. 아름다운 정원은 새벽의 짙푸름 속에서 싱그러움을 뿜었다. 민수는 그녀를 위해 며칠이나 정성스레 꾸민, 그의 마음을 가득 담은 방을 마지막으로 둘러보았다.

모두 그녀만을 위한 가구들이었다. 맞춤 장식장, 아직 비어 있는 책장과 뷰로, 서랍장, 그와 함께 건배했던 깜찍한 티 테이블, 한 번도 끼워진 적 없는, 그리고 앞으로도 영원히 끼워질 일 없는 그녀를 위한 반지.

민수는 앙증맞은 꽃수가 놓인 하얀 침대보를 손바닥으로 천천히 쓸었다. 그러나 시혁의 믿음직한 까만 등 앞에서 손을 멈췄다. 새근, 새근, 곤히 잠든 그의 숨소리가 평화로웠고, 그의 숨결을 담은 체취가 죽도록 달콤했다. 딱 한 번만 더! 그를, 만지고 싶다. 그러나 그의 등을 향해 속절없이 달리던 흰 손은 우뚝 멈췄다. 민수는 불에 덴 듯 손을 거두고, 주먹을 꽉 쥐었다.

미친 계집애. 넌, 그의 몸에 손댈 자격조차 없어.

주말까지 그는 며칠의 휴가를 만들었고, 고용인들에게도 휴가를 주었다. 아마도 꽤 늦게까지 그의 곤한 잠을 깨울 이는 없을 것이다. 그가 반지를 집으러 간 새 민수는 소량의 수면제를 잔 안에 털어 넣었다.

민수는 다시 커튼을 닫고 스탠드를 끄기 위해 걸음을 옮겼다.

그녀가 저질러 놓은 흔적들이 방을 난도질하듯 잔인하게 펼쳐졌다.

바닥에 덩그러니 내려진 아름다운 화장대 거울, 을씨년스럽게 찢겨져 바닥에 버려진 벽지 조각들, 활짝 열려 젖혀진 텅 빈 금고, 보석과 상자로 뒤엉켜 엉망으로 어질러진 그녀의 새 화장대, 반쯤 열린 서랍 사이로 쏟아진 보석들, 그 사이에 버려지듯 던져진 옛 연인의 사진, 그리고 보란 듯 놓인 그녀의 가족사진.

시혁 씨. 나, 당신의 그 애틋한 마음도 함께 가져갈게.

민수는 뒤바뀐 액자의 사진을 흘깃 돌아보았다. 그리고 절룩, 절룩, 절룩, 절룩, 그렇게 절룩이며 안방을 나섰다. '탁' 하는 소리와 함께 안방의 문이 닫혔다.

그러니 당신도 나한테 시원스럽게 쌍욕을 뱉어.

뒤바뀐 액자의 사진 속에는 세 사람이 있었다. 30년 이상은 젊어 보이는 권갑수, 한유나와 비슷해 보이지만 다른 시대 사람임이 역력한 젊은 여자, 그리고 그 두 사람을 빼닮은 서너 살쯤 되어 보이는 여자아이. 그 여자아이는 살구색 드레스를 입은 아름다운 여인과 꼭 닮아 있었다.

누가 보아도 이십여 년 전의 동일 인물임을 짐작할 수 있을 만큼.

민수는 자신이 쓰던 부엌의 쪽방으로 돌아왔다. 방을 옮기는 핑계로 미리 싸 두었던 그녀의 옷 가방을 집어 들어 부욱, 지퍼를 열었다. 반도 차지 않은 허름한 가방 안에 서랍을 빼내어 그대로 부어 넣었다.

이 빠진 낡은 빗, 끊어지고 늘어난 고무줄, 실핀, 화상 연고, 소독약, 붕대가 옷과 함께 한꺼번에 뒤섞였다. 그리고 통, 하며 플라스틱 통이 가방 안으로 굴러떨어졌다. 그녀가 모았던 사이다의 병뚜껑들이 옷과 함께 형편없이 뒤섞였다.

민수는 꺼낸 서랍을 바닥에다 놓아두고 서랍 안을 칸칸이 정리했었던 종이 상자들을 방 안 아무데나 흩뿌렸다. 부욱, 냉정하게 가방의 지퍼를 닫았다. 몸을 일으키는데 탁자 위에 무언가가 눈에 뜨였다. 시혁이 올려놓은 듯한 흰색의 봉투였다.

축배를 들기 위해 결혼반지를 가지러 간 새 거실에 방치되었던 월급봉투를 그녀의 방에 가져다 둔 모양이다.

'이건 내가 네게 처음이자 마지막으로 주는 월급이야.'

다정한 그의 목소리가 머리를 울렸다. 민수는 이를 앙다물고 가슴을 꾹 누르며 호흡을 가다듬었다. 그리고 봉투를 거칠게 치마의 호주머니에 쑤셔 넣었다. 마지막으로 방을 돌아보았다. 살림살이도 몇 없는 좁다란 방구석, 칼로 자른 듯 반듯하게 개어진 모포와 잘 정돈된 말끔한 방, 그 위로 빈 서랍 몇 개와 종이 상자들이 형편없이 널브러져 있었다.

현관의 벽시계를 확인했다. 새벽 5시 27분. 정원으로 나서니 이제는 푸르스름한 빛이 가시고 아침의 밝은 햇살이 정원을 메우기 시작한다.

길고 긴 그의 정원을 가로질러 탁, 탁, 탁, 탁, 계단을 뛰듯 가볍게 내려갔다. 여전히 한쪽 다리를 절고 있지만 시혁의 가슴을 찢던 허리의 둔탁한 흐느적거림은 여전히 없었다.

'삐그덕, 끼이이이익' 길게 쇳소리를 내며 육중한 대문이 열렸다. 손 씨는 새벽마다 시혁을 위해 대문을 지키며 보초를 섰었다. 그러나 오늘은 이렇게 요란스레 대문을 열고 나서도 진달래술의 향긋함에 취해 새벽잠을 쉽게 이기지 못할 것이다.

대문을 나서는 것과 거의 비슷하게, '부르릉' 엔진 소리가 울리며 콜택시가 도착했다.

"대치동 가시지요?"

기사는 목을 비쭉 내밀며 민수에게 물었다. 민수는 한 번 고개를 까딱, 하고 차에 올랐다.

"아얏!"

깜빡하고 왼 발바닥에 온몸의 체중을 실어 버린 민수는 하얀 이마에 인상을 가늘게 쓰고 다른 쪽 발에 체중을 바꾸어 실으며 차에 올랐다.

차창 밖으론 구불구불한 언덕을 따라 갖가지 위용을 뽐내는 초호화 주택들이 휙휙 지났다. 몇 분 지나지 않아 택시는 대로로 들어섰다. 새벽의 첫 손님이 여자라는 사실에 불만스러운 표정을 짓던 택시 기사는 룸미러로 민수의 얼굴을 흘깃 보자마자 화색이 돌았다.

"아, 미인이시네요!"

민수는 신경질적으로 인상을 찌푸렸다. 그러나 눈치 없는 기사는 민수에게 한 마디라도 더 붙여 보고 싶은 듯 생각나는 대로 떠들기 시작했다.

"아, 미스코리아 나가면 딱 좋겠네, 아가씨, 올해 몇이에요? 아하, 이거 혼기 찬 아들이 있으면 짝 삼았으면 좋겠구먼. 우리 아들이 아직 중학교도 안 들어갔으니…… 마누라가 멀쩡하게 있는데 내가 데이트를 하잘 수도 없고, 어디 중매라도 섰으면 좋겠네. 그렇잖아도, 내가 택시 운전 하면서 중매도 선 적이 있는데……."

윙윙대는 기사의 수다를 한 귀로 흘리며 민수는 낡고 허름한 왼쪽 신발을 벗었다. 그리고 피식, 웃으며 양말을 벗었다.

습관이라는 게 참 무섭다. 이걸 뭐하러 아직도! 민수는 양말을 털어 손바닥에 무언가를 받아 냈다. 그녀의 손에 굴러떨어진 것은 사이다 병뚜껑이었다.

"흐흐흣."

울음소리에 가까운 차가운 웃음소리를 내며 열린 차창 사이로 병뚜껑을 내던졌다. 그리고 그녀가 말을 하기 전, 항상 했던 심호흡처럼 '후우' 숨을 크게 내쉬며 입을 열었다. 오랜만에 편하게 말하려니, 오히려 긴장이 되었다.

"아저씨, 제가 잠을 못 자 좀 피곤해요."

말투는 부드러웠지만 오금이 저리도록 싸늘한 카리스마에 택시 기사는 뜨악하여 입이 얼어붙었다.

민수가 눈을 감고 푹석한 뒷좌석에 기댈 때 기사가 긴장을 했는지 급브레이크를 밟았다. 움푹 팬 도로를 부드럽게 지나려다가 오히려 덜컹, 차가 한 번 뒤흔들렸다. 몸이 함께 들썩였고 주머니에서 흰 봉투가 바스락거렸다. 민수는 주머니에 든 것을 터뜨리듯 꼭 쥐다 결국, 다른 손으로 가슴을 꾹 내리눌렀다.

설마, 끝까지 들키지 않으리라고는 생각조차 못했다. 양말을 끝까지 벗지 않게 될 줄이야! 그가 어느 때고 한 번은 완력을 사용할 것이라 생각했다. 그에게 들키는 것으로 그의 가슴에 길고 깊은 상처를 낼 준비를 언제나, 언제나 하고 있었다.

끝까지 그를 기망할 수 있었던 건, 그의 진심 때문이었을까.

"후후후후후후후……."

격렬한 발작 같은 웃음소리가 그녀의 폐부로부터 흘러나왔다.

"허허허…… 하하하하하하하하……."

가슴이 에여 불에 쑤신 듯 아팠다. 왈칵 터져 버린 눈물도, 미친 계집처럼 쏟아지는 웃음도 멈출 수 없었다. 택시 기사가 어색한 표정으로 룸미러를 흘긋, 흘긋 보았지만 그녀는 눈물조차 닦아 낼 여유 없이 가죽 시트를 쥐어뜯으며 몸을 뒤틀었다.

'왜 좋냐. 왜 좋냐 하면 아직 이유는 잘 모르겠어. 네 냄새가 좋고, 네 숨소리가 좋고, 네가 웃는 게 좋고, 네가 먹는 모습도 좋아. 왜일까. 나는 네가 왜 이렇게 좋을까?'

덕분에 그녀는 더 이상 생각할 수 없는 가장 잔인한 방법으로 그의 진심에 보답할 수 있었다. 차라리 죽은 이서라의 보석을 훔쳐 나오는 게 그의 마음을 편하게 했을 테다. 그러나 그녀는 그러지 않았다. 그에게 자신을 다시 찾게 할 명분을 만들어 줄 순 없었다.

작년 말, 병세가 날로 심각해지는 어머니의 곁을 지키기 위해, 민수는 일본의 직장을 정리하고 한국으로 들어왔다. 어차피 어머니의 마음을 편케 해 드리고자 죄스러운 마음으로 시작한 공부였고, 학위를 받고 직장을 잡는 모습을 보여 드리면서 뿌듯함을 느끼게 해 드린 것으로 의미를 다했다.

다시 만난 어머니의 얼굴엔 죽음의 기운이 드리워져 있었다. 죄 많은 딸년이 어머니의 가슴을 썩어 문드러지게 하다 못해, 암이라는 병을 안겨 드렸다. 어머니의 암은 위로, 폐로, 장으로, 뼈로 뻗어 나가 온몸을 썩히고 있었다.

평생 남의 밥상, 남의 술상을 차리느라 잠도, 끼니도 제대로 챙기지 못하시던 어머니는 피죽 한 그릇 못 먹은 사람처럼 꼬챙이가되어 계셨다. 민수는 유명하단 의사란 의사는 모두 찾아다니며, 일본으로 어머니를 모셔 가 치료를 받게 하려 했다.

하지만 어머니는 이미 손쓸 수 없는 상태셨다. 그렇게까지 되도록 눈치조차 채지 못했던 스스로를 용서할 수 없었다. 일 년이 될지, 석 달이 될지, 몇 주가 될지 모르는 시간을 벌기 위해 모든 것을 걸었다.

의사는 임종이 임박하였으니 마음의 준비를 하라 했고, 어머니는 여섯 달을 더 사셨다. 좋다는 건 다 구해다 드렸지만 고개를 젓기만 하는 어머니께 더 이상 권하지 못했다. 딸년의 욕심에 다 꺼진 생명을 놓는 것조차 편히 하시지 못하는 어머니께, 고통에 몸부림치는 시간을 더 이상 늘려 드리지 못했다. 그렇게 어머니를 놓아드렸다.

어머니는 숨을 헐떡이며 민수에게 그녀가 평생 모은 재산을 뿌듯하게 밀어 주셨다. 남들처럼만 살라고. 웬만한 곳에 시집가, 귀여움 받으며 남들처럼 평범하게만 살라고. 그게 가장 큰 복이라고.

기가 막혔다. 어머니는 자신에 대한 최소한의 소비조차 모르신 채 민수의 학비와 최저 생활비를 제외하고는 거의 모든 돈을 모았다. 저금을 하고, 다시 저금을 하고, 또 저금을 하고. 그렇게 소박한 과수원을 마련하셨다. 이게 뭐라고.

항상 아등바등 일하느라 밥도 제대로 드시지 못하며 위염이 궤양이 되고, 그것이 암 덩어리로 커 가도록 자신을 방치한 채, 이 몹쓸 딸년만을 위해 전전긍긍 모았던 이 돈이, 이게 뭐라고! 어머니는 당신이 병든 줄도 모르고 시한부 선고를 받기 불과 얼마 전까지, 높으신 양반들의 밥상 차려 주는 일을 남은 생명을 짜내어 하고 계셨다.

기가 막힌 심정으로 어머니의 장례를 치렀다. 죽은 뒤에도 행여 부담이 될까, 당신 손수 장례를 치를 일까지 말끔히 준비해 두신 곳에 어머니를 모셨다. 권갑수가 조롱하던 싸구려 땅뙈기, 산등성이 사이로 조금 비치듯 작은 마을이 보이는 산자락이었다.

그 마을은 어머니가 처녀 적, 처음이자 마지막으로 행복했을, 당신의 고향이었다. 어머니는 동네 친구들, 아는 사람들이 모두 떠나고 텅 빈 그 고향을 죽어서도 똑바로 보지 못하고, 숨어서 엿보듯 보이는 그 외진 산자락에 죽어 편해진 몸을 누이고 영원히 쉬고 싶어 하셨다.

그러나 그 마지막 휴식조차 볼모로 잡아 민수를 옥죄어 온 것은 권갑수였다.

'명희가 딸년 준다고 안 먹고, 안 쓰고, 그리 발발 떨며 모으드니 겨우 이 과수원 쪼가리에 개미 콧구멍만 한 집 한 채? 허허, 묘는 창양리에 썼나? 말년에 지 죽어 누울 싸구려 땅뙈기 사들여 놓고 거게다 묻어 달라 했나? 내 안 봐도 다 안다. 크헐헐……'

그 누런 금니를 해 박은 이를 드러내고 느물느물 웃으며 참으로 기꺼워하였다.

'니, 숟가락 한 짝도 못 들고 나온다. 내 니를 길거리로 쫓아내 알거지를 만드는 것은 당연하거니와, 내 니 어미를 무덤에서

파내 뿌릴란다. <u>으흐흐흐</u>, <u>흐흐흐흐</u>.'

 권갑수를 다시 만났던 40여 일 전 그날, 뜨거운 밥상을 뒤집어
쓰고 마음을 고쳐먹던 그날, 권갑수에 의해 민수의 악몽은 그렇게
시작되었다. 힘없는 어린아이처럼 제 것을 다시 돌려 달라 목 놓아
울며 빌었었다.

 '어르신 뜻대로 하겠습니다. 반드시 하겠으니 어머니 산소 자
리만 당장 돌려주십시오.'

 뜨거운 밥상을 뒤집어쓰고 목과 팔에 피를 보인 덕분인지, 권갑
수는 의외로 쉽게 산소 자리를 돌려주었다. 그래서 민수는 그녀의
다른 계획을 실현할 수 있었다.

 '네, 어르신. 어르신은 어르신의 세상에서 어르신의 뜻을 이루
십시오. 저도 제 세상에서 저의 뜻을 이루겠습니다.'

 그녀는 권갑수가 꿈에도 생각지 못한 인물로 뒤바뀌어 권시혁의
집, 찬모로 들어섰었다. 그리고 그의 집에 들어간 첫날, 민수는 권
시혁의 의심을 벗기 위해 목의 상처를 부각시켰다. 예상했던 대로
시혁은 대번에 그녀를 의심했다. 그러나 가짜로 다리를 절고, 가짜
로 말을 더듬는 것은 목의 상처, 진짜 상처에 의해 진실처럼 하얗
게 덮였다.
 피를 토하는 심정으로 엄마 흉내를 냈다. 엄마 흉내를 내고 있
는 자신을, 엄마가 다시 돌아와 죽도록 또다시 때려 주었으면. 그

러나 지금은 때려 줄 엄마가 없다.

권갑수에게 철저히 복수해야 했다. 팔십을 바라보는 노인네의 모가지를 비트는 것쯤, 재산을 얼마쯤 훔쳐 내는 것쯤, 아무 소용 없었다. 사람을 중히 여기지 않는 그에게, 세상에서 돈이 가장 중요한 그에게, 돈보다도 목숨보다도 더 귀하고 값진 것은 그의 아들. 그의 아들 권시혁이었다.

그 끔찍한 아들을 거꾸러뜨리는 일이라면, 권시혁의 심장에 비수를 꽂아 아버지로부터 아들을 영원히 잃어버리게 만드는 일이라면 무엇이든 할 수 있었다.

권갑수도, 어머니도 둘 다 모르는 사실이 있었다. 민수가 자신의 출생에 관해 들어 알고 있다는 것.

어머니는 권갑수 덕에 세 가지를 얻었다. 절름발, 말더듬, 그리고 민수!

권갑수는 폭력과 독점, 권력과 정보가 부(富)를 만드는 시절을 지내 오면서 어찌 보면 쉽고 빠르게 돈을 모을 수 있었다. 민수의 어머니도 한때 그의 정보책으로 활동했다.

스무 살의 어머니는 순진하고 고운 계집일 뿐이었다. 권갑수는 스무 살의 어머니, 명희에게 그를 위해 스파이질을 하라 꼬여 냈다.

빚에 팔린 기생의 몸이었고, 명희는 돈으로 꼬이는 권갑수에게 마지못해 그러마고 했다. 도박 빚에 시달리는 아비를 둔 죄였다.

권갑수는 명희가 말을 조금씩 더듬는 것에 꾀를 내 절름발이에 말더듬이 흉내를 내는 식모 역할을 주었다. 그리고 술도, 기생도 가까이하지 않아 정보를 빼내기 골치 아프던 한 장군의 집에 식모로 들이밀었다.

평소에도 급할 땐 조금씩 말을 더듬던 명희는 말더듬이 흉내를 아주 잘 냈다. 그녀는 잘 나오지 않는 말을 할 때마다 얼굴을 조금 일그러뜨리는 습관을 가지고 있었다.

항상 그런 것은 아니었다. 급할 때나 긴장할 때, 평소에는 그다지 많이 그러하지 않았고, 그리 심각한 것도 아니었다. 그러나 권갑수의 지도 아래 얼굴까지 찌그러뜨리며 제대로 말더듬이 흉내를 내야 했다.

하지만 명희는 그리 철저한 스파이가 되지 못했다. 줄기차게 이것저것을 요구하는 권갑수에게, 한 장군의 서재 옆 간이침대와 부엌의 쪽방을 오가며 정보를 빼 주다 결국 발각되었다.

아마도 한 장군은 명희를 처음 안았을 때부터 그 자신을 일그러뜨리기 시작했던 것 같다. 아름다운 만큼 커다란 아픔을 지닌 명희의 육체를 반복하여 탐하고, 그녀에게 깊이 빠져들면서도 남의 이목 때문에 그녀를 철저히 숨겼었다.

육욕과 자책과 연민과 성공에 대한 욕망이 뒤범벅된 속에서 서서히 사랑의 감정이 피어오를 즈음, 그 모든 것이 팍 터졌다. 모든 것은 연극이었고 그 자신은 철저히 농락당했다는 사실을 알게 되었다. 한 장군은 이성을 잃었다. 그는 자택 지하실에 명희를 열흘 동안 가두고 그의 화풀이를 견디게 했다.

그러나 명희는 끝끝내 입을 열지 않았고, 한 장군은 그녀를 결국 놓아주었다. 그리고 그 격랑의 폭우 속에서 명희는 다리 하나를 진짜로 절게 되었으며, 심각한 말더듬도 함께 얻었다.

권갑수는 한 장군에게 자신의 정체를 들킬까 염려하여, 한동안 다른 곳에 숨어 명희를 피했다. 명희도 권갑수를 찾지 않았고 그에게 아무것도 요구하지 않았다. 한 장군이 좌천되어 다른 곳으로 발

령받은 뒤에도 오히려 권갑수가 찾을 수 없는 곳으로 숨어들었고, 그리고 그 격랑의 폭우 속에서 한 가지 더, 민수를 가지기까지 했단 사실을 뒤늦게 알아 버렸다.

일곱 살의 민수가 권갑수를 처음 보던 날, 사모님이 어딜 가고 집에 없던 날, 사장님은 엄마의 손목을 잡아끌며 자꾸 방으로 들어가자고 조르고 있었다.

엄마와 마당에서 실컷 놀 작정이었던 민수는 엄마를 자꾸만 만지는 사장님에게, 크게 고함을 지르며 떠다밀지 못하고 쩔쩔매기만 하는 엄마에게 짜증이 났고, 7년 만에 엄마를 찾아낸 권갑수는 그 볼썽사나운 현장을 고스란히 목격했다. 사장님이 헛기침을 하며 본채로 들어가자 엄마는 힘없이 피식, 웃으며 권갑수에게 말했었다.

"모, 모, 모, 몸, 몸뚱어리에 죄, 죄, 죄를 받아…… 느, 느, 늘상 있는 일입, 일입니다."

철부지 민수는 중늙은이 아저씨, 권갑수가 이번에도 또 엄마를 독차지하고 있자, 단단히 화가 나 얼마쯤은 주의를 끌기 위해, 제가 무슨 짓을 하는지도 모르고 그 둘에게 혼자 노는 것을 보여 주었다. 엄마의 말더듬 흉내를 내며, 다리를 절룩이며…….

"모, 모, 몸뚱어리에 죄를 받아, 모, 모, 몸뚱어리에 죄를 받아……."

그날 권갑수가 보는 앞에서 민수는 평생 처음이자, 마지막으로 엄마에게 기절하도록 매를 맞았다. 권갑수를 원망스레 째려보며 하염없이 울던 기억이 아직도 생생하다. 민수는 그날 이후 엄마를 흉내 내는 일을 결코 하지 않았다.

이건, 다 나 때문이야. 엄마는 그날 나 때문에 권갑수와 다시 엮였을지 몰라.

그래, 난 태어나지 말았어야 했는데. 날 낳지 않았다면 엄마는 그렇게까지 힘든 삶을 살지는 않았을 텐데.

모두의 인생이 엉망으로 흙탕물에 처박힌 것 같더라도, 소요가 가라앉으면 이득을 본 사람만이 수면 위로 불쑥 떠오르게 된다. 그 스파이 사건으로 이득을 본 건 딱 한 사람, 권갑수였다. 권갑수는 매우 빠르게 일수꾼에서 대단한 자산가로 성장해 나갔다.

은혜를 입었다고 생각하기 때문인지, 아니면 감시의 목적인지, 권갑수는 엄마를 애써 다시 찾았다. 권갑수는 땅을 해 주마, 집을 해 주마 하며, 자신의 양심을 편하게 하려 했다. 엄마는 한사코 거절하곤 그동안 모아 둔 돈으로 사글셋방을 구했지만, 상황에 치여 약간의 살림살이와 기방 부엌일 자리까지 거절하진 못한 것 같았다.

그 후 엄마와 민수는 더 이상 남의 집을 떠돌지 않아도 되었다. 미련할 정도로 성실했던 엄마는 영후각의 부엌에서 허드렛일을 하다, 곧 찬모가 되었다.

찬모로 일했지만 엄마는 아직 젊고 얼굴이 고와 남자들이 많이 따랐다. 개중 민수의 새아버지가 되어 줄 만한 이도 있었다. 기생 시절부터 엄마와 피붙이보다 더 가까운 당진 이모가 나서며 엄마에게 팔자를 고칠 것을 권했다.

"그, 그, 그 사람, 얼마 전에 병들어 죽었단 소식을 들었소. 파, 팔자를 고치기는 무슨."

엄마는 침통한 표정으로 체념하듯 말했었다.

"벼, 벼, 벼엉신, 병신 같은 게…… 남의 집 아, 아, 안방 차지를 바, 바라것소.”

이미 열네 살이 된 민수는 엄마가 시집을 가지 않는 것이 자신을 위해서라 생각했다. 하지만 엄마가 울먹이며 자리를 뜨자, 저렇게 자신을 학대하며 사는 엄마가 싫다고, 엄마가 진짜 병신이라 싫다고 당진 이모에게 짜증을 부렸었다.

당진 이모는 “에그, 철없는 것아!” 하며 민수의 출생에 관한 것만을 쏙 뺀 채, 권갑수와의 악연, 엄마가 다리를 절게 된 사연을 이야기해 주었다. 민수는 그날 숨이 넘어가게 울었다. 당진 이모는 그런 민수를 보고 안절부절못하며 엄마에게는 아는 체 말라며, 몇 번이고 다짐을 받았었다.

하지만 민수가 자신의 출생까지 알게 된 것은 권갑수로부터 독촉장과 가압류 통지서를 받은 뒤였다. 당진 이모에게 권갑수에 관해 의논하자,

“세상에, 벼락 맞을 놈! 영후각 문턱을 뻔질나게 드나들면서, 명희를 돌보는 척할 때 알아봤다. 그래서 내가 인감은 내주는 게 아니라고 몇 번을 일렀는데…….”

하며 민수의 출생과 지하실에서 어머니가 겪은 이야기를 남김없이 해 주었다. 권갑수는 제집 아들을 키우는 유모를 겁탈해 딸을 얻고도 쉬쉬하며, 나 몰라라 할 정도로 철면피라는 이야기도 덧붙여 주었다.

민수는 정신이 나간 채로 권갑수에게 달려갔고, 얼토당토않은 일을 하라 협박당하고, 밥상을 뒤집어쓰고 화상을 얻었다.

말이 많으면 실수도 많은 법, 말을 극도로 아껴야 했다. 철저히 계획했다. 하나부터 열까지 계산하며 움직이고, 그의 반응을 이끌어 냈다.

권시혁의 가슴을 찢어 놓는 일이라면 무엇이라도 할 수 있었다. 첫사랑과 닮은 이유 하나만으로 누구에게나 손가락질당하는 여자와의 결혼을 무릅쓸 정도의 인물이라면 너무나 말랑말랑한 상대라 여겼었다.

권갑수는 가장 사랑하는 아들에 의해 그의 죗값을 치르게 될 터! 가장 길고 날카로운 칼을 벼려 권시혁의 가슴을 난도질할수록 권갑수에게 더 깊이 복수할 수 있으리라 다짐했었다.

적어도, 처음에는.

텅 빈 대로를 달리던 새벽의 택시는 채 이십여 분을 달리기도 전에 대치동의 한 고급 빌라 앞에 도착했다.

요금을 치르고 민수는 차에서 내렸다. 그리고 오랜만에 자유롭게 걸었다. 무대를 휘어잡는 모델만큼이나 자신 있는 걸음걸이, 완벽한 신체의 비율과 곧은 자세에서 오는 아름다움, 도도하리만치 당당한 자신감. 민수의 본모습이었다.

하지만 편한 걸음걸이가 오히려 불편한 것은 무엇 때문일까. 절지 않은 왼쪽 다리에 무어라도 매달린 듯, 한 달을 제외하고는 평생토록 걷던 걸음이 어색하고 힘들었다.

"아이고, 오랜만이십니다. 어디 먼 데로 여행이라도 다녀오십니까?"

민수의 차림새를 보고 입구를 막아서려던 경비는 깜짝 놀라며 민수에게 인사를 했다.

"네, 한 달쯤 다녀왔어요."

민수는 애써 담담히 미소 지으며 그에게 인사했다.

경비 초소의 시계는 6시가 채 되지 않았지만 새벽의 활기는 이미 한창이었다.

"안녕하세요."

녹즙을 배달하는 아주머니가 민수에게 인사를 건네고 지나쳤다. 신문 배달부, 우유 배달부, 세차를 하는 사람들, 새벽을 여는 사람들이 주변의 기운을 한껏 북돋았다.

"쓰레기요!"

환경미화원이 길게 외쳤다. 쓰레기차가 요란한 시동 소리와 함께 빌라의 쓰레기들을 치우기 시작했다. 각 호실의 경비들이 목을 빼고 나와 부산스레 움직이며 사람들에게 잔소리를 늘어놓았다.

"아, 거기 그렇게 흘리지 말라니까. 구루마를 이짝으로 바싹 더 대요!"

민수는 쓰레기차를 지나치려다 말고 손에 든 가방을 통째로 '휙' 던져 넣었다. 그리고 3층의 빌라 안으로 들어갔다. 주머니에서 열쇠를 꺼내 오랜만에 그녀의 현관문을 열었다.

50여 평의 그녀의 집은 여자 혼자 살기엔 호사스러웠다. 쓰고 싶으신 데 실컷 쓰시라 일본에서 벌었던 돈을 부쳐 드렸더니 그조차 민수 앞으로 장만해 놓으셨다. 나이가 찰수록 형편은 조금씩 더 나아졌었다. 철들기 전의 궁색함은 이미 잊은 지 오래였다.

흰색의 모던한 가구들이 깔끔하게 갖추어진 인테리어는 민수의 성격과 같이 군더더기 없이 심플했다. 시공사의 도시적인 인테리어 외에는 작은 소품조차도 덧놓지 않았다. 그 흔한 곰인형이나 화분 하나 없이 지나치게 깔끔한 내부는 딱 한 사람만을 위한 곳으로 개조되었다. 방을 두어 개씩 터서 넓고 시원한 공간을 만들고 방문을 드러냈다.

흰색 광목의 베드스프레드가 덮인 퀸사이즈의 베드와 베드밴치,

협탁, 작은 서랍장이 놓인 침실과 부속된 보조 욕실, 책장, 책상과 타자기가 놓인 서재, 그리고 한쪽에 분리된 넓은 드레스룸과 제법 넓은 욕실, 대형 냉장고 외에는 살림이 거의 없는 텅 빈 부엌 공간, 도심에서 갖추기 어려운 조망의 넓은 거실.

'탁!'

민수는 주머니에서 월급봉투를 꺼내 화장대 위에 던지듯 놓았다. 다시 다른 쪽 주머니를 뒤지자 시혁에게서 받았던 현금 뭉치가 나왔다. 손에 쥐고 있던 현관 키마저 내려놓고 입었던 옷을 속옷까지 모조리 벗었다. 그리고 검은 비닐봉투를 찾아 그 모든 것들을, 신고 왔던 신발까지 함께 화풀이하듯 구겨 넣었다. 입구를 두 번 묶어 봉했다.

욕조를 지나쳐 샤워 부스의 문을 열고 들어가 샤워기의 수도꼭지를 돌렸다. 오랫동안 쓰지 않아 잠시 그르렁거리던 샤워기가 곧 안정되고 세찬 물줄기를 쏟았다. 얼굴을 문지르며 이를 악물었다. 권갑수에게만 집중하자. 권갑수. 다른 생각을 해선 안 돼. 피부가 따갑도록 머리끝부터 발끝까지 힘주어 박박 닦았다. 그리고 드레스룸을 향했다.

전면에는 슈즈 홀더가 설치되었다. 오픈형 붙박이장에 갖가지 옷들이 계절별, 용도별로 정리되어 있었다. 민수는 짙은 그레이의 심플한 스커트 정장을 꺼내 들었다.

그리고 화장대 앞에 앉아 아주 오랜만에 화장을 했다. 하나씩 덧칠해 나갈수록 어려 보이는 깨끗한 얼굴은 뇌쇄적인 미인으로 변해 갔다. 스물일곱, 그녀의 나이가 나타나기 시작했다. 선명한 아이라인으로 더욱 또렷해진 눈매, 숱 많은 속눈썹에는 마스카라가 칠해졌다.

그레이 블루 톤의 어두운 화장이 심장이 저릿하도록 그녀의 아름다움을 부각시켰다. No.1의 레드 컬러로 입술을 마무리했다. 아랫입술만큼 도톰한 윗입술은 섹시했지만, 범접할 수 없는 날카로운 카리스마가 가슴을 서늘하게 했다.

화장을 마쳤다. 귀엽고 색기 어렸던 순수해 뵈는 얼굴이 누구라도 주눅이 들어 감히 치근댈 생각을 하지 못할, 가슴 서늘한 미인으로 탈바꿈했다.

시계를 확인했다. 아침 7시, 노인네의 아침상이 들여질 시간이었다.

'따르르르릉……'

갑자기 전화벨이 울리자, 그녀는 흠칫, 놀랐다. 그리고 스스로가 너무 한심해 '하아' 한숨을 쉬었다. 붉은 입술이 저도 모르게 뒤틀렸다.

'따르르르릉…… 따르르르릉……'

민수는 손을 뻗어 수화기를 집었다.

"여보세요."

— 오우, 드디어 왔구나? 흐흥!

수화기를 통해 남자의 가벼운 목소리가 넘어왔다. 진규, 아니 에몬이었다.

"지금 나가. 그래, 만나고 공항으로 바로 갈 거야. 아니, 싫어. 나 혼자……."

민수는 에몬과 간단한 통화를 마쳤다. 그리고 화장대로 다가가 시혁에게 받았던 돈을 동전까지 닥닥 긁어 월급봉투 안에 구겨 넣었다. 핸드백에 봉투를 넣고, 차 키를 들고 빌라를 나섰다. 그녀의 다른 손에는 옷을 벗어 담아 두었던 검은 비닐봉투가 들려 있었다.

민수는 손에 든 비닐봉투를 빌라의 공용 쓰레기통에 던져 넣었다. 그리고 은색 세단에 올라 시동을 걸고 액셀러레이터를 밟았다.

'부우웅…….'

이른 아침, 한적한 골목길 앞은 엔진 소음으로 잔잔히 물결쳤다.

"오셨습니까."

김 집사가 하던 일을 내던지고 직접 대문간까지 나와 맞이했다. '삐그덕' 길게 돌쩌귀가 울고, 민수의 구두 굽이 권갑수 집 마당을 밟았다. 바깥채의 고용인들이 대문을 갈무리하는 뒤로 김 집사는 차를 준비시키라는 짧은 지시를 내리고 민수를 공손히 안내했다.

"죄송합니다. 집안에 일이 좀 있어서 어수선합니다. 잠시만 기다리시지요."

장지문을 통해 권갑수의 째지는 목소리가 넘어왔다.

"미친나, 신고? 신고를 해? 어디다 신고를 하고?"

"그래도 없어진 물건은 찾으셔야……."

"니들 다 쫓겨나야 정신 차릴래? 그라게 집 안에 사람이 몇인데 안방털이! 내 집서 안방털이가 웬 말이고! 내 돈을, 월급이랍시고, 다달이 공으로 받아 처먹어?"

"현금과 패물 조금인데, 차라리 그냥 넘어가시면 어떻겠……."

"이 미친놈아!"

권갑수의 째지는 고함 위로 우당탕 물건들이 부딪쳐 나뒹구는 소음이 요란했다. 그러나 김 집사의 목소리로 소란은 잠시간 잠재워졌다.

"나으리, 정민수 씨 오셨습니다."

"누구?"

장지문을 열고 민수가 들어서자, 여자 두어 명이 후다닥 넘어진 경상을 일으키며 타구와 담뱃대를 정리하는 가운데 권갑수는 심기가 불편한 듯 모로 앉아 헛기침을 하고 있었다.

"헛, 흐흠……."

난향이 어지러웠다. 매화 창살 앞으로 난들이 가득했다. 십장생이 수놓아진 열 폭짜리 병풍, 알록달록한 보료, 책 볼 일 없는 경상, 완벽히 양반 행세를 하는 그가 양반처럼 보이지 않는다는 사실은 그가 모르는 비밀이었다. 반상의 구별 같은 것 아무짝에도 쓸모 없이 세상이 변했어도 권갑수에게 있어 양반은 신사복의 넥타이처럼 기능과는 상관없이 포기할 수 없는 자존심이었다.

민수는 얼굴을 굳히고 권갑수 앞에 앉아 의례적인 인사를 했다.

"평안하셨습니까."

"무에? 평안?"

권갑수는 역정이 난 기색을 감추려 들지도 않고 곧바로 소리를 질렀다.

"전화 피하고, 집 밖 출입 안 하면 언제까지 내를 속일 수 있을 줄 알았나?"

민수는 동요조차 않은 채 냉정히 말했다.

"떼어만 놓으라셨잖습니까. 원하시는 바를 이루셨는데 무엇이 부족하십니까."

권갑수는 울화를 삭이는 듯 모로 난 눈썹을 씰룩이며 입을 열었다.

"니 미칫나! 니 누를 숭내 냈나, 응? 니 에미 다리 빙신 말 더듬는 기, 그 숭내 내 우리 아들 가슴을 후벼 팠단 말이니, 이년!"

민수의 입술이 차게 뒤틀렸다.

"그럼 화장 곱게 하고 고운 옷 차려입고 갔으면, 아드님이 잘도 집에 들여 주셨겠습니다."

"그 잘난 샛바닥 잘도 놀린다! 설마…… 내 그 미친년 떨어뜨리라고만 니 보냈겠나? 누가 세상에 메느리로 들일 생각도 없는 지 집을, 지 아에게 붙여 줄까?"

권갑수는 노기 어린 말을 계속 이었다.

"민수, 니! 나이 스물에, 사내랑 요란뻑적지근하게 갈라지고, 일본으로 도망치듯 니 어미가 보낸 기, 와 보냈겠나! 다 너 잘되라고 보냈다! 영 못쓰게 된 시혁이, 천하에 시집은 못 가게 글러먹은 니! 어떠케든 둘이 붙어서 살아 보라고…… 그래서 내 니 개한테 들이민 기다."

민수는 슬그머니 고개를 숙이고 가슴을 누르며 먹먹히 웃었다. 시혁이 민수를 어떻게 대하고 있는지가, 권갑수의 귀에 이미 흘러든 모양이었다.

'크흐흐흐흐흐. 뭐어, 며느리? 니, 웃긴다. 니, 내 며느리 되고 싶나? 크하하하하하!'

그가 조롱하며 뱉은 말을 토씨 하나 빠짐없이 기억했다. 권갑수는 오히려 원하는 것을 얻은 후 어떻게 민수를 잡음 없이 털어 낼지가 가장 큰 관심사였을 테다.

그러나 입장이 바뀌면 말도 바뀐다. 어차피 자신이 뱉은 말을 뒤집는 것은 노인네에게 종잇장을 뒤집는 것만큼이나 쉬운 일이다.

"하! 그래서, 그렇게 고상한 목적으로 제 어머니 무덤에 장난질을 치셨습니까!"

애써 침착했던 민수의 언성이 높아졌다.

"그래, 그랬다! 안 그랬으면 동경에서 명문대씩이나 나온 니가, 사내를 턱짓으로 부리며 콧대가 하늘을 찌르는 니가, 내 말을 귓등으로나 들었겠나?"

"어르신 때문에 내 어머니는 다리를 절고 말을 못 하는 진짜 말더듬이가 되었습니다. 덕분에 제가 태어나 어머니 인생을 망치고 평생을 어머니에게 족쇄처럼 붙어살았지요. 그 기분을, 짐작이나 하실는지 모르겠습니다. 가장 사랑하는 어머니에게 가장 큰 족쇄가 되는 그 더러운 기분을…… 태어난 게 죄가 되는 그 기분을 아십니까! 목적이고 뭐고…… 어떻게 내! 어머니! 무덤에! 당신이! 당신 같은 사람이 장난질을 칩니까!"

권갑수의 눈썹이 순간 부르르 떨렸다.

"니 어뜨케, 어뜨케 그걸! 명희가 죽더라도 네게 그런 말을 할리가……."

권갑수는 민수가 그 사실을 알고 있으리라고는 꿈에도 생각지 못한 모양이었다.

"그러게요. 제 어머니는 제게 그런 말씀을 절대로 하실 분이 아니지요. 그렇더라도, 내 어머니가 어르신께 죄를 묻지 않았다고 해서, 어르신의 죄가 영원히 묻힐 줄 아셨습니까."

권갑수는 깜짝 놀란 듯 민수를 보고 마른침을 삼키며 한동안 대구를 하지 못했다. 그러나 그의 표정은 곧 꾸미듯 참회로 가득했다. 그의 나이는, 오랜 세월 수많은 고비를 넘기며 켜켜이 쌓인 경험들은, 그 어떤 상황에서도 위기를 뻔뻔하게 넘길 수 있도록 만들어 주었다.

"그래, 내 죄졌다. 크흐흑, 니 에미한테 죄져서 다리 빙신 만들고…… 그렇게 입도 제대로 못 띠는 말 빙신 만들었다. 내가……내 재산 불리자고…… 사람 하나 못쓰게 만들었다!"

목이 멘 척하는 것은 천연덕스러운 연기였다. 물기조차 어리지 않은 건조한 눈으로 흐느끼는 시늉을 하며 말을 하는 것이 힘이 드는 척 입가를 문지르더니, 마른세수를 하고 말을 떠듬떠듬 이었다.

"그래도 니 에미는 그러하지 않았다. 그저 '내 팔자가 이렇소' 하고 말았다. 내가 지 앞으로 돌려준 이 땅도, 손도 안 댔다. 그래 이기 니 맹으로 돌려 만들어 준 기다!"

권갑수는 누런 봉투 두 개를 민수에게 집어 던졌다.

"니 에미에게 죄도 갚고, 내 아들도 건지고, 니도 잘되믄 시집 가고! 이게 일석 몇 조고, 으잉? 시혁이…… 괜찮은 아다. 니도 알잖나?"

민수의 얼굴이 차게 웃었다.

"그래서 제가 누구 흉내 내는 줄 알면서도! 절 그 집에 고이 두신 겁니까?"

권갑수는 조개처럼 입을 꼭 다물고 가쁜 숨만 씨익, 씨익, 쉬어 댔다. 민수는 격앙된 목소리로 말을 이었다.

"네! 일단 유나라도 떨어뜨려야 한다고 생각하셨겠지요, 다 말아먹어도 그거 하나는 건지는 도박이라 생각하셨겠지요!"

"……"

"제가 어르신 속내를 모르는 줄 아십니까! 며느리요? 하! 어차피 도박이다, 한유나를 떨어뜨리고 정민수를 잡음 없이 치워 내면 최상! 재수 없이 정민수가 들러붙게 되는 것이 최악! 처음에 그 집에 저를 들이미실 계획을 세울 때부터! 제 어머니가 죽어 가는 동안, 제 어머니의 인감으로 장난을 치실 때부터! 가장 일이 잘 안 되었을 경우가, 다 망해 먹었을 최악이, 제가 아드님께 들러붙는, 영감님의 며느리가 되는 일일 거라고 도박을 건 거실 테지요! 다 말아먹어도 어차피 한유나는 떨어뜨리게 되니 그거라도 됐다, 생각하셨겠지요!"

노인의 눈가가 씰룩씰룩 떨렸다.

"내 어머니처럼, 나를 이용하신 게지요! 내 어머니는 어르신을 목숨을 걸고 지킨 은인인데, 내 어머니가 숨이 끊어지는 동안! 어떻게 그 간교한 계략을 짜면서 인감으로 장난을 치셨습니까. 어떻게 그 딸년을 당신의 꼭두각시로 쓸 생각을 하셨습니까. 어떻게 그렇게 은혜를 원수로 갚으실 수가 있습니까!"

모든 계산을 끝까지 간파당한 권갑수는 곤란한 표정을 감추지 못하고 헛기침을 연발하다, 다른 소리를 했다.

"허허헛, 에헴…… 헤헴! 시혁이 괜찮은 아다!"

하아! 민수는 그 끝을 알 수 없는 몰염치에 기가 찼다.

"다 망가진 일입니다, 시작부터요!"

그러나 권갑수는 포기를 모르는 사람이었다. 민수의 치맛자락을 어떻게든 붙들고 늘어질 작정이었다.

"갸가 다 알고도 널 붙들면, 다시 시작할래?"

하! 권갑수는 아들과의 관계가 엉망진창이 될 조짐을 두려워하고 있었다. 민수를 추적하다 보면 민수가 어떻게 들어온 것인지, 왜 들어온 것인지, 누가 들여보낸 것인지 모를 수 없었다. 그러나 그가 짐작하는 것보다 훨씬 더 강한 후폭풍이 그를 기다리고 있을 줄은 꿈에도 모를 테다.

"그, 그, 사람이, 그럴 일은…… 어없을 겁니다."

갑자기 폐부를 찌르는 날카로운 격통에 민수는 저도 모르게 말을 더듬었다. 울컥하는 기운에 눈물이 차올랐다. 그러나 폭발적으로 피어오르는 감정을 가까스로 베어 냈다. 빨리 이곳을 나가야 했다. 권갑수가 내민 봉투들을 집어, 원래 그녀의 것만을 골라냈다.

그럴싸하게 포장한, 이 일에 대한 대가로 준비했을, 그 잘난 땅떼기는 그가 던져 준 그대로 다시 그의 경상에 올려놓았다.

"안녕히 계시란 말씀은 못 드리겠습니다."

민수는 몸을 일으켰다. 몸이 다는 것은 권갑수였다.

"도로 일본으루 가나?"

"……."

"찾아갈 곳 주소라두……. 아, 아는 사람, 저, 전화번호라두 남기거라!"

"……."

"시혁일 말려 죽일 셈이가?"

"……."

"안방씩이나 내줬으면! 닐 찾아갈기다. 붙들기야!"

민수는 몸을 돌려 드르륵, 장지문을 열며 권갑수에게 인사했다.

"더 남은 악연이 없기를 바랄 뿐입니다."

15장
안녕, 에몬

　민수는 속이 뒤틀렸다. 여행의 냄새, 비행기의 냄새는 국적이
다른 여러 종류의 땀내, 그리고 강렬한 방향제가 휘발유 냄새와 범
벅되어 미칠 것 같은 멀미를 일으켰다. 지금처럼 온몸의 신경이 곤
두설 땐 더 그랬다. 민수는 긴장을 가라앉히려 생각에 골몰했다.

　사실, 이건 호사이다. 살모사보다 더한 계집이 어머니의 인생과
육신과 생명마저 빨아먹고 보통 사람은 꿈꿀 수조차 없는 대단한
사치를 누리니 호사 중 호사이다. 비행기의 좁은 차창으로 대지가
멀어져 가는 것을 보며, 민수는 뒤틀리는 속을 진정시키려 애썼다.

　과수원과 옛집의 정리를 미루었다. 말년에 마련해 두신 민수의
빌라도 그대로 둔 채 그저 뒤도 돌아보기 싫어, 실은 금세 뒤를 밟
아 올 권시혁을 피해 도망치듯 도쿄행 비행기에 몸을 실었다. 재산
을 정리한 뒤 일본에 정착하겠다고 하자, 당진 이모는 불같이 화를
내셨다.

'다 팔아먹고 뿌리 뽑아 가져가서, 너 혼자 뚝 떨어져 살래? 나는 너 못 보낸다! 갔다 와, 응? 내가 여긴 잘 돌보고 있을 테니까, 갔다 와. 너는 네 어머니를 여기다 눕혀 놓고 너 혼자 그 먼 데서 살 수 있을 것 같으니?'

  하지만 민수의 결심은 굳은 지 오래였다. 지금은 벼락같이 소리치시지만 달라지실 테다. 전화로 설득하고 몇 번 더 다녀가야겠지만 그러고 나면 찬찬히 정리해 주실 테다. 민수도, 당진 이모도 아직은 어머니의 모든 걸 훌훌 털어 버릴 준비가 되지 않았다.

  날씬하고 아름다운 스튜어디스가 단정한 얼굴로 다가왔다. 자리에 앉자마자 잠을 청하듯 눈을 감은 에몬 대신 창가에 앉은 민수가 고개를 돌렸다. 한국인으로 보이는 스튜어디스는 내내 한국어로 손님을 응대하다, 민수와 에몬을 보곤 일본어로 음료와 사탕을 권했다. 민수는 손바닥을 들어 괜찮다는 표시를 하고 미소로 답했다.

  일본에 올 수 있었던 건 일본어를 배워 둔 덕이었다. 키무 상의 부엌 다락방 책꽂이에서 빼곡히 꽂힌 책들을 뽑아 그에게 글과 말을 배웠다. 특히 수학이나 과학은 학교 교과서보다도 더 그의 책꽂이에 꽂힌 것들을 우선으로 보았다.

  집에 갇혀 있던 3년간은 키무 상의 책은 더 이상 볼 것이 없어, 진규가 명동에서 실어다 나르는 책과 잡지들을 꾸역꾸역 사들여 읽었다. 물론 유학을 오게 될 줄은 꿈에도 모른 채.

  잠깐의 일탈로 진우와 진규를, 아니 사람과 세상에 관한 모든 신뢰와 의욕을 잃고 빛이 꺼진 민수에게 어머니는 일본으로 가련,

먼저 말씀하셨다. 여자는 그저 좋은 집에 시집가 남편 사랑 받고 사는 게 최고인 세상에서, 남자들도 감히 꿈꾸지 못하는 유학을 먼저 권한 건 어머니셨다.

어머니가 권갑수에게 인감도장을 내민 게 그때였을까. 이제 와 문득 그런 생각이 들었다. 유학을 하고 싶다고, 여행을 하고 싶다고, 아무나 제멋대로 나라 밖으로 나다닐 수 없던 시국이었다. 대단한 부잣집 아들들처럼 권력자의 딸들처럼 매끄럽게 일본 유학을 나섰던 건, 권갑수의 입김이 작용해서이지 않았을까.

문득 죄책감이 범벅된 채 울분과 울화와 또 모를 알싸한 그리움이 울컥 토해졌다. 민수는 애써 침을 삼켰다.

어쨌든 외로움과 답답증을 달래려 일본어를 익혀 놓은 덕에 일본으로 나올 기회가 생겼다. 하지만 잡지 사진으로만 보던 일본은 상상보다 훨씬 발전해 있어서, 처음엔 문화 충격으로 어질어질했다. 민수는 벌건 흙길, 고만고만한 작은 집들로 뒤덮인 서울 변두리에만 익숙해 있었다.

공항 도착과 동시에 맞닥뜨렸다. 눈부시게 빛나는 시설물, 화려한 사람들의 차림, 자신감 넘치는 부의 소비, 발을 딛기도 무서운 에스컬레이터, 엘리베이터, 자동문이 달린 고층 빌딩 속에 넘쳐 나는 자동차, 버스, 택시, 신칸센, 철도, 국영 전철, 사철, 지하철, 전차, 모노레일, 화려한 네온사인과 흥청거리는 술 취한 사람들. 망치로 머리를 툭, 얻어맞은 기분이었다.

웬만큼 한다 생각했던 일본어조차 넘을 수 없는 장벽 같았다. 한국에서는 일본어지만 일본에서는 국어, 유일한 말이다. 말투가 시골 노인네 같아도 경어는 좀 그럭저럭했지만, 여자 친구들 앞에선 곤욕스러웠다. 라디오, 교과서, 잡지로는 또래들의 말을 배울

수 없었다. 민수가 무언가를 말하면 친구들은 종종 웃음을 참지 못하고, '까르르' 자지러졌다.

민수는 함께 웃으며 별일 아닌 듯 받아넘기곤 했다. 어차피 그들에게 정민슈(鄭旼秀)는 ざ(za), じ(zi), ず(zu), ぜ(ze), ぞ(zo)를 제대로 발음하지 못하는 칸코쿠진(韓國人)이었다.

사실 진짜 문제는 칸코쿠진들이었다. 도쿄의 유학생을 다 털어낸대도 100명이 좀 넘을까. 어느 학교에 누구누구가 있는지 서로 손바닥 들여다보듯 하는 좁은 바닥이었다. 성적이 결코 모자라지 않음에도 민수는 여자 사범대학을 택했다.

도쿄 내에서도 손꼽히는 명문대학교였고, 무엇보다 칸코쿠진이 한 명도 없어서였다. 민수는 그들의 관심을 피해 사각지대로 숨어들었다. 그들은 아버지가 누구인지, 어느 집안의 자식인지 속속들이 털고 싶어들 했다.

악착같이 버티고 공부했다. 걸음걸이며 말투며 무엇이든 튈 수밖에 없었지만 최대한 튀지 않으려 숨죽였다. 혼네(본마음)야 어떻든 간에 상냥한 다테마에(겉모습)로 대해 주니 오히려 편했다. 그렇더라도 불쑥불쑥 튀어나오는 한국인으로서의 반감, 옛 속국, 못사는 나라에서 왔다는 조롱의 시선, 뼛속까지 시린 외로움이 없다면 거짓말이다.

그럼에도 살아남기 위해 무덤덤해졌다. 여자들과 잘 지내는 법을 익혔고, 남자들에게 휘둘리지 않았다. 한국인이라 얕잡히기 싫었다. 눈에 띄지 않는 이방인으로 묻히기 위해 노력했다. 그렇게 철저히 애써, 영원히 이렇게 되었던가.

오랜만에 귀국한 한국은 다른 곳이었다. 눈이 휘둥그레질 정도로 넓게 닦인 새 도로, 새 다리, 슬금슬금 들어서기 시작하는 대형 빌딩, 아파트, 눈에 띄게 늘어난 자동차들, 마치 왕성한 번식력을 자랑하는 생명체 같았다. 사람들은 12시의 밤거리를 자유롭게 활보했다.

알던 것들이 모두 사라졌다. 통행금지 사이렌 뒤, 경찰의 호각 소리에 쫓겨 함께 뛰며 웃던 에몬, 아니 진규와 민수 그녀 자신, 진우를 보러 가던 비어홀을 향한 밤 골목의 뜀박질들이 허공중으로 흩어졌다. 없어진 것들, 없어진 자리, 없어진 사람.

"흐흥, 갈 곳은 정했어?"

간들거리듯 상냥한 목소리, 경박하리만치 가벼운 말투. 결국 잠들기 실패한 에몬이 옆자리에서 민수의 생각을 툭 끊어 냈다. 기어이 뒤따라온 에몬에게 민수가 화를 벌컥 내자, 에몬은 무심한 듯 말을 걸지 않으며 민수와의 거리를 한발 떨어뜨렸었다.

저쯤 되면 영리한 걸 넘어선다. 권갑수를 다시 만나러 가기 전, 오전의 통화에서 민수는 에몬과 잠시 다퉜었다.

"여보세요."

― 오우, 드디어 왔구나? 흐흥!

"지금 나가. 그래, 만나고 공항으로 바로 갈 거야. 아니, 싫어. 나 혼자……."

민수는 혼자 떠난다고 주장했고, 에몬은 슬금슬금 들러붙었다.

"그래, 인사할 건 해야지. 널 무시하는 건 아냐. 권갑수 집 안방이 쉽지 않았을 텐데, 용케 찾았네. 꼭 필요한 건 아니었더라도 어쨌든 고마워. 증거가 있으면 설명이 쉬우니까."

에몬은 예전의 진규와 달랐다. 진규는 장난기가 많았다. 그러나 에몬은 예전의 가벼운 장난기가 아닌, 삶 그 자체마저 장난으로 치부해 버리는 듯했다.

— 네가 원하면 안 돼도 되게 해 준다니까. ㅎㅎㅎㅎㅎㅎ흥, 복수치곤 너무 싱겁지만.

옛날의 그, 소꿉친구 진규는 생각조차 나지 않을 정도였다.

"너, 이 일에 관심이 너무 지나치고 있어. 도와준 건 고맙지만 이건 내 일이야!"

옛날의 그는 술과 예쁜 여자들을 좋아했는데.

— 오호, 도와준다라? 나는 참여했다고 생각했는데?

"야!"

지금의 그는 다른 것을 좋아했다.

— 아! 알았어. 참견 안 할게. ㅎㅎ흥, 하지만 복수란 게 아들과 의절이라니, 약해도 너무 약하지 않아? 차라리 죽음이 그들을 갈라놓게 하는 게 좀 더 극적인 효과가 있지 않겠⋯⋯.

민수는 심장이 낭떠러지로 굴러떨어지는 것 같은 두려움을 느꼈다. 권시혁의 집에 들어갈 때와 똑같이, 토씨 하나 달라지지 않은 말로 그를 야단쳤다.

"내가 알아서 한다니까 왜 자꾸 나서? 평생을 쫓기면서 살고 싶니? 아무리 네가 살 만해졌어도, 아무리 권갑수가 늙어 이빨이 다 빠진 것 같아도, 아직 너 하나쯤 어떻게 할 힘은 충분해!"

하지만 마음만은 완전히 달라졌다. 그때는 에몬이 어떻게 될까 걱정했지만, 지금은 에몬이 정말로 그를 어떻게 할까 봐 겁이 더럭 났다. 에몬은 "이건 경고야. 그와 절대로 사랑에 빠지지 말라고." 자신의 의지를 처음부터 확실히 했었다.

민수는 에몬에게, 시혁에 대한 마음을 들키지 않으려 사력을 다했다.

— 오케이! 네 복수는 네 방식대로!

바람 불면 날아갈 것같이 간드러지는 가벼운 목소리가 흐르자, 민수는 불안한 마음을 누르며 화제를 돌렸다.

"사진 값, 어떻게 치러 줄까?"

— 내가 참여하는 거로 하면 공짜라니까?

"아니, 됐어. 치를게. 네가 이렇게 변한 줄 알았으면 이 일에 관해 입도 떼지 않았을 거야."

— 그런가? 왜 난, 나보단 네가 더 많이 변한 것 같지? 같이 가. 나랑 같이 도쿄로 가자. 나도 돌아갈 거야. 같은 데 가는데 왜 따로 가려고 들어? 사진 값은 비행기에서 천천히 얘기하면 되지.

에몬이 원한 것은 사진을 훔쳐다 준 대가가 아니라, 자신을 이 복수에 참여하지 못하게 막은 대가인 것 같았다.

— 권갑수에게 가 봐야지? 잘해 봐, 내가 약 오르도록 뒤집어 놔서, 노인네 성질 좀 부리고 있을 테니. 흐흐흐흐흐흥.

경망스러운 웃음과 함께 에몬은 '달칵' 전화를 끊었다. 불안한 마음과 알싸한 마음이 교차했다. 옛 친구, 진규를 영원히 잃은 기분이었다.

"어이, 무슨 생각 해? 갈 곳, 정했냐니까. 나랑 같은 호텔에 묵자."

구름을 내려다보던 민수는 에몬에게 잠깐 시선을 두다, 곧 거두며 고개를 저었다.

"됐어, 너 묵는 호텔, 나한텐 낭비야."

181센티미터의 큰 키, 흰 피부, 마른 편이지만 굵직하고 긴 골격은 그를 위압적으로 보이게 했다. 민수는 그런 그가 익숙하면서도 낯설었다. 입꼬리도 눈꼬리도 얼굴 주름조차도 웃고 있지만 눈빛만큼은 웃지 않는, 그 유리알같이 반들거리는 검은 눈 때문이었다.

"왜? 내가 내 줄게. 이건 정말로 공짜!"

명랑하고 활기차지만 그 속에 진중한 구석을 숨겨 두었던 진규는 그 이름과 함께 죽어 버렸나 보다. 물고 늘어지기보다는 포기하고 받아들일 줄 알았던 진규에 비해 에몬은 거칠게 느껴지리만큼 집요하고 끈끈했다.

"됐어, 나도 돈은 충분히 있어."

"돈 있는데, 왜 안 써? 넓고 편한 데 묵으면 좋지."

탑승 때부터 일반석이니 비즈니스니 실랑이도 벌였다.

"돈 있어도 난 최대한 절약하는 습관 있어. 네 씀씀이 난 못 당해. 공항에서 헤어지자. 나 빨리 집부터 알아봐야 해."

"일본인 보증인 없이 너 혼자 어떻게 셋집을 구하려고? 내가 보증 서 줄까?"

에몬은 완벽한 일본인이었다. 아니, 일본인이 되었다. 출입국 카드엔 내국인으로 표시했고, 여권의 나이는 두 살이나 줄어들어 있었다.

펼쳐 보여 주는 듯한 에몬에게, 민수는 묻지 않았다. 기분이 상했는지 얼결에 말려 올라간 셔츠의 옆구리 속살에서 흉측한 그림의 일부가 튀어나온 것을 노출시키고, 에몬은 씨익, 웃어 버렸다.

"내 일은 내가 알아서 해."

민수는 에몬의 손을 무심결에 관찰하였다. 에몬을 볼 때마다 슬금슬금 두려워졌다. 그의 몸이 무사한 것이 안심이 되면서도 무서

왔다.

"몸 좀…… 제발! 몸 좀 조심해서 살아. 네가 한 선택에 대해서 난 한 마디도 떠들 자격 없어. 그래도 난 네가…… 몸 성히 건강히 어딘가에서 잘 살아 주었으면 좋겠어."

아니, 이젠 그와 정말로 헤어져야 했다.

"네가 이렇게 무사히 살아 있어 줘서 너무 고맙지만, 그렇다고 너와 계속 인연을 이으며 살고 싶진 않아. 도착하면 공항에서 바로 헤어지자."

에몬은 '흥흥' 웃음 아닌 웃음을 흘리며 민수의 어깨에 팔을 툭, 둘렀다. 별것 아닌 소꿉친구의 가벼운 스킨십이 이상하리만치 불쾌하고 불편했다.

낯선 체취에 애써 꾹꾹 내리누르던 시혁이 왈칵 몰려들었다. 그의 체취가, 그의 웃음이, 그의 목소리가, 그가 만져 주던 그 소소한 느낌들이 해일처럼 그녀를 덮쳤다. 그가 말을 걸었다.

'사랑해, 사랑해, 민수야.'

"하지 마!"

민수는 에몬이 불쾌해하지 않도록 의식적으로 조심하며 그의 팔을 걷어 냈다. 입가에 부드러운 미소까지 걸어 두곤, 별것 아닌 스킨십에 별것 아닌 반응처럼. 그러나 6년을 떨어져 있었더라도 에몬은 민수를 너무 잘 알았다. 마치 며칠 만인 듯 서로를, 서로의 변한 모습을 완벽히 찾아냈다.

"싫어."

"뭐?"

"헤어지는 거 싫다고. 내 유일한 가족을 그렇게 쉽게 포기하라고?"

민수는 짜증을 감추지 않고 인상을 썼다.

"가족? 무슨 가족?"

"그럼, 가족이지. 형수. 형수, 너 빼고 내게 가족이 누가 더 있어?"

"야! 너!"

그를 에몬으로도, 진규로도 부르고 싶지 않았다. 다시 만난 뒤로 둘은 진우의 이야기를 꺼리고 있었다. 그것은 암묵적인 약속 같은 것이었다. 에몬은 그 약속을 불쾌하리만치 깼다.

"형수가 싫다면……."

벌레가 기듯 스멀스멀 그의 눈빛이 민수의 얼굴과 어깨와 흰 팔의 살결을 더듬었다.

"그러면 다른 새 가족이 되든가. 이를테면 아내라든가. 어차피 호적상으로는 별문제 없잖아?"

'후우' 고개를 돌리며 한숨으로 대답을 대신하는 민수에게 바람이 불면 날아갈 듯 경박한 말투가 망설임 없이 흘렀다.

"비자 문제도 한 방에 해결되고 말이야?"

민수는 대꾸할 가치조차 없는 말에 고개를 돌리고 눈을 감았다. 착륙을 알리는 방송의 멘트가 요란함에도 착륙은 너무 더뎠다. 이 미칠 듯 답답한 공간 안에서 1초라도 빨리 도망치고 싶었다. 이토록 무섭게 돌변한 에몬을 어떻게 대해야 할지 알 수 없었다.

하지만 에몬은 그런 민수가 마음에 들지 않는 모양이었다. '흐흥' 하는 가벼운 웃음과 함께 집게손가락이 민수의 턱을 그 쪽으로 돌렸다.

"그럼, 네가 원하는 대로 해 줄게. 어떤 관계가 되기를 원해?"

민수는 눈을 감은 채 다시 고개를 창가 쪽으로 돌렸다. 목소리엔 망설임조차 없었다.

"옛 친구. 마음으로만 안녕하기를 바라는, 구태여 다시 찾아서 만나지 않는 헤어진 옛날 친구."

귀를 찢듯 펄럭이는 무서운 바람 소리, 기이이잉, 울리는 프로펠러와 땅바닥을 끄는 비행기 바퀴의 소음 사이로 잠시의 침묵이 흘렀다. 비행기는 텅, 텅, 하며 평소보다 좀 더 거칠게, 그리고 무사히 착륙을 마쳤다.

"네가 원하면 안 돼도 되게 해 줘야지?"

구우우우, 하는 엔진 소리 사이로 '흐흐흐흐흐흥' 가느다란 웃음소리가 귓속을 날카롭게 파고들었다.

그때 헤어졌어야 했다. 에몬을 다시 만난 건 올해 화창한 1월, 아직 어머니가 어떻게 되실 거라는 걸 까맣게 모르던 그날이었다. 회사의 연구실에서 수백 편의 논문들과 곰팡이들과 보고서들과 초자들 속에서 씨름할 때 갑자기 눈앞에 진풍경이 펼쳐졌다.

눈이었다. 아주 오랜만에 보는 눈이 개인 후드와 실험 테이블과 시약들이 세워진 철제 칸막이 뒤로, 온 세상을 하얗게 덮고 있었다.

"와, 저것 봐! 웬일로 눈이 왔어."

분석실에 다녀오는 옆 테이블의 도모토 상이 말을 걸자마자 민수는 화장실을 핑계로 연구실의 현관을 빠져나왔다. 나뭇가지, 담벼락, 멀리 보이는 빈 밭, 농가, 전신주, 도로와 인도까지 모두 하얗게 뒤덮인 풍경이 마치 한국에 뚝 떨어진 것 같았다.

민수는 갑자기 벅차오르는 그리움에 숨을 들이마셨었다. 하지만 눈물이 찔끔 나도록 코가 매운 그런 매서운 공기가 아니라, 그저 호, 하고 입김을 불면 허연 연기가 나올 정도의 미적지근하게 찬 공기가 그녀를 맞았다.

여긴 한국이 아니잖아, 실망조차 우스워 연구소의 미닫이문을 다시 열려는 순간 마치 만화처럼, 영화의 클라이맥스처럼 '짠' 하고 진규가 살아 돌아왔다.

"너, 곰팡이 키우면서 산다며? 흐흐흥."

민수는 눈물을 터뜨리며 진규의 품 안으로 뛰어들었고, 진규는 말없이 웃으며 민수를 끌어안았다. 그러나 재회의 기쁨은 딱 거기까지였다.

다시 만난 진규는 진짜로 에몬이 되어 있었다. 바뀐 국적이나 바뀐 이름이 아니라 내면의 무언가가 달랐다.

인디케이터처럼 민수를 움츠리게 만드는 진득거리는 끈끈함, 암컷의 자궁에 욕망의 씨를 뿌리고 달아나려는 비열한 수컷의 열기. 어머니를 빼면 세상에서 가장 가까운 사람, 어쩌면 어머니보다도 더 민수를 잘 아는 20년 지기 친구가 펑, 사라지고 일본인, 에몬이 살아남은 진규의 육체에 똬리를 틀고 있었다.

에몬은 진우에 대한 화제를 교묘히 물었다. 6년 전, 그녀를 둘러싸고 무슨 전쟁이 펼쳐지는지도 모른 채 외출을 삼가라는 진우의 명령에 민수는 순종했었다. 보호차, 감시차 민수의 곁에 붙여진 사람은 에몬, 아니 진규였다.

그녀의 집도, 형제의 집도 아닌 영후각의 부엌방에서, 두려움에 쩔쩔매는 키무 상과 함께 시간을 보내다 갑작스러운 전화를 한 통 받았다. 잘못한 것이 있다면 급히 달려가는 진규를 기어이 따라간 것이었다.

진우의 클럽은 난장판이 되어 있었고, 아는 얼굴과 모르는 얼굴의 시체들이 즐비했다. 현장에 도착했을 때 진우는 이미 주검이 된 뒤였다. 그에게 달려가는 민수가 누군가에게 잡히고 진규가 그들의 손에 살해되는 장면을 목격하고 있을 때 때늦은 경찰의 사이렌이 울렸다. 검찰과 경찰이 들이닥쳤고 민수는 귀를 막고 소리를 지르며 바닥에 엎드렸다.

그 뒤의 기억은 듬성듬성하다. 여러 사람이 번갈아 가며 그녀를 이리저리 차에 태웠고, 정신을 차린 것은 민수의 집, 엄마 곁이었다.

정작 무슨 일이 벌어졌었는지는 신문의 기사와 사람들의 입을 통해 조금씩 아주 뒤늦게 알게 되었다. 사망자의 명단엔 조직의 수괴 김진우, 동생 김진규가 포함되어 있었다.

다시 만난 에몬이 진우에 대해 입을 연 건 단 한 번이었다.

"어차피 네가 할 수 있는 건 아무것도 없었어. 형이 이겼더라도 넌, 반드시 버려졌을 거야."

에몬은 그 사건에 대해 민수보다는 좀 더 많은 사실의 조각들을 찾은 것 같았다. 하지만 개의치 않는 것같이 보일 정도로 무심했다.

"생각하기 싫어도 사실은 알아야지. 더 알고 있는 것, 말해 봐."

"재회 기념으로 우리 간단한 여행이라도 한번 안 갈래? 흐흐흥, 그럼 알려 주지."

에몬이 여행을 가자고 조른 것은 그 무렵부터였고, 그때는 에몬이 서울로 민수를 뒤따라왔다고는 생각지 않았다. 민수는 어머니의 마지막을 돌보는 데 혼신의 힘을 다하느라, 그런 약속 같은 건 까맣게 잊었었다.

"서울에 볼일이 있어 잠깐 들렀다, 네 얼굴이나 보려고 왔지."

에몬은 어머니를 돌보는 민수를 가끔 들여다보곤 했다. 그러나 에몬이 얼마나 변했는지를 실감했던 건 권갑수의 부름이 있고 난 다음이었다.

"넌 나서지 마, 아주 잘되었어. 사실 나도 권갑수에게 빚을 갚을 게 좀 있었는데 말이야."

반들거리는 유리알 같은 눈동자의 섬뜩함을 느낀 건 그때가 처음이었다. 앞으로의 삶이 어떻게 되든 상관없다는 무심한 태도는 가족을 잃고 죽음의 문턱까지 갔었던 경험 때문이라고만 여겼었다. 복수의 계획을 말하자, 에몬은 못마땅한 표정으로 고개를 끄덕였다.

"그래, 뭐. 좋은 아이디어야. 가장 소중한 아들에게 복수를! 곧 죽을 늙은이를 죽이는 것도, 돈을 빼앗는 것도 시원치 않지. 흐흐흐흐흐흥."

그 사진을 구해 오는 것으로 역할을 축소시킨 건 진심으로 에몬이 걱정되어서였다. 에몬에게 절대 그런 범죄를 짓게 하고 싶지 않았고, 민수는 민수의 복수를 하기로 했었다.

"저희 항공을 이용해 주셔서 감사합니다. 즐거운 여행 되십시오."

와자지껄 소음으로 어지러워진 기내 안에 갑자기 여러 가지 공기의 냄새가 뒤섞였다. 허리 굽혀 인사하는 스튜어디스에게 답례하며 긴 줄을 뒤로 두고 민수와 에몬은 첫 번째로 비행기에서 빠져나왔다.

"내가 들어 준다니까."

끈끈할 정도로 천천히 손등의 피부를 쓸듯 민수의 캐리어 손잡이에 손을 대는 에몬은 노골적이었다. 그는 기분이 들뜬 것처럼 보였다. 마치 외국 여행을 마치고 귀국한 뒤의 편안함을 느끼는 일본인 같았다. 민수는 에몬의 손을 밀어 냈다.

"내가 해! 나도 경고할게. 이런 식으로 끈적대지 마!"

다시 만난 그날부터, 조금씩, 조금씩, 아주 서서히 에몬은 자신의 변한 모습을 노출시켰다. 눈빛으로, 말투로, 웃음으로, 경박한 단어로, 직접적인 말로, 몸에 새겨진 징그러운 문신으로. 그리고 이젠 노골적인 스킨십마저! 배설을 위해 암컷의 환심을 사는, 교미할 그 순간만을 기다리며 몰입하는 수컷의 집요한 욕망이 스쳤다.

민수가 가장 날카롭게 알아채는 것, 그리고 가장 질색하며 두려워하는 것.

그것은 보통 친절을 가장한 목적 있는 호의나, 관심 없는 척하는 능청스러운 태도로 포장되곤 했다.

문득 울음이 터질 듯 두려워졌다. 점점 더 버거워지는 에몬을 어떻게 해야 할지 알 수 없었다. 당치 않게 시혁이 보고 싶어 미칠 것 같았다.

'사랑해, 사랑해, 사랑해, 민수야.'

그의 목소리가 귓가에 울렸다. 박살 내어 망쳐 버리고 나온 그의 사랑, 그를 기망하여 열게 만든 안방 문 안에 이서라의 흔적을 펼쳐 놓고 너 홀로 상처받고 스스로 감내하라, 벌여 놓고 나온 것들! 그를 기망하는 것도 모자라 사랑을 모욕으로, 진심을 조롱으로, 배려를 정신적인 폭력으로 보답했다.

깊은 잠에서 느지막이 깬 뒤 당신은 얼마나 놀랐을까. 고용인들을 모두 내보낸 그 빈집에서 나흘간의 짧은 휴가를 함께 보낼 계획으로 들떴었는데.

우리 둘이 함께 보낼 시간만을 상상했어? 불행한 과거를 털고 이제 겨우 새로운 인생을 시작할 기쁨으로 충만했었잖아. 안방에 벌여 놓은 광경을 보고 경악했겠지. 죽도록 고통스럽겠지. 다시 사람을 믿은, 마음속 진심을 꺼내 들었던 스스로를 얼마나 저주할까. 얼마나 자기 자신을 상처 낼까.

잠에서 깨자마자 팔을 뻗어 옆자리를 더듬었어? 그 넓고 텅 빈 집에서 혼자 "민수야, 민수야! 또 어딜 간 거야?" 부엌방이며, 부엌이며, 지하실이며, 와인 창고며, 운동실이며, 아무도 든 적 없는 2층의 손님방들을 하나하나 뒤지고 다니고 있는 거야?

"손 씨! 손 씨! 민수 못 봤어?" 떨리는 음성으로 소리치며 묻고 있어? 나를 저주하며 눈물이라도 흘렸어? 그리고 안방으로 돌아와 어떤 일을 당한 것인지 깨닫고서, 당신은 어떤 생각을 했니? 열렬히 보내 준 뜨거운 사랑을, 난 당신의 옛 연인을 모욕하는 데 썼어.

엉망으로 어질러진 안방, 바닥에 내려진 화장대 거울, 을씨년스럽게 찢겨져 바닥에 버려진 벽지 조각, 활짝 열려 젖혀진 텅 빈 금고, 보석과 상자로 뒤엉켜 엉망이 된 화장대, 반쯤 열린 서랍 사이로 쏟아진 보석들, 그리고 보란 듯이 놓인 사진 액자!

당신의 아버지와 유모, 당신의 첫사랑 서라가 밝게 웃는 그 사진 속에서, 당신은 당신 아버지에 대한 배신감으로 떨었을까. 아니면, 나를, 이 몹쓸 계집을, 그리고 헛된 감정에 빠졌던 스스로를 원망하고 있니?

다리를 절고 말을 더듬으며 동정심을 쥐어짜면서, 당신의 육체와 정신을 가지고 놀아난 몹쓸 계집에게 뭐라고 욕설을 뱉고 있니?

차라리 달려와서 당신이 이 목숨을 거두어 줬으면. 에몬의 손에 어떻게 되기 전에 차라리 뺨을 후려치고 목을 졸라 숨통을 끊기 위해 당신이 달려와 줬으면!

당치 않은 감정이 끓어올랐다. 민수는 차분한 얼굴을 애써 유지했다. 홍조가 붉게 피어오르는 복숭앗빛 뺨을 내려다보며 에몬이 '흐흐, 흐흐흐흥' 경박하게 웃었다.

"그래, 공항에서 헤어지자. 하지만 너 혼자 네 방식대로 시원히 복수를 했으니, 사진 값은 치러. 지난번에 못 간 여행, 다시 가자."

민수는 현기증을 느낄 정도로 심장이 거칠게 뛰는 것을 느끼며 에몬을 노려보았다.

"너랑 여행 같은 거 안 가!"

에몬은 걸음을 딱 멈추고 민수를 노려보듯 눈을 가늘게 떴다. 달달 떨리는 그녀의 턱을 잡아, 마치 키스라도 할 듯 그녀의 도톰한 윗입술을 뚫어지게 바라보았다.

위압적으로 내려다보는 유리알같이 검은 눈동자 아래로, 그의 얇디얇은 입술이 천천히 다가왔다. 그리고 딱 1센티미터 앞에서 스톱.

"내가 한 번이라도 빈말하디? 말했잖아, 네가 원하면 안 돼도 되게 해 준다니까. 해 줄게, 안 만나는 옛날 친구. 그러니까 너도 하겠다고 약속한 여행, 나랑 해. 난 어쨌든 네가 내게 남은 유일한 가족이고, 나로서도 내 형을 추모하는 시간을 좀 가져야겠으니까!"

외국인들이 길게 줄 선 입국 심사대, 와글와글 떠드는 여러 국적의 사람들 사이에 민수를 남겨 둔 채, 에몬은 내국인 전용 출구로 천천히 기내 가방을 끌며 홀로 걸어 들어갔다.

16장

베일 속 이야기

"아주머니, 찬물 한 잔 주십시오."

굳은 얼굴로 외출을 하려 이것저것 서류를 챙겨 드는 시혁이 지나가듯 주문을 하자, 새로 온 찬모 임 씨가 불안하게 물 잔을 그에게 건넸다. 시혁의 곁을 한시도 떠나지 못하고 주변을 맴돌던 손 씨는 하필 유리잔을 건넨 것을 보고 찬모 임 씨의 옆구리를 쿡 찔렀다.

"물을 달라시는데 그럼 어떡해요?"

"아, 저리 깨지는 것을 사장님 손에 쥐여 주믄 어떡하오?"

손 씨는 어린 손자를 돌보듯 안쓰럽고 불안한 마음으로 그의 주변을 뱅뱅 돌았다.

"방이라도 옮기소, 응? 쓰든 방을 쓰믄 되니께."

얼굴을 볼 때마다 간곡히 부탁했지만 시혁은 끝끝내 안방을 홀로 쓰고 있었다.

말끔히 정돈되기는 했다. 그러나 벽지는 아직 엉망으로 뜯긴 그 대로였고, 거울은 프레임만 남았다. 손 씨는 말끔히 정돈된 방에 펼쳐졌던 며칠 전의 풍경을 아직도 잊을 수 없었다. 시혁이 "민수 야, 민수야!" 온 집 안을 찾아 헤매던 그날, 봤던 방을 또 확인하 고 찾아보면서, 시혁은 반미치광이 상태였었다.

"손 씨, 못 봤어? 집 안에 민수가…… 민수가 없어. 집을 나갔 나 봐. 아예…… 아예 나간 것 같아. 이것 봐, 아무리 불러도 없 어. 손 씨는 민수 나가는 거 못 봤지? 내가 너무 늦잠을 자서 그 래. 손 씨도, 손 씨도 자고 있었어?"

손 씨는 자책으로 가슴을 부여잡으며 시혁에게 사과했다.

"어휴, 늙은 것이 주책이지. 공사가 다 끝났다고 일 끝나 좋다 고 술을 처먹었소. 배깥엔 없으니 잠시 나갔겠지. 설마 색시가, 색 시가 아주 가려고 짐까지 싸 들고 나갔겠소?"

그러나 그는 듣지 않는 것 같았다.

"내가 자는 동안 무슨 일이 있었을까? 이렇게 해 놓은 놈이, 누 가 끌고 갔나? 혹시, 민수가 납치…… 납치라도 당한 걸까? 그래, 납치를 당한 것 같아. 그러니까 그랬겠지."

애써 감춰 둔 금고 앞에 펼쳐진 황당한 풍경을 본 손 씨는 쓰러 질 듯 기함했다. 시혁은 허공을 응시한 채 중얼거렸다.

"어떻게, 어디로 데려갔을까. 민수, 어디서 찾아야 하지? 민수 를 나한테 보낸 놈. 위험한 놈일까? 위험한 놈이면, 벌써 무슨 일 이라도 당했으면 어떡하지?"

그러나 혼이 쏙 빠져 판단력을 상실한 것 같은 시혁 앞에서 기 운을 차리고 흔들리는 정신을 꼭 부여잡았다. 늙은이가 도움은 못

될지언정 폐를 끼쳐서는 안 되었다. 그러다 보석 속에 널브러진 사진을 발견하곤 곧이어 사진 액자 앞에서 눈이 딱 멈췄다.

"이게, 이게 웬일이다냐. 사람들이 쑤군대던 게 설마……."

시혁의 멍한 시선이 무심하게 흘끗 사진 액자를 훑었다. 그의 표정은 평온했다. 이미 보아 알고 있는 것 같았다. 손 씨는 울화가 불쑥 치밀어 소리쳤다.

"지가 혼자 나갔소. 사장님도 알잖소? 사람 드나든 흔적은 하나도 없다는 거 다 알잖소?"

애꿎은 빈 금고의 문을 닫아걸며 보석을 치울 무언가를 두리번거리며 찾았다. 이거라도 치워 없애야 사장님이 빨리 정신을 차리지. 아이고, 내가 저놈을 없앴어야 했는디. 사장님이 하란 대로 내가 저놈을 어떻게든 들어냈어야 했는디.

상자라도 집으러 나가야겠다 싶어 안방 문을 나섰다. 그러다 원망의 기운이 더욱 솟구쳐 시혁이 들으라 큰 소리를 뱉었다.

"아, 그거 진저리 나게 별스럽네. 나갈 거면 혼차 곱게 나가지 이 무슨 무서운 짓을 하고 나갔단 말이오?"

그때 침대에 혼이 나간 것처럼 앉아 있던 시혁이 일어나 거울을 집었다. 그리고 '와장창' 귀를 찢는 폭음이 울렸다.

을씨년스럽게 찢겨 어질러진 벽지, 화려한 보석과 보석 상자들이 쓰레기처럼 뒤덮인 위로 아름다운 화장대 거울이 요란스레 부서져 조각나 있었다. 유리 파편이 튀었는지, 시혁의 검은 뺨과 팔뚝에서 피가 스르르 배어 나왔다.

"사장님, 이 늙은이가 잘못했소. 이 늙은이가 다 잘못했으니 고정하시오, 응?"

손 씨는 괜한 소리를 뱉어 시혁의 심기를 건드린 걸 뒤늦게 깨닫고 안절부절못했다. 그러나 시혁은 듣지 못하는 것 같았다. 홀로 자조하듯 외쳤다.

"협박을 당했나? 뭐가 모자랐을까. 왜! 내가 진심인 걸 잘 알면서 한 마디 의논조차 하지 않았을까? 왜! 나와 결혼하기로 철석같이 약속하고서. 뭘 위해 이 집에 들어왔든! 나한테 얻어 갈 게 산더미 같았을 텐데! 뭐가 모자라서 내 과거의 진실들만 이렇게 던져 놓고 빈손으로 나갔겠냐고!"

목울대가 부드럽게 천천히 움직이며 맑은 물 한 잔이 시혁의 입술로 말끔히 흘러들었다. 올록볼록 아름다운 문양의 유리잔은 찬모, 임 씨가 든 쟁반에 고요히 다시 놓였다.

"오늘은, 나갔다 오믄 이 안방 싹 치우고 잠가 놓을라요. 응? 여기 있음 정신이 어지러워서 맴이 더 저그하지 않겠소?"

평온한 듯 증오의 눈빛이 가득한 시혁의 음성이 낮게 가라앉았다.

"걱정 말고 별채로 가서 쉬어. 그러다 병나."

"아이, 병은 사장님이 나지 않겠소. 매일같이 어디로 출장을 그렇게 댕기믄서 여태 밥을 한 끼니도 못 자수고 이거 메칠째 어쩔라고 이러오?"

굳은 표정의 시혁은 몸을 일으켰다. 머리가 쪼개질 듯 아팠고, 뒤틀린 위장이 하루에도 몇 번씩 왈칵왈칵 녹색 쓴 물을 토했다. 한동안 거의 아무것도 먹지 못했지만 그의 눈빛은 그 어느 때보다도 더 날카롭고 형형했다.

가죽 가방에 몇 개의 파일을 조용히 챙긴 뒤, 마지막으로 보고 싶지 않은 액자를 꺼내 들었다. 째그락, 하는 소리와 함께 액자와 유리, 틀, 사진이 다시 분리되었다. 시혁은 내용물을 꺼내 흘긋, 들여다보았다.

요란한 보석으로 휘저어 놓은 흙탕물은 눈속임일 뿐이다. 네가 남긴 메시지는 딱 하나. 나의 과거? 하! 아니, 나의 아버지. 시혁은 눈을 감았다.

'돌아가라. 내 평생 다시는 널 보고 싶지 않으니.'

5년 전 서라를 함께 애도할 수 있는 유일한 사람인 유모를 찾아 갔을 때 유모는 울며불며 시혁을 밀어 냈다. 홀로 떨어져 사는 남편과 별거하며 서라와 단둘이 살던 유모는 서라가 그렇게 가고 난 뒤 큰아들네로 들어가 손주를 돌보며 살고 있었다.

평생 남의집살이를 하며 부양하던 남편과 두 아들, 그 이십여 년 공로 끝에 그녀 앞에 남겨진 건 박살 난 가정과 큰아들네서 어린 손주를 돌보는 대가로 얻어먹는 눈칫밥이 전부였다.

그때는 그녀의 가정이 엉망진창이 된 이유를 남편의 노름과 술 버릇 때문으로 알았었다. 유모가 시혁을 다시 보고 싶어 하지 않는 것은 그저 서라가 가고 난 뒤의 깊은 슬픔 때문으로만 여겼었다.

시혁은 사진을 담담히 가방에 더해 넣었다. 가슴이 아리듯 아팠지만 더 극심한 격통이 그 미미한 통증을 덮어 가렸다. 너는 내가 깊이, 상처받길 원했던가. 그렇다면 어쨌든 목적은 잘 이뤘군. 네가 이토록 쉽게 날 버렸다는 게, 너한테 난 아무것도 아니었다는 게 가장 깊은 상처가 됐으니까.

'사랑한다는 말, 쉽게 한번 안아 보려고 막 뱉은 거 아냐, 진

295

심이야.'

텅 빈 안방 옷장을 열어 안쪽에 달린 거울로 비춰 보며 마지막
으로 옷매무새를 가다듬었다. 몸에 딱 맞아떨어지던 수트의 허리
가 헐거워져 있었다. 늘 터질 듯 부풀어 올라 있던 근육도 약간은
움츠러든 것 같다.

하지만 반들거리는 안광은 섬뜩할 정도로 날이 서 있었다. 육신
은 최악의 상태였지만 정신력은 최상의 기를 그러모으고 있었다.

'도대체, 내 말을 뭐로 듣는 거야! 사랑한다는 내 말 따위는
믿지 않겠다 이건가? 그럼 뭘 줄까? 뭘 줘야 날 이렇게 갈기갈
기 찢어 놓지 않을래?'

빈 옷장을 닫으며 시혁은 '후후' 스스로를 비웃었다. 가슴을 찢
는 데는 탁월한 소질이 있었다. 그래, 눈멀었다. 사랑에 눈멀었
었다. 정신이 말짱했으면 모를 수가 없었는데. 어떻게 그렇게 눈을
뜨고도 깨닫지 못했을까.

도발을 품은, 원한이 서린 눈빛, 분노에 찬 내면, 고운 얼굴과
아름다운 몸매로 그녀가 완벽히 흉내 내던 것들, 그 충격적일 정도
의 부조화, 짧은 기간 내에 거칠어진 손, 한시도 긴장을 놓지 못하
던 태도. 그리고 그녀의 내면도 무언가 서서히 변했었다. 흔들리는
눈빛, 망설이는 마음, 그럼에도 놓지 않던 굳은 의지. 벗지 않는
양말, 바르고 곧은 허리.

너무도, 너무도!

너무도 많아서 더 나열할 수가 없을 지경이었다. 그래, 보지 못

했던 것이 아니라 보기 싫었던 것이다.

새로 고용한 찬모를 궁금해하며 찾아다니다, "육실헐 년." 그녀를 처음 보고 내뱉던 아버지의 분노를 기억한다. 아버지의 분노는 민수가 뿜던 그 도발을 품은 눈빛의 원한과 닿아 있을 것이다.

네가 날 떠난 것은 목적을 모두 이루었기 때문인가.

네가 와서 변한 것은 유나와의 결별이고, 너의 메시지는 아버지를 가리킨다. 그렇다면 민수와 아버지는 교차점이 있었다. 아버지는 유나와의 결별을 학수고대하셨으니까.

하지만 민수의 눈빛은 단순히 의뢰인에게 행할 의무를 다하려는 것이 아니었다. 그렇다면 민수의 또 다른 목적은 그 원망을 해소하는 것이며, 그녀가 남긴 것은 서라의 사진이었다.

넌 내가 서라 때문에 흔들리기를, 아니 격렬히 폭발하길 바랐던가. 아니면 네 자신이 내게서 완벽하게 잊히기를 바랐던가. 아버지와의 관계가 뒤틀리기를 바랐던가. 내 아버지는 나와의 화해를 간절히, 정말 오랫동안 원했었지.

"밖에서 무어라도 꼭 잡수게 해요?"

현관을 나서는 시혁을 배웅하던 손 씨가 김 비서에게 조용히 일렀다. 붉은 얼굴의 김 비서가 냉큼 뛰어나와 가방을 받으며, 면목 없는 듯 "예." 했다. 신을 신으며 무심히 흘려듣던 시혁은 손 씨를 바라보았다.

"밖에서 무어라도 꼭 잡수우, 응?"

그러나 시혁은 엉뚱한 말로 그의 말에 답했다.

"안방에 도배 좀 새로 해 줘요. 색깔도 분위기도 확 바꿔서."

"예에?"

되묻는 손 씨에게 시혁은 못 박듯 확인했다.

"민수, 도로 들어와요. 이번 출장은 좀 오래 걸릴 거예요."

달리는 차 안, 손을 들어 지시를 하자 옆자리에서 바싹 긴장을
하고 있던 김 비서가 보고를 시작했다.

"비행기 시간까지 한 시간 정도는 여유가 있으십니다. 예상하신
대로 정민수 씨의 빚은 모두 청산되어 있었습니다. 가압류를 걸었
던 심일종, 김수용은 회장님이 운영하셨던 고려물산의 임원 출신
이고, 이봉민, 백중철⋯⋯."

의심의 여지는 없었다. 민수가 물려받았다는 거액의 빚을 추적
해 보았다. 그 빚은 놀랄 만큼 삽시간에 말끔히 청산되어 있었고,
그것을 지워 줬던 사람들은 아버지의 수족이었다. 민수는 빚에 내
몰려 아버지의 꼭두각시 노릇을 하면서도 자신의 목적을 이뤘다.

정명희 씨와 아버지의 관계를 찾는 데 가장 많은 시간이 걸렸
다. 민수와 아버지는 두 가지의 원은(怨恩)으로 연결되어 있다는
사실이 시혁의 판단을 흐렸다.

시간이 많이 흘렀어도 아버지의 옛 행적들이 모두 말끔히 지워
지지는 못했고, 아버지에게 원한을 깊이 품어 떠들고 싶어 하는 사
람들은 많고 많았다. 현재 민수와 가장 가까운 관계일 수 있는 당
진네라는 기생 출신의 여인이 확인까지 시켜 줬다.

'제가 입이 있다고 뭐라 말씀드리겠습니까. 어르신께 물어요.
민수 엄마, 명희 걔가 몸을 망친 건 다 거기 책임이니까. 이젠
없는 빚까지 만들어 민수까지⋯⋯. 악귀도 그런 악귀가 따로 없
네! 하긴 그러니 제 씨도 그렇게 식모들 틈바구니에 버려두고 나
몰라라 하지.'

"확인했으면 됐고, 다음!"

시혁의 언성이 높아지자 김 비서가 침을 꼴깍 삼키며 자료를 넘겨 들어 보고하기 시작했다.

"네. 말씀하신 것처럼 6년 전의 그 '명동 사건' 이후로 정민수 씨는 별 탈 없이 일본으로 곧바로 건너갔습니다. 예상하신 대로 정민수 씨는 건강한 몸……."

김 비서는 차마 말을 잇지 못하고 시혁의 눈치를 살피며 말끝을 얼버무렸다. 집안 내 고용인 관리는 본래 본인의 업무였고, 따지고 들면 직무상 과실이었다.

시혁은 대꾸 없이 손에 쥐었던 사이다의 병뚜껑을 검지와 중지 사이에 옮겨 걸었다. 그리고 손안에서 잠시간 굴리다 차 문에 부착된 오픈 박스 안에 툭 던져 놓았다. 병뚜껑은 달달달 몇 바퀴 돌다 차의 요동과 함께 덜컹, 이리저리 흔들리며 부딪혔다. 엉망으로 어질러진 방 안에서 그녀를 따라가지 못했던 한 개였다.

미안하지만, 모든 것이 네 의도대로 되지는 않을 거야. 네가 의도한 대로 죽도록 상처받았더라도 난 널 포기할 생각이 없거든. 그래, 어디 도망갈 테면 도망가 봐. 아주 잘 숨어 있어야 할 거야, 내가 아주 사력을 다해 찾아낼 테니까.

그녀가 남긴 서라와 아버지의 사진은 머릿속을 떠돌던 의문을 제거했을 뿐 시혁을 더 이상 불붙이지 못했다. 지금 시혁은 민수로 인해 활화산처럼 활활 타오르는 중이라, 그따위 장작불로는 그를 더 이상 지피지 못했다.

'괜찮아. 네 얼굴, 안 보여. 천천히 말해. 밤새도록이라도 다

들어 줄 테니까.'

직접 입을 열게 하는 건 그렇게 어렵더니, 그의 방식대로 털어
내는 건 아주 쉬웠다. 진작 이렇게 하지 않은, 끝까지 그녀에게 신
뢰를 얻으려 애를 썼던 스스로가 우스웠다.

하! 동경 유학을 한 엘리트 아가씨, 네가 말짱한 모습으로 내
앞에서 뻔뻔하게 굴 그 광경을 상상하는 것도 나쁘지 않군.

왈칵 쓴 물이 올라와 입에서 단내가 났다. 얼마쯤은 가슴에 칼
을 맞은 듯 아파 와 통증에 얼굴이 일그러졌다. 난 네게 분노해야
할까, 동정해야 할까, 미안해해야 할까. 그 모든 복잡한 감정을 누
르고 시혁은 이를 악물며 넥타이를 바싹 조였다. 이제부터는 진짜
로 긴장해야 했다. 아버지를 상대해야 하니까.

대문이 왈칵 열렸다. 기별 없이 들이닥쳤지만 김 집사는 올 것
이 왔다는 듯 긴장이 역력했다. 대문간에서 중문으로, 중문을 통해
사랑으로 망설임 없이 마당을 가로지르는 동안, 고용인들은 움직
임이 부산스러워졌다. 두 부자의 싸움이 사랑의 문지방을 넘어 집
안을 흔들흔들하게 할 것이 뻔했다.

김 집사는 주변을 물리며 사람들을 치웠다. 걸레를 든 여자들이,
상을 물리던 여자들이, 마당을 비질하던 사내들이 삽시간에 자리
를 비웠다.

텅 빈 마당엔 새 한 마리조차 떠돌지 않았다. 고요한 방 앞에서
김 집사 홀로 시혁이 온 것을 고했다.

"어르신, 도련님 오셨습니다."

장지문 안쪽에서 '흐흠, 흐흠, 흐흐흐흐흐흠!' 하는 헛기침 소리

뒤로 기운 없어 다 죽어 가는 모기만 한 권갑수의 목소리가 애처롭게 울렸다.

"내, 내 몸이 편치 않다고오, 아프니 담에 오라 이르라."

조소를 일으키는 양반 흉내에 시혁은 헛웃음을 웃었다. 양반 흉내를 지독히도 좋아하시는 아버지와 장단을 맞출 여유는 없었다. "들어갑니다." 문을 밀고 들어갔다.

시혁이 든 것이 어느 결에 보고되었는지, 권갑수는 머리에 흰 띠를 질끈 묶고 준비조차 제대로 되지 않은 자리보전을 하고 있었다. 낮잠을 잘 때 쓰는 목침이 베게 대신 나왔고, 병들어 누운 사람은 금단추 달린 마고자 차림이었다.

"좋으시겠습니다. 제 역할 끝내고 정민수가 곱게 떨어져 나가 주니, 춤이라도 추고 싶으셨겠습니다!"

시혁은 단정히 아버지 앞에 자리를 잡고 앉았다. 장지문이 조용히 닫혔다. 난향이 어지러운 뒤쪽의 화분들을 노려보며 시혁은 치미는 걸 냉정히 가라앉혔다. 어차피 화를 내 봐야! 그러나 누워 계신 저 너머를 보곤 울컥 다시 폭발했다. 경상을 옆으로 끼이익, 거칠게 밀었다.

"양반은 머리에 그런 흰 띠를 두르고 앓지 않습니다. 하시려거든 제대로 하셔야지요."

권갑수도 화가 난 듯 발딱 일어나 보료 위에 앉으며 목침을 발로 탁, 찼다. 목침은 시혁의 무릎을 턱, 쳤고 시혁은 미동도 않았다. 권갑수는 화풀이하듯 경상을 다시 발로 찼다. 제대로 밀리지 않자, 모기만 했던 목소리가 다시 카랑카랑, 쇳소리를 되찾았다.

"니, 애비 앞에서 무슨 버르장머리고!"

"아버지는! 저를 아들로 생각하기는 하신 겁니까. 제가 아버지

한테 계집들 머리에 꽂고 다니는 꽃과 다를 게 뭡니까. 남들 보기 좋게, 아버지를 빛나게 해 드릴 장식품이 아니고 뭡니까! 꼭두각시처럼 절 조종해서 뭘 하시려고, 유나를 떨어뜨린 뒤 어떤 여자를 붙여서 남 보기 좋게 꾸미시려고 만만한 정민수를 골라 들이미신 겁니까!"

발끈한 권갑수는 문갑에서 서류 봉투를 꺼내 경상 위에 쏟아부었다. 아름답고 단정한 여자의 사진들이 우르르 쏟아졌다.

"줄을 섰다! 가문 좋고, 돈 많고, 좋은 교육 받고, 어리고, 싱싱한 양갓집 규수들이 네게 시집오고 싶어서 이렇게 줄을 섰다! 내가 이것들 머리맡에 두고 네게 어울리는 처자를 고르고 골라도, 미련한 니가……."

시혁은 조용히 품 안에서 사진을 한 장 꺼냈다. 권갑수의 많은 사진들 위에 하나가 더해졌다. 귀를 긁는 듯 째지는 목소리가 갑자기 뚝 멈췄다.

"사진이 많으시군요. 저도 아버지께 보여 드릴 사진 한 장 가지고 왔습니다."

어린 서라와 젊은 유모, 그리고 아직은 팔팔했던 아버지였다.

"이, 이기 왜…… 이기 왜 니 손에……."

"지금까지는 그저 비뚤어진 자식 사랑이라 여기면서 견뎠습니다. 하지만 자신의 혈육을 나 몰라라…… 그 식모 방에서 처녀가 다 될 때까지 크는 동안 아버지가 해 주신 게 고작 이 사진 한 장이셨습니까. 아까우셨습니까, 한 재산 떼어 주시지 이런 건 왜 찍어 주셨습니까!"

권갑수의 자글자글한 얼굴이 경련이 일듯 실룩였다.

"이기…… 이기 어디서 났나?"

"이걸 왜 찍어 주셨느냔 말입니다!"

권갑수의 입에서 노기 띤 울화가 터져 나왔다.

"한 재산 띠아 주면 니 유모, 영선이 갸가 제 서방 매타작에 무탈할 수나 있었겠나? 1년도 못 가 다 들어먹고 말걸, 밑 빠진 독에 물 붓기지! 내가 서라 고년, 나중에 좋은 곳에 시집보내 주고 혼수도 한밑천 제대로 해서 보내 준다고 한 약조다! 서방이 시퍼렇게 살아 있는 년한테 한 재산은 무슨 한 재산!"

"그렇게 서방이 시퍼렇게 살아 있는 유모한테서 서라 만드셨습니까! 그래서 부엌 골방에서 처녀가 다 될 때까지 걸레질이나 하게 하며 밥술이나 먹여 키우셨습니까. 아버지는 도대체 얼마나 무서운 분이십니까. 전, 아버지 아들인 게 정말 너무도 부끄럽습니다. 너무 부끄럽고 세상이 무서워 고개도 똑바로 들고 다니지 못하겠습니다!"

"세상이 뭐가 무서워? 돈이 있으면 최고지!"

"네! 돈이 있어 좋습니다! 그래서 아버지는 외출하실 때마다 호위 차량이며 경호원들을 그렇게 앞뒤로 붙여 놓고 다니십니까. 저도 철들면서부터 아버지 덕분에 밤길 조심하고 삽니다. 언제, 어디서 아버지께 원한 품은 사람들한테 칼침이 떨어질지 몰라 숨을 쉬는 것처럼 매일을 하루같이 호신술을 배우며 삽니다."

"나는, 나는 그동안 편히 산 중 아나? 니한테서 가당치도 않은 의심받으며 6년을 하루같이 편안하게 산 중 아나?"

"네! 서라를 죽게 한 게 아버지가 아닐까 의심했었습니다. 그런데 방법은 다르지만 아버지가 맞으셨어요. 네가 내 딸이다, 딸이니 남매간에 결혼은 불가하다, 폭탄선언이라도 해서 서라가 스스로 달리는 차에 몸을 던지게 만드신 겁니까!"

"그래! 그랬다! 니보다 내가 더 힘들었다! 딸년 잃은 애비 심정은 날아갈 듯 개운한 줄 아나!"

"왜 진작 밝히지 않으셨습니까. 제대로 자라게 하지 왜 그러셨습니까."

"유모, 영선이도 위로 생때같은 아들이 둘이다! 나도 너 땜에 그랬다! 다 너 위해서, 다 너 위해서 호적에도 안 올리고 그렇게 크게 했다! 서라 불쌍하게 큰 건, 다 니 탓이다! 그렇게 죽어 버린 것도 다 니 탓이야."

"아버지!"

"그러게 얌전한 애는 왜 들쑤셔? 하지 말랄 때 하지 말지, 결혼은 왜 하겠다고 나서서 내 딸 잡아먹고 입때까지 이게 무슨 지랄이야!"

"아버지이!"

비명을 토하는 시혁의 뒤로 권갑수는 기력을 넘어서는 노여움에 호흡을 가다듬었다. 그리고 숨을 헐떡이며 물었다.

"어데서 났나? 이기 어디서 났냔 말이다!"

"……."

잡아먹을 듯 노려보는 시혁의 입이 끝내 열리지 않자, 권갑수의 눈이 노기로 형형했다.

"설마, 민수한테서 난 기가?"

시혁은 냉정함을 되찾으려 '후우' 한숨을 뱉었다. 아버지를 한두 번 겪는 게 아닌데. 적반하장식의 대응은 아버지의 가장 큰 무기였다. 흥분해 보았자, 논리를 들이대 보았자, 아버지의 사고 체계에서 모든 책임은 상대방에게 돌아가게 되어 있다.

역시, 아버지는 모든 책임을 시혁에게, 그리고 민수에게 뒤집어

씌웠다. 정상적인 반응, 조금쯤은 미안해하기라도 하는 기색 같은 건 욕심에 불과하다. 그새 권갑수는 폭발할 듯 저주를 토하고 있었다.

"그 육실헐 년이 아주 작정을 하고 지랄하고 나갔구나, 배은망덕한 년! 사지가 갈가리 찢겨 길거리에서 객사하게 놔두었어야 하는데, 내가 미쳤지. 찢어 죽여도 시원치 않은 년!"

욕설이 쏟아지는 가운데, 시혁은 스크랩해 두었던 6년 전의 신문 기사들을 아버지 앞에 내밀었다.

"이걸 말씀하시는 겁니까."

소위 '명동 사건'이라고 불리는 폭력 조직 내의 싸움이었다. '김진우'라고 적힌 흐릿한 얼굴 사진을 다시 보자 냉정한 시혁의 가슴에도 열기가 끓었다.

민수의 옛 애인, 부두목 격인 김진우가 두목이었던 정상경을 누르고 올라서려던 전쟁이었고, 그 과정에서 검찰과 경찰의 수사망에 걸려 조직 전체가 일망타진되었다. 죄목은 범죄 단체 조직, 유흥장을 둘러싼 강도 상해, 상해 협박 등의 폭력 행위, 불법 무기 소지 등 일일이 셀 수도 없이 많았다.

그러나 실상은 정치적으로 필요할 때마다 도움을 받던 그들의 세력이 커지고 부가 축적되자, 더 이상 그들을 건사하기 버거워진 높으신 분들께 그 모두가 버림받은 일이었다. 말을 우뚝 멈춘 권갑수에게 시혁이 먼저 말했다.

"관여하셨군요."

뻣뻣한 눈썹을 우뚝 세운 채 권갑수는 조가비처럼 입을 꼭 다물고 있었다.

"정민수의 모든 재산도 압류 과정을 거치다가 모두 극적으로 정리되었더군요. 관계된 사람들의 명단을 조사해 보니 다 아버지의 사람들이었고요. 도대체 무슨 짓을 하신 겁니까?"

몰라 묻는 것이 아니니 시혁은 건조하게 질문을 이었다.

"명동 사건에서 조직폭력배들을 소탕한 데 가장 크게 공헌한 대가로 아버지도 한몫 단단히 챙기신 거 아니셨습니까."

바닥까지 털린 권갑수는 결국 딴청을 피우며 고개를 돌렸다.

"미친놈, 사람 뒤 파는 데 뭐 있나. 왜 제 애비 뒤를 캐고 다니나."

"청출어람이지요. 아버지 아들인데 오죽하겠습니까. 왜요, 민수가 물려받을 재산에 가압류 걸어 놓고 내게 와서 유나 떼 내라, 그럼 네 돈 돌려주마, 딜이라도 거셨습니까. 그 사람 어머니, 그렇게 만들어 놓으신 거 아버지시면서, 어떻게 그렇게 대를 걸쳐 사람들을 못 살게 구십니까!"

"흐흠, 에, 헤헴!"

"사람이 조금만 순하면, 조금만 착하다 싶으면 어떻게 그렇게 매같이 찾아내서 사람을 뿌리 끝까지 이용하고 쥐어짜십니까. 아버지 덕에 절름발이 말더듬이 된 사람, 폭행으로 얻은 딸 하나, 평생 고이 사랑으로 길러 유학까지 보내 공들인 딸! 유나 떼 내게 하려고, 제 노리개로 들이밀 생각이 드셨습니까!"

뻔뻔함의 기운을 회복한 권갑수는 아들에게 당당히 소리쳤다.

"그래, 네가 유나, 그 미친년이랑 결혼한다고 난리 치는 바람에 그랬다! 민수 고년, 자주 찾을 수 있는 재목인 줄 아나?"

"아버지!"

"사내 후릴 색기가 탁월해서 다른 데 꼭 필요할 때 쓰려고 아껴 두던 건데, 할 수 없이 네게다 써먹었다! 내가 목숨 살려 준 계집애, 내가 필요할 때 좀 써먹었다! 그게 무슨 잘못이고?"

"그걸 말씀이라고 하십니까!"

"그래, 명동 사건! 내가 개입했다. 명희가 찾아와 민수가 큰일 나게 생겼다고, 제 손으로 인감이며 집문서 땅문서 다 들고 와서 내게 딸년 살려만 달라고 빌었다! 내 그때 갸에게 받은 건 낭중에 한번 도와 달란 뜻으로 받은 인감 하나가 다다! 그래서 공으로 딸년 목숨 건져 줬으면 갸가 나한테 빚을 진 거고! 그 빚을 갚는 건 당연지사지!"

보지 않아도 6년 전의 진풍경이 그려졌다. 고개를 조아리며 빌었을 민수의 어머니, 그리고 생색을 내며 인감도장 하나를 맡아 두는 것으로 은혜를 베푸는 척 사람 좋은 얼굴을 했을 아버지.

속고도 속는 것은 미련스러운 선량함이었고, 속이고도 속이는 것은 아버지의 능력이었다. 부끄러움과 울화가 시혁의 얼굴을 검붉게 물들였다.

"그래서 손해 보셨습니까. 그 일로, 그 명동 사건에서 아버지가 챙긴 몫이 얼만데요!"

"그럼 공으루 움직이나? 먹을 게 없는데 미쳤다고 위험한 짓거리를 하나? 거기에서 생긴 거 다 골고루 노나 가졌다. 내 혼차만 먹은 거 아이다!"

아버지의 말을 있는 그대로 받아들여서는 안 된다. 민수의 어머니는 아무것도 모른 채 그저 아버지에게 맛있는 먹잇감을 물어다 준 셈이었다. 아버지는 좋은 의도만 가지고 위험한 짓거리를 하실 분이 절대 아니었다.

움직이고 싶으니 움직인 것이다. 이해관계가 맞아떨어지니 생색을 내며 움직였다. 꿩도 먹고 알도 먹고!

"그래서 검찰 경찰 동원해서 건물이니 땅이니 헐값에 매입하고, 상권도 챙기셨으면 되었잖습니까. 민수에게 남긴 그 얼마 되지도 않은 것들에겐 또 무슨 가압류를 그렇게 잔뜩 걸어 놓으셨습니까. 민수마저 문서 없는 노비처럼 잡아 무슨 짓을 하신 겁니까!"

"니는 셈도 못 하나? 그래서 무신 사업을 하나? 그건 그거, 이건 이거! 그건 내가 움직인 대가고! 민수는 목숨을 살려 준 대가를 제가 치른 거고! 육실헐 년이 저 살려 준 은공도 모르고 이렇게 찧고 까불어 이 난리를 만들어 놓고 토낀 거다! 너, 내가 명동 사건, 그거 개입 안 하고 그냥 뒀으면 그 계집애 낭중에 멀쩡히 살아남아 있을 중 아나? 명희가 그걸 몰라 내게다 인감이랑 가진 재산 다 갖다 바치면서 딸년을 살려 달라고 빌었는 중 아나?"

"아버지! 아버지가 길거리 포장마차 상인들에게서 푼돈을 뜯는 깡패들과 다를 게 무엇입니까."

그러나 권갑수는 대꾸 대신 아들을 달랬다. 쓸데없이 흥분을 했다. 이젠 아들을 살살 달래야 할 차례임을 느낀 권갑수는 만면에 빙글빙글 웃음을 지으며 카랑카랑한 목소리를 최대한 보드랍게 내뱉었다.

"잊어라, 웅? 민수, 갸가 네게다 무슨 짓 했는 중 알지 않나? 그거 화냥년이다! 애저녁에 몸뚱이도 다 베렸던 년이야!"

시혁은 몸을 일으켰다. 더 들을 필요는 없었다. 확인할 것은 모두 마쳤다. 어차피 아버지와 정상적인 결론을 도출하기 위해 온 것이 아니었다.

"보내실 땐 아버지 마음대로셨겠지만 이젠 제 마음대로 하겠습니다. 제 아내 될 사람입니다. 더 이상! 그 사람 모욕하지 마십시오."

"아내! 하, 정신 차리라! 화냥년 집안에 들여다 뭣에 쓰게?"

"더 이상! 제 사람 모욕하지 마시라 말씀드렸습니다!"

"시혁아!"

애면글면, 권갑수는 안타까운 표정까지 꾸며 내며 시혁의 손목을 잡아끌었다. 다정한 아비처럼, 사랑스러운 아들과 화해하려는 손길로. 하지만 시혁은 거짓 웃음을 따라 짓지 못하고 아버지의 손목을 놓아 드렸다.

"아버지, 한 번만 솔직히 좀 말씀해 보십시오."

"무에?"

"최악의 상황에선 이렇게 될 줄 모르고 정민수를 들이셨습니까."

"이놈아!" 소리치는 가운데, 권시혁은 아버지께 작별의 인사를 고했다.

"부디 만수무강하셔서, 그 돈 펑펑 다 쓰고 가십시오. 남으면 싸 들고라도 가세요. 전 이제 아버지 아들 아닙니다."

17장
재회

당진 이모.

잘 도착했다는 전화를 드리고 나니 마음이 더 무겁네요. 이모의 긴 한숨 소리가 조금이라도 잦아들었으면 하는 마음에 이렇게 펜을 듭니다. 제게, 또 그 사람에게 허튼소리를 했다는 자책은 마세요. 전 오히려 제가 했던 파렴치한 짓들을 이모가 아시게 된 게 더 죄송스러워요.

죽어 엄마를 뵐 낯이 없어요. 평생을 그렇게 고이 길러 주셨는데. 은혜를 갚기는커녕 돌아가신 엄마께 더 큰 죄를 지었어요.

하지만 또 같은 상황에 처해진대도, 전 같은 짓을 할 거예요. 누워 계신 엄마의 묘에다 그런 짓, 전 절대로 참을 수 없거든요. 하지만 법으로든 힘으로든 물질로든 제가 뭘 할 수 있겠어요. 떠밀면 떠밀릴밖에요.

그건 이모나 진규가 해를 입지 않을, 제가 할 수 있는 최대치의 복수였어요. 지금쯤 길길이 날뛰고 있을 테지만 보복을 할 구실은 없겠죠. 모든 일이 계획대로 다 잘되었는데, 마음이 전혀 개운하지 않아요.

아무도 다치지 않을 좋은 방법이라고 생각했었거든요. 하지만 한 가지를 생각하지 못했어요. 잘못한 사람보다 더 큰 상처를 받을 사람요.

우습죠? 전 정말 나쁜 딸인가 봐요. 엄마가 받은 상처, 엄마의 망가진 인생, 그 불같던 복수심이 가득하던 마음속이 이제 그 사람에 대한 미안함과 그리움으로 가득해요.

어떻게 사람에게 그런 짓을 저지를 수 있었을까. 잘못한 사람을 벌주자고, 어떻게 그 아들을 지옥 불에 떨어뜨려 놓을 생각을 했을까. 하루에도 몇 번씩 서울로 날아가 그 사람 집으로 달려가서 무릎 꿇고 사죄하는 상상을 해요.

그 사람에 대한 제 마음요? 맞아요. 제가 어떻게 이모 눈을 속일까요.

네, 미안한 마음보단 보고 싶은 마음이 훨씬 더 커요. 사과한단 핑계로 한 번 더 만날 구실을 만들어 보고 싶을 만큼요. 그래서 전 절대로 못 돌아가요.

밤만 되면 마음이 더 약해져요. 다음 날 아침 비행기를 끊을 궁리를 할 정도로 형편없어지고 있어요. 그러니까 이 불같은 마음이 사그라질 때까지만 엄마 누워 계신 곳, 잘 부탁드릴게요.

염치없지만 이모가 가끔 이리로 와 주세요. 제게 엄마를 함께 그리워할 사람은 이젠 이모밖에 없으니까요.

— 민수 올림

「오랜만이야.」

민수는 단짝 쥬리엣또를 찾았다. 그녀는 학교가 아닌 아르바이트의 인연으로 가까워진 친구였다. 셋집을 구하려 보증을 부탁했더니, 선뜻 같이 살자는 제안을 해 왔다.

「환영해! 너랑 같이 살게 되어 너무 기뻐.」

이탈리아계 미국인 아버지에게서 물려받은 갈색 눈, 갈색 눈썹, 갈색 머리, 흰 피부. 그녀와 이렇게까지 친해진 건 이방인이라는 공통분모에 묶여서였는지도 모른다.

「번거롭게 폐를 끼쳐서 미안.」

「무슨 소리야, 모델 부탁하면서 신세는 항상 내가 졌었잖아.」

그러나 국적도 내면도 완벽한 일본인이었다. 쥬리엣또는 복장 학원을 마치고 디자이너로 바쁘게 일하고 있었다. 두 번의 석유파동으로 이자나기 경기, 대호황은 주춤해졌지만 그럼에도 일본은 개국 이래 최대로 흥청거리고 있었다.

이들은 매일을 무섭게 일했고, 무섭게 소비했다. 자동차, 컬러 TV, 에어컨, 각종 전자 기기들의 신제품이 하루가 다르게 쏟아져 나왔고, 그것은 세계 최고의 매출액을 달성했다. 갈 곳 없이 남아도는 돈이 슬금슬금 부동산으로 향할 조짐을 보였고, 사람들은 비싼 것, 더 비싼 것을 소비했다.

여자들은 부모가 골라 준 남편에게 순종하는 대신 직업을 가지며 전문직에 종사했고, 예뻐지기 위해 성형을 했고, 구혼자들이 갖추어야 할 결혼 조건들을 내세우며 남편감을 골랐다. 좋은 남편을 만나 순종하며 사는 것이 인생의 가장 큰 성공이라 알며 살다 돌아가신 어머니께는 차마 보여 드릴 수 없는 신세상이었다.

덕분에 외국인인 민수조차 이곳에 자리를 잡을 수 있었다. 번듯한 명문대를 졸업한, 일본어가 유창한 민수는 내국인이 부럽지 않게 일자리를 얻을 수 있었다.

「그럼 잘 부탁해. 화장실 좀 써도 될까?」

「물론. 이쪽이야.」

「실례할게.」

일본으로의 귀환도 일사천리로 진행되었다. 집주인과의 조율, 새로 들일 작은 소품들의 쇼핑, 짐 정리 등.

더딜 줄 알았던 시간도 빠르게 흘렀다. 쥬리엣또의 제안을 사양하고 홀로 살 집을 구하고 싶은 마음이 없지는 않았다. 하지만 왠지 모를 헛헛함에 그녀의 상냥한 수다가 절실해져 예정에도 없던 동거를 받아들여 버렸다.

「피곤할 텐데 목욕할래?」

쥬리엣또는 민수를 위해 뜨거운 목욕물을 받아 주었다.

일본인들의 습관 중 마음에 드는 것을 꼽으라면 이 저녁 목욕이 두 번째였다. 물론 첫째는 프라이버시. 이들 사이의 한 발짝씩 떨어진 거리는 민수를 아주 홀가분하게 해 주었고, 그리고 늘 가슴 한쪽에 싸한 바람이 부는 외로움을 만들어 주었다.

쥬리엣또는 분양한 지 얼마 안 된 새 맨션을 세내어 살고 있었다. 오시이레(벽장)도 잘 갖추어져 있었고, 다타미도 새것이어서 꾸물꾸물 벌레가 올라오는 찝찝함을 느끼지 않아도 좋았다. 무엇보다 욕실, 화장실, 세면대가 분리된 구조가 마음에 들었다. 간단히 씻을 수 있는 외부의 세면대 사이로 욕실과 화장실이 분리된 채 마주 보는 구조였다.

민수는 옷을 벗고 뜨거운 탕 안에 발을 넣었다. 피부가 따끔따

끔할 정도로 뜨거웠다. 숨을 '후' 내쉬며 천천히 몸을 넣었다. 정신이 어질어질할 정도로 긴장이 확 풀어진다.

'이쪽은 네 욕실. 욕조를 더 크게 만들어 달라고 했어. 평소 뜨거운 목욕 좀 자주 하라고.'

시혁은 근육이 뭉쳐 있을 민수의 몸을 걱정했었다. 욕조를 넓힌 그의 마음과, 그 마음을 아프게 하려던 자신의 악독함이 스스로를 찔렀다.

민수는 웃으면서 눈물을 흘렸다. 눈물이 흐르는데 자꾸 웃음이 났다. 뜨거운 목욕 좀 자주 하라고 만들어 주었던 편백나무 욕조는 어른 둘이 들어가 누워도 좋을 정도로 너무 커서 자주 목욕하라는 말이 참 우습게 들렸다.

'한 이삼일은 더 환기시켜야 할 것 같아. 그동안은…… 마음에 드는 욕실을 아무거나 골라 쓰고.'

그가 무언갈 해 줄 때 항상 부끄러워했고, 미안해했고, 그러면서도 칭찬을 바라는 어린애같이 굴었다. 정성스럽게 준비하고도 별것 아닌 듯 내밀었고, 또 설레는 표정으로 기다렸다. 그녀가 그 선물을 진심으로 좋아해 주기를. 그래서 그를 더 좋아해 주기를.

그는 항상 그녀에게 무언갈 해 주고 싶어 했다. 혼자 출근을 하면서도 홀로 있을 그녀를 안타까워하며 주머니에 든 돈을 내밀고, 그러고 나선 얼굴이 검붉게 되면서까지 실수했나 걱정하고.

'어디 가지 마.'

항상 민수가 떠날까 불안해했다.

하, 내가 또! 불쑥 솟아오르는 시혁의 생각에 민수는 고개를 저었다.

밥을 먹으면 그 사람이 입 안에 밥을 넣던 모습이, 생선에 젓가락을 찌르면 그 사람이 단정히 앉아 조기를 먹던 모습이, 어떤 음식을 봐도 그 사람이 떠올라 음식이 넘어가지 않았다. 창밖을 바라보면 손 씨가 가꾸던 그의 집 정원이 이렇게 목욕을 하면 그가 선물했던 욕조가 생각나 견딜 수 없었다. 민수는 가슴을 꾹 누르다 또 웃음 지었다.

이른 새벽 아침 운동을 하는 그를 훔쳐본 일이 있다. 지방기 없는 건강한 근육, 전면 거울에 비친 그의 움직임이 보기 좋아, 한동안 눈을 떼지 못했었다. 그를 가르치는 정 관장은 최고의 경호팀을 육성하는 사범들의 사범이었고, 어쩔 수 없이 그는 스승의 몇 수 아래였다. 그럼에도 무섭게 집중하는 그를 가르치느라 정 관장은 늘 쩔쩔맸다.

민수는 쿡쿡, 웃었다. 그가 혼나는 내용, 그의 스승이 가르치는 수업 내용은 참 재미있었다.

'야앗!'

그는 늘 사정없이 메다꽂히고, 그러면 스승님을 공격하고 말았다. 그러면 아주 혼쭐이 났다.

'칼을 들었을지 모르는 사람을 반사적으로 공격하지 말라고 몇 번을 말씀드립니까.'

그는 남자들끼리 있을 땐 좀 어린애 같은 데가 있어서, 지는 것을 아주 싫어했다.

'네, 싸우지 말 것, 피할 것, 도망갈 것! 늘 잊지 않고 있습니다.'
'사장님은 경호 요원이 아니십니다. 분위기가 이상하다 싶으면 일단 빨리 도망치세요.'

머쓱해하며 웃는 흰 이가 좋았다. 그리고 이어진 대답이 민수를 울렸다.

'하지만 누군가를 지키기 위해 제가 막아서야 할 때도 있지 않겠습니까.'

민수는 뱃속이 조여 머리를 흔들었다. 만일 그런 일이 온다면, 그를 그렇게 내버려 두진 않겠다.

'사랑해, 민수야.'

좀 잊어! 넌 그 사람에게 죽어도 시원찮을 짓을 저지르고 왔잖아! 아무리 스스로를 매질해도 어느새 또 그 사람 생각을 하고 있는 자신 때문에 미칠 것 같았다.

괜찮을 거야. 그 사람은 약하지 않아.

뽀얗게 몽개몽개 올라와 작은 욕실 안을 뒤덮는 습한 기운이 숨막히고 답답해졌다. 정성 어린 마음을 뭉개 버리고 플라스틱 욕조 안에서 무릎을 구부리고 쉬고 있는 이 무자비함!

갑자기 감옥에 갇힌 것 같아 민수는 흡, 숨을 들이마셨다. 다리조차 뻗을 수 없는 욕조, 천정만큼의 너비도 되지 않는 이 좁디좁은 욕실. 습한 공기와 더운 열기가 칭칭 둘러 감았다.

어떻게 되었을까. 어디 아픈 덴 없겠지. 지금쯤은 기운을 차렸을까. 차라리 화풀이를 위해 술이라도 마시며 옛날의 그때처럼 다른 여자라도…….

상상조차도 가슴에 쿡, 뭔가가 박히는 느낌이 든다. 뜨거운 물속에 얼굴을 푹 담갔다.

나쁜 계집애, 네 남자도 아니면서. 넌 이럴 자격 없잖아.

미칠 것같이 그리운데, 그의 얼굴이 벌써 가물가물해지고 있었다.

기억나는 거라곤 까만 피부, 그 손이 흰 손을 쓸어 주던 기억, 흰 손가락과 검은 손가락이 교차하던 그 야릇함, 그가 쓸어 주던 피부의 느낌, 오소소 돋는 소름과 함께 가슴의 두근거림을 진정시켜 주던 살냄새, 귀를 간질이는 속삭임, 서로의 은밀한 곳을 나누며 내뱉던 교성, 그리고 그의 목소리.

'*사랑해, 사랑해, 사랑해, 민수야.*'

"하아!"

민수는 숨을 더 이상 참지 못하고 물 밖으로 얼굴을 내밀었다.

머리도 몸도 그녀의 의지를 배반했다.

사랑한다고 한 번만 말해 줄걸. 거짓 약속이라도 해 줄걸.

'다시는 오지 않을 기회야.'

아니, 함께 있던 그 시간만이라도 충실히 사랑해 줄걸.

'이젠 네 남자가 아니야. 언젠간 다른 여자의 남자가 될 테지.'

왈칵 울음이 터져 나와 젖은 얼굴을 다시 뜨거운 물로 세수했다.

잊어야 했다. 하루라도 더 빨리 잊어야 했다.

새 직장을 구하는 이력서를 쓰고, 회사를 알아보는 평범한 일상이 시작되었다. 적어도 겉으로는, 민수는 평소와 다름없었다. 일찌감치 일어나 말끔히 샤워하고 아침을 먹고 정리한 뒤 단정하게 앉아 신문을 읽었다. 그러나 마음만은 구름 위를 둥둥 떠다녔다.

화창한 일요일, 쥬리엣또는 출근을 하지 않고 게으름을 피웠다. 아침을 먹고도 다시 자리에 누워 빈둥거리는 모습이 평소와 달랐다. 쥬리엣또는 어디론가 놀러 갈 구실을 찾는 것 같았다.

「신사에 갈래?」

집중을 하지 못해 읽은 곳을 다시 읽던 민수는 신문을 접어 한쪽으로 밀어 버렸다.

「오늘은 출근 안 해도 돼?」

기사에서도 온 나라가 인력 부족이다. 일요일, 공휴일이라고 해서 마음 놓고 두 다리를 뻗고 쉬는 직장인은 드물었다. 퇴근 시간에 퇴근할 수 없었고 쉬는 날엔 쉴 수 없었다.

「응. 오늘은 쉬기로 했어. 계속 철야했잖아. 엊그제 드디어 신상품 출시!」

쥬리엣또는 천천히 몸을 일으키며 민수의 몸을 전문가답게 예리하게 스캔했다.

「아, 네가 복장 학원을 나왔으면 정말 좋았을 텐데. 너처럼 표준 옷본과 똑같은 사이즈의 사람을 찾기도 쉽지 않아.」

'따르르르릉, 따르르르릉' 전화벨 뒤로, 쥬리엣또의 밝은 목소리가 울렸다.

「미안한데, 전화 좀 받아 줄래?」

「그래.」

쥬리엣또는 이미 화장실로 들어선 뒤였다.

「여보세요.」

사무적으로 받아 드는 수화기 너머로 잠시 침묵이 이어졌다. 민수는 목소리가 바뀐 탓이려니, 주저 않고 말을 이었다.

「쥬리엣또 대신 전화를 받았습니다. 쥬리엣또는 잠시 전화를 받을 수 없습니다만…….」

그러나 '흐흐흐흐흐흥' 간드러지는 웃음소리에 민수는 말을 멈췄다. 일본어를 멈추고 한국어로 답했다.

"번호, 어떻게 알았어?"

— 여기 나랑 함께 왔잖아. 흐흐흥.

불면 날아갈 듯 가벼운 목소리였다. 민수는 한숨을 내쉬었다. 에몬이 어떤 일에 종사하는지, 알면서도 이럴 때면 섬뜩함을 감추기 어려웠다.

— 기다려. 금방 데리러 갈게, 달링!

이랬다. 에몬은 정말 계획서대로 체크하고 움직이는 것처럼 한

발 한 발 진도를 빼듯 민수를 칭칭 감아 왔다. 친절, 권유, 강권, 그리고 이젠 협박. 스멀스멀 욕망을 드러낼 차례인가.

"마음대로 해!"

짜증스레 소리쳤다. 노골성을 드러낸 에몬에게 지킬 예의는 사라졌다.

— 여행은 어디가 좋겠어? 여름이잖아. 8월의 뜨거운 바다에서 옛 추억을 즐기…….

민수는 달칵, 전화를 끊었다. 악귀가 진규를 먹어 치우고 에몬이 된 것 같았다.

「누구였어?」

수화기에 손을 얹은 채 부들부들 떠는 걸 보고, 화장실에서 나온 쥬리엣또가 물었다. 민수는 아무렇지 않은 척 억지로 웃었다.

「잘못 걸린 전화였어. 신사에 가자고 했지? 우리, 더 더워지기 전에 나갈까?」

「좋아!」

화장을 마치고 옷을 갈아입는 쥬리엣또를 애써 기다려 민수는 집 안을 빠져나왔다. 그녀가 풍선껌으로 후후, 딱딱, 장난치듯 풍선을 불며 열쇠로 잠그는 문단속이 평소보다도 더 허술해 보였다.

집 안에 앉아 있는 게 길거리에 나앉은 것보다 더 불안했다. 쥬리엣또의 집에서 당장 도망쳐 나오고 싶었지만, 민수를 받아 준 그녀에게 폐를 끼칠 순 없었다. 직접 에몬을 기다려 상대해 주는 게 낫다.

에몬과 나는 왜 이렇게 되었을까.

애초에 에몬이 여행을 원했던 건 형을 추모하는 시간을 갖고 싶어 해서였다. 옛 진규를 생각했던 민수는 형을 잃은 그를 위해, 함께하겠다는 약속을 했었다. 형과는 그랬더라도 그는 가장 친한 친구였으니까. 저렇게 변하지만 않았다면 함께할 생각을 했을지도.

그의 형, 진우를 대했던 마음이, 전혀 기억나지 않는다. 더할 수 없는 배신으로 돌려받았다는 사실만이 기억난다. 옛날 진규가 가졌던 마음을 모르지 않았다. 하지만 진규는 혈육보다도 더 진한 친구였다. 에몬은 진우를 추모하고, 나는 진규를 추모해야 할까.

서로의 온기에 의지해 함께 성장하던 일고여덟의 어린아이들이 아니잖아, 우린 변했어. 너도, 나도. 널 다시 만난 게 꿈만 같았는데. 재회가 늘 좋은 건 아니구나.

재회, 다시 만난다. 엉뚱한 곳에서 시혁의 얼굴이 불쑥 떠올랐다. 민수의 심장이 쿵쿵, 다시 뛰었다. 그 사람 생각은 이제 그만해야 해.

아침부터 덥고 습한 공기가 가득했다. 전철역으로 걷는 길이 너무 멀게 느껴졌다.

「민슈, 너는 생각도 깊고, 설명도 찬찬히 잘해 주고. 선생님이 되어도 좋을 텐데, 기껏 사범학교를 나와서는 연구소라니.」

쥬리엣또가 많은 위안이 되었다. 온기를 느낄 수 있는 사람이 있다는 게, 친구가 있다는 게 참 위로가 되었다. 어차피 이곳에선 영원한 이방인이지만.

「후후. 나같이 발음이 어눌한 한국인 선생님에게 과학을 가르치게 할 학교가 있을까?」

「아냐, 오사카 출신인가 하는 느낌은 있지만 거의 어색하지 않아. 발음도 상당히 좋고.」

「한국인치고는 말이지?」

「후후후. 민슈는 너무 직선적이야.」

볕이 좋은 일요일이었다. 이런 햇볕은 며칠 만이었다. 어김없이 맨션 밖으로 수십 채의 이불이 줄을 서듯 조르륵 나와 햇볕을 쬐고 있었다. 이런 날은 이른 아침부터 텅, 텅, 텅, 하고 이불을 터는 소리가 요란하다. 그럴 때면 민수도 베란다의 건조대에 이불을 말리곤 했다.

사방이 덥고 눅눅했다. 처음엔 습식 사우나에 앉은 것 같은 도망칠 수 없는 습기 때문에 참 힘들었다. 간만에 다시 온 지금도 그랬다. 하지만 그녀를 지금 진짜로 힘들게 하는 것은 망각의 속도. 또 불쑥 튀어나와 버린 시혁은 습기보다도 더 진하게 세상을 덮었다.

스스로 부수고 망쳐 버리고 나온 주제에, 재회라니.

마음이 교활했다. 그리고 미련했다. 미련함이 고개를 들고 그를 다시 보기를 바랐다.

그가 손을 다시 내밀어 주면 잡을 수 있어? 그것도 아니면서.

서로를 진흙탕 구덩이에 밀어 넣는 일이다. 그의 남은 일생까지 원망과 복수의 지옥으로 끌어들이는 것은 안 될 일이었다.

문득 남은 생이 너무 길게 느껴졌다. 이방인이 아닌 여자로, 사랑하는 사람의 아내가 되는 기분을 만끽하는 사치를 느껴 보았다. 어느 곳에 있어도 붙일 수 없었던 정에 처음으로 담뿍 젖었다. 그에겐 죽여도 시원치 않을 몹쓸 계집이 되고 말았지만 혼자만 참 좋았다. 그의 얼굴이 희미해져 가는 지금도, 검고 강인했던 살결의 감촉을 잊을 수 없을 만큼.

사진이라도 한 장 몰래 가지고 나올걸.

다시 한 번 더 만날 수 있다면. 이 긴 시간들을, 그와 함께하는 값진 하루와 바꾸고 싶다.

「민슈, 이리로 와!」

멍하니 쥬리엣또를 따라 움직이니 어느새 근처 역에 도착했다. 주택가로 들어서 조금 걸었다. 곧 도심이라고는 믿기 힘들 정도로 울창한 숲 안, 제법 큰 절이 나타났다. 절은 비교적 한적했고, 신사는 절의 품에 안겨 있었다.

「쵸우즈(手水)야. 시원하게 손이라도 씻어.」

절 입구의 한쪽에 맑은 물이 뿜어져 나오는 인공 샘터가 조성되었고, 히샤쿠(나무 국자)가 여러 개 놓였다. 쥬리엣또는 민수가 참배하지 않는 걸 알고 있었다. 산책을 위해 몇 번 신사에 온 일은 있지만 그들의 신에게 절하는 일은 없었다.

쥬리엣또는 왼손과 오른손을 닦고 물을 손에 받아 입을 헹구었다. 마음과 몸을 청결하게 하는 의식 같은 것이었다. 민수는 더위를 식히기 위해 손수건을 적시고 얇게 배어 나온 땀을 닦았다.

쥬리엣또는 절보다는 신사에 마음이 가 있었다. 절을 가로질러 신사로 발을 들였다. 이곳에는 사람들이 바글바글했다. 젊은 남녀들, 교복을 입은 소녀들, 처녀들. 영험하다는 소문이라도 돈 것일까.

「무슨 신을 모신 거야? 여자들이 많네.」

무심한 민수의 물음에 쥬리엣또는 귀엽고도 엉큼한 웃음을 지었다.

「엔무스비노 카미사마, 남녀의 연분을 맺어 주는 신이야.」

그제야 주변을 살펴보니 팻말이며 안내문이 눈에 들어왔다. 민수는 이들의 신에 관심을 가져 본 일이 없었다. 도쿄의 인구만큼이나 바글바글 많은 종류의 신들은 민수에게 복도, 해도 끼치지 않는 타인 같은 존재였다. 민수가 알겠다는 뜻으로 슬쩍 웃자 쥬리엣또는 뱃속에 고인 수다를 재잘재잘 풀었다.

「모처럼 시간이 났는데 데이트도 못 하니까, 신에게라도 빌어야지. 이러다간 일에 파묻혀 노처녀가 될 것 같아. 너도 슬픈 생각은 좀 털어 버리고 이참에 연애라도 시작해.」

어찌 보면 민수를 끌고 나온 것은 쥬리엣또의 배려였다. 그녀는 민수가 어머니에 대한 슬픔에 잠겨 있는 것으로 짐작했다. 문득 남자에 빠져 어머니를 잊고 있던 자책이 밀려왔다. 민수는 조용히 웃는 것으로 대답을 대신했다.

「그냥 재미로 점괘 정도는 뽑아 봐도 되지 않아?」

쥬리엣또의 권유에 못 이겨 민수도 그녀를 따라 점을 보았다. 어깨너머로 보긴 했지만 직접 해 본 건 처음이다. 죽통에서 막대를 뽑아 번호를 받고, 점괘가 쓰인 종이를 서랍에서 꺼냈다. 이런 뽑기가 점괘라니. 붉은 글씨와 검은 글씨로 여러 가지 것들이 적혀 있었다.

「와! 나는 길운이야. 좋은 괘가 나왔으니 가져가야지. 너무 좋아하면 안 되는데. 잡귀들이 시샘하려나? 후후.」

쥬리엣또가 좋아하는 모습에 살포시 웃으며 민수도 자신의 점괘를 펼쳐 보았다.

「운세, 흉(凶), 죽음과 삶이 공존하니 인생의 큰 위기를 맞이합니다.

금전운, 당신의 삶은 부귀영화가 함께합니다.

당신이 기다리던 사람, 눈앞에 있습니다.

연애, 오랜 악연이 끝나니 파경을 맞이합니다.

혼담, 반려자를 만나나 혼담이 성사되기는 쉽지 않습니다.

― 좋은 괘는 가져가십시오.」

　곧바로 머릿속에 떠오른 것은 권시혁, 오랜 악연, 파경을 맞이
한다? 역시 점 같은 건 보는 게 아니었어. 민수는 다소 불쾌해진
기분으로 종이를 주머니 안에 넣으려 했다. 쥬리엣또가 팔짝 뛰며
민수를 말렸다.

　「저기 걸어 두고 가!」

　표정을 보고 흉한 점괘임을 알아채며 상냥하게 권했다. 나쁜 점
괘가 반전되기를 바라며 오미쿠지를 산더미처럼 걸어 놓아 흰옷을
입은 것 같은 나무가 눈에 띄었다.

　종이를 두 번 꼭꼭 길게 접을까. 가는 새끼줄에 흉이 새어 나가
지 못하게 매듭을 엮어 걸면, 그러면 당신과의 연이 끝나지 않을
수 있을까.

　「좋은 점괘야, 가져갈래.」

　굳이 따지자면 권시혁과의 파경을 맞이하는 것은 길운, 흉이 아
니다.

　재회. 다시 만난다고 해도 영원히 서로, 원수로 남는다는 것을
확인하기 위해서겠지. 당신이 미련을 가진다고 해도 내가 단호하
게 잘라 주어야 해, 그렇지?

　한 여학생이 옆에서 고개를 숙이며 무언가를 간절히 빌고 있었
다. 민수는 오미쿠지를 주머니에 아무렇게나 넣고 나무를 흘끗 바
라보며 몸을 돌렸다.

　「어머! 민슈 쨩! 오랜만이다.」

　낯익은 목소리에 뒤를 돌아보았다. 바글바글한 인파 사이에 동
기 동창 나츠카가 알은체를 했다. 연인과 함께 온 것 같았다.

「대학 친구, 정민슈, 여긴 내 남자 친구.」

또래의 남성이 인사를 해 왔고, 나츠카와 안면이 있는 쥬리엣또도 서로 인사를 했다.

「쥬리엣또 짱과 함께 있었구나! 너, 결혼했다며?」

「응?」

엉뚱한 소리에 민수가 되묻자, 나츠카는 상냥하게 다다다, 말을 뱉었다. 바글바글 왁자지껄한 신사 안, 점괘를 매달려는 사람들로 바글거리는 나무 앞, 여러 잡신들의 형상과 귀신을 쫓고 복을 부르는 갖가지 글귀들이 산란하게 너덜거리는 복잡한 신사, 나츠카와 그녀의 남자 친구, 쥬리엣또로 둘러싸인 이 어지러운 속에서 나츠카가 뜻 모를 말들을 계속 던졌다.

「네 남편, 너무 멋지더라.」

「뭐, 뭐, 뭐라고?」

두근두근, 미친 것처럼 뛰는 가슴을 진정시키며 민수가 되물었다.

「아주 근사한 차를 타고 왔어. 아주 근사해! 굉장히 번쩍번쩍하던데!」

손가락을 깍지 낀 채 하늘을 쳐다보며 상상하는 듯 나츠카는 반쯤 흥분한 상태였다.

「화과자까지 들고 와선 명함을 놓고 갔지 뭐야.」

전혀 이해가 가지 않았지만 그녀는 개의치 않는 듯 다다다, 말을 쏟아 냈다. 와글와글 사람들이 온통 함께 떠드는 것 같아 머릿속에 잘 들어오지 않았다.

「웬만하면 좀 용서해 주지. 네 소식을 물으면서 너 어디 있는지 알게 되면 꼭 알려 달라고. 자신이 깊이 반성하고 있다고 말이야.

정말 많이 반성하고 있는 것 같더라니까. 그의 진심이 느껴졌어. 그리고 와! 마치 귀족같이 얼마나 깍듯하게 예의가 바른지, 아, 얼굴도 너무너무 잘생겼더라.」

「으, 으응?」

「그렇게 멋진 사람이 무슨 잘못을 저질렀어? DA식품 사장이라며? 이름이 뭐랬지?」

나츠카가 그녀의 남자 친구 옆구리를 툭, 찌르자, 곤도가 불만 어린 얼굴로 답했다.

「공(權) 상?」

「그래, 공 상. 와! 그런 대단한 사람과 결혼을 했다니 정말 놀랐지 뭐야. 대단해! 아주 멋진 사람을 남편으로 뒀구나?」

시혁은 일본의 현지 회사 하나를 인수했고 인기 스타 모델을 기용한 전략이 잘 먹힌 덕분에, 그의 회사 마크, 브랜드 명은 사람들에게 잘 알려진 편이었다. 민수는 당황한 마음을 가까스로 추스르며 나츠카에게 되물었다.

「미, 미안한데. 내가 이해가 잘 안 되어서. 어떻게 된 일인지 차근차근 설명해 줄래?」

나츠카는 황당해하는 민수의 표정을 보곤 흥분을 조금 가라앉히고 순서대로 말하기 시작했다.

그녀의 말에 의하면 며칠 전 집 앞에 눈에 띄는 독일제의 커다란 검은 세단이 두 대나 와서 섰다고 한다. 앞쪽은 경호 및 비서진의 차량이었고 뒤쪽의 눈에 띄는, 그녀가 흥분하는 그 번쩍번쩍하는 차에는 권시혁이 타고 있었다. 머리끝부터 발끝까지, 최고로 말끔한 차림으로 그녀의 집에 방문해서는,

'제가 아내에게 큰 잘못을 저질렀습니다. 그래서 아내가 가출하고 말았습니다. 저는 크게 반성하고 있으니, 가출한 아내가 집으로 꼭 돌아올 수 있도록 부디 도와주십시오.'

대단한 실례를 무릅쓰고 찾았다면서, 자신이 정민슈의 남편이라고 소개하며 명함을 내밀었다고 한다. 사장이라고 명함이 박힌 그 회사의 로고, 무릎 꿇은 그의 단정한 태도, 무엇보다도 잘생긴 얼굴이 나츠카의 마음을 홀딱 끄는 데가 있었고,

'아내는 결별을 선언했습니다. 하지만 저는 아내를 진심으로 사랑하고 있습니다. 아내를 꼭 다시 만나 사과하고 싶습니다.'

그의 고백이 자신에게 하는 양 가슴을 두근거리게 했다고 한다. 그리고 집을 떠나며 방점을 찍는, 예의에 벗어나기 직전의 예쁜 고급 화과자를 떨어뜨리고 갔다고 한다.

정민슈를 만나게 되면 자신이 애타게 기다리고 있다는 말을 전해 달라며, 그의 호텔 연락처와 함께.

「그…… 그 사람이 네 집에 직접 찾아갔다고?」

「웅! 우리 집뿐 아니라 동기 동창들 집을 다 찾아다니는 것 같던데? 선배들도 찾아다닐 계획인가 봐. 단정하게 허리를 굽히면서 네 소식을 묻는데, 아…… 그 사람 너무 멋있더라. 무슨 잘못을 저지른 거야? 용서해 주면 안 돼?」

민수는 갑자기 지끈거리는 두통으로 서 있기조차 힘들었다.

「개, 개인적인 일로 폐를 끼쳐서 정말 실례했어.」

나츠카는 집에 그의 연락처를 잘 보관해 두고 있다며 그녀의 집

전화번호를 적어 주었다. 오후에 통화를 다시 하기로 하고 나츠카
와 헤어졌다.

「와! 놀랐어, 너 결혼했었어?」

의아해하는 쥬리엣또에게 제대로 설명조차 하지 못하고 민수는
관자놀이를 눌렀다. 생각지도 못한 방법으로 허를 찔렸다.

그의 생각을 알 만했다. 여자대학 동기 동창들에게, 선배들에게,
가는 곳마다 여자들의 마음을 뒤흔들어 대놓고 '사랑 고백'을 하
고 다닐 심산이었다. 조용한 일본을 통째로 들쑤셔 놓아 발붙일 곳
을 만들지 못하게 할 작정이다.

그의 소식이 한번 들리자 봇물 터지듯 여기저기서 권시혁의 흔
적이 쏟아져 나왔다. 이력서를 보냈던 회사의 선배, 후배들에게서
연락이 왔다. 내용은 한결같았다. 남편이 찾고 있다는, 결혼한 걸
축하한다는, 웬만하면 용서하고 돌아가라는.

입 뗄 거리가 없어 심심한 사회에 불을 질러 놓았다. 가뜩이나
한국인, 눈에 띄는 민수, 대단한 소문의 소용돌이가 이곳에까지 몰
아치고 있었다. 숨어 있는 기간이 더 길어질수록 더 커질 테다. 민
수는 나츠카에게 전화를 걸어 그의 호텔 번호를 받아 들어야 했다.

결국 재회다. 그에게 벌컥 화가 치솟으면서도 이별을 못 박기 위
한 짧은 재회가 꿈만 같았다. 그래, 헤어지려면 얼굴 보고 제대
로 헤어져야지. 쓸데없는 미련은 내가 싹 잘라 줄게. 이번엔 당신
얼굴, 잘 기억해 둬야겠다.

"동기들과 한 기수 위쪽 선배들은 모두 끝났군요. 졸업 후 집

주소가 바뀐 사람들은 어쩔 수 없고, 내일부터는 다음 기수 선배들 집을 방문할 겁니다. 비자 때문에라도 결국 직장을 구할 테니, 아무래도 후배들보다는 선배들 쪽에 집중하는 게 더 빠르겠지요."

적을 두지 않으면 한정 없이 발붙일 수 없는 이국이다. 시혁이 일본의 민수에 대해 가지고 있는 정보는 단 하나, 졸업한 학교뿐이었다. 그동안 얼마나 조용히 살았던지, 게다가 한국으로 돌아오며 주변을 한번 정리했던 터라 다시 돌아온 그녀의 흔적을 찾기가 쉽지 않았다.

그 작은 티끌을 가지고 모든 일을 제쳐 둔 채 저돌적으로 밀어붙였다. 북을 울리고 꽹과리에 장구를 쳐서라도, 시끄럽다 귀 따갑다 소리를 지르면서라도 정민수가 더 이상 숨어 있지 못하고 뛰쳐나오길 바랐다.

그런 권시혁을 이 씨는 조금 난처한 표정으로 말렸다. 평범한 얼굴, 마른 체격, 사고로 왼쪽 새끼손가락 한 마디를 잃은 이 씨는 재일 교포로, 일본에서의 가이드를 위해 임시로 고용되어 있었다.

"참견할 생각은 아닙니다만, 이래서는 정민수 씨가 이곳에서 도저히 고개를 들고 다닐 수가 없습니다. 이런 식으로 찾아다니는 것은 커다란 실례가……."

"제게 민수는 집 나간 아내입니다. 아내가 집을 나가 큰일이 났는데, 예의를 찾다니요. 연락 온 곳은 없었습니까."

자신이 없는 이곳에 고요히 홀로 정착하게 하고 싶지도, 얌전히 살게 놔두고 싶지도 않았다. 난 네게 분노해야 할까, 동정해야 할까, 미안해해야 할까.

"동창 두 분과 선배 한 분이 소식을 전해 왔습니다. 한 분은 연락처를 전해 주셨다고 했고, 두 분은 이력서를 받은 뒤 말을 전했다고 했습니다. 그러니 이젠 좀 쉬시면서 기다려 보시는 게 어떨까요?"

"싫습니다. 제 발로 나타날 때까지 샅샅이 이 잡듯 뒤지겠습니다. 그 친했던 쥬리엣또라는 친구의 이사 간 집 주소는요?"

"네. 지인을 알아 놓았습니다. 연락처를 가르쳐 줘도 좋은지 물어보겠다더군요."

아! 모든 것이 더디게 느껴졌다. 넓은 통창으로 도쿄 시내가 한눈에 내려다보이는 H호텔의 스위트룸, 시혁은 매일, 민수의 지인들을 샅샅이 찾아 뒤지고 있었다.

어둠이 내려 불빛을 반짝이기 시작하는 고층 빌딩, 칸다 강, 여러 개의 교각, 이리저리 얽힌 고가, 브레이크 등으로 빨간 불빛이 점점이 늘어선 기다란 도로 속 차량의 홍수, 언뜻 보면 실타래처럼 엉켜 사고라도 일어날 것 같지만 그 속에도 질서와 규칙이 있다.

시골에 숨어 섬처럼 혼자 살면 모를까, 이 사회 속에 들어가려 한다면 민수를 찾아내는 것도 어렵지 않다. 결혼으로 정착하지 않는 이상 비자 때문에라도 반드시 직장을 구할 것이다. 하지만 이성과 달리 마음은 하루하루가 초조하고 불안했다.

그래, 결혼을 하지 않는 이상.

그러나 소득도 있었다. 그들과의 대화를 통해 알지만 알지 못했던 민수의 모습을 발견했다. 민수는 매사에 성실하고, 성적이 매우 좋았고, 일본인만큼이나 일본어가 유창하다. 행동거지가 조심스럽고, 수줍음이 많아 앞에 나서기 저어하고, 아름다운 외모를 드러내기 싫어하며, 수수하고 단정한 차림을 즐긴다. 남자를 꺼린다고 느낄 정도로 남자와 한 번도 사귄 일이 없다.

그래, 그녀가 당장, 결혼을 할 리는 없어.

일본의 그녀는 그녀다우면서도 그녀가 아닌 것 같았다. 이토록 헤집어 놓았으니 당장 찾아와 난리를 부려도 좋을 텐데. 여우를 잡기 위해 굴 앞에서 불을 피우는 사냥꾼 같은 여유로움은 없었다. 그녀를 찾아내는 시간이 정말로 초조하고 힘겨웠다.

괜찮아, 찾을 수 있어. 영원히 그녀를 잃어버리는 일은 없어.

스스로에게 주문을 걸었다. 일본열도를 샅샅이 쓸어서라도, 시간이 얼마가 걸리더라도, 깊은 곳에 홀로 숨어 섬처럼 살고 있더라도, 그녀를 찾아낼 것이다.

그때 인터폰이 울렸다.

— 손님이 오셨습니다. 정민수 씨라고 합니다. 만나시겠습니까.

쿵쿵쿵쿵, 시혁은 긴장으로 심장이 거칠게 뛰었다. 가까스로 태연히 말을 뱉었다.

"네, 이쪽으로 올라오라 전해 주세요."

기다리던 손님, 이 씨가 그의 표정을 읽곤 거실을 나섰다. 쿵쿵쿵쿵, 심장이 거칠게 날뛰는 와중에도 맥이 탁, 풀려 기진할 것처럼 안도했다. 그녀가 무사하다. 내 앞에 와 있다. 그녀를 영영 잃지는 않았다. 그녀가 로비를 가로질러 엘리베이터를 타고 2401호로 오르는 얼마 되지 않는 시간. 쿵쿵쿵쿵, 길고도 지루했다. 그녀를 볼 일이 두렵고 기대되었다.

달칵, 문이 열렸을 때 시혁은 긴장으로 숨을 훅, 들이쉬었다. 그러나 나타난 것은 김 비서였다. 시혁은 마른침을 삼키며 그를 쏘아보았다. 김 비서가 우물쭈물 그에게 고했다.

"로비에 맡겨졌던 편지랍니다."

김 비서의 손길에 시혁의 눈썹이 불쾌한 듯 들어 올려지자, 김 비서는 수신인, 권시혁의 이름이 적힌 암갈색 편지 봉투를 내려놓고 서둘러 기다리던 답을 더했다.

"정민수 씨는 응접실에서 기다리고 계십니다."

"후우……."

안심되면서도 흥분되었다. 긴 숨을 내쉬며 시혁은 알았다는 손짓을 했다. 그리고 거울을 향했다.

볼과 눈이 움푹 팬 낯선 얼굴이 자신을 쏘아보고 있었다. 면도라도 할 걸 그랬지. 하지만 지금은 그럴 여유가 없다. 대신 옷매무새를 가다듬었다. 느슨해진 넥타이를 단단히 조였다. 칼 같은 옷깃의 주름은 흠잡을 데 없다. 단정한 위치의 커프스단추를 다시 한번 매만졌다. 초라한 마음만큼은 절대, 들키고 싶지 않았다.

달칵, 문을 열고 응접실로 들어섰다. 김 비서와 이 씨가 갑작스럽게 시혁의 일정을 취소하며 동선을 조율하는 목소리가 달칵, 다시 얇은 문 사이로 멀어졌다. 시혁은 숨을 훅, 들이마셨다. 하얀 모슬린 소파에 정민수임이 분명한 여자가 앉아 있었다.

그러나 자신의 집, 진녹색 소파에 거지꼴을 하고 앉아 있던 정민수는 아니었다. 7센티미터의 검은색 힐, 희고 가는 다리, 몸매가 그대로 드러나는 얇은 시폰 소재의 슬리브리스 미니 드레스, 하얀 진주 목걸이, 우유를 쏟아부은 것 같은 흰 피부, 풀메이크업의 세련된 얼굴.

가슴에 칼이 박힌 듯 아름다웠다.

너 따위, 내가 상대나 해 줄 것 같으냐 여왕의 표정. 당당했다. 눈빛엔 자신감이 넘쳤다. 너무나 아름다워 가슴이 아렸다. 하늘 꼭대기까지 올라가 가차 없이 버려진 것이 확실하다는 위기감에 저릿했다.

이제야 비로소 배신감이 끓는 건 무얼까. 너는 나를 철저히 기망하였구나. 목울대 안에서 뜨거운 것이 울컥 치밀었다.

"사람, 망신을 줘도 정도껏 해야지. 날 이 일본에서도 쫓아내고 싶어?"

망설임 없이 먼저 입을 연 것은 그녀였다. 곱지만 도도한 목소리, 그를 쏘아보는 망설임 없는 갈색의 눈망울. 도발을 품은 눈빛에 어린 원망. 그래, 저랬었지. 그녀는 처음부터 저렇게 얼음장같이 강렬했었지.

"저……, 저, 적어도……."

가쁜 호흡을 가다듬으며 말을 더듬는 것은 오히려 시혁이었다.

"적어도…… 사과라도 하면서 시작해야 하는 것 아닌가?"

반말지거리가 귀에 거슬리지도 않을 정도로 강한 충격이 뇌를 강타했다. 머리로 알고 있는 것과 직접 보며 겪는 것은 다르다. 경박하리만치 아무렇게나 앉아, 보란 듯 다리를 꼬아 속살을 내보이며 고개를 비튼다. 그 희고 가느다란 다리가 뱀의 비늘처럼 아름다웠다.

"내가? 내가 무슨 사과를 할까? 아, 당신 아버지가 내 어머니의 육신과 혀와 정신을 망가뜨려 줘서, 미안합니다. 덕분에 당신 아버지는 대단한 부자가 되고, 당신은 부잣집 도련님으로 아주 부유하게 자랄 수 있었지."

그녀는 손에 든 토트백을 소파 위에 아무렇게나 던져두고 그를 향해 일어났다.

"또! 당신 아버지가 내 어머니의 무덤을 가지고 나를 협박하는 것에 못 이겨, 미안합니다. 한유나를 당신에게서 떼어 내지 않으면, 내 어머니를 무덤에서 파내 버리겠다고 했어."

그리고 한 발짝, 한 발짝 그를 향해 똑바로 다가왔다. 탁, 탁,

탁, 탁, 두터운 카펫을 밟는 희미한 발자국 소리가 느리게, 아주 느리게 쿵, 쿵, 쿵, 쿵, 거칠게 심장을 울렸다.

그의 집에서 소파의 팔걸이를 짚고 기우뚱, 힘겹게 일어나던 그녀는, 춤을 추듯 리드미컬하게 절름, 절름, 절름, 절름, 둥그렇게 허리가 휘었다 펴졌었다. 사이다 병뚜껑 하나가 내 민수를 앗아 갔던가.

길게 쭉 뻗은 다리의 각선미가, 바르고 아름다운 대칭이, 가느다란 발목이, 이 세상의 것이 아닌 것 같았다. 높은 힐을 신고 걷는 걸음걸이가 당당하고 바르다. 시혁은 못 박힌 듯 그녀의 아름다운 걸음걸이에서 눈을 뗄 수 없었다.

"또 뭐? 강요에 못 이겨 당신과 잠자리를 하게 되어, 미안합니다. 사랑이니 뭐니 떠들 생각, 하지 마. 당신이 나에게 한 것은 겁탈, 그 이상도 이하도 아니었어."

겁탈! 그 단어가 그의 머리를 후려쳤다. 사랑했던 정민수였지만 정민수가 아니었다. 고개를 숙이며, 자신의 자리를 지키며 몸을 낮추는 것으로 가슴을 후벼 파던 게 정민수였던가.

"여긴 왜 왔어? 사랑한다고? 결혼하자고? 미쳤니? 내가 왜? 누가 누구랑 결혼했다고? 나 참, 어이가 없어서. 감히! 권갑수의 아들 따위가, 나와 뭘 해!"

이성이 보호해 주지 못하는 무방비의 가슴에 쿡쿡, 칼이 박혔다.

"알아듣게 해 줬잖아. 그랬으면 스스로 알아서 나가떨어졌어야지. 내 뜻 못 알아들었어? 당신 그렇게 머저리야? 쪽팔리지도 않아? 왜 여기까지 찾아와서 붙들고 늘어져? 왜 이렇게 민폐야? 일본 사회가 어떤 덴 줄 뻔히 알면서, 왜 사람을 개망신시켜!"

정말 모질었다. 어린아이가 되어 울음을 터뜨리고 싶었다.

"권갑수 아드님, 그 대단하신 권시혁 씨! 솔직히 말해 봐. 당신이 손해 본 게 뭐야? 한유나와 나 때문에 헤어진 거? 억울하면 다시 가서 만나! 또 뭐? 싫다는 사람 밤마다 실컷 유린한 거? 당신아버지 때문에 당신 집에 개처럼 매여서 당신에게 겁탈까지 당하면서 견뎠어. 당신 감정은 당신이 추슬러. 난 당신 싫어! 한유나 떼어 내라는 당신 아버지 협박, 실행에 옮기고 간신히 자유의 몸이되었어. 도대체 왜 여기까지 쫓아와서 난리야!"

똑바로 서 있기조차 힘들다.

"나한테 속은 게 분해? 억울해도 당신 아버지가 나한테 한 거생각하고 좀 참아. 그리고 부탁이야. 다른 여자 만나. 당신 아버지,다른 여자들 잔뜩 준비하고 있지? 다른 여자 만나서, 다른 여자랑연애하고, 다른 여자랑 결혼해서, 다른 여자랑 아이 만들어낳……."

재잘재잘 말을 쏟아붓는 앵두빛 입술을 시혁은 머금었다. 베이비 로션의 향은 값비싼 향수에 가려졌지만, 지금도 또 다른 가짜행세를 하고 있지만 이 사람은 정민수였다. '다른 여자'를 말하며한껏 흔들리는 눈빛, 이젠 한눈에 알 수 있었다.

또 속을 뻔했다. 그녀의 거짓 속에서 찾아낸 진짜 이미지들. 그리고 그녀의 지인들과 그녀에 대해 이야기하며 하나씩 퍼즐처럼찾아내던 그녀의 진실된 모습들, 그리고 그녀의 진심까지.

"이거 놔, 흐흡……."

그녀가 내뱉는 숨결을 힘껏 들이마셨다. 머리가 멍해지도록 힘이 솟았다. 말캉한 그녀의 입술이 또 거절을 내뱉지만 그녀의 몸은제대로 그를 밀어 내지 못했다.

한 손으로 양팔을 잡아 뒤로 묶고 나머지 팔로 그녀를 끌어안았다. 말캉한 속살의 감촉, 품에 안기던 자그마한 몸, 신음을 내뱉던 속삭임, 사랑한다 고개를 끄덕여 주던 미소, 꿈속에서만 그리던, 그 꿈보다 더 짧은 밤을 함께하던 정민수였다.

그는 한 발, 한 발 다가섰고, 그녀는 입술을 떼지도 못한 채, 한 발 한 발 뒤로 밀렸다. 소파가 그녀의 정강이에 걸려 둘은 입술을 겹친 채 넘어졌다.

"그만, 하지 마. 이제 그만, 그만! 이거 놔!"

소파로 그녀를 눕히려는 그의 움직임이 농밀해지자, 뒤늦게 정신을 차린 그녀가 한껏 당황해 소리치는 대신 속삭였다.

"이런 데서 무슨 짓이야, 그만하란 말이야! 당신 고용인들이 바로 코앞에 있어!"

밖으로 소리가 샐까 두려운지 목소리를 속삭이듯 낮췄다. 급하니까 본성이 나오는군. 이런 본성의 여자가 창부인 척 보란 듯 새하얀 다리를 비틀어 꼬았었지.

머리끝부터 발끝까지 안도가 밀려오는 동시에 화가 불끈 치솟았다. 아주 제대로 헤어지려는구나. 또 나를 버리려고 작정하고 왔구나. 하지만 들켰어.

시혁은 그녀를 번쩍 들어 올려 침실로 향했다. 그가 홀로 생활하는 독립된 공간이었다. 그녀가 '아악!' 소리를 뱉기도 전에 침대 위로 힘껏 내던지고 문을 재빨리 닫았다. 그녀가 죽도록 밉고 원망스러웠다. 그럼 제대로 설득해! 내가 진심으로 싫으니 날 버리겠다고!

"그럼 으슥하고 조용한 침실에서 하고 싶은 거 다 해 보시든가!"

그의 목소리가 음산하리만치 낮게 울렸다. 그녀는 잠시간 흐트러졌던 방어벽을 다시 단단히 쌓아 올리고 앙칼지게 내뱉었다.

"안아 봤던 여자니 네 마음대로 해도 된다는 거야? 또다시 겁탈이라도 하려는 거야, 뭐야?"

겁탈! 저 단어는 시혁을 아주 쉽게 폭발시켰다. 의자를 끌어당겨 맞은편에 앉으려던 시혁은 몸을 튕기듯 일으켜 발로 의자를 툭, 차서 밀었다. 의자가 와당탕, 소음을 일으키며 넘어졌다. 그의 눈이 원망으로 불타올라 이글거렸다.

"원한다면 그렇게 해 줄게."

시혁은 망설임 없이 슈트의 웃옷을 벗어 던지고 타이를 풀어 내렸다. 민수는 아차 하며 혀를 깨물었다. 안으려던 게 아니라 고용인들을 신경 쓰지 않도록 독립된 방 안으로 들어온 거다. 하지만 늦었다. 셔츠의 단추를 하나씩 끌러 내려가는 시혁의 검은 손을 보며 민수는 가슴이 쿵쿵, 뛰었다.

"날 진짜 머저리라고 생각해? 날 사랑하게 된 네 감정조차, 들키지 않았다고 생각해? 이젠 좀 솔직해져 봐. 너 하고 싶은 대로 다 하고 나갔잖아. 한 번만 솔직해져 봐. 나를 떠나니 넌 좀, 살 만하던가?"

흰 셔츠를 벗어 벽으로 던지고 혁대를 끌렀다. 그는 무릎걸음으로 침대 위의 그녀를 향했고, 그녀는 엉덩이걸음으로 물러났다. 그러나 곧 침대의 헤드에 막혔다. 차마 눈을 마주칠 용기가 없어 고개를 돌려 외면하자, 그는 그녀의 어깨를 부서지도록 꽉 잡아 흔들었다.

"난 못 그랬어! 밥도 못 먹고 잠도 못 자고 숨도 못 쉬면서! 네가 없으니 아무것도 못 하겠던데!"

그의 고통이 날것으로 전해져 숨조차 쉬어지지 않았다.

"네 체취가 그립고, 네 체온이 그립더라. 나를 짓밟고 떠났든 어쨌든! 네가 마냥 그립더라. 너를 다시 찾아오지 못한다면! 죽어도 좋다는 각오로 이 땅을 밟았어. 체면? 망신? 난 그딴 거 몰라! 넌 나 없이 혼자 살 수 있겠디?"

몸을 웅크리고 앞섶을 가린 채 그를 쏘아보던 민수의 눈빛이 흔들렸다. 그래, 넌 눈빛을 숨기는 덴 아주 서툴지. 적어도 한 가지는 모를 수 없었다. 그녀도 날 사랑한다.

"겁탈? 후우…… 그러지 마. 날 원망하는 것, 조롱하는 것 다 좋아. 하지만 네 자신에게 상처가 될 말은 하지 마."

한 번은 속았으나 이젠 속지 않는다. 그녀도 날 사랑한다.

시혁은 앞섶을 가리던 민수의 손을 부드럽게 잡아 내렸다. 홧김에 옷을 벗어 던지고 말았지만 그녀를 이런 식으로 억지로 안을 생각은 없었다.

"내 아버지가 네게 한 일들, 죽을 만큼 미안해. 내가 내 아버지의 아들인 것도 더할 수 없이 미안해. 그래서 넌? 내 아버지에게 해야 할 복수를 내게 대신 쏟아붓고 나니, 가슴이 뻥 뚫린 것처럼 시원했나? 내 아버지가 절절매는 모습을 보니, 복수란 이렇게 하는 거다 싶었나? 널 그리워하면서 널 찾아 헤맬 날 생각하니 고소했나? 말해 봐! 널 사랑하는 내게! 널 사랑하는 내 마음을 이용해서!"

민수는 칼에 찔린 것 같은 마음을 가누기 힘들었다. 개운하지 않았던 복수, 언젠가부터 그녀를 짓눌러 오던 것, 그는 정확히 집어냈다. 복수의 대상이 틀렸다. 권시혁은 권갑수가 아니다.

"뒤늦게라도 나에게 사정을 설명하고 고백할 수는 없었나? 조금이라도 날 믿고, 우리의 앞날을 위해서 조금이라도 노력해 볼 수는 없었나? 그렇게 날 팽개쳐 내버리는 것밖엔 방법이 없었냐고!"

권갑수의 아들이지만 그가 대신 벌을 받을 죄가 아니었다. 권갑수를 괴롭히고자 아들이라는 이유로 권시혁을 불구덩이에 밀어 넣었다. 그 대가로 민수 자신도 불구덩이에 같이 빠지고 말았다. 분노에 숨을 들썩이며 그가 내뱉는 숨결이 달콤했다. 그가 미치도록 좋았다. 그와 맞닿아 있는 손끝이 아리도록 저렸다.

"내게도 기회를 줬어야지. 이렇게 다 들어 엎어 버리고 도망가면, 내가 널 찾지 않을 줄 알았니? 어떻게 해 줄까, 내가 너에게 어떻게 해 줄까!"

어떻게 해야 할까. 어떻게 해야 그가 나를 버릴 수 있을까.

"날 다시 속이려면 그렇게 미안해하는 눈빛으로 바라보진 말아야지."

툭, 떨어지는 눈물에 그의 검붉은 입술이 다가왔다. 민수는 그 그립던 숨결을 들이마셨다. 미치도록 달콤한 감촉과 타액이 그녀에게 넘어왔다. 다리가 절로 벌어지며 그의 무릎 위에 올라타고 말았다. 그가 뿌듯하게 느끼도록 강렬히 몸을 꽉 끌어안았다. 그 통증이 짜릿하도록 아프고 좋았다.

몸이 불덩이처럼 타올랐다. 그에게 지금 당장 안기고 싶었다. 그를 경험했던 몸뚱이가, 엉덩이가, 젖가슴이, 배 속 깊은 곳이 미칠 듯 그리움에 떨며 그를 다시 맞아들이라 꼬여 냈다. 이성은 모래성처럼 무너진 지 오래였다. 한 번쯤 그에게 안긴다고 해서 달라질 것 없잖아. 한 번만, 딱 한 번만 더. 간사한 몸뚱이가 멍청한 이성을 꼬여 냈다.

'이거 놔!' 소리치려던 말은 '흐흠' 하는 신음이 되어 오히려 그를 유혹했다. 지익, 하고 시폰 드레스의 호크가 내려가는 소리가 요사스럽게 좋았다. 그가 벗기는 대로 팔을 빼어 들고 슬립을 들어 올리고 브래지어를 말아 던지고 마지막 옷자락을 벗어 내리는 다리를 함께 꺼냈다.

미쳤구나. 네가 돌았구나. 그가 눈 깜짝할 새에 옷을 벗어 버리는 걸 보고 정신을 차렸을 땐, 그의 검은 살결이 민수의 흰 살결과 맞닿은 뒤였다. 그때 그날처럼, 영원히 그를 내팽개쳐 버렸던 그날처럼. 흰 살결과 검은 살결이 얽혔다.

미련한 자궁이 먼저 그를 원했다. 그가 손을 대기도 전에 다리를 얽어 들이며 그의 굵은 허벅지를 조였다. 그의 검은 손이 닿기도 전에 이미 뜨겁게 달궈진 곳이 아우성쳤다. 검은 허벅지를 훑는 본능의 명령에 따라 엉덩이가 제멋대로 들썩들썩 춤을 추었다. 거리의 창기보다 더 음란하게 그의 허벅지를 탐했다. 미쳤다. 부끄러운 줄도 몰랐다.

그에게 모든 걸 들켰다는, 그가 뿌리 끝까지 알아챘다는 것을 알면서도 어쩌지 못했다. 그가 '하악' 신음을 내뱉으며 그녀의 몸을 허벅지로 느꼈다. 더 이상 참지 못하겠는지 그가 손을 잡아 그의 분신을 쥐여 주었다. 처음부터 그러기로 한 것처럼, 그러기로 하고 이 방에 들어온 것처럼 그를 배 속 깊은 곳으로 머금어 들였다.

뿌듯했다. 좋았다. 그가 온몸을 관통하는 쾌감에 온몸을 떨었다. "하아……." 그가 뱉는 쾌락의 한숨이 고통스럽도록 간지러웠다. 탁, 탁, 탁, 탁, 느리게 몸 안으로 들어오는 그의 속도에 오히려 조급함을 느끼며 엉덩이를 함께 움직였다.

미쳤나 보다. 자신의 손이 제멋대로 그의 양손을 잡아 두 개의 젖가슴을 쥐여 주었다. 기다리고 있던 유두가 쾌락의 신음을 민수의 입을 빌어 내뱉었다. 간사한 혓바닥이 "아아, 좀 더……." 그에게 더 많은 걸 구걸했다. 철썩이며 살결이 부딪치는 소리가 좋았다.

미쳤나 보다. 너무 좋다. 그가 안아 주는 이 순간이, 그가, 그가 내뱉는 호흡까지, 하나도 빠짐없이 그가 온전히 좋다.

육체는 급한 불을 껐더라도 그가 준 달콤함은 아직 가시지 않았다. 불 꺼진 방 안, 벗어 겹친 희고 검은 몸뚱이, 그의 검은 손바닥이 민수의 어깨와 허리와 엉덩이와 허벅지를 천천히 훑었다. 그의 목소리가 행복하게 감겼다.

"다 해 줄게. 어떻게 해 줄까, 말만 해. 어떻게 해 줘야 네가 날 버리지 않을 수 있을지."

자궁을 훑고 나온 그는 그녀의 속을 온전히 꿰뚫었다. 그래, 모든 걸 들켰다. 옴짝달싹 못 하도록 속이 탁탁 털렸다.

"다 해. 날 버리는 것만 빼고, 뭐든지 해. 뭐든 해 줄게. 한국이 싫으면 여기서 살아. 직장에 다니고 싶으면 그렇게 하고, 다니기 싫으면 그렇게 해. 뭐든, 뭐든 네 마음대로 해. 딱 두 가지만 빼고. 다른 남자 만나는 거, 그리고 나 버리는 거. 그 두 가지만 하지 말고, 내 옆에서 뭐든지…… 내 옆에서만 해."

"우리가 어떻게 앞날을 생각해. 더 돌이킬 수 없게 되기 전에, 힘들어도 이쯤에서 그만두는 게 옳아."

스스로도 가증스러웠다. 머리와 육체가 따로 놀았다. 한 개뿐인 입은 몸뚱이를 따라 신음을 내뱉다 말고, 이젠 이성의 명령에 따라 그에게 거절을 통보했다. 하지만 그는 아랑곳하지 않았다.

"우리, 아이 갖자."

그의 유혹이 달콤했다. 그와 나의 아이. 어떤 아이가 나올까? 그와의 미래를 상상하는 것만으로도 뿌듯했으나 곧 스톱, 권갑수를 닮을 아이. 어떻게 엄마를 떠올리며 그 아이를 온전히 사랑할 수 있을까. 그가 좋다고 해서 어떻게 그와 평생을 함께할 수 있을까.

이 사람도 아버지의 아들이다. 지금은 열정에 휩쓸리지만 아이를 갖게 되면, 그래 아버지가 된다면 자신의 아버지와 생이별을 한 것에 대한 후회의 순간이 오겠지. 그리고 언젠간 서로를 지치게 하고 원망을 뱉는 순간이 오지 않을까.

"우리 아이 갖자, 응? 우리 그냥 짐승처럼 새끼 낳고 살자."

그의 따뜻한 손을 냉정하게 뿌리치지 못했다. 그는 손가락을 칡넝쿨처럼 단단히 얽어 희고 검은 두 팔을 그녀의 허리에 감았다. 그의 입술과 가슴과 분신과 허벅지를 그녀의 귓바퀴와 등과 엉덩이와 허벅지로 받았다. 알싸하도록 좋다. 그렇더라도 인연은 여기까지. 결국 짜릿한 순간의 쾌락을 못 이겨 이별을 더욱 힘들게 했다.

"아이 낳으면, 그 다음은 어쩌라고."

이성조차 점점 간사해져 간다. 정말 그럴 수도 있지 않을까. 그의 아이를 낳아 버리면. 그와 연결된 끈이 이 세상에 생겨 버린다면. 그렇다면 이 지옥이 어떻게 좀 변해 있지 않을까. 하! 바보 같은 생각이었다.

하지만 이상했다. 바보 같은 상상, 바보 같은 대답에 알 수 없는 안도감이 밀려왔다. 졸음마저 쏟아졌다. 아주 이상했다. 집에 온 것 같은 느낌이랄까. 거리로 내던져져 길바닥에서 홀로 사는 것 같았던 매일이 아스라이 잊히고, 그와 다시 만난 이 호텔, 이 침대,

이 이불 속이 돌아온 집처럼 편했다.

집에 온 느낌, 가족을 만난 느낌, 내 사람을 다시 찾은 느낌. 이 좋은 사람을 다시 토해 내 버릴 일이 아찔했다. 그러나 돌이키기엔 너무나 무서운 일을 저질렀고, 이런 관계가 되어 버린 것이 슬펐다. 아픈 사람을 더 아프게 할 테다.

"그 다음은 음…… 아이를 하나 더 낳지. 그리고 또 하나 더."

낮고 그윽한 그의 목소리가 사르르 감겼다. 정말 그것도 좋겠다. 그를 밀어 내는 일이 점점 더 벅차다. 일어나지 않을 미래를 그리며 '후후후' 웃었다.

"선녀와 나무꾼 하게?"

"그래, 그럼 애들이 눈에 밟혀서라도 날 떠나지 못하겠지."

그가 '흐흐흐' 웃었다. 민수는 거짓이라도 사랑한다 해 주리라, 다짐했던 대로 말했다.

"그럴까."

거짓말이 허공에서 부서졌다. 그를 사랑할 수 있는 짧은 기회, 거짓이라도 좋다.

"그럴까, 아이라도 낳아 볼까."

참 좋겠다. 그랬으면 정말 좋겠다. 거짓말인지 참말인지 알쏭달쏭했다.

민수는 돌아누웠다. 처음부터 이곳에 정착하려던 게 무리였었어. 숨어들어 한동안 세상에 나오지 말았어야 했는데. 검은 손이 미끄러지며 깊은 곳을 건드렸다. 열기가 채 식지 않았던 육체가 그의 손길을 반겼다. '아아' 신음과 함께 엉덩이가 다시 춤췄다.

그는 뒤로 몸을 돌리고 그의 분신을 실을 준비를 했다. 살과 살이 맞닿는 감촉이 달콤했다.

"엉덩이 들어! 내 아이를 낳아. 머릿속 비우고 사랑만 해. 과거에 얽혔던 인연들은 그냥 과거에 실어 흘려 버려. 하나둘씩 태어나는 아이들이 새로운 오늘을 만들어 줄 테니까."

저도 모르게 "응." 대답하고 말았던 것 같다. 신음인 것 같기도 대답인 것 같기도 한 음성이 흘렀다. 그가 다시 다짐했다.

"버리는 건 내가 다 할게. 너만 빼고. 난 다 버릴 수 있어도, 널 버리는 것만큼은 못 하겠거든. 그러니 넌 가지는 것만 해. 다 가져. 나도 함께."

철썩이며 살과 살이 맞부딪치는 소리, 그의 몸이 강렬히 밀려 들어오는 충격에 쾌감으로 몸을 떨었다.

좋았다. 그가 미칠 것같이 좋았다.

18장
끝내야 할 악연

"일어나."

낮고 그윽한 목소리가 민수의 귓가에 다정히 울렸다.

"일어나, 응?"

머리칼이 간지러웠다.

"이제 그만 자고 일어나라."

감미로운 단꿈에 빠져, 그 무엇도 귀찮았다.

"이 잠꾸러기!"

가슴과 허리와 엉덩이를 한번에 쓸어내리는 손길에 "으응……."
짜증을 낸 것도 같았다. 그러나 곧 눈을 뜨니 정신이 쏟아졌다.
아! 난 몰라.

비단 천을 바른 것 같은 낯선 벽지, 우아하고 여성적인 로코코
양식의 가구들, 그와 조화되는 낯선 인테리어의 방 안, 그리고 시
혁이 다정히 웃는다.

막혀 있던 물꼬가 터진 것같이 한꺼번에 현실이 들이닥쳤다. 미쳤어, 미쳤어. 어떻게 여기서 잠들었을까. 깜짝 놀라 자리에서 일어나니 맨가슴 선홍빛 유두 아래로 이불이 흘러내렸다. 그는 이미 단정히 옷을 차려입었고, 창으론 햇빛이 밝게 쏟아졌다.

"오오, 이것도 나쁘지 않은데? 아니지, 더없이 좋아!"

시혁은 몸을 일으켜 뒤로 한 걸음 물러서며 여유롭게 팔짱을 꼈다. 그리고 장난기 가득한 눈으로 감상하듯 나신의 상반신을 천천히 훑어 내렸다. 집중으로 반들거리는 그의 눈빛이 온몸을 미끄러져 내려가는 것이 그와 은밀한 곳을 함께할 때보다 더 낯부끄러웠다.

민수는 서둘러 알몸을 이불로 감췄다. 혼자만 완전히 벗고 있다는 사실에 얼굴뿐 아니라 귓불까지 확 달아올랐다. 그것까진 들키기 싫어 고개를 숙였지만,

"씨, 씻고 나갈게. 나가서…… 밖에서 기다려 줘."

떨리는 목소리가 당황과 부끄러움을 더 많이 들통 냈다. 베이지색 면바지에 잿빛 민무늬 셔츠를 입은 캐주얼한 차림의 그는, 그 자체로 멋지고 또 어색했다. 그에겐 간밤의 다정함이 그대로 짙게 배어 있었다. 이불자락과 민수를 한꺼번에 크게 그러안고 이마에 입을 맞추었다.

'춥' 하고 말끔히 떨어지는 이마의 감촉이 요사스럽다. 그는 모든 문제가 이젠 말끔히 잘 정리되었다고 기뻐하고 있는 것 같았다.

그러면 난?

쏟아지는 샤워기의 물줄기에 간밤의 흔적을 지웠다. 그러나 기쁨으로 달떴던 뿌듯한 육신은 그와 함께했던 만족감을 지우지 못했다. 심장이 제멋대로 뛰며 생각이 여러 갈래로 흐트러졌다.

침대 맞은편의 화장대에 앉았다. 비단 천을 두른 의자가 푹신하

게 엉덩이를 받쳤다. 어느 결에 토트백이 화장대 위에 놓여 있다. 그는 이렇게, 아주 소소한 것까지 배려했다.

백 안에 화장품을 제대로 갖추고 오지 않았다. 본래부터 항상 풀메이크업을 하는 편은 아니었다. 어제는 날개 편 공작이라도 되듯 일부러 화려하게 치장을 하고 왔었다. 오늘은 그럴 필요도 없는데. 이상하게 어제보다도 더 그에게 예쁘게 보이고 싶은 마음을 주체할 수 없었다.

민수는 백을 괜스레 이리저리 뒤적였다. 빈 백을 뒤져 봤자 없는 화장품이 더 나오진 않았다. 할 수 없이 로션과 파우더로 간단히 피부를 정리하고, 핑크빛 루주만을 가볍게 칠했다. 거실에서 두런두런 몇 명의 남자들 목소리가 들렸다. 그는 그녀를 기다리며 다른 일을 보는 중이었다.

갑자기 알 수 없는 허기가 몰려왔다. 벽 하나를 사이로 두었을 뿐인데. 그의 얼굴이 왈칵 그리웠다.

'이렇게 질질 끌다 어떻게 헤어지려고!'

'넌 못 헤어질걸? 그냥 그에게 맡겨.'

심장은 그의 편에 달라붙었고, 이성은 두 개로 갈라졌다. 아직도 권시혁을 버리라 끈질기게 명령하는 고집 센 것, 하자는 대로 못 이기는 체 따르라는 팔팔한 것이었다.

"배고프지?"

'똑똑' 노크와 함께 그가 고개를 내밀었다. 그 웃는 얼굴, 고르고 하얀 치아를 보자마자 갑자기 안도감이 온몸 구석구석을 채웠다. 민수는 인정해야 했다. 허기 같은 건 처음부터 없었다.

"그래, 배고파."

그래, 그건 그냥 그를 그리워하던 본능이다.

348

그를 향하는 몇 발짝이 구름 위를 걷듯 행복했다. 바닥에 깔린 카펫이 너울거리는 것인지, 거나하게 취한 것 같았다. 정말 오랜만에 숙면을 취했고, 육신이 더할 수 없이 가뿐했다.

그는 소파에 앉은 채 손에 서류 파일을 들고 있었다. 그가 눈짓을 하며 팔을 슬쩍 들어 보였다. 민수는 옆자리에 답삭 앉아 맡겨둔 것을 되찾듯 그의 팔에 자신의 팔을 걸었다. 그녀를 뒤흔들던 짙은 그리움과 불안이 싹 물러나고 깊은 충족감이 감쌌다.

그가 빙그레 웃었다. 우스운 것도 없는데 그가 웃으니 피식, 똑같이 웃음이 났다. 뒤늦게 고용인들과 음식을 나르는 벨보이가 눈에 들어왔다. 그럼에도 그의 팔에 두른 옷자락을 꽉 쥐었다.

그가 손짓을 하자 김 비서는 그의 손에 든 것과 테이블에 쌓아 올린 서류들을 챙겨 들었고, 재일 교포 가이드 이 씨는 한쪽 끝에 가이드북과 온천 광고지 뭉치를 내려놓았다. 벨보이는 테이블을 세팅한 뒤 금속 뚜껑을 열고 허리 굽혀 인사하며 물러났다.

동그란 반구 안엔 먹음직한 것들이 숨어 있었다. 오븐에 구운 뜨거운 감자, 사과잼을 발라 계피를 뿌린 바싹 구운 토스트, 칼집을 내서 동그랗게 뒤집어진 구운 소시지, 보들보들한 베이컨, 달걀 프라이, 여러 가지 야채가 믹스된 샐러드. 각각 두 세트였다. 하얀 우유와 향이 짙은 커피도 각각 나란히 차려졌다.

그와 함께 있으니 흔한 호텔 조식에도 군침이 꿀꺽 돌았다. 감자 위에 얹은 버터의 고소한 냄새, 그리고 빵에 뿌려진 계피의 향이 코를 간질였다. 민수의 배 속이 꼬르륵 울었다.

커다란 소파에 딱 붙어 나란히 앉은 채 마주 보고 웃었다. 아침밥을 먹는 것이 무슨 놀이 같았다. 눈썹을 한 짝 들어 권하는 그의 그윽한 눈빛을 보며 민수는 나이프와 포크를 집어 들었다. 그도 그녀를 흉내 내며 똑같이 나이프와 포크를 집어 들었다.

감자를 살포시 떠서 입에 넣자, 그도 포크로 감자를 떠서 입에 넣었다. 장난스럽게 뒤집어진 소시지 끝을 잘라 입에 넣자, 그도 똑같이 따라 했다. 민수는 쿡, 웃으며 그의 옆구리를 팔꿈치로 콕, 찔렀다. 시혁은 민수의 어깨를 안아 팔을 한 번 쓸어 주곤 장난을 그쳤다. 편히 먹으라 엉덩이도 좀 떼어 줬다.

"음식은 말이지."

한입 베어 문 토스트를 몇 번 씹다 삼키곤 그가 말을 시작했다.

"무얼 먹느냐보다는 누구랑 먹느냐가 더 중요한 것 같아. 이런 음식도 너랑 먹으니까 맛있네."

민수의 입에서 '크큭' 웃음이 샜다. 그가 이걸 맛있어 할 리가 없었다.

"음, 만약 이 호텔 경영자의 시식이라면?"

민수가 궁금하다는 듯 눈을 빛냈다.

"게다가, 당신 돈을 잔뜩 집어삼키고 있는 중이라고 가정해 봐."

"오호! 그렇게 생각하니 감정이입이 확 되네?"

갑작스러운 질문을 받은 그는 빠르게 몰입하며 눈빛이 달라졌다.

"그렇담 인사 담당자부터 불러들여야지. 어떤 요리사를 데려다 쓴 건지. 샐러드 소스는 산도가 튀고. 게다가 콘셉트는 이리저리, 국적 불명, 이건 미국식, 이건 독일식, 이건 일본식. 수제 소시지는 비린내도 말끔히 못 잡고, 후추로만 가리려고 들고."

갑자기 훅, 열을 내는 그를 보고 후후, 웃으며 구운 감자를 입 안에 넣었다.

"생각만 해도 창피해. 내 호텔에서 이랬다고 생각하면 몸서리쳐지지."

그의 식품 회사가 사람들의 입맛을 사로잡으며 최고의 시장 점유율로 성장한 이유를 알 만했다.

"당신, 당신네 회사에서도 시식 자주 하는 것 같던데? 직원들이 긴장하는 것 같더라. 거기서도 일일이 지적하면서 사람들 혼내고 다녀?"

일할 때 모드로 약간 돌아간 것 같은 그는 인상을 쓴 채 감자를 떠먹으며 답했다.

"정말 못 봐주겠는 때만, 아주 가끔. 웬만하면 참아. 맡겨야지. 경영자가 맛 흔들면 안 돼. 한 입 떠먹는 걸로 매번 이래라저래라 하다 보면, 한 그릇 다 비워야 하는 음식은 결국 달고 짜고 매워져. 나는 결정을 하는 사람이야. 각자 자기 할 일들 하는 게 최선이야."

그는 생각을 비우려는 듯 민수의 허리를 감았다. 비어 있는 왼손이 그의 왼손에 잡혔다.

든든한 마음속에서 미안한 마음이 뾰족 솟았다. 그는 본래부터 참 괜찮은 사람이었다. 평생, 행복할 기회를 한 번도 갖지 못했으면서. 게다가 민수는 한 번 더 그를 버려야 했다. 그냥, 나도 그냥 모른 척 당신 옆에 주저앉을까. 그는 포크까지 내려놓으며 민수를 덥석 껴안았다.

"머리 굴리면서 맛보니까 일하는 기분 들잖아. 싫어, 안 돼! 오늘은 우선 놀자. 놀고 싶어."

온몸 가득 그녀의 몽클함을 느꼈다.

"그래, 놀자. 생각해 보니 굉장히 억울하네. 우린 여태 데이트도 한 번 못 해 봤잖아. 너랑 바깥도 좀 돌아다녀 보고 싶어."

그가 반들거리는 눈을 가늘게 뜨고 내려다보며, "은밀한 곳도 좋지만 말야." 하고 속삭였다. 갑자기 좀 전의 침대 광경이 스치며 열기가 확 올라왔다. 그의 눈빛은 그의 검은 손보다 더 농밀했다. 그의 손은 순하고 부드러운 데 비해 그의 안광은 악당이고, 폭군이었다.

갑자기 발가벗겨진 기분에 주책없이 뺨과 귀가 달아올랐다. 손바닥으로 식히며 저도 모르게 주변을 흘끗 돌아봤다. 넓은 거실, 여러 사람이 함께 일하던 곳, 아 맞아, 아까 그가 비웠었지. 시혁은 골리듯 하하, 웃었다. 그의 치아가 고르고 가지런했다.

시혁은 민수가 반쯤만 발을 담근 채 분위기에 휩싸여 붙들려 있다는 것을 알았다. 그래서 그 미약한 힘을 꼭 붙들고 놓지 않으려 사력을 다했다. 그녀의 마음이 변하지 않게 하려면 한시가 급했다. 허술한 계획이라곤 단 하나. 그녀를, 그녀의 마음을 꼭 붙들고 절대 놓지 않는 것. 그리고 말한 대로 아이를 빨리 갖는 것.

논리, 복수, 도리, 의무, 그런 건 별것 아니다. 좋으니 함께 있는 거고 내 아이를 낳아 기르면 내 아내인 것이다. 시혁은 망설이는 마음을 꿀꺽 삼키듯 음식을 씹어 삼키는 민수의 갈색 눈망울을 꼭 붙들었다.

"있다! 은밀하기도 하고 밖이기도 한 곳!"

식사를 마친 민수가 의아한 표정으로 쳐다보자, 시혁은 뿌듯하게 답했다.

"온천 가자! 노천탕, 도쿄 주변에도 많잖아. 료칸에서 은밀히 목욕도 하고, 숲이나 산책로를 따라 데이트도 즐기고 말이야. 아, 여기라면 해수욕도 할 수 있겠네, 불꽃 축제까지. 어때?"

시혁은 광고지 뭉치를 뒤적거리며 민수의 무릎에도 몇몇 올려놓아 주었다. 민수는 테이블 한쪽에 놓인 가이드북들을 한숨을 누르며 바라보았다.

✣

더위가 한창인 8월, 태평양을 바라보는 휴양지, 아타미의 해변은 인파로 북적였다. 이런 휴가철에, 료칸을 갑자기 예약하는 건 무리라고 민수가 말렸지만 권시혁은 "해 보고." 했고, 또 그렇게 했다.

아타미(熱海)는 '뜨거운 바다'라는 뜻으로, 옛날 뜨거운 온천 때문에 물고기들이 죽자, 한 스님이 사람들을 위해 바닷속 온천을 산으로 옮겨 주었다는 전설이 전해진다. 그는 전망이 좋은 전통 료칸, 후루스(ふるす)를 선택했다. 가이드 이 씨도,

"아, 후루스로 결정하셨습니까. 네, 그곳도 훌륭한 곳입니다. 해안을 내려다볼 수 있는 절경으로 유명하지요. 산책로도 그만이랍니다."

긍정적으로 말했다. 당일 예약이 힘들 줄 알았는데 후루스는 용케 재회의 기쁨에 들뜬 두 연인을 손으로 맞아 주었다.

"일정은 모두 취소했습니다."

시혁은 일을 모두 집어치우고 민수에게만 집중하려 했으나 김 비서와 양 과장은 결정해야 할 굵직한 것들을 그의 무릎에 잔뜩 떨어뜨려 주었다.

"하지만 이것들은 곧바로 결정해 주시기로 하셨습니다."

자신 때문에 여러 사람이 이리 뛰고 저리 뛰는 걸 보자 민수는 미안한 마음이 들었다.

"빨리하고 놀면 되지."

민수까지 슬쩍 부추기자 결국 시혁은 떨떠름한 표정으로 파일을 건네받았다. 민수가 지원해 주자, 노련한 양 과장은 반가운 기색으로 주눅 든 김 비서의 손에서 두터운 서류 뭉치를 빼앗아 들었다. 그리고 불쑥 내밀었다.

　"그리고 꼭 검토하셔야 할 시급한 것들입니다."

　한 뼘 높이의 뭉치들이었고, 교묘하게 민수와 시혁 사이의 어중간한 곳에 놓았다. 민수는 하는 수 없이 한 번 더 양 과장을 도와 손끝으로 그에게 살짝 밀어 줬다.

　"시급……하다시잖아."

　결국 시혁의 노여움을 산 김 비서와 양 과장은 시혁이 장기간 머물던 호텔에 남겨졌다.

　당황하는 비서들을 남기고 시혁은 잠시 민수와 놀러 나가기로 했다. 이 씨에게 운전대를 맡기고 가는 동안 시혁은 마지못해 서류들을 훑기 시작했고, 민수는 시혁의 단단한 어깨 위에서 그의 팔을 껴안고 밤새 꾸던 단꿈을 이어 꿨다.

　은은한 엔진음 사이로 차가 기분 좋게 흔들렸다. 도심을 벗어난 시골의 먼지 냄새가 향긋하다. 온통 가득한 나무 냄새, 바람 냄새, 풀 냄새, 꽃 냄새에 민수는 나른하게 몸이 풀렸다.

　나뭇잎들 사이로 꿈결같이 반짝이는 햇살 아래 이것이 꿈인 듯 꿈이 아닌 듯하는 것은 그녀의 뺨 아래를 탄탄히 받치는 이 사람의 든든한 어깨, 걷어 올린 잿빛 민무늬 셔츠 아래로 드러난 팔 근육, 크고 검은 손, 그 안에 단단히 잡혀 있는 민수의 작고 흰 주먹이었다.

　민수는 갑갑한 듯 주먹을 펴 보려 했지만 단단히 가두어 둔 그의 검은 손이 허락하지 않았다. 그녀는 힘을 주는 대신 그의 손바닥을 그녀의 작은 손가락들로 고물거리며 간질였다. 다음 장으로 넘겨진 서류 파일에 시선을 고정한 채 그는 얼굴 근육을 실룩이며 웃음을 참았다. 그럼에도 그의 힘은 여지없다.

민수가 손가락을 부드럽게 쓰다듬으며 그의 손가락 사이의 틈을 파고들었다. 마치 은밀한 곳을 애무하듯 안타깝게 부탁하자, 그는 힘을 조금 풀어 줬다. 그녀의 손가락이 매끄럽게 그의 손바닥을 빠져나와 열 개의 희고 검은 손가락은 단단히 깍지를 얽었다. 누구의 것인지 알 수 없는 촉촉한 땀이 뒤섞인 채 희고 검은 손바닥 사이를 깊숙이 적셨다.

아, 행복하다. 그래, 행복. 이런 게 행복이란 건가 보다. 고개를 조금만 돌리고 숨을 깊이 들이마시면 그의 체취를 마음껏 누릴 수 있다. 8월의 도쿄 인근은 아직도 무덥고 습했다. 그러나 이 무더위의 습기와 열기까지 그 모든 것이 꿈인 듯 꿈이 아닌 듯 그녀를 취하게 했다.

후루스는 도심의 가장자리에 위치하긴 했지만 아타미에서 가장 넓은 부지를 가진 료칸이었다. 300년 된 본관에서부터 세월의 흐름에 따라 한 채씩 지어진 여러 객실들이 각각 제 시대의 멋을 풍기며 자연과 조화되어 있다. 다른 객실 동들에서 떨어져 나온 별채를 빌렸는데, 100년쯤 된 건물로 둘이 쓰기엔 아주 넓고 한적했다.

은밀하기도 하고 밝이기도 한 곳, 그가 그리고 민수가 원하던 곳이었다. 별채는 숲 속의 작은 집 같았다. 응접실 밖으론 울창한 숲과 그 사이를 끝없이 가로지르는 기다란 오솔길이 펼쳐졌다.

덕분에 다타미 24조의 응접실은 오히려 그다지 넓지 않게 느껴졌다. 식당, 화장실, 침실, 서재 등이 두루 갖추어진 특실의 개념으로 실내의 목욕실 이외에 노천 온천탕이 따로 구비되어 있었다. 전통적인 화실의 분위기였지만 침실과 서재만은 양식인 화양식 구조였다. 시혁은 전통식 후통(이부자리)의 사용을 꺼렸다.

그는 양 과장과 몇 분의 통화를 마치고 일에서 해방되었다.

"와아, 이제 진짜로 놀자!"

하며 서류 파일을 응접실의 좌식 테이블 위에 탁, 슬라이딩하듯 던져두었다. 아무리 많은 양의 파일이 있더라도 그의 책상 위는 늘 단정했으나 오늘만큼은 서류 파일이 흐트러진 것 따위로 신경이 가지 않았다.

그와 하는 첫 번째 데이트, 첫 번째 여행, 그에게 제대로 된 모습을 보여 주는 첫 번째 시간. 모든 것이 처음이었다. 들뜬 마음만큼이나 민수는 무언가를 어떻게 해야 좋을지 알 수 없었다. 그저 눈만 마주치면 몸이 달아오르고 잡은 손이 다시 얽히고, 웃으면 그가 따라 웃고, 그러다 다시 입술이 얽히고 그의 체취를 담은 타액이 넘어오면서 그 꿈 같은 기분에 취한다.

"산책할까."

시혁은 달아오르는 몸을 애써 가라앉히며 먼저 손을 내밀었다. 밖에서 데이트를 하자고 했으면서. 누가 먼저랄 것도 없이 자꾸 얽혀 침실로만 향하고 싶었다.

민수의 흰 두 발은 가슬가슬한 다타미를 맨발로 밟고 일어났다. 시원한 마루를 지나 부드러운 슬리퍼에 발을 꿰었다. 바쁠 것도 없이, 딱히 어디론가 갈 필요도 없이, 천천히 길이 난 곳을 따라 걸었다. 이렇게 여유롭게 걸어 본 것도 마치 처음인 것 같다.

깍지를 낀 두 손이, 그 두 손바닥 사이에 스민 땀이, 습하면서도 시원한 숲의 향기가, 어디선가 졸졸 흐르는 것 같은 샘의 소리가, 이름을 알 수 없는 새소리가 민수와 시혁을 감쌌다. 민수는 언제부터 시작한지도 모른 채 자신의 이야기를 하고 있었다.

"늘 혼자였어. 엄마는 늘 일하느라 바빴어. 내가 가장 많이 본 엄마의 모습은 부엌일을 하고 있는 뒷모습, 그리고 등도 제대로 펴지 못하고 오그리고 자는 모습이야. 엄마는 똑바로 누워 자지 못했어. 허리도 많이 아프셨거든."

둑에서 물이 넘쳐 나듯 그에게 말을 쏟았다.

"엄마는 세상에서 가장 날 사랑하면서도 나랑 같이 시간을 보내지 못했어. 날 위해서. 그리고 난 그런 엄마를 늘 기다리면서. 다 자란 뒤에도 함께 있지 못했지. 나는 일본으로 도망쳤고, 엄마는 오지 않는 날 기다렸고."

그가 지그시 바라봐 주는 눈빛만으로도 말이 술술 쏟아졌다. 이 사람과 말을 하지 않고 어떻게 그렇게 긴 시간을 보낼 수 있었을까 싶을 정도로.

"엄마랑 함께한 건 27년이나 되는데. 엄마랑 난 내내 그렇게 같이 있지 못했어. 평생을 서로 번갈아 기다리면서 시간을 보내다가 결국 함께한 건 엄마가 생명을 꺼뜨리는 마지막 순간뿐이었어. 어떻게 엄마랑 제대로 된 나들이 한 번을 못 해 봤을까."

이상했다. 그에게 말을 한 것뿐인데도 가슴에 켜켜이 쌓여 있던 울분과 한이 어느 정도 가라앉는 것 같았다. 시혁은 맞잡은 민수의 손을 꼭 쥐었다.

"네가 이렇게 잘 큰 건 어머니 덕분인가 보다. 그렇게 슬퍼하지만 말고, 어머니와 네가 서로 그리워하는 마음을 가졌다는 데 감사해. 부모 자식이 그러는 게 당연한 것 같겠지만 그건 생각보다 큰 행운이야."

충분히 사랑받으며 자라지 못한 시혁은 그래서 예민하고, 그래서 조금이라도 행복을 느끼던 무언가를 좀처럼 놓지 못하는가 싶었다. 자신의 안채 대들보에 목을 매었던 이은실의 이야기와 함께 그의 유일한 피붙이인 권갑수가 떠올랐다. 미안함과 안쓰러움이 왈칵 솟았다. 그는 아무렇지 않게 담담히 말을 이었다.

"그래, 모두가 네 어머니같이 희생만 하는 건 아니지."

민수는 늘 무언가에 목말라하던 그의 갈증을 알고 있었다. 민수를 향하는 시혁의 눈은 확고했다.

"게다가 우리처럼 서로를 향한 두 마음이 딱 만났다는 것도 아주 큰 행운이야. 난, 내 인생에 찾아온 이 엄청난 행운을 놓치지 않아."

그리고 그는 현명했다.

"그러니까 너도 복잡한 것들 다 내려놔. 사랑하면서 서로를 그리워하기만 하는 경험, 또 하지 말자. 지금, 함께 있다는 걸 누리기에도 시간은 아주 부족해."

차양막같이 짙은 그늘을 드리워 주는 빽빽한 나뭇잎들이 아주 작은 틈새로 햇빛을 보석처럼 쏟아 냈다. 더운 날씨에도 숲길로 난 작은 오솔길을 따라 걷는 산보가, 그와 함께하는 모든 순간이 아찔하게 행복했다.

갑자기 장난기가 오른 듯 그가 하얀 이를 보이며 웃었다.

"그러니까, 내 말뜻은 음……. 같이 목욕할까?"

대나무 발 사이로 바위와 꽃나무, 그리고 숲의 풍경이 은은히 스며들었다. 이 천연의 자연을 둘러싼 온천탕은 별실 전체를 통틀어 가장 매력적인 곳이었다. 대나무 발을 지탱하는 대죽 기둥 사이야외의 멋진 풍경이 엿보이는 위로, 성근 향나무 지붕이 서서히 지는 태양빛을 가려 주었다.

그렇더라도 8월의 온천은 악취미이다.

가만히 있어도 땀이 바작바작 나는 36도의 기온에 노천온천, 42도 열수는 습한 날씨를 더욱 습하게 해 주었다.

"내가 왜 온천은 뜨겁다는 생각을 못 했을까?"

발가락을 살짝 담가 보았지만 시혁은 다시 고개를 설레설레 저으며 열수가 담긴 통 가장자리로 물러났다. 검은 피부, 183센티미터의 건장한 시혁이 히노키 욕조의 얇은 테두리 위에 쪼그리고 앉아 균형을 잡고 있는 모습은 위태롭고 귀여웠다. 시혁은 한숨을 쉬며 말했다.

"사랑의 힘으로도 이건 무리야."

게다가 시혁은 쪼그려 앉는 데 별 소질이 없어 보였다. 발바닥을 땅에 온전히 붙이지 못하고 까치발을 세워 발가락만으로 쪼그려 앉는 기이한 자세로 앉아 있었다. 흔들흔들, 아주 위태로워 보였다. 10개의 발가락이 그의 건장한 몸 전체를 버겁도록 지탱했다.

거기에 한술 더 떠 시혁은 애크러배틱을 하는 것처럼 발 하나를 들었다. 5개의 발가락으로 온몸을 지탱한 채 다시 다른 5개의 발가락 중 엄지발가락으로 뜨거운 물의 온도를 쟀다. 두 손은 쓸모없이 주먹만을 꼭 쥔 채였다. 민수는 어휴, 한숨을 쉬며 뜨거운 물을 한 움큼 뿌려 줬다.

"앗, 뜨거!"

"어린이같이 굴지 말고 들어와."

샤워 타월 한 장만을 두른 채 말짱히 앉아 있는 민수의 발간 볼을 시혁은 원망스럽게 바라보았다.

"넌, 너무 독한 데가 있어!"

온천물에 몸을 담그며 놀자고 끌고 와선 결국 온천수엔 입수도 못하는 시혁의 몸을 민수는 강제로 끌어당겼다. 시혁은 유카타도 벗지 못한 채 몸의 중심을 잃고 뜨거운 열수 아래로 풍덩! 빠져 들었다.

"앗, 뜨거, 아앗! 뜨거, 뜨거!"

"좀 참아 봐. 조금만 참고 있으면 곧 시원해질 거야."

"거짓말!"

민수는 결국 '푸후후' 웃고 말았다. 땀도 적고 몸에 열도 적은 체질인 민수는 여름의 온욕도 즐기는 편이었다. 일본 생활을 하다 얻은 습관이랄까. 하지만 열이 많고 땀도 나는 편인 시혁은 질색을 했다.

"정말이야. 더운 거 참고 잠깐 늘어져 있다 나가면 하루의 피로를 날리는 기분이야. 뭉친 근육도 풀리는 효과가 있어. 1분만 참고 있어 봐. 그럼 좀 나아져."

"아아, 못 참겠어!"

결국 열수에 항복하고 나가는 시혁과 민수가 붙드는 씨름은 장난으로 이어졌다.

"앗 뜨거.", "하하하!", "뜨거운 물 뿌리지 마.", "하하하.", "나도 뿌린다?", "크크크.", "앗, 뜨거.", "하하하, 아악! 오른쪽 귀에 물 들어갔어.", "흐흐흐. 벌받은 거야. 왼쪽도 균형을 맞춰 줄게. 이리 와, 이리 와 봐!", "꺄악!" 등등등.

그러다 자연스럽게 흘러내린 샤워 타월 아래로 민수의 알몸이 드러났다. 장난에 열중한 채 젖은 유카타를 추스르지 못한 시혁도 별다를 것 없었다. 열수는 뜨거운 연인의 열기를 더해 주었고, 시혁은 결국 민수를 안고 열수 탈출을 감행했다.

마음껏 서로를 탐닉하고 마음껏 먹고 쉬었다. 마음껏 이야기했다. 부끄러울 것도 없이, 자신을 감출 필요도 없이 서로에게 취해 들었다. 생이 더하지 않고 이 순간이 찰칵 멈추도록, 그대로 정지 버튼을 걸어 놓고 싶을 만큼 완벽히, 무결한 행복이었다.

민수는 이미 깨닫고 있었다. 복수라는 허울 속, 기망하고 있었던 것은 스스로의 마음이었다. 그는 아이를 갖고 새로운 오늘을 만들자고 했었다. 민수는 이 사람과 함께하는 값진 하루를 간절히 원했었다.

"맛있네. 바닷가라 그런지 시내 음식보다 재료들이 한결 좋아."

나카이상(객실 서비스 여종업원)의 바쁜 손길로 정식 코스 요리인 가이세키 요리가 제공되었다. 스이모노(맑은 장국)를 홀짝 들이켜며 츠쿠리(모듬 생선회)에 손을 대기 시작한 시혁이 광어 뱃살한 점을 맛있게 집어 먹었다. 맛이 괜찮은지 젓가락으로 한 점 더 집어 민수의 입에도 넣어 주었다.

평소라면 단정히 마주 앉아 젓가락을 놀렸겠지만 취할 것 없는 쇼쿠젠슈 한 잔이 민수를 흐트러지게 했다.

"아, 해."

"아아!"

손가락도 까딱 않는 어린애가 되어 보았다. 시혁은 맛있는 것들을 찾아 민수에게 먹였다. 민수는 젓가락에 손도 대지 않은 채 시혁이 집어 주는 것들을 날름날름 받아먹었다.

"앉으면 눕고 싶은 게 사람인가 봐. 네가 막상 옆에 있으니까 욕심이 더 생겨. 장 봐서 네가 해 주는 요리 다시 먹어 보면 소원이 없겠다."

들척지근한 양념에 인상을 찌푸리면서도 또 입맛에 맞는 덴푸라를 발견하고선 밝게 웃었다. 똑같은 새우를 튀긴 것을 집어 들어 민수의 입에 쏙 넣어 주었다.

"맛있지? 새우가 아주 달콤하다. 반만 씹어, 옳지. 꼬리 떼어 줄게, 또 아, 아 해. 아!"

"아아!"

배가 불러 오며 기분이 나른했다. 음식에 취한 것인지 이 사람에게 취한 것인지 분위기에 취한 것인지. 행복하고 또 행복했다. 그래, 오늘 사랑하자. 나는 당신을 오늘만 사랑할게. 내일, 그리고 또다시 오는 날들은 항상 오늘이 되곤 하니까. 오늘 하루, 당신을 진심으로 사랑할게.

시혁이 흐흐흐 웃었다.

"잘 먹네, 우리 아기? 이것도 맛있다. 아, 해."

5시 30분, 새벽의 어스름은 거의 가신 뒤였다. 저녁을 먹자마자 그와 장난을 치다 몸 장난이 다시 잠자리로 이어졌다. 뜨거운 목욕, 부른 배, 만족스러운 육체의 쾌락, 그동안의 피로, 정신적인 만족감. 결국 둘 다 초저녁부터 정신을 잃었고, 민수는 이렇게 너무 일찍 눈이 떠졌다.

시혁은 민수보다 피로가 더 많이 쌓인 상태였다. 그녀를 찾아내느라 무리를 계속 해 왔고, 그녀를 만난 뒤에도 거의 잠을 자지 못했다. 그녀를 만난 첫날은 흥분과 설렘으로, 그리고 여행을 오는 동안은 일거리에 밀려 한숨도 자지 못했었다. 시혁은 아주 오랜만에 숙면 중이었다.

민수는 좀 더 그의 곁에서 잠을 청하려 했지만 잠이 모두 날아가 버렸다. 새근새근 깊은 잠을 자는 그의 얼굴을 바라보다 그 얼굴이 너무 사랑스러워 짙은 눈썹을 손가락으로 슬쩍 쓸고 말았다.

그가 인상을 찌푸리며 잠에서 깨려 뒤척였다. 민수는 얼른 손가락을 치우고 숨을 죽였다. 장난기가 보글보글 끓어올랐지만 간만에 편히 잠든 그의 숙면을 부수고 싶지 않았다. 민수는 자리에서 조용히 일어났다.

시혁을 몇 시간 더 편히 자게 놓아두고 싶었다. 행복에 겨운 천진한 그의 표정을 볼 때마다 뱃속이 미안함으로 물들었다. 그에게 몹쓸 짓을 저지른 주제에, 앞으로 함께하는 것도 그에게 몹쓸 짓이 되지 않을까.

권갑수의 얼굴을 보고 살 자신이 있을까, 그와 그의 아버지를 평생 의절시킬 자신은 있을까. 가라앉았던 부유물이 떠오르듯 미루었던 걱정들이 한꺼번에 수면 위로 올라왔다.

하자는 대로 못 이기는 체 얼마라도 같이 살아 볼까. 결혼 같은 건 아니더라도.

민수는 알몸을 이부자리에서 꺼내 속옷만을 찾아 입은 채 유카타를 둘렀다. 왼쪽 옷깃을 겨드랑이까지 끌어당겨 오비를 능숙하게 두 번 두르고 리본 매듭을 엮었다. 마루를 나와 맨발에 비치된 조리를 신고 타박타박 산책로를 따라 걷기 시작했다. 복잡한 머릿속을 어떻게든 정리해야 했다.

별채 앞에서 까마귀 몇 마리가 '아악, 아악' 울며 돌아다녔다. 일본은 까마귀들의 천국이다. 한국처럼 딱히 흉조로 여겨지지도 않아서, 공원에도 산에도 도시 어디나 새까맣고 커다랗게 살이 오른 통통한 까마귀들이 천지였다. 민수는 흘긋 본 뒤 무시하고 산 아래로 내려가기 시작했다.

얼마 떨어지지 않은 곳에 아기자기한 일식 정원이 보였다. 본관과

신관들이 함께 운집해 있는 후루스의 중심부였다. 어제 시혁과는 서로에 대해 긴 이야기를 나누느라 이곳까지 내려올 틈조차 없었다.

시혁은 민수에 대해 알고 있는 것들을 부정하지 않았고, 민수는 더 이상 감추지 않았다. 긴 언급은 않았지만 진우와 진규 형제와의 악연에 대해서조차 시혁은 이해해 주고 있었다. 시혁은 민수의 손을 꼭 잡은 채 말했었다.

'걱정 마. 네가 겪은 과거의 일들도 네 일부라고 생각해.'

민수는 걸음을 계속하며 아래로, 아래로 내려왔다. 푸른 잔디가 깔린 산책로, 고급 석재의 디딤돌, 더운 지방에서 나는 꽃나무와 화초들이 아름다웠다.

본관의 로비로 가는 길엔 작은 자연천이 흐르고, 그 사이 복도식 다리가 있었다. 시대가 다른 건물들이 여러 채였지만 모두 이런 식으로 연결되어, 멀리서 보면 마치 한 채처럼 이색적인 그림이 펼쳐졌다.

'하지만 더 이상 과거에만 매달려 살지 말자. 흘려 버릴 건 흘려 버리고, 잊어버릴 건 잊어버려. 내가 꼭 알아야 할 것들이면 네가 그때그때 다시 말해 주고.'

온천의 입구를 경계 짓는 대문까지 걸어 내려왔을 때 아시유가 나타나 민수는 조리를 벗고 풀썩 바위 위에 주저앉았다. 아시유는 온천수를 족욕으로 즐기도록 마련된 것으로 지나가는 여행객 누구나 이용해도 좋았다.

'어떻게 해도 저질러진 과거는 바꿀 수 없어.'

작은 자갈들이 알알이 박힌 바닥, 인공천으로 꾸민 아시유에 발을 담그니 뜨거운 열기가 잠깐 동안 걸었던 발의 피로를 풀어 주었다. 이른 관광을 나가는 한 떼의 사람들이 민수를 지나쳤다. 민수는 그들에게서 고개를 돌렸다.

'그러니까 그냥 그대로 내버려 두고 우리는 현재를 살자. 어때?'

그가, 그의 말들이 더없이 현명한 정답이었다. 민수는 한숨을 내쉬며 물이 좔좔 흐르는 아시유를 멍하니 바라보았다.

그래, 그냥 오늘, 오늘을 온전히 그를 사랑하는 데 쓰자.

그러나 그렇게 치열하게 마음을 다잡았을 때 '흐흐흐, 흐흐흐흐흐흥' 아주 익숙한 웃음소리가 들렸다. 민수는 바싹 얼어붙은 채 고개를 들었다.

"안 내려오면 침실로라도 쳐들어가려고 했는데. 용케 제 발로 나왔네?"

바람 불면 날아갈 듯 가벼운 목소리. 바지를 걷어 올린 채 마주 앉아 족욕을 즐기고 있던 에몬이 민수에게 기다렸다는 듯 말을 걸어왔다.

19장
악연의 끝

"간이 배 밖으로 나왔구나? 나랑 오기로 한 8월의 '뜨거운 바다'에 권시혁이랑 함께 오다니. 그것도 나랑 약속한 바로 다음 날에 말이지?"

두근, 두근, 두근, 두근, 호흡이 가빠지면서 오싹 공포가 느껴졌다. 웃음기조차 가신 에몬의 검은 유리알 같은 눈은 숨이 멎을 정도로 소름 끼쳤다.

"넌 너무 쉬워. 김진우에게도, 권시혁에게도. 그렇게 아무 데나 흘리고 다니니까 이용이나 당하지. 사랑에 빠지지 말라는 내 경고가, 그렇게 우습디?"

그래, 에몬이 옳았다. 사랑에 빠져 그 사람만을 생각하느라, 에몬이 자신의 욕망을 해소하기 위해 주변을 맴돌고 있다는 사실을, 정말 까맣게 잊었었다. 숨조차 멎은 것처럼 꼼짝하지 못하는 민수에게 에몬은 왼손을 내밀었다.

"일어나, 가자. 어디 내 앞에서 잘못을 변명해 봐. 잘못을 만회할 기회를……."

그의 왼손에서 시선을 치우자, 에몬은 말을 끊었다. 민수는 뻣뻣한 목을 억지로 돌리며 그의 손을 다시 바라보았다.

"딱, 한 번, 줄게."

민수는 그 손을 잡는 대신 아시유에 넣었던 발을 빼내어 무릎을 웅크려 안았다. 8월의 아침이 소름 끼치게 추웠다. 조리에 발을 꿰지도 못하고 에몬을 향해 일어나지도 못한 채, 민수는 숨조차 크게 쉬지 못했다.

"난 에몬이 된 뒤로, 마음먹은 일에 실수를 한 일이 한 번도 없어. 하려고 한 일은 하나도 하지 못했던, 옛날의 진규와는 다르지."

그 증거라도 되듯 에몬은 오른손을 마저 펴 보였다.

"지금이라도 잡지? 에몬은 인내심이 없는 편이야."

희고 깨끗한 두 손이 민수를 향해 펼쳐져 있었다. 민수는 그 어떤 손도 잡지 않았다.

"후후. 넌 항상 내 인내심의 한계를 뛰어넘곤 하지. 난 네가 원하는 건 다 하게 해 줬어. 어머니 간병에 장례도 치르게 해 주고. 복수인지 치정극인지 알 수 없는 그 참을 수 없었던 장난질도 끝까지 견뎌 주고. 그토록 원하던 재회까지 잘 했지? 자, 이제 더 이상 변명할 게 없을 거야. 일어나!"

민수는 빠르게 주위를 두리번거렸다. 새벽 6시, 한 떼의 사람들이 관광을 나선 이후로 사람의 발길은 더 이상 없었다. 료칸에 쉬러 와서 이 시간에 움직이는 사람은 드물다. 그렇더라도 대문 앞 아시유에서 로비까지의 거리는 30여 미터밖에 되지 않는다.

소리를 지를까, 맨발로 빠르게 뛰면 어쩌면 가능하다.

에몬이 마치 시체를 연상케 하는 찬웃음을 머금고 말했다.

"그래, 넌 주변 사람들을 재수 없게 만드는 특별한 재주가 있지. 네 어머니, 내 형, 그리고 나까지. 너 하나로 인해 주변을 항상 엉망진창으로 만들잖아."

민수는 떨리는 이를 악물며 그를 올려다보았다. 핏빛 입술이 달싹였다.

"그래, 이번엔 기어이 권시혁을 끌어들여야겠지. 안됐지만 여긴 내 손바닥 안이야."

권시혁의 이름을 듣는 순간, 희한하게도 뻣뻣하게 온몸을 죄던 공포가 가시며 정신이 맑아졌다. 아직도 자랑스레 펼쳐져 있는 에몬의 두 손, 그리고 운전을 하던 이 씨의 온전치 못하던 왼쪽 새끼손가락.

'아, 후루스로 결정하셨습니까. 네, 그곳도 훌륭한 곳입니다. 해안을 내려다볼 수 있는 절경으로 유명하지요. 산책로도 그만이랍니다.'

민수는 두근, 두근, 두근, 두근, 미칠 듯 뛰는 심장박동 속에서도 차갑게 머리를 식혔다. 에몬은 시혁에게 일찌감치 감시의 눈을 붙여 놓았었다. 철저히 주변을 맴돌며 방심의 틈을 노려 왔다.

민수는 유카타 차림이라는 것도 아랑곳 않고 몸을 일으키며 에몬을 쏘아보았다.

"권갑수가 무슨 죄를 지었든지, 그건 그 사람 죄야. 권시혁과는 상관없어. 나도 그걸 너무 늦게 깨달았어. 형과의 일에 뭔가 맺힌

게 있다면 차라리 나랑 풀어."

그녀는 차분하게 조리에 발을 꿰고 에몬을 다시 노려보았다. 에몬은 교묘히 '흐흐흐흐흐흥' 길게 웃으며 웃음의 가면을 다시 주워 썼다. 입꼬리도, 눈꼬리도, 얼굴 주름조차 웃고 있지만 눈빛만큼은 웃지 않는 그 기괴한 웃음이었다.

"하나만큼은 인정해 줘야겠군. 넌 나를 자극하는 데, 아주 탁월해."

갑자기 손수건이 입과 코를 막아 왔다. 숨이 가빴다. 민수는 '으읍!' 소리치려 했지만 온몸이 그에게 안긴 채 꽉 조여 왔다.

"기운 빼지 마. 네가 어디로 도망치든 어디에 숨어 있든, 난 내가 마음먹은 대로 해."

민수의 오른손은 에몬의 손등을 손톱으로 찍었다. '으으읍!' 소리치며 손가락을 부러뜨릴 정도로 세게 잡아 꺾었지만 그 힘은 곧 미약해졌다.

닛산, 검은색 글로리아의 뒷문이 열리고 뒷자리에 앉혀졌다. 남아 있던 시각도 흐릿해졌다. 그리고 툭, 점멸하는 불빛처럼 모든 것이 한순간 꺼져 들었다.

기분 좋게 잠에서 깼지만 시혁은 곧 인상을 찌푸리며 주위를 둘러보았다. 자고 일어났을 때 옆자리가 비었다는 걸 깨달은 뒤의 기분은 언제나 최악이다. 깊은 숙면의 쾌감을 느끼기도 전에 시혁은 "민수야!" 소리쳤다. 설마, 하는 씁쓸한 기분으로 몸을 일으켰다.

자고 일어나서 그런지 목이 탔다. 머리맡에 물과 컵들이 보였으나 마음이 급했다. 오시이레를 여니 토트백도, 입고 온 옷도, 호텔 지하 1층의 명품숍에서 되는 대로 급히 쇼핑했던 몇 벌의 옷들도 봉투째 그대로이다. 없어진 것은 어제 마지막으로 벗겼던 유카타 뿐이었다. 도대체, 아침부터 또 어딜 간 거야!

"민수야!"

시혁은 이러다가 집착하는 남편이 될지도 모르겠다고 생각하며 혼자 후후, 웃었다. 유카타 차림이라면 기껏 돌아다녀 봐야 료칸 안이다. 그렇더라도 빨리 이 여자를 눈앞에 데려다 놓아야겠다.

"민수야, 화장실에 있니?"

물론 대답은 없었다. 별채 안에는 혼자였다. 시혁은 몸을 돌려 침실로 들어가 열린 오시이레 안에서 옷을 찾아 들었다. 여러 벌을 준비해 왔지만 마음이 급해 손에 잡히는 대로 아무렇게나 입었다. 검은색 면바지에 검은색 반팔 셔츠였다. 입고 보니 색이 거슬렸지만 색깔을 맞추어 다시 차려입을 마음의 여유는 없었다.

괜찮아, 어디 멀리 간 건 아니야.

목이 더 탔다. 마음을 편히 먹으려 스스로를 다독이며 거실에 비치된 물 잔 가득 식수를 따라 들이켰다. 그러나 아주 미세하게 물이 비리고 쓴맛이 있어 한 모금 마시려다 왈칵 뱉었다. 온천지라 식수에도 황 성분이 든 건가.

그러나 깊이 생각하지 못했다. 지금은 민수를 찾는 게 무엇보다 중요했다. 몸을 일으켜 별채 밖을 뛰어나가 민수의 이름을 부르며 한참을 뛰어다녔다.

"민수야, 민수야!"

새소리가 쨱쨱 들리는 가운데 날이 어슴푸레 밝아 오는 이른 새 벽이었고, 사람의 발길은 뜸했다. 객실과 객실로 이어진 료칸의 복도는 미로처럼 복잡했다. 시혁은 불안감의 정체를 알 수 없었다. 어젠 행복으로 가득 찼던 어두운 숲도 문득 두려워졌다.

뛰어다니는 덴 한계가 있었다. 뭔가 기분이 이상했다. 미안함을 무릅쓰고 북채의 1층 끝 방에 머무는 이 씨의 도움을 받기로 했다.

나무로 된 문을 똑똑똑, 조급하게 두드렸다.

"이 씨, 이 씨! 아침부터 미안합니다. 잠깐만 저 좀 보십시오."

안쪽에서 부스럭거리는 인기척이 들리며 사람이 나왔다. 이 씨였고 막 외출이라도 하려 했는지 이른 새벽부터 옷을 말끔히 차려 입고 있었다. 테이블 옆에는 방금 벗어 둔 한 무더기의 유카타 뭉치가 있었다. 문득 목이 짜릿하게 탔다.

"무슨 일이십니까."

이 씨의 얼굴엔 갑작스러운 방문에 대한 놀람과 낭패감이 함께 어려 있었다. 입 안이 쓰며 머리가 미세하게 조여 왔다.

"죄송하지만 부탁드릴 게 있습니다."

"일단 들어……오십시오."

"아니요, 급합니다. 저기……."

"진정하시고, 물 한 잔 드시면서 천천히 말씀하십시오. 도와 드리겠습니다."

이 씨는 부스럭부스럭 물과 물컵을 찾아 들며 천천히 물을 따라 주었다. 시혁은 곧 어디로라도 떠나려는 듯 말끔히 정리된 방을 한 번 둘러보았다. 민수와는 주변을 관광하며 며칠 더 묵을 예정이었다. 방 안 입구에 선 채로 이 씨가 따라 준 물을 다급히 들이켰다. 정말 목이 말랐었다.

"콜록, 콜록! 콜록, 콜록!"

그러나 사레가 들려 물을 쏟았다. 혀끝이 미세한 짜릿함을 감지

했다. 어쩔 수 없이 일부가 몸 안에 흘러들었다.

시혁은 갑자기 오싹해졌다. 목이 타던 것도, 짜릿하게 혀끝이 미세하게 조여 오는 것도, 물 냄새도 이상했다. 물컵을 건네주던 이 씨의 온전치 못한 왼손까지, 갑자기 이 모든 게 자연스럽지 않았다.

이 씨가 벗어 둔 옷자락 사이에 비쭉 튀어나온 낯익은 암갈색 편지 봉투와 누런 파일 봉투 때문이었다. 왜 편지 봉투와 서류 봉투들을 방금 벗어 둔 옷자락으로 감아 놨을까. 뭔가 급했던 걸까. 시혁은 마음을 가다듬고 이 씨에게 부탁했다.

"머리가…… 머리가 너무 아픕니다. 직원에게 부탁해서 아스피린 몇 알만 구해다 주십시오. 다녀오시는 동안 방에서 잠깐 쉬고 있어도 되겠습니까?"

시혁은 어지러운 척 몸을 흐트러뜨리며 그대로 쓰러지듯 벽에 기대앉았다. 이 씨는 잠깐 머뭇거리다 복잡한 표정으로, "네, 그러지요." 하고 나갔다.

멀어지는 발자국 소리를 들으며 시혁은 서둘러 암갈색 편지 봉투를 집어 들었다. 심장이 쿵쿵 뛰었다. 엊그제 자신이 받았던 편지가 발이 달렸는지 이 방에 와 있었다.

'로비에 맡겨졌던 편지랍니다.'

뒷면에는 한문으로 권시혁이란 이름이 적혀 있었다. 시혁은 서둘러 편지 봉투를 뜯었다.

봉투 안에는 또 다른 봉투가 들어 있었다. 우체국 소인까지 찍혀 한국행 배를 탔어야 할, 배달되지 않은 편지였다. 시혁은 숨을

372

들이마시며 편지를 받아야 할 주인 대신 편지 봉투를 열었다.

　당진 이모. 잘 도착했다는 전화를 드리고 나니 마음이 더 무겁
네요. 이모의 긴 한숨 소리가 조금이라도 잦아들었으면 하는 마
음에 이렇게 펜을…….

　아주 단정한 필체였고, 맨 끝은 '민수 올림'으로 끝나 있었다.
시혁은 힘든 마음을 담고 있는 민수의 '그 사람', '그 아들'이 자
신을 뜻한다는 걸 모를 수 없었다. 민수의 진심이 절절했다. 자신
이 한 짓을 후회하고 있다는, 그러나 그럴 수밖에 없었다는, 그리
고 시혁, 그를 사랑하고 있다는.
　시혁은 민수의 본마음에 기뻐할 새도 없이 숨이 가빠 왔다. 이
편지는 민수와 재회하기 직전 받은 것이다. 그런데 지금 여기 와
있다. 도대체 왜! 머릿속이 복잡했다.
　아니, 하나씩 풀어 가야 했다. 이게 애초에 왜 내게 배달되었을
까. 왜 하필 그때, 민수의 절절한 마음을 전해 준 것일까.
　그때 시혁은 민수의 마음을 전혀 모르던 상태였다. 누군가 민수
의 진심을 오해하지 말라, 시혁을 조종하고 싶었다면.
　그러나 그 누군가의 조종과 상관없이 서로를 오해하지 않았고,
재회했고, 뜯어보지도 않은 편지는 소용없게 되었다. 그렇다면 편
지는 다시 수거되어야 했겠지.
　이 씨는 시혁을 줄곧 수행해 왔다. 그리고 누군가는 우체국 소
인까지 찍힌 편지를 당당히 훔쳐 전했다. 오싹했다. 누군가 둘을
오랫동안 관찰해 오고 있었다. 자신의 존재를 이렇게 드러내길 주
저하지 않는 대담한 누군가가.

다른 서류 봉투를 집어 들었다. 봉투 안에는 스냅 사진이 더 들어 있었다. 민수가 찍혀 있다! 맨션 입구를 나서는 민수, 골목길을 걷는 민수와 또래 친구, 전철을 타러 들어가는 민수. 시혁은 쿵쿵거리는 가슴을 누르며 봉투를 더 뒤적였다.

전단지가 나왔다. 전단지 조각이었다. 죽통에 구워 파는 지방 특산물, 구이소금을 홍보하는 찢겨진 조각이었다. 그러나 찍은 지 한참 된 것으로, 요즘 뿌려지는 것들이 아니었다. 등사기로 민 갱지 위, 세월에 누렇게 변색된 종잇조각이 무언가를 말하고 있었다.

시혁은 떨리는 마음을 진정시키며 테이블 위의 전화기를 몸 앞으로 돌렸다. 그리고 수화기를 들어 천천히 버튼을 눌렀다. 낡은 전단지에 적힌 전화번호였다. 세 번 울린 뒤 어떤 여자가 전화를 받았다. 지금은 없는 전화번호라는 안내 멘트가 기계식 음성으로 흘렀다.

누군가 조용히 관찰했던 민수를 데려가고 싶었다면. 시혁은 지끈거리는 머리를 눌렀다.

오래전 영업이 정지되었을 시골의 한적한 곳, 여기다!

그러나 몸이 으슬으슬 떨렸다. 컨디션이 갑자기 최악으로 떨어졌다. 몸살이라도 크게 오는 것처럼 온몸에 기운이 죽 빠졌다. 시혁은 수화기를 내려놓지 못한 채 크게 숨을 골랐다. 죽도록 기운을 짜내, 아니 지금 죽더라도, 전화를 한 통 더 해야 했다.

'촤악!'

찬물이 얼굴에 끼얹어졌고, 민수는 퍼뜩 정신을 차렸다. 손목이 욱신거리고 어깨가 불편했다. 팔을 마음대로 움직일 수 없다. 기둥에 묶인 채 매우 좁고 높은 탁자 위에 불안정하게 인형처럼 놓여 있었다.

"콜록, 콜록."

민수는 기침을 했다. 이곳은 허름한 헛간 같은 곳이었다. 나무 창살 사이로 약간의 빛이 스며들었지만 실내는 어두컴컴했고, 또 사방이 먼지투성이였다. 거미줄과 벌레들이 득시글했다. 뒤늦게 썩은 대나무와 볏짚 냄새가 코를 찌른다는 사실을 깨달았다.

"깼어?"

금속성의 소리가 스르릉, 귀를 긁었다. 저 어두운 곳에서 에몬인 듯한 음영이 무언갈 준비하고 있었다.

에몬이 원하던 끝은 내 죽음인가. 민수의 온몸에 공포가 휘감겼다.

우습다. 이틀 전, 시혁 씨를 만나기 전엔 그와 함께하는 값진 하루를 위해 남은 수명을 헐값에 팔아 치워도 좋다고 생각했는데. 그 값진 하루를 얻고 나니, 이젠 그와 평생을 함께하고 싶다는 삶에 대한 욕망이 그득했다.

아직 아무것도 해 주지 못했는데. 밤을 보내고 당신을 버리는 짓을 또 한 셈이네. 당신은 또 나를 찾아서 헤매고 있는 거야? 하지만 이번엔 절대로 날 찾아내지 마. 당신까지 위험의 구렁텅이에 빠뜨리긴 싫어.

그러나 절대 찾지 못하길 바라면서도 이 순간, 그가 간절히 보고 싶었다. 두려움보다도 더 큰 미안함이 목을 죄었다. 그에게 "미안해." 그 가벼운 사과조차도 못 했다. 어떻게 이틀이란 그 긴 시간 동안 그에게 사과 한 마디 할 생각을 못 했을까. 뜨거운 물에 목욕을 하고, 그가 집어 주는 산해진미를 받아먹는 데만 시간을 소모했다. 끝까지, 그에게는 받기만 하고 떠난다.

미안해.

그러고 보니 그의 이름조차 다정히 한번 불러 준 적이 없다. 이제는 스러져 버릴 그와 함께할 미래.

미안해, 시혁 씨.

나의 죽음이, 그에게 얼마나 더 큰 상처가 될까. 차라리 그를 영원히 버리고 떠난 나쁜 여자로 남는 편이 좋다. 내 시체조차 절대 발견할 수 없기를.

"네가 원하면 안 돼도 되게 해 줘야 하는데. 그 잘난 '안 만나는 옛날 친구'. 왜, 죽으면 못 만나잖아. ㅎㅎㅎㅎㅎㅎ흥."

민수는 '콜록, 콜록' 기침을 했다. 약이 과량 사용된 것 같았다. 의식이 흐트러져 몸이 기울어졌다. 굴러떨어질 것같이 좁고 긴 탁자에 아슬아슬 가로로 놓였다. 탁자가 꽤 높아 발이 허공에서 놀았다. 허리에 단단히 힘을 주고 몸을 일으키며 몸을 바로 했지만 다리가 걸리지 않아 자꾸 기울어졌다. 시혁의 얼굴을 떠올릴수록 드는 생각은 단 하나.

죽기 싫다.

"아직도 원한다면 말이야."

바람 불면 날아갈 듯 가벼운 목소리가 귀를 에었다. 에몬은 웃음의 가면을 평소보다도 더 진하게 뒤집어썼다.

'그럼, 네가 원하는 대로 해 줄게. 어떤 관계가 되기를 원해?'

'옛 친구. 마음으로만 안녕하기를 바라는, 구태여 다시 찾아서 만나지 않는 헤어진 옛날 친구.'

'네가 원하면 안 돼도 되게 해 줘야지?'

민수는 묶인 가슴이 조여 와 콜록, 콜록, 기침을 멈출 수 없었다.

"넌 어떻게 그렇게 저만 알고, 내가 그동안 얼마나 고생을 하며 지냈는지는 묻지도 않니? 내가 육가공 공장에서 일했다고는 했었지? 네가 도쿄의 대학교에서 팔자 좋게 늘어져 공부나 하는 동안, 나는 수많은 소들과 돼지들을……."

'ㅎㅎㅎㅎㅎ홍' 경망스러운 웃음소리가 등 뒤에서 들렸다. 창고의 문 앞, 그가 던져 놓은 짐 가방에는 가죽 케이스에 담겨 손잡이가 삐져나온 기다란 물건이 있었다.

"해체했지."

민수는 본능적인 두려움에 숨이 막혔다. 에몬은 날아갈 듯 가벼운 목소리로 말을 이었다.

"걱정하지 마. 너에겐 딱 한 번, 기회를 줄 거야. 넌 어떤지 모르겠지만 난 이렇게 못돼 처먹은 널, 여태 털끝도 건드리지 않았을 만큼! 아주, 아주 사랑하거든."

에몬은 검은 슈트를 단정히 입고 있었다. 흰 피부, 181센티미터의 운동으로 다져진 몸매, 순수한 눈망울, 잡티조차 없이 이목구비가 뚜렷한 얼굴, 홍조가 도는 붉은 뺨, 장난기 어린 웃음, 진규의 얼굴은 그랬었다. 에몬은 그 바탕에 징그러움과 특유의 섬뜩함을 더해 완전히 다른 사람이 되었다.

"너도 살고 싶지? 죽고 싶지 않을 거야. 차라리 죽여 달라고 애원하던 녀석들도 막상 죽는 순간엔 살려고 별별 발버둥들을 다 치더라고."

그는 집게로 자신의 머리를 톡톡, 치며 검은 눈을 빛냈다.

"이제부터 머리를 잘 굴려 봐. 어떻게 하면 네가 살 수 있을지. 마침 옷차림이 참…… 적절하군."

민수는 엉망으로 흐트러진 유카타의 벌어진 틈으로 비어져 나온 은어같이 흰 다리를 옷자락 안으로 감췄다. 그러나 허릿심만으론 똑바로 앉기 힘들어, 양발이 허공에서 기댈 곳 없이 허우적댔다.

에몬은 '흥!' 비웃으며 보란 듯 유카타의 아랫자락을 뒤로 완전히 벌려 젖혀 민수의 양다리를 모두 허옇게 드러냈다. 민수는 '아악!' 소리를 지르며 몸을 비틀었다.

"그래, 내가 왜 이럴까? 이유부터 알아야지. 영문도 모르고 당하는 꼴이잖아."

에몬은 아랑곳 않고 민수의 벗은 무릎 앞에 낮은 나무 의자를 턱, 놓고 마주 앉았다. 그리고 고개를 꺾어 들어 그녀를 노려보았다.

"사실은 그때, 그 명동 사건에서, 네 어머니가 권갑수에게 네 목숨을 구걸했어. 하나밖에 없는 딸, 살려 달라고."

허공을 허우적대던 민수가 정신을 차리고 에몬의 눈을 똑바로 응시하자, 에몬의 표정에서 서글픈 미소가 슬쩍 번졌다.

"덕분에 권갑수가 끼어 전쟁의 판이 커졌지. 모두들 목숨을 걸고 싸우는데, 이기고 지고에 상관없이 하늘에서 커다란 아가리가 나타나 탁! 모조리 먹어 치운 거야. 그 소용돌이 속에서 내 형, 진우는 죽었어. 아주 철저히 준비해서 이길 게 뻔했던 전쟁을 말이야. 그러니까 너 살리다가! 내 형이 죽은 셈이지, 이해가 가?"

에몬은 '흐흐흐흥!' 다시 웃으며 민수의 등 뒤로 사라졌다.

"물론, 잘 알고 있듯이 형이 이겼더라도 네 목숨은 보장할 수 없었어."

에몬은 보이지 않는 등 뒤에서 무언가를 끙끙거리며 옮기고 있었다. 힘겹게 옮긴 물건을 세우느라 '험!' 하고 기합을 넣으며 헐떡거리면서도 말을 계속했다.

"재미있는 게 뭔지 알아? 김진우는 정민수를 배신했지만 김진규는 정민수를 구하려고 했지. 넌 어떻게 그렇게 나한테 관심이 없을 수가 있니? 어떻게 그렇게 한 번도 묻지를 않아? 김진규는 운 좋게 그 난리 통 속에서 목숨을 부지했더라도, 어떻게 일본으로 도망쳐서 곧바로! 에몬이 될 수 있었을까?"

경망스러운 웃음을 지은 에몬이, 아니 옛날의 진규가 하던 일을 멈추고 민수 앞으로 잠깐 돌아와 그녀의 눈을 들여다보았다. 그녀의 턱은 진규의 손에 잡혔다. 민수는 급하게 숨을 들이켰다. '후우, 후우' 가쁘게 숨을 내뱉는 옛 진규의 그리운 체취가 민수의 숨결과 잠시 얽혔다.

"두 남녀가 탈 배, 두 남녀가 머물 오사카의 집, 두 남녀가 몇 달 동안 숨어 살기 충분한 식량과 돈을 준비해 놓았었거든. 새로운 신분까지도. 진규는 아주 어리석은 자식이었지. 평생, 저를 끊임없이 배신하는 여자, 정민수를 위해 일본의 폭력 조직에 제 영혼을 팔아서 말이야."

진규는 다시 에몬이 되어 억세게 잡았던 민수의 턱을 거칠게 던졌다.

"에몬이 뭔지 알려 줄까? 츠지 가문의 '가신(家臣)'이 되기로 하고 받은 이름이야."

에몬은 몸을 돌려 자신이 하던 일을 마저 하러 사라졌다. 민수는 가슴이 문득 답답해져 '콜록, 콜록' 기침을 하곤 쓰러져 가는 몸을 일으켰다. 좁은 탁자에서 엉덩이가 자꾸 미끄러졌다.

"난 그렇게 너에게 모든 걸 다했는데 말이지. 그렇게 어려서부터 좋아한다는 걸 표시 내고, 그렇게 네게 헌신하는 내 앞에서 넌! 잔인하게 내 형을 택했어! 영혼을 팔아 도피처를 마련해 두니 저혼자 살자고 도쿄로 도망치고! 내 형을 죽게 하고! 응? 그것도 모자라!"

등 뒤에 있던 에몬이 돌아왔다. 유리알같이 검은 눈동자가 호흡을 멈춘 채 그녀를 잔인하게 응시했다. 민수는 다리를 오그리려 애쓰며 허리를 세웠다. 다리가 허공에서 춤췄고 에몬의 시선이 그녀의 희고 가는 다리로 매섭게 향했다.

"그렇게 경고했는데도 결국 권시혁과 사랑에 빠져 이렇게까지 허우적대고! 응?"

권시혁! 민수는 오싹하여 본능적으로 뒤를 돌아보았다. 온몸이 묶여 있어, 호흡조차 곤란하여 쉽지 않았지만 죽을힘을 다해 허리를 세우고 뒤를 돌아보았다.

"아아악!"

민수의 비명이 들리자, 에몬은 '흐흥, 흐흐흐흐흐흥' 경망스러운 웃음을 만족스럽게 흘렸다. 민수의 등 뒤에는 시혁이 의식을 잃은 채 기둥에 묶여 있었다. 검은 피부, 탄탄한 팔, 근육으로 단단한 허벅지, 얼굴이 보이지 않는다고 해서, 그를 몰라볼 수 없었다. 위로 묶여 결박된 그 익숙한 검은 손에 민수는 경악하여 소리쳤다.

"무슨 짓이야! 이 사람이 무슨 상관이야!"

에몬의 얼굴에서 웃음기가 싹 날아가자, 섬뜩할 정도로 오싹한 얼굴이 나타났다. 민수의 분노가 에몬을 무척 화나게 한 것 같았다. 손 하나 까딱하지 않은 채 시선을 맞추고 음산한 기운을 쏟았다.

"왜 상관이 없어? 내 형이 죽어 갈 때, 그리고 과거의 내가 죽어 갈 때, 가장 많은 이권을 챙겼던 권갑수!"

갑자기 과거로 흘러 사라졌던 말들이 머릿속에서 쏟아졌다. 에몬이 뱉었던 것들.

'그래, 뭐. 좋은 아이디어야. 가장 소중한 아들에게 복수를! 곧 죽을 늙은이를 죽이는 것도, 돈을 빼앗는 것도 시원치 않지. 흐흐흐흐흐흥.'

"치정극인지 뭔진 모르겠지만, 네 복수는 다했지? 이젠 내 차례야. 내 복수는 내 마음대로!"

에몬은 얇은 입술로 길게 곡선을 그리며 눈을 찡끗, 윙크했다.

"'죽음이 그들을 갈라놓게' 하는 게 내 방식이거든. 그렇게 처음부터 같이하면 좋았잖아."

민수는 팔에 오소소 소름이 돋았다. 뒤늦게 그가 지금부터 무슨 짓을 하려는지 판단이 되었다. 발작하듯 온 힘을 다해 소리쳤다.

"아니, 아니, 아니야! 다 해 줄게. 해 달라는 대로 다 해 줄게. 저 사람은 보내! 응? 뭘 해 줄까? 원하는 대로 다 해 줄게!"

에몬은 그런 그녀를 향해 무섭게 소리쳤다.

"넌! 끝까지! 내 생각은 털끝만큼도 안 하는구나? 내가 널 보면서 어떤 마음이 들었을 거 같아? 시궁창 같은 현실 억지로 추스르고 나니, 너 홀로 고고하게 이따위로 되어 버렸어. 죽이지도 못하겠고 두고 보지도 못하겠는데 넌, 날 한 번 더 짓밟더라? 왜! 내 경고를 무시해! 왜, 저 권갑수의 아들 녀석과 사랑에 빠져!"

민수는 뻣뻣한 목을 억지로 돌려 시혁의 상태를 돌아보았다.

"시혁 씨!"

소리쳐 불렀지만 그는 바닥에 늘어진 채 전혀 의식을 차리지 못했다. 기둥에 묶인 몸뚱이조차 스르르 미끄러져 내리니 에몬은 죽은 가축을 바로 세우듯 '끙!' 하며 힘으로 일으켰다.

"너무 무겁군."

에몬은 씨익, 섬뜩한 웃음을 보이며 기댄 채 쓰러지고 있는 시혁을 굵은 밧줄로 묶어 세웠다.

"안 돼!"

민수는 진저리 치며 날카롭게 소리쳤다. 민수는 엉덩이를 고인 탁자를 흔들거리며 어떻게든 다리를 바닥으로 늘어뜨리려 애썼다.

"그래, 그래, 잘하고 있어. 그렇게 겁을 꿀꺽꿀꺽 집어먹어야 나도 할 맛이 나지."

그때 스르르 미끄러지며 '쿵!' 하고 기둥에 머리가 박히자, 시혁의 의식이 아주 조금 돌아온 것 같았다.

"시혁 씨!"

민수가 소리쳤다. 에몬은 시혁의 몸을 기둥과 나무틀에 고인 채 민수에게 바삐 다가왔다.

"시혁 씨, 일어……."

민수는 소리쳤지만 곧 '읍!' 하며 입이 막혔다. 에몬은 그녀의 입술에 자신의 입술을 얽었다. 동시에 '읏!' 하는 에몬의 비명도 이어졌다.

"와! 짜릿하다! 이렇게 좋은 걸 몰랐네."

에몬은 입가의 핏물을 천천히 닦았다. 곧이어 민수의 입 안은 무언가로 가득 쑤셔 넣어지고, 입에 긴 천이 거칠게 묶였다. 가쁜 숨이 더 가빠 왔다. 에몬은 음산한 목소리로 경고했다.

"이 녀석 부르는 목소리, 더 이상 못 들어 주겠다! 조용히 구경하고 있어. 살 기회를 준다잖아! 이 녀석을 처리하고 나서 널 내 여자로 만들어 줄 테니까. 그게 네가 얻을 수 있는 유일한 삶의 기회야."

눈물이 앞을 가렸지만 민수는 차갑게 머리를 식혔다. 시혁이 깨어나면, 에몬의 의지보다 시혁이 더 먼저 깨어나면! 민수는 사력을 다해 몸을 날려 바닥에 발을 붙이고 시혁 쪽으로 발길질했다. 몸이 묶인 곳과 허리에 탁자가 찍혀 드는 것을 무시하고 쉴 새 없이 시도했다. 헛발질이 가득한 가운데 딱 한 번 시혁에게 발밑의 돌멩이를 차 맞출 수 있었다.

"으으…… 쿡, 쿡, 쿡!"

입이 막히니 호흡이 가빴다. 몸부림 때문에 밧줄에 가슴이 더욱 죄었다. 날카롭게 베이는 것 같은 허리의 통증 가운데도, 몇 번이라도 더 발밑의 무언가라도 차 보내려 했다. '쿨럭, 쿨럭!' 날카롭게 기침을 했다. 에몬이 '흐흥, 흐흐흐흐흐흥' 하던 일을 멈추고 그를 올려다봤다.

"김진우는 발목에 칼이 꽂힌 채, 허벅지에 한 번, 복부에 세 번, 심장에 두 번, 목에 한 번, 그렇게 칼을 맞고 죽었어. 김진우와 똑같이 해 준 다음에, 그 다음엔 편안하게 해 줄게. 난 자비롭거든."

시혁은 양 발목이 묶였고, 양손 또한 위로 묶인 채였다. 기둥에 위태위태하게 기대어 세워진 가슴이 그나마 허술하게 고정되어 있었다.

"그런데 자도 너무 자는군. 왜 이렇게 안 깨는 거야. 끝까지 자다가 죽을 건가. 이봐! 김진우가 죽은 대가는 너도 같이 치러야지!"

에몬이 크게 발길질하자, 시혁은 스르르 미끄러져 바닥에 쿵,

쓰러진 채 몇 바퀴를 굴렀다.

"우우…… 읍!"

민수가 소리쳤다. 바닥엔 스산한 분위기를 더하는 쓰레기들, 오래된 깡통이며 유리 조각들이 함부로 굴러다니고 있었다. 어떤 딱딱한 물체가 그의 의식 없는 머리를 짓찧었다. 민수의 눈에서 눈물이 주르륵 흘렀다.

에몬은 자신의 가방에서 준비한 기다란 가죽 케이스를 꺼내 들곤 손목시계를 확인했다.

"벌써 세 시야. 곧 해가 질 텐데, 너무 늦는데?"

에몬은 '끙!' 힘을 쓰며 시혁을 다시 묶어 세웠다. 이번엔 손목을 묶어 올린 끈을 단단히 조여 제대로 매달았다. 그의 육신이 고깃덩이처럼 힘없이 늘어졌다. 에몬은 뒤쪽으로 다가가 커다란 가죽 케이스를 가져왔다.

케이스를 열자 뼈칼이었던 독일제 15센티미터의 짧은 새김칼과 고기 칼이었던 30센티미터의 중간 길이 대동칼이 은은한 검광을 빛내며 몸체를 드러냈다. 손잡이는 몇 번이나 고쳐 쓴 흔적이 역력한 나무 손잡이였고, 보통의 칼들과 다르게 수작업으로 날이 세워져 있었다. 감아 놓은 오래된 무명천 사이사이로, 검붉은 핏국과 땟국이 절어 있었다.

에몬은 두 칼을 교차하며 '스르릉' 날카로운 검광을 뽑냈다. 진규는 오른손잡이였는데, 에몬은 왼손잡이였다. 진규와 에몬이 한 몸에 든 에몬은 양손을 아주 자유롭게 잘 썼다. 민수는 '으흑!' 비명과 울음을 쏟았다. 에몬은 칼춤을 추듯 가볍게 시혁에게 다가가 애무하듯 칼날을 시혁의 허벅지에 가져다 댔다.

"이봐! 이제 그만 자고 일어나!"

짧은 칼날은 시혁의 다리를 가볍게 감싸 돌며 그의 면바지를 얇게 베었다. 곧 투툭, 붉은 피도 함께 떨어졌다. 진규의 오른손은 바지만을 베었지만 에몬의 왼손은 미동도 않는 시혁을 기어이 깨우고 싶었는지, 시혁의 살갗까지 가볍게 쓸어 주었다.

에몬은 '흐흥, 흐흐흐흐흐흥!' 불만족스러운 웃음을 토했다. '우욱! 우욱! 우욱!' 민수의 비명 소리는 만족스러웠지만 시혁의 의식이 영 돌아오지 않는 것이 마음에 들지 않았다.

"어차피 시작하면 일어나야겠지!"

에몬은 시혁의 발목을 정조준했다. 단도의 방향을 길게 바꾸어 바로 세우고 단타로 강하게 내리쳤다.

"아악!"

그러나 비명은 에몬의 것이었다.

미동도 없이 늘어져 있던 시혁의 발끝은 갑자기 에몬의 왼쪽 손목을 '탁!' 걷어찼다. 그의 손엔 작은 금속 조각이 들려 있었고, 팔목의 밧줄은 이미 끊어진 뒤였다. 그는 바닥을 한 바퀴 굴러 에몬의 왼손에 있던 단도를 순식간에 집어 들었다. 그리고 다리 사이에 걸렸던 밧줄을 단칼에 잘라 내고 마치 한 마리 표범처럼 우아하게 일어났다.

"오오! 언기력, 좋아?"

꽤 아팠는지, 에몬은 타격을 받은 왼쪽 손목을 돌리며 빠르게 풀었다. 시혁과 에몬의 눈빛이 허공에서 매섭게 부딪쳤다. 에몬은 고개를 왼쪽, 오른쪽으로 툭툭, 꺾어 제대로 목을 풀며 자세를 가다듬었다. 단 한 번의 발길질이었을 뿐인데, 에몬의 눈빛에선 장난기가 완전히 가셨다.

그는 긴장을 풀기라도 하듯, '흐흥, 흐흐흐흐흥' 떨리는 입술로 거짓 웃음을 웃었다. 그리고 오른손의 중도를 제대로 쥐고 칼날을 휘두르기 시작했다.

빠르게 복부와 가슴을 향해 찌르는 에몬의 공격이 시작되자마자 시혁은 곧바로 따라 움직였다. 마치 에몬의 생각을 그대로 읽고 반전시켜 움직이는 것만 같았다. 복부를 찌르는 손과 조금의 여유를 두고 피하는 배, 심장을 향해 찌르는 칼날과 약간의 거리를 두고 물러나는 가슴, 어찌 보면 여유 있는 것 같고, 어찌 보면 미리 준비된 것 같았다.

몇 수를 겨루자, 서로의 수가 빤히 읽혔다. 에몬의 입에선 거짓 웃음조차 사라졌다.

"실력이 어느 정도인지 알 수가 없어 궁금했는데, 새벽마다 헛짓거리를 한 건 아니었나 봐?"

그때 아무 기척도 없이 시혁의 발이 갑자기 에몬의 오른손을 탁, 찼다. 움직이기 전의 기미가 제대로 읽히지 않았기에 에몬은 깜짝 놀란 채 칼을 떨어뜨렸다. 그러나 에몬과 진규가 한 몸에 깃든 그는 양손잡이였다. 빠르게 몸을 굴려 떨어뜨린 반대쪽 손으로 칼을 주워 들었다.

"후우! 무시해서 미안하군."

눈빛마저 바뀐 에몬은 칼을 오른손으로, 다시 왼손으로 가볍게 바꾸어 쥐었다. 시혁은 거리를 확보하며 민수 쪽으로 천천히 몸을 움직이려 했다. 하지만 문제는 에몬의 칼이 훨씬 길었고, 칼에 익숙한 건 에몬 쪽이었다.

시혁은 움직임엔 우위였으나 칼로 사람을 찔러 해를 입히는 덴 익숙지 않았다. 큰 해를 입히지 않고 방어용으로 막아 드는 단도와 살기를 품고 살상용으로 덤비는 중도의 위력은 달랐다. 에몬은 사람에게 칼로 해를 입히는 데 아주, 탁월한 우위를 점하고 있었다.

에몬의 왼손이 갑자기 시혁의 배를 향해 푹, 칼을 들이밀었다. 시혁에겐 가장 큰 약점이 있었다.

"으읍! 으으으으읍!"

숨도 쉬지 않고 바라보던 민수의 입에서 비명이 울렸다. 자신을 막아선 시혁이 내내 피하지 않다, 너무나 늦게 움직였다. 시혁은 단도로 막아 돌리며 아주 아슬아슬 몸을 비틀어 피했고, 때문에 민수와 한 발 멀어졌다. 에몬은 시혁의 움직임에 힌트를 얻은 듯 설핏 웃었다.

그들의 온도가 미묘하게 달라졌다. 민수를 다치지 않게 하려는 시혁의 움직임이 눈에 띄게 소심하고 둔해졌다. 반대로 싸워 이기려는 에몬은 거침없이 담대하고 빨라졌다. 싸움의 무게중심이 에몬에게로 확 기울어졌다. 결국 에몬이 민수를 선점했다.

"민수에게서 떨어져! 너도 민수가 다치는 걸 원하진 않잖아! 그러지 말고 둘이 싸우자!"

에몬이 크큭, 웃었다.

"난 확실한 걸 좋아해. 모험 같은 건 안 해. 좋아! 네 집중력을 좀 흩트려 줄게."

입 안을 가득 메웠던 재갈이 풀리며 '휙!' 하는 칼질과 함께 민수를 묶은 끈이 끊어졌다. 몸이 흘러내려 어느새 가슴이 아니라 목까지 조이던 끈에 형편없이 매달려 있던 민수가 에몬의 품에 강제로 안겼다.

"아악!"

민수가 발버둥 쳤지만 에몬의 힘은 막강했다. 민수의 목을 안아든 에몬은 그녀에게 힘을 얻으려는 듯 그녀의 뺨에 길게 키스하며 시혁을 자극했다.

"음! 좋군. 네게 잠깐 맡겨 놨었지만, 원래부터 내 거였어."

날카롭지만 맑았던 시혁의 안광에 살기가 끓었다.

둘의 싸움이 계속되었다. 그러나 에몬은 시혁의 집중력을 흩트리는 덴 성공했지만 거세게 발버둥 치는 민수에게 시달려야 했다. 민수는 장애물이자 방패였다.

"가만히 있어! 내 손에 죽을래?"

싸움 경험이 적지 않던 에몬이 잘못 판단한 때문은 아니었다. 오히려 올바른 판단일지 몰랐다. 장애물이더라도 방패를 삼아야 민수를 그로부터 영원히 빼앗기지 않고 이곳을 벗어날 수 있었다. 일이 많이 어그러진 뒤, 어쩔 수 없는 차선이었다.

시혁의 칼이 에몬의 손을 스치듯 찍어 내리려 하자 에몬은 민수를 방패 삼아 물러났다.

"무슨 짓이야! 그러다 민수 다쳐!"

시혁이 질겁하며 에몬에게 소리치는데, 민수가 다급히 외쳤다.

"시혁 씨! 나 상관하지 마! 상관하지 말고 그냥 가! 당신이라도 빨리 나가!"

에몬이 광분하며 민수의 목에 칼을 겨눴다.

"이 계집애야, 계속 이런 식이면 가만 안 둘 줄 알아. 너라고 해서 내가 마냥 오냐오냐할 줄 알…… 아악!"

말이 끝나기도 전에 시혁의 짧은 칼날이 에몬의 손목을 빠르게 찍었다. 그의 손에 든 중도를 시혁이 칼끝을 꽉 쥔 채 빼냈다.

"아악!"

칼날에 찍힌 손등을 다시 걷어차인 에몬의 비명이 창고를 울렸다. 또다시,

"허헉!"

명치에 발길질을 제대로 당한 에몬이 바닥을 나뒹굴었다. 시혁은 에몬의 복부를 빠르게 한 번 더 강타했다.

"크헉!"

에몬은 강렬한 충격에 빠르게 몸을 추스르지 못했다.

시혁은 조급했다. 아주 짧은 시간을 벌었을 뿐이었다. 오랫동안 힘든 자세로 묶여 있어 빠르게 움직이지 못하는 민수를 부축하면서 헛간의 출입문을 발길로 걷어찼다. 다 썩어 가는 나무문의 경첩이 힘없이 부서졌다. '우당탕!' 요란한 소리를 내며 문은 단번에 나가떨어졌다.

그때였다. 사람들의 외침과 무전 소리가 들리면서 갑자기 '위이이잉!' 하는 사이렌이 요란하게 울려 퍼졌다.

「무기를 버리고 투항하라! 무기를 버리고 투항하라!」

무장 경찰의 음성이 확성기를 통해 귀를 찢듯 진동했다.

멀리서 경찰들이 입구로 진입하기 위해 총을 든 채 다가오고 있었다. 그러나 조용히 잠입할 시간을 미처 벌지 못해 포위하는 걸 노출시키고 말았다. 빠르게 상황을 판단한 그들의 지휘자는 뒤늦게 사이렌을 크게 울리며 범죄자들에게 경고했다. 그들은 아직 누가 범죄자이고 피해자인지 구별하지 못했다. 섣불리 움직여선 안 된다.

그럼에도 시혁은 온몸 가득 안도감에 젖었다. 이제 다 끝났다는 생각에 몸에서 갑자기 힘이 죽 빠졌지만, 마지막으로 정신을 꼭 붙들고 다급히 소리쳤다. 가장 중요한 것이 남아 있었다.

"민수야, 어서 여길 나가! 무장한 경찰들이야. 투항하는 것처럼, 손바닥 펴고, 두 손 바짝 높이 들고!"

시혁은 민수의 존재를 드러내기 위해 입구의 나머지 한쪽 문을 열며 바깥의 경찰들에게 민수가 보이도록 시야를 확보했다. 민수는 시혁에 의해 등이 떠밀려 앞으로 나가는 와중에 뒤를 돌아보았다. 에몬이 날이 잘 서 있던 중도를 들고 몸을 다시 추스르며 일어나고 있었다.

경찰은 멀리 있었고, 일어나고 있는 에몬은 바로 뒤에 있었다. 시혁은 민수의 안전에만 온 신경이 가 있었다. 에몬을 피하려는 생각보다 자신을 막아 주는 데만 골몰했다. 에몬은 칼을 고쳐 들었고, 민수의 등을 떠미는 시혁은 빈손이었다.

"민수야! 빨리 나가! 빨리!"

에몬이 날 선 칼을 곧추세워 들고 이리로 뛰어오고 있었다. 시간이 우뚝! 멈춘 듯 민수는 두 남자를 번갈아 보았다. 다급히 자신에게만 집중하는 시혁은 스스로의 안전 따윈 고려하지 못하고 있었다. 민수는 에몬의 칼끝을 보며 몸을 돌려 시혁의 등 뒤를 막아섰다.

"아아악!"

잠깐의 정적이 흘렀다. 민수의 비명이 모두의 귀를 베었다. 에몬은 경고대로 칼을 아주 잘 다루는 것 같았다. 긴 칼날이 민수의 배 속에 아주 쉽게, 아주 깊이, 쑥 들어왔다.

"민수야!"

시혁이 경악하여 소리치는 가운데, 칼의 손잡이를 미처 놓지 못한 에몬도 숨을 쉬지 못하며 얼어붙어 있었다. 에몬은 스르륵 칼에서 손을 떼고 두어 걸음 물러서면서도 민수에게 시선을 떼지 못했다.

민수는 힘없이 풀썩 쓰러지고 시혁은 그런 민수를 받아 안았다.

"민수야!"

부서진 문 앞에 모로 누워 민수는 썩은 문지방에 힘없이 고운 얼굴을 기댔다. 시혁은 민수를 받친 채 손이 칼날에 에이는 줄도 모르고 민수의 상처를 누르기 시작했다.

뒤늦게 도착한 경찰이 세 사람을 둘러쌌다. 총구는 세 사람 모두를 향했으나, 곧 에몬을 향해 모아졌다. 민수는 쿨럭, 쿨럭, 기침을 하며 눈물을 주르륵 흘렸다.

「부상자 발생, 부상자 발생! 구급차 긴급 요망!」

「구급차, 구급차는 아직 도착 안 했나?」

「따라오고 있습니다. 이삼 분 내로 도착한다고 합니다!」

무전이 요란한 가운데 시혁은 고통스러운 기침을 하는 민수의 귀에 다정히 속삭였다.

"괜찮아. 조금만 참아. 괜찮아, 괜찮아, 곧 괜찮아질 거야."

민수는 시혁에게 미소 지었다.

"미……아안……. 쿨럭, 쿨럭!"

시혁은 민수의 상처를 누르느라 사력을 다한 채 다급히 소리쳤다.

"말하지 마! 알았어, 알았으니까. 그만 말해, 쉬이!"

그러나 민수는 고집스럽게 고개를 돌리고 다시 말을 이었다.

"미……안해요. 쿨럭, 쿨럭, 쿨럭, 쿨럭!"

"제발 그만 떠들어! 출혈이 더 심해진단 말이야!"

시혁이 혼신의 힘을 다해 상처를 누르는 동안 에몬은 꼼짝도 하지 못한 채 민수를 바라보고 있었다. 민수의 시선은 에몬을 향해 움직였다. 에몬의 유리알같이 검은 눈동자와 민수의 밝은 다갈색의 눈동자가 허공에서 얽혔다. 민수는 고통에 찡그리면서도 애써 미소 지었다.

"미……이안……."

이번엔 민수의 입에서 '컥!' 하며 붉은 선혈이 튀자, 시혁의 격렬한 분노가 이어졌다.

"떠들지 말라니까! 나중에 말해. 너 안 죽어! 내가 죽게 안 놔 둬! 그렇게 기운 빼지 말란 말이야!"

시혁은 민수에게서 피가 조금이라도 더 뿜어져 나오지 못하도록 사력을 다하고 있었다.

"지인…… 진……규야!"

민수는 동공의 빛을 잃어 가며 에몬에게서 간절히 진규를 불러 냈다. 눈처럼 흰 유카타에 수놓아진 갈색 벚꽃 나무 가지는 분홍색 희멀건 꽃잎이 피어 있었다. 그러나 곧 그 꽃잎들은 세상에 둘도 없는 아름다운 붉은 핏꽃을 커다랗게 피워 냈다.

「움직이지 마!」

총을 든 경찰의 외침 속에서 에몬의 무릎이 조용히 툭, 꺾여 바 닥에 꿇렸다. 모든 총부리가 에몬의 머리를 바싹 조여 왔다.

에몬의 눈앞에선 민수의 발이 경련하듯 꿈틀거렸다. 세상에서 가장 희고 아름다운 맨발이 흙과 썩은 지푸라기와 생채기와 핏물 로 범벅이 되어 있었다. 무표정한 에몬의 가면 뒤에 숨어 있던 고 통에 찬 찡그림이 튀어나왔다. 유리알같이 반짝이던 눈에 빛이 돌 아오며 스르륵 눈물이 고였다.

"민수야, 민수야!"

시혁의 절규 속에서 경련하는 민수의 다리가 눈에 띄게 힘을 잃 어 갔다. 민수의 의식은 조용히 사그라졌다. 귀를 찢는 사이렌 소 리가 점점 작아지다 삽시간에 툭, 점멸하였다.

20장

그들의 시간

모든 그림이 맞춰진 순간, 시혁은 동물적인 판단으로 양 과장을 시켜 가능한 모든 곳에 도움을 요청하라 지시했다. 이성적으로만은 판단할 수 없는 것들이었다. 아주 많은 것들을 가정한 황당무계한 것이었고, 사실 그는 수화기를 들었던 그 자리에서 이미 독약을 마셔 버렸으니 자신은 이대로 그냥 죽는 것일지 모른다고 생각했다.

"아니, 호텔로 날 구하러 오라는 게 아니라! 말한 주소로……. 정민수가 아니라 내가, 권시혁이 납치되었다고 해야합……. 그래야 사람들이 움직입니다. 호텔, 경찰, 병원, 소방서…… 할 수 있는 데…… 다 해. 아니! 조용! 지금 그게 중요한 게 아니고. 벌금을 물든 뭘 하든 알아서 할 테니까, 호들갑 있는 대로 떨면서! 그래, 납치한 놈들이 총기도 가지고 있다고 하든가. 기운 없으니까 주소부터 빨리, 그래요. 부를 테니까……."

시혁, 자신이 전단지의 주소지에 납치되어 있다고 거짓말을 하게 했으며, 경찰과 구급차 등 여러 가지를 생각할 수 있는 대로 다 요청했다. 국제적 망신, 국제적 물의, 국제적 비난과 엄청난 금전적 대가 등을 들먹이며 양 과장은 자꾸 그의 힘겨운 말들을 방해했다. 매우 불행하게도 시혁의 판단은 옳았다.

그러나 결과적으로 사건은 둘 중 하나였다. 일본인 야쿠자 에몬이, 선량한 한국인 권시혁과 정민수를 납치한 살인 미수이거나, 죽지 않고 일본의 영토로 밀항하여 숨어 살던 한국인 김진규가, 권시혁과 옛 애인 정민수와 치정극을 벌인 것이거나.

힘을 가진 모든 사람들은 후자를 간절히 원했다.

게다가 한국인들끼리의 문제라도 현지 경찰에 신고를 하여 기소가 되면 그 나라의 법적 과정을 밟게 되는 것이 통상이다. 그러나 여러 정치 상황과 세력들이 맞물리면서 상황은 다르게 전환되었다.

정치적으로 한국과 일본은 각자의 이해관계에 의해 화해 모드가 절실한 상황이었고, 일본 정부도, 한국 정부도, 츠지 가문도, 권갑수도 에몬의 존재는 굉장한 골칫거리였다. 그 누구도 국적까지 바꾸어 신분을 세탁한 뒤 무서운 짓을 벌이던 에몬의 존재가 떠들썩하게 드러나길 원하지 않았다.

따라서 그날, 지방 관할서의 사건 보고는, 애인을 사이에 둔 한국인들끼리의 사소한 주먹다짐에 의한 우발적 사고 정도로 기록되었다. 사건을 처리했던 사람들의 눈, 귀와 입이 있기에 말이 떠돌지 않을 순 없었지만, 그래 봤자 일본의 지방 소도시 외곽, 시골구석의 버려진 헛간에서 벌어진 일이었다. 관련된 셋 모두는 한국으로 쫓기듯 빠르게 돌려보내졌다.

그러나 막상 한국으로 넘어온 뒤로는 좀 달랐다. 사건의 시작은 에몬의 의지였지만 사건의 마무리는 에몬의 의지대로 될 수 있는 것이 하나도 없었다. 에몬은 그날 모든 것을 잃고 세상에서 '펑!' 연기처럼 사라졌다. 대신 우습게도 죽었던 한국인 김진규가 부활했다.

송환, 구속, 수사, 판결, 집행도 곧장 이루어졌다. 결론부터 소개하면 김진규는 7년이 구형되었다. 우발적 단순 폭력 사건으로 해석된 것 같지는 않았다. 계획적 살인, 잔혹한 범행 수법, 비난할 만한 목적에 의한 유인, 납치 등의 가중 요소를 수반한 극단적 인명 경시에 의한 살인 미수로 처리되었는지도 알 수 없었다. 범죄단체 조직 및 활동에 관한 것인지도.

모든 것은 비공개였다.

"가지 마!"

손 씨가 쓸고 가꾸는 정원이 내려다보이는 저택의 현관 앞, 시혁은 불같이 화를 내며 민수를 윽박질렀다.

"딱 한 번이야. 더 이상 가래도 그럴 일 없어."

민수가 회복되는 데는 꽤 오랜 시간이 걸렸다. 대수술을 두 차례나 겪고도 민수는 강인하게 살아남았다. 젊고, 건강했고, 염증 반응도 적은 체질이라 회복이 아주 빨랐다. 민수는 수술을 받은 도쿄의 병원에서도, 치료를 꾸준히 해 온 서울의 병원에서도 "운이 정말 좋았다."라든가, "환자의 의지가 정말 강하다."는 인사를 신물이 나도록 들었다.

"그래도 안 돼! 절대로 안 돼! 이건 부탁이 아니라 명령이야!"

하지만 탁, 탁, 탁, 탁, 돌계단을 별 탈 없이 뛰어 내려와 정원을 빠른 걸음이나마 뛰듯 걸을 수 있는 수준까지 올라오는 데는 거의 2년을 소비해야 했다.

"알았어, 알았어. 명령이고 뭐고 관둘게. 뛰지 마, 뛰지 말라고! 내 말은 항상 귓등으로도 안 듣지! 넌 도대체 뭘 먹고 그렇게 말을 안 듣고 제멋대로야!"

민수는 신물이 난다는 듯 핸드백을 어깨에 걸쳐 메며 걸음을 늦추었다.

"이젠 이 정도로 내출혈 없어. 제발! 어린애 다루듯 과잉보호하지 마!"

민수가 걸음을 다시 하자, 시혁이 다시 말리기 시작했다.

"그 개자식을 네가 왜 만나러 가! 7년! 말도 안 돼, 죽어도 시원찮은 자식을 그렇게 봐줬으면 되었지. 네가, 네가 왜 그 새끼를 만나러 가!"

민수는 한숨을 내쉬며 걸음을 멈췄다.

"시혁 씨."

민수가 동그랗고 맑은 눈으로 지그시 그의 눈을 바라보며 방긋 미소 짓자, 시혁은 인상을 찌푸리며,

"또 뭐? 또 뭐라고 하려고?"

푸시식, 바람을 빼며 목소리를 줄였다. 한두 번도 아닌데 그것은 마법의 주문처럼 시혁을 가라앉게 했다.

"어차피 진규는 언젠간 나올 거야. 평생을 김진규한테 사람 붙이면서 감시할래?"

"왜, 내가 못 할 것 같아?"

다시 폭발하며 흥분하려는 시혁을 민수는 웃으며 말렸다.

"진규가 마음을 다쳤었나 봐. 그래서 그렇게 흉해졌었나 봐. 진규 입장을 단 한 번도 생각해 본 일이 없었어. 어려서부터 친구랍시고 진규에게 정말 많은 것들을 받았더라고. 진규는 돌려받지 못한 마음을 한꺼번에 그렇게 폭발시켰었나 봐. 나는 진규와 이 일을 정리하고 싶어. 내가, 해방되고 싶어서, 그래서 가는 거야."

민수는 다정하게 시혁의 팔짱을 꼈다. 그리고 발꿈치를 들어 그의 뺨에 쪽, 입맞춤했다.

"날 이해해 준 당신에게서, 내가 배운 게 많아."

시혁은 순간 민수의 다정한 입맞춤에 홀딱 넘어갔다. 그러나 뒤늦게 씩씩거리며 민수의 팔을 빼내고 그녀의 흰 손을 꽉 잡았다.

"어떻게 그 개자식을 용서할 생각을 해!"

폭발하듯 탁, 뱉었다. 민수는 자지러지게 깔깔깔 웃었다.

"같이 갈래?"

시혁은 민수의 뒤로 세 발짝 떨어져 벽에 기대서서 분노의 눈빛을 이글대고 있었다. 유리벽을 사이로 민수와 마주앉은 진규는 수감복을 입은 채 시선을 내리깔고 한 마디도 입을 열지 못했다. 민수는 담담히 말을 이었다.

"그래서 결혼했어, 저 사람이랑. 한참을 앓느라 결혼식은 아직 못 했고. 솔직히 결혼할 생각은 차마 못 했었는데 공교롭게도 그 난리를 겪고서 내 생각이 확고해졌지. 아이러니하지? 네가 내 결혼, 중매 선 거보다도 더 지대하게 영향을 끼쳤어."

놀리는 말투도, 질책하는 말투도 아닌 그저 담담하고 빠른 어조였다.

"얼굴이 왜 그렇게 꺼칠해? 바싹 마른 거 보니까 밥도 잘 못 먹고 잠도 잘 못 자나 보네. 아직도 나 원망하니? 분이 덜 풀렸어? 미안하지만 네 분을 풀어 주자고 죽어 주는 건 못 해 줘."

대꾸도 무엇도 없이 시선조차 맞추지 못하는 진규의 얼굴을 슬쩍 보고 민수는 가볍게 미소 지었다.

"대신, 실컷 욕이라도 할래? 욕 들어 주는 건 얼마든지 할게, 쌍욕이라도 들어 줄게, 자!"

담담히 민수가 말하자 진규는 고개를 돌리며 후우, 긴 한숨을 내쉬었다. 마른침을 꼴깍, 삼킨 진규는 어렵게, 아주 어렵게 첫마디를 뱉었다.

"에몬의 가면을 쓰고, 강해졌다고 생각했어. 가지고 싶었던 널 가지지 못하고 죽은 진규가 너무 억울했지. 하지만 네가 죽은 진규를 다시 살렸어. 권갑수에게 맺힌 원한까지 네 피로 대신 씻어 내면서 말이야."

민수는 어렵게 말을 잇는 진규의 말을 경청했다.

"너, 고등학교 2학년 때던가. 김두식이가 너 따라다니다 결국……."

진규가 말을 멈추고 뒤쪽의 시혁의 눈치를 슬쩍 보니, 민수는 뒤돌아보고 밝은 미소를 보낸 뒤, "괜찮아, 그건 왜?" 하고 말을 잇게 했다.

"하여간에 고등학교 그만두게 된 거, 나 때문이야. 내가 그 새끼랑 개인적인 원한이 있었어. 그 녀석이 날 골탕 먹이려고 기회를 엿보다 결국 너한테 그런 짓을 저지른 거고."

에몬은 한숨을 '후우' 하고 길게 쉬며 말을 이었다.

"집에서 얌전히 공부하면서 지내는 널 들쑤셔 형의 가게를 들락

거려서, 형이 널 눈여겨볼 기회를 만든 셈이야. 형은 처음부터 널 깊게 생각하지 않았고, 난 다른 데를 바라보는 네가 괘씸해서 알면서도 모른 체 그냥 내버려 뒀었어."

진규는 힘겹게 마른침을 삼켰다.

"하지만 형이 널 그렇게까지 배신할 생각이란 걸 안 건, 정말 마지막 순간에 와서였어. 돈도, 힘도 없었고, 어떻게 할 방법이 없었어. 그렇더라도 에몬이 된 건 참 바보 같은 선택이었지. 알아, 그때 너도 나랑 그렇게 도망쳤던들, 제대로 편히 살 수 없었을 거야."

'후우' 하는 진규의 한숨 위로 그의 말이 더해졌다.

"내가 했던 용서받을 수 없는 몹쓸 짓까지. 난 네게 평생, 끊임없이 불행을 안겨 준 거였어. 네게 뒤집어씌우고 싶었나 봐. 넌 불행을 몰고 다닌다고. 네 옆에 있는 사람들은 모두 불행해진다고. 그래서 나도 불행해졌다고. 정민수의 일생을 망친 건, 따지고 보면 나, 김진규인데 말이지."

'후우' 하는 진규의 한숨이 다시 길게 이어질 때 민수가 입을 열었다.

"됐어, 덕분에 좋은 남편 만나서 더 열심히 살 수 있게 되었어. 우리 신랑한테 좋은 거 배운 게 있는데, 너에게도 알려 줄까? 과거는 어떻게 해도 바꿀 수 없으니까, 현재를 열심히 살자네. 너도 지금 오늘을 열심히 살아. 그러다 보면 언젠간 괜찮아져. 정말이야. 해 보니까 나도 그렇게 되더라."

한결 편해진 진규의 얼굴을 확인하고 민수는 몸을 일으켰다. 노란색 원피스 정장이 민수의 몸에 꼭 맞아 한 마리의 화사한 나비 같이 아름다웠다.

진규는 그 마지막 뒷모습을 부여잡듯 다급히 "민수야!" 외치며
그녀를 처음으로 불렀다. 그녀의 시선이 앉아 있는 진규를 향했다.
진규는 평생의 마지막 기회라도 되듯, 다급히, 그리고 간절히 마음
을 실어 말했다.

"변명할 기회, 줘서 정말 고마워. 그리고 미안해. 평생 미안해하
면서 살게. 평생 마음으로만 그리워하면서, 다시는 만나지 말자,
옛날 친구!"

민수는 슬쩍 웃으며 "몸조심해!" 했다. 진규는 씨익, 밝게 웃으
며 인사했다.

"걱정 마, 여기가 더 안전해. 평생 네 귀에 내 소식 들어가는 일
은 안 만들게. 나도 나 스스로를 지킬 정도는 되니까."

민수는 몸을 돌려 시혁이 열어 주는 문을 통해 걸어 나갔다. 진
규는 그 뒷모습을 담담히 바라보았다.

❖

진저리 나게 날씨가 좋았다. 6월의 이른 여름이었다. 재작년 이
맘때쯤이던가. 그때는 날씨가 정말 더웠었는데. 지옥에 빠져 이 사
람 저택 대문의 문턱을 넘었었다. 모든 것이 꿈처럼 흐려졌다. 일
어난 일인 듯, 일어나지 않은 일인 듯, 지나간 기억은 지금의 내가
편리한 대로 퇴색하고 의미가 바뀌고 변형된다.

모든 것이 다, 이 사람을 만날 운명이라 그랬어.

민수가 좋아하는 것 중 하나는 시혁이 운전해 주는 차를 타고
드라이브하는 것이었다. 병원에 하도 오래 있었더니 차만 타고 나
가면 그저 즐겁고 기분 좋았다. 시혁은 그 어떤 운전기사보다도 더

조심스럽게, 편하고 안전하게 운전했다. 하지만,

"왜? 배 아파? 열나니? 무리한 거 아냐? 그러게 오지 말자니까!"

그 사건을 겪은 뒤 시혁은 '겁쟁이'가 되는 후유증을 앓고 있었다. 단숨에 이마를 짚으며 체크하는 이런 식이다.

"좀! 괜찮다니까. 아프면 말할게."

"그러게 왜! 왜 거기서 뛰어들어? 칼이 날아오면 내 앞으로 숨어야지! 왜 내 등 뒤를 막아서냔 말이야. 넌 겁도 없어? 너 죽으면 내가 옳다구나, 편하게 다리 죽 뻗고 잘 살 수 있을 줄 알았지? 내가 빨리 나가라고 했었잖아! 언제나, 항상, 내 말은 죽어도, 죽어도 안 듣지! 왜 그렇게 생각이 없어?"

그리고 '한 말 또 하기'의 아주 나쁜 습관을 얻었다. 마지막으로는 '다짐받기'.

"또 그런 일 생기면 어떻게 한다고?"

그래, 끝까지 다 해야지. 민수는 체념하듯 수백 번을 반복한 말을 또 해야 했다.

"당신 품 안으로 숨는다고요."

건성건성 덜렁덜렁 성의 없이 대답하는 민수를 시혁은 불만스럽게 쏘아보았다. 그리고 큰소리를 낸 것이 미안해졌는지, 그녀의 고운 흰 손을 잡으며 다시 긴 연설을 시작하려 했다. 민수는 모내기 된 것들이 조르륵, 줄 선 채 푸르러져 가는 논을 바라보며 궁리를 했다. 이럴 때 무기는 딱, 하나였다.

"점심때 거의 다 되었는데 뭐라도 먹고 들어갈까? 아님 집에 가서 간단히 뭐라도 만들어 먹을까?"

주의력을 흐트려야 했다. 고민거리나 결정 거리를 만들어 주는 것으로, 고민되는 결정 거리라면 더욱 좋았다.

곧 '으음!' 하는 시혁의 얼굴에 갈등이 이는 것을 민수는 '후후' 하고 웃음기 어린 얼굴로 지켜보았다. 밖에서 먹는 건 맛이 그저 그렇고, 집에서 만들어 먹자니 민수에게 요리를 시키긴 싫고. 내면의 갈등이 시혁의 검은 얼굴에서 출렁출렁 춤을 추었다.

"먹을 만한 집이 근처에 있어. 메뉴가 딱 두 가지야. 매운 김치찌개와 매운 꽁치조림. 분위기가 그럴듯하지 않은 게 좀 그렇지만, 재료도 늘 신선하고 아저씨 손맛이 일품이야. 먹어 볼래?"

데이트하면서, 데이트하려고 시혁이 알아보면서, 시혁의 까다로운 기준을 만족하는 음식집들이 군데군데 늘어나고 있었다.

"원래부터 상당히 유명한 집이었다더군. 원래는 시내에 있었대. 장사가 꽤 잘되어서 그 집 김치찌개를 먹으려고 달려온 차들이 근처 교통을 마비시켰다더군. 그런데 아내가 바람이 나서 가진 돈을 다 들고 사라졌다는 거야. 그 아저씨는 장사를 집어치우고 아내만 찾아다니는 바람에 가게도 날리고 알거지가 되었었대."

민수는 '으흠' 하고 가느다랗게 눈을 뜨고 시혁을 바라보았다. 시혁은 '장사를 집어치우고 아내만 찾아다니는' 부분에 굉장한 감정이입을 하고 있었다.

"그러다 아내를 1년 만에 찾았대. 알고 보니 바람이 난 건 아니고 몰래 진 빚이 있었는데, 그게 불어서 쩔쩔매고 있었나 봐. 오해도 풀고 화해를 하고 다시 살기로 하고 가게를 또 차렸다. 그런데 돈이 없으니 마을의 가장 끝자락, 산길로 들어가는 입구에 차린 거지."

민수는 웃음을 참으며 입술을 깨물었다. 왠지 그가 열광할 만한 해피엔딩이 짐작됐다.

"그런데 입소문이 난 거야. 그 집 음식을 기다리던 사람들이 하나둘씩 몰려들었어. 이젠 김치찌개 먹으러 들어온 차들로 산속이 붐비는 거지. 아! 장사는 그렇게 해야 하는데!"

시혁은 어느새 '산이 붐빌 정도로 장사가 잘된다' 는 부분에 강한 몰입을 보이고 있었다.

"그 집 뒷마당에 쌓인 배추를 보는 게 정말 장관이야. 김치를 사흘에 한 번씩 담근대."

음식보다는 스토리가 시혁의 마음을 확 사로잡은 것 같았다. 민수는 참았던 웃음을 큭큭, 몰아 웃으며 준비해 두었던 답을 뱉었다.

"그래도 오늘은 밀가루 음식이 먹고 싶다. 잔치국수!"

아쉽지만 그가 소개한 '도망갔던 아내를 둔' 음식점은 다음에 방문하고 싶었다. 민수는,

"잔치국수 잘하는 집은 근처에 없지? 그러지 말고 간단히 만들어 먹자. 주방에 재료 준비해 놓으라고 전화해 놓을게. 가는 데 25분, 만드는 데 20분. 어때?"

처음부터 정해 놨던 메뉴를 살랑살랑 시혁 앞에 흔들어 보였다.

"그럴까?"

아주 마음에 드는 듯 슬쩍 웃는 시혁을 바라보고, 민수는 아래에 놓인 카폰의 묵직한 수화기를 들어 집으로 전화를 걸었다.

민수가 병원에서 퇴원한 뒤 가장 골몰한 것은 요리였다. 음식을 하고 있으면, 퇴근해서 돌아온 시혁이 그걸 맛있게 먹는 모습을 보면, 아니, 함께 마주 앉아 같은 밥상에서 밥을 먹으면, '세상에 이 것보다 더 큰 행복은 없다' 는 게 무언지 새삼 느꼈다.

시혁은 민수가 병원에 있는 동안 대대적으로 집을 뒤집어 놓았다. 실은, 저택을 새로 지어 이사를 가려고 대지를 계약하려다 딱 들킨 뒤,

"손 씨 아저씨가 꾸며 놓은 정원이 아까워서라도, 절대 이사 가고 싶지 않아."

민수가 선언하는 바람에 한참 실랑이를 벌였다.

"안 돼! 너한테는 무조건 앞으로 좋은 기억만 만들어 줄 거야. 그러니까 한 번만 내 말 들어! 지나간 일은 싹 다 잊고 새 집에서 새로 시작하자, 응?"

몇 번이고 간절히 애원했지만 민수는 딱 잘라 거절했다.

"싫어! 집 구조도 마음에 들고, 주방도 마음에 들어. 아! 색깔도 마루도 딱, 마음에 드니까 그대로 놓아둬. 커튼이나 좀 어떻게 해 봐. 음침하게 그렇게 만들어 놓는 바람에 숨어 있던 귀신들이 불쑥, 불쑥, 튀어나올 것 같아."

여러 명의 사람들이 여러 달 동안 한참을 드나들었다. 색깔도 마음에 든다고 했지만 흰 칠은 다른 톤의 흰색으로 새로 칠해졌다. 디자이너와 회의를 하고 또 하고, 또 수정을 하고 재공사까지 조금 했다.

"여기, 여기! 더 밝게! 귀신들이 나올 것 같지 않아야 해요!"

이것만, 이것도, 여기도 바꾸고 싶은데, 하다가 새로운 집을 짓는 것같이 일이 점점 크게 벌어졌다. 결국 민수가 퇴원하여 집으로 들어왔을 땐 비슷한 듯하지만 실상 다른 집이 되어 있었다. 특히 안방과 시혁의 방, 서재가 있는 1층의 3분의 1가량은 구조조차 완벽히 뒤집어져 있었다.

"거봐, 화장실은 대부분 놔뒀잖아."

민수가 욕조는 절대 손대지 말라고 한 경고를 기억하는 듯 확 달라진 안방 화장실을 소개하면서 시혁은 민수의 눈치를 슬쩍 살폈다. 타일이며 집기며 소품이며, 모두 달라지고 재활용된 것은 욕조 하나뿐이었다.

"이 변기가 낮고 쓰기 좋다네. 여자들이 좋아하는 최신형이래."

표정을 읽을 수 없이 굳어 있는 민수가 한 마디도 하지 않고 변기를 빤히 바라보자, 시혁은 떠듬떠듬 덧붙였다.

"어쩔 수 없었어. 손잡이를 달려니까. 배가 아플 땐 손잡이를 잡고 일어나는 게 편하잖아. 쓰기엔 낮은 변기가 더 좋은데 일어나긴 불편하고. 그러다 보니까 구조도 좀 바뀌고, 그러다 보니 타일도……. 아, 주방 볼래?"

별로 낡지 않은 주방은 그사이 변한 유행을 따라, 최신 오븐 기기들과 조리 기구들로 채워져 있었다.

민수가 썼던 방은 아예 사라졌다. 벽을 모조리 트고 주방으로 흡수해 그 흔적조차 없었다. 요리책들을 꽂을 간이 책꽂이, 간단한 티 테이블, 일하는 중간 쉴 소파 등으로 꾸며졌다. 스테인리스와 목재가 잘 조화된 독일제 새 주방이었다. 주방은 주인을 위해 요리사가 요리하는 구조에서, 안주인이 직접 요리할 수 있는 공간으로 재탄생 했다.

"흠. 사실은, 저놈의, 저 방만 없애려고 했는데. 어쩌다 보니 좀 많이 변했어."

침을 꼴깍 삼키며 그녀의 반응을 살피던 시혁을 향해, 민수는 그저 "마음에 들어." 하고 말았다. 목이 꽉 막혀 울음이라도 터질 것 같았지만 아무렇지 않은 척하고 싶었다. 그래서 꺼낸 말이,

"그래도 내가 쓰던 조리 기구들은 그대로 놓아두었지?"

하니, 시혁은 새카맣게 당황하며 떠듬거렸다.

"어, 어…… 그거?"

두 명의 찬모들에게 의지하긴 했지만 민수는 하루에 한 끼는 꼭 요리하고 싶어 했다. 시혁은 민수의 건강을 염려하여 그녀의 요리를 달가워하지 않았다. 그러나 건강이 많이 회복된 뒤로는 슬그머니 비어져 나오는 그녀의 요리에 대한 집착을 숨기지 못했다.

집에 돌아온 민수는 간단히 씻고 그가 그렇게 수줍게 선보였던 주방으로 향했다. 이 주방에 대한 기억은 나쁜 기억이 싹 사라진 채, 애써 마련하고서 수줍게 소개하던 시혁의 모습에 대한 추억으로 덧칠되었다.

"호박부터 썰면 되는 거야?"

도마를 앞에 놓은 시혁이 짐짓 비장하게 호박에 식칼을 겨누고 물었다. 달라진 것에는 또 이것이 있다. 시혁이 요리에 직접 참여하려 드는 것. 그러나 아직도 앞치마를 두른 시혁은 아주 어색했다.

"응, 볶을 거니까 가늘게 채 쳐."

민수가 한쪽에 멸치육수를 올리고 다른 쪽에는 국수물을 올린 채 흰자위 지단을 부치고 노른자위 지단을 부치는 모든 일을 후다닥, 하는 동안 시혁은 무언가가 마음에 차지 않는지 씻어 놓은 호박을 다시 씻고 대가리만 뭉텅 잘라 낸 뒤 다시 또 질문을 했다.

"얼마나 가늘게 채 쳐? 몇 밀리미터?"

민수는 흐흠, 숨을 들이마시고, "당신, 나가서 좀 쉬고 있을래? 요새 일이 많아서 좀 피곤하다고 하지 않았어?"라고 묻고 싶은 걸 꿀꺽 삼켰다. 그의 대답이 예상되었다. "괜찮아. 이게 쉬는 거야.

너랑은 뭘 하든 아주 재밌어." 민수는 상냥하게 답했다.

"글쎄? 3밀리미터? 먹어 봤잖아."

"익혀서 수분이 날아가면 오그라들잖아."

그는 늘 아는 것도 많았다. 시혁은 신중하게 채를 썰기 시작했다. 민수는 2인분의 국수 분량을 체크하여 꺼내고 나머지를 식재료 장에 집어넣어 주변을 정리하고는 시혁 몰래 자주 쓰지 않는 칼과 도마를 한 벌 더 꺼내 헹구어 냈다.

"내가 썬다니까? 당근 이리 내!"

하며 자신의 역할을 고집하는 시혁에게 민수는 활짝 웃으며,

"김치 썰 거야. 양념 묻으니까 어차피 따로 썰어야지. 야채는 거기다 썰어." 하며 달래었다.

탁, 탁, 탁, 탁, 얇은 두께로 균일하게 빠르게 김치를 써는 민수의 칼질을 보곤, 시혁은 "흠……." 하며 다시 칼끝에 심혈을 기울였다. 마음에 들진 않지만 어쨌든 모양은 처음보다 훌륭한 편이다.

민수가 하던 걸 보아 둔 게 있어, 5센티미터 분량의 호박을 세로로 썰곤 가로로 길게 밀어 눕혔다. 그리고 다시 3밀리미터 간격으로 채를 치기 시작했다.

민수는 후다닥, 도마를 닦고 다 무쳐 낸 김치를 한쪽에 정리하고 있었다. 찬모가 꺼내 놓아둔 생표고를 몰래 냉장고에 도로 넣어 두고, 아무렇지 않은 척 시침을 뗐다. 당근도 빼자고 할까, 하다가 거의 다 잘라진 호박을 보곤 차라리 먼저 식탁을 차렸다.

국수가 삶아지는 동안 시혁이 심혈을 기울인 호박이 불 위에 올려졌다. 빳빳하던 조각들이 열을 받아 흐물흐물 달콤하게 볶아졌다. 삶아진 국수와 뜨거운 육수, 모든 고명들이 대기하고 있는 동안 아주 뒤늦게, 당근채도 완성되었다.

차르륵, 요란한 소리를 내며 윤기 자르르, 당근이 볶아지는 동안 민수 곁에 선 시혁은 프라이팬을 보며 말했다.

"아무래도 칼질보다는 볶음을 담당하는 게 좋겠어. 뭔가 더 재미있어 보여."

민수는 "으, 으웅?" 하며 못 들은 체 넘겨 버렸다.

잔치국수가 완성되었다. 갓 무친 겉절이, 알맞게 익은 김치, 잔치국수 한 그릇씩만이 놓인 소박한 밥상이었다. 시혁은 빨갛고 파랗고 희고 노란 아름다운 고명을 보며 만족스럽게 국수를 섞어 호르륵, 매끄러운 면을 한입 먹었다. 국물과 면발과 무친 김치의 궁합이 일품이었다. 그러나!

"아, 맛이 딱 떨어지지가 않아. 좀 달라. 뭔가 깊은 맛이 빠진 느낌, 뭐지?"

머리를 굴리며 미각을 급작스레 발동시키는 시혁을 보고 민수가 웃었다.

"급하게 만들어서 그래. 배고픈데 깊은 맛을 기다리는 것보다는 적당한 시간을 들여 만드는 게 더 '경제적'이지."

시혁이 좋아하는 '경제적'이란 단어가 튀어나오자, 현실을 받아들인 시혁이 다시 맛있게 국수를 먹기 시작했다.

또 달라진 거라면 이렇게 음식에 관대해진 시혁이었다. 직접 요리하는 과정을 보고, 참여하고, 실제로 자신이 맡아 보았다가 엉망이 된 음식을 차마 버리지 못하고 한 끼 식사로 먹게 되는 일이 잦아진 후부터는 까다로운 입맛의 기준을 많이, 아주 많이 낮추어 주었다. 덕분에 주방의 두 명의 찬모도, 민수도 많이 편해졌다.

"아, 알았어! 표고가 빠졌구나? 어? 아까 생표고가 나와 있던 것 같았는데."

물론 점점 주방에 대해 배우려 하고 알고 싶어 하며, 실제로 아는 것이 늘어나고 있는 게 문제긴 하지만.

"그래서, 내가 손수 만들었는데, 맛이 없다고?"

민수가 눈썹을 슬쩍 세우며 묻자, 시혁은 곧 씨익 웃으며 다시 먹기 시작했다. 눈을 마주치며 웃는 두 사람의 웃음이 정겨웠다.

"피곤하지? 밥 먹고 잠깐 침실에 들어가 눈 붙이자."

민수가 깔깔 웃으며 시혁을 흘겼다.

"대낮부터 엉큼하긴!"

"그러지 말고, 응? 내가 요새 좀 피곤하다니까!"

"꺄악! 그만! 놔! 나 바닥에 내려놔!"

그로부터 둘은 얼마 지나지 않아 뒤늦은 결혼식을 치렀고, 다시 2년이 흐른 후엔 첫아이를 낳았다. 아들, 준휘였다. 시혁은 민수를 꼭 닮은 딸을 간절히 바랐었지만 어쨌든 아들, 준휘가 기쁨 속에서 태어났다. 하지만 민수는 내심 준휘가 배 속에 있는 동안 시혁에겐 절대로 내색할 수 없는 미안한 마음을 홀로 품었다.

아들인지 딸인지는 중요치 않았다. 아이가 어떻게 생겼을까. 누굴 닮았을까. 더 이상을 바랄 수 없는 행복에 젖어서도 가끔씩 홀로 못난 마음을 품다 지웠다. 다행히 준휘는 쑥쑥 건강하게 자라면서 제 아빠 쪽을 많이 닮아 갔고, 얼마쯤은 다른 구석도 있었다.

"안 돼! 장난치지 마! 막대기 들고 그렇게 휘두르면 못써! 어떻게 이 녀석은, 제 엄마를 닮은 구석이 하나도 없을까?"

원망 어린 투정이 있었지만 시혁은 아이를 무척 사랑하기도, 엄마를 홀로 독차지하는 아들을 어린이처럼 무척 질투하기도 했다.

"왠지 나는 이제 찬밥이 된 것 같아. 나한테도 좀, 뜨거운 관심을 가져 보란 말야."

"뜨거워."

"아니야, 아니야. 준휘에게만 뜨겁지, 나한텐 좀 미적지근해졌어."

"뜨겁다니까."

민수는 권갑수를 전혀 닮지 않은 준휘를 보며 좀 안도하기도, 그런 속내를 품은 것을 몰래 혼자 미안해하기도 했다.

"준휘는 당신 어머니를 닮았나 봐."

좀 옳은 것, 바른 것에 집착하는 성품이 있고, 어느 정도는 호전적인 준휘를 보며, 속내를 들키지 않으려 스치듯 말했다. 시혁은 하는 수 없이 운동을 하는 편이긴 했어도 천성적으로 싸움은 그다지 좋아하지 않았다. 시혁은 웃으며 답했다.

"후후, 나는 우리 어머니 판박이래. 친가 쪽 누구겠지."

한동안은 권갑수와 왕래하지 않았다. 시혁도 그랬다. 그러나 결혼한 이듬해부터 민수는 1년에 세 번쯤 권갑수의 사택에 머물렀다. 정월의 설과 음력 5월의 시혁의 어머니 제사, 그리고 추석 때였다.

양반 흉내를 좋아하는 권갑수지만, 없는 제사를 만들어 올리진 않았다. 권갑수는 어머니, 아버지를 모르는 고아였다. 어디에서 태어난지도 모른 채 팔도를 떠돌아 사투리도 뒤죽박죽, 돈이 생긴 뒤론 어느 권씨 집안, 양반의 족보를 사들였다고 한다.

민수와 시혁, 준휘는 꼭 하루나 이틀씩을 묵고 왔지만 민수는 별채에 따로 머물렀다. 결혼식은 어찌 참석했으나 권갑수가 민수를 만나는 것을 먼저 피했다. 시혁과 함께 문안이라도 들면 "아프다 전해라!" 먼저 피했고, 몇 번 반복된 뒤로는 민수도 더 이상 권 갑수를 찾지 않았다.

아들을 살렸다는 소식을 들은 뒤, 권갑수는 둘의 결합에 대해서 김 집사에게 딱 한마디를 했다고 한다.

"내가 걜 보고 뭐라고 떠들겠나."

그게 처음이자 마지막 언급이었다.

민수는 부엌일을 꼼꼼히 챙기며 차례상이나 제사상을 차리는 데 소홀하지 않았고, 가을에 쌀을 들일 때나 철마다 한꺼번에 들이는 식재료, 김장, 권갑수가 병치레를 하게 되는 것 등에는 특별히 신 경을 썼다. 권갑수도 이따금씩,

"제 어미 보약이나 한 제 지어 먹이라."

가끔 알은체하는 것으로 끝이었다. 둘은 구태여 마주치지 않았 다.

시혁은 준휘를 데리고 좀 더 자주 들렀다. 한 달에 한 번이나 아주 바쁠 땐 두 달에 한 번 쯤. 사랑채의 문을 열고 준휘를 밀어 넣으면 기력이 확실히 예전 같지 않은 권갑수가,

"왔나."

하고 말았다. 이상한 것은 권갑수가 준휘를 그다지 예뻐하지 않 는다는 것이었다. 민수는 자신하고는 어쩔 수 없어도 아들과는 척 을 지게 할 수 없다고 생각했다. 하나밖에 없는 아들, 하나밖에 없 는 손주를 반길 것 같아 시혁의 등을 떠밀어 집에 보내곤 하는 것 인데도 데면데면 손자를 반기지 않았다. 민수는 자신의 피가 섞인 아이를 보기 싫어하는 것으로 생각했다.

그래도 준휘는 할아버지를 좋아했다. 자신을 예뻐하는지 아닌지 도 상관없이 사랑스러운 웃음을 웃으며 까르르, 장난을 걸곤 했다.

손주와의 대화는 주로 "넘어진다!", "만지지 마라!", "깨진다!" 같은 타박이 대부분이었지만 특유의 사랑스러움을 타고난 준휘는 두 부자의 얼어붙은 공기를 따뜻하게 데워 주곤 했다.

한방 안에 한참을 앉아서도 천장과 준휘를 번갈아 보며 말이 없던 부자는 권갑수의 "고만 가라! 피곤타!" 하는 말이 떨어지면 다음에 만날 날을 기약하곤 했다.

준휘가 다섯 살 무렵, 민수가 준휘의 동생 준우를 본 뒤 조리를 위해 한참을 누웠다 거동하기 시작할 즈음이었다. 폐렴이 도져 고생하던 권갑수가 갑자기 정신이 반짝 들어 민수를 찾았다. 심상치 않은 느낌에 긴장을 하고 있던 시혁은 준휘와 준우를 모두 데리고 아버지를 찾았다.

권갑수가 민수와 손을 다정히 잡아 본 건 그때가 처음이자 마지막이었다.

"잘못했다. 고맙다."

이틀 뒤, 권갑수는 눈을 감았다. 부모의 상에 호상은 없지만 평온한 죽음이었고, 장례도 조용히 치러졌다.

권갑수가 죽고 난 뒤에도 세월은 무심히 흘렀다. 민수와 시혁은 아들 둘, 끝으로 소원하던 딸을 하나 더 얻고 오래도록 행복하게 살고 있다. 그들은 그렇게 그들의 시간을 산다.

❖

아씨, 창진이 그놈아 곁으로 그렇게 모지락스럽게 가고 나니 좋습디까? 그래도 시혁이가 창진이 아란 건 개소리요. 내 품에 안겨 아를 낳았으니 그 배 속에 든 아는 끝까지 내 아요.

아씨는 창진이 그놈에게 뺏겼어도 시혁이는 내 것이오. 아씨 재산 때문에 아씨와 혼인했다는 소리들, 죄다 헛소리! 내가 아씨 죽으라고 품었겠소? 저세상으로 못 가 안달 난 아씨가 살길 바라고 품었소!

저 혼자 나라를 구합네, 어쩌네, 전쟁 통에 뛰어들어 지 맹줄 하나도 건사 못 한 건 창진이요. 그 모자란 게 서방은 무슨 서방?

이제 내가 가오. 창진이와 그동안 실컷 살았을 테니, 이젠 나랑 사십시다. 이젠 아씨도 내게 곁을 좀 주오. 그래도 내가 그대 서방 아니오.

— 종(終)

　권갑수가 이야기를 맺었으니 그에 대한 궁금증을 풀며 후기를
열어 볼까 합니다. 물론 진실은 밝혀지지 않은 채 권갑수의 죽음과
함께 영원히 묻히지만요. 그는 일평생 욕망에만 쫓기며 전전긍긍,
불행히 살다 자신의 일생을 낭비한 것으로 벌을 받았습니다. 평생
시혁을 보며 알쏭달쏭하면서도 자신을 애써 속였겠지요.

　기망하다는 제게도 특별하고 특이한 글입니다. 아주 오래전 한
여름 밤에 불현듯 툭 떨어졌습니다. 장난 반, 호기심 반 컴퓨터의
빈 화면을 펼치자, 갑자기 끌려 들어가듯 그들에게 휩쓸렸습니다.
채 열흘도 되지 않던 짧은 시간이었습니다.

　중편으로 완결되었고, 이야기는 민수가 자신의 정체를 밝히며
시혁을 버리고 떠난 뒤 오랫동안 멈춰 있었습니다. 잠든 시혁의 벗
은 등 뒤로 어질러진 안방의 풍경이 그때의 마지막 장면이었습니

다. 시혁은 민수를 찾으러 나설 게 분명했고, 제게 쏟아져 내린 이야기는 거기까지였습니다.

하지만 이야기를 멈춘 순간부터 제 글의 시간도 멈췄습니다. 기망하다는 제 자신을 기망하기도 했습니다. 저는 민수와 시혁에게, 그리고 글을 읽으셨던 독자님들에게 오랫동안 빚진 마음을 내려놓지 못했습니다.

민수와 시혁이, 또 이야기를 읽으셨던 독자님들의 마음이, 제 안의 어떤 열망이 그들의 재회를 만든 것 같습니다. 짧은 동안 쏟아진 게 무색하게 그 뒷이야기는 아주 오랫동안 힘들게 완성되었습니다.

이야기는 저 혼자만의 창작물이 아니라 생각합니다. 시작은 제 손끝에서 이뤄지지만 읽어 주시는 독자님이 계실 때야 비로소 모든 것들이 살아 숨 쉽니다. 민수와 시혁을 살아 숨 쉬게 해 주신 것, 고개 숙여 감사드립니다.

뿔미디어의 편집자님들, 그리고 연재 중 함께했던 독자님들, 의견 주신 덧글들, 추천글 주신 마음들, 그리고 이렇게 읽어 주시는 분들까지, 민수와 시혁의 이야기를 함께 만들어 주셔서 감사합니다.

오랫동안 쉬었지만 이제는 글을 쓰고 싶던 그동안의 열망을 천천히, 오랫동안, 또 여러 가지 색깔로 풀어 가고 싶습니다. 기망하다만 가지고 절 콱! 찍진 않으셨으면 좋겠습니다.

다음 글로 또 인사드리겠습니다.

진진필 올림.

기망하다

1판 1쇄 찍음 2016년 2월 12일
1판 1쇄 펴냄 2016년 2월 18일

지은이 | 진진필
펴낸이 | 정 필
펴낸곳 | (주)뿔미디어

기획 · 편집 | 이영은

출판등록 | 2002년 9월 11일 (제1081-1-132호)
주소 | 경기도 부천시 원미구 소향로 17, 303(두성프라자)
전화 | 032)651-6513 / 팩스 032)651-6094
E-mail | scarlets2012@hanmail.net
블로그 | http://blog.naver.com/dahyangs
홈페이지 | http://bbulmedia.com

값 9,000원

ISBN 979-11-315-6962-7 03810

※파본은 구입하신 서점에서 교환하여 드립니다.